하얀 늑대들
White Wolves
III

윤현승 장편소설

제우미디어

윤현승

1978년생. '다크문'으로 1999년부터 작품 활동을 시작해 이후 '하얀 늑대들',
'라크리모사', '뫼신사냥꾼' 등을 출간했으며, 2018년 현재 온라인에서
'이스트로드 퀘스트'를 연재하는 등 활발한 활동을 이어가고 있다.

하얀 늑대들·III

초판 1쇄 2018년 7월 3일
초판 8쇄 2023년 6월 22일

지은이 윤현승
펴낸이 서인석 | **펴낸곳** 제우미디어 | **출판등록** 제 3-429호
등록일자 1992년 8월 17일 | **주소** 서울시 마포구 독막로 76-1 한주빌딩 5층
전화 02-3142-6845 | **팩스** 02-3142-0075 | **홈페이지** www.jeumedia.com

제우미디어 트위터 twitter.com/Jeumedia
제우미디어 페이스북 facebook.com/jeumedia
제우미디어 네이버 포스트 post.naver.com/jeumediablog

ISBN 978-89-5952-613-0
     978-89-5952-610-9 (set)
• 파본은 구입하신 서점에서 교환해드립니다.

만든 사람들
출판사업부 총괄 손대현 | **편집장** 전태준 | **책임 편집** 성건우
기획 홍지영, 박건우, 장윤선, 안재욱, 조병준
디자인 총괄 디자인그룹 헌드레드 | **영업** 김금남, 권혁진

1부

캡틴 카셀

◆
◆
◆

✦ Chapter 28 ✦

공포의 기사

어둠이 깔리기 시작했을 때 붉은 장미의 군대는 이동을 준비했다. 노르만트 쪽에서는 병사들이 성루에 서서 깃발을 휘날리거나 창을 들어 올리며 자기들 병력이 많다는 걸 보여주려 애쓰고 있었다. 그러나 루치는 노르만트에 다른 귀족들의 원군이 도착하지 않았다는 걸 진작부터 알고 있었다.

'행군 속도가 느려. 나라면 저쪽 부대를 먼저 이동시켰을 텐데.'

루치는 속으로 불만스럽게 중얼거렸다.

이번 전투의 지휘를 맡게 된 프레드릭 장군은 쟝스테인 백작과 먼 친척 관계였다. 그는 드마르프 평원 전투에서 에르달마 장군이 죽는 바람에 덜컥 이 중요한 자리에 오르게 되었고, 이번이 첫 전투였다.

루치는 가끔 주어지는 이런 파격적인 승진 조치가 그다지 큰 의미가 없음을 잘 알고 있었다. 누가 지휘봉을 쥐고 있든 붉은 장미 백작 군대를 실질적으로 지휘하는 것은 결국 쏜즈의 기사였으므로, 전투의 승패에 장군의 지휘력이나 전략 전술 능력 따위는 중요하지 않았다.

얻는 것은 그저 허울과도 같은 명예뿐이었다. 지휘관들은 누구나 그 사실을 알고 있었다. 하지만 프레드릭은 그걸로 충분히 만족하고 있는 모양이었다.

"으음, 이번 작전은 실로 중요하네."

짐짓 대단한 권위를 지니고 있는 양 말했지만 루치에겐 이 노인이 무리하고 있는 게 빤히 보였다. 어차피 일회용 지휘관일 뿐이기에 딱히 충성을 다할 필요는 없었으나 루치는 정중히 말했다.

"예, 장군."

프레드릭은 장군이라는 호칭에 그만 입꼬리가 말려 올라가고 말았다. 하지만 곧 헛기침을 하면서 근사하게 말고삐를 잡으려고 다양한 시도를 했다.

"이렇게 잡으십시오, 장군."

루치는 말고삐를 어떻게 잡으면 더 익숙해 보이는지 손짓으로 시범을 보이며 조금 가르쳐주었다. 프레드릭은 만족스러워했다.

"이전 장군은 어디서 전사했더라?"

프레드릭이 물었다.

"드마르프 평원 전투에서였습니다."

"중요한 전투였군."

"네. 그분은 최후까지 저항하셨고 그 덕에 아군의 지원이 늦지 않아 승리할 수 있었지요."

루치는 에르달마 장군이 개전한 지 얼마 되지도 않아 화살에 맞아 말에서 굴러떨어지는 걸 바로 옆에서 지켜보았었다. 에르달마는 머리부터 떨어지며 큰 부상을 입었지만, 죽을 정도는 아니었다. 루치는 그 순간 그를 구해줄 수 있었지만, 무시했다. 오히려 에르달마가 낙마한 자리로 슬쩍 말을 이동시켜 짓밟았다. 전투 중에 짓이겨진 시체가 워낙 많으니 의심을 받을 일도 없었다.

그의 죽음이 싸움의 판도에 영향을 끼치지도 않았다. 병사들이고 용병들이고, 12쏜즈의 움직임만을 좇으며 싸우느라 장군이 낙마했다는 사실조차 눈치챈 사람이 거의 없었다. 지금 저 자리에 오른 프레드릭 장군이라고 같은 처지가 되지 말란 법은 없었다. 그런데도 그는 당장 지휘관이 된 것에만 뿌듯해하며 모든 이가 자기에게 충성하길 바랐다.

'내가 다음 지휘관이 되면 저런 꼴은 보이지 말아야겠군.'

루치는 기억해두었다.

"그러고 보니 자네는 처음 보는군."

"후임으로 들어온 부관 루치라고 합니다."

"처음 듣는 이름이군. 어느 귀족 출신인가?"

루치는 자신이 루우룬 마을의 농부를 부모로 둔 평민이라는 사실을 자연스럽게 숨겼다.

"용병 출신입니다. 얼마 전에는 장미 기사단에 잠시 있었습니다, 프레드릭 장군님."

장군이라는 호칭으로 불릴 때마다 좋아하는 표정이 매번 프레드릭의 얼굴에 드러났다. 비위 맞추기 좋은 상관이라, 루치에게는 편했다.

"간단히 상황을 정리해 보겠나? 자네가 이 중요한 전투를 얼마나 잘 아나 보고 싶군."

본인이 작전 내용을 기억하지 못해서 그러는 걸 뻔히 알지만 루치는 모르는 척 친절히 설명했다.

"지금 레앙에서 벌어지는 전투에 비하면 간단합니다. 국왕 폐하의 보호를 위한 노르만트 거점을 확보한다…… 그게 답니다. 할 수 있느냐는 문제도 아니라, 얼마나 빨리 끝내느냐에 초점이 맞추어져 있을 정도지요. 때문에 외곽 성 너머에서 우리를 적으로 인지하고 있는 병력을 최대한 압박하여 피해 없이 빠르게 성문을 뚫는 것이 1차 목표입니다. 우선 성 내부로 진입 후 왕성 앞으로 간다면 국왕 폐하도 고집을 꺾고 백작님의 조건을 수락할 것으로 예상하고 있습니다."

"정오 무렵에 하얀 늑대와 캡틴 링케의 싸움이 있었다고 들었다만? 그나마도 패했다고?"

"그때는 저도 여기로 오고 있는 도중이라 보지 못했습니다. 하지만 작전에 아무 지장도 주지 않는 시합이었다고 합니다. 신경 쓰지 않으셔도 됩니다."

"노르만트 내에 있는 울프 기사단의 처분은……?"

"무시합니다. 외국의 기사가 카모르트 국내 사정에 개입할 이유도 없으며 설사 개입한다 해도 고작 다섯 명이 이런 병력 앞에 무슨 힘을 발휘할 수 있겠습니까?"

"자네 말하는 게 꼭 붉은 장미 백작 같군."

"칭찬으로 듣겠습니다. 그럼 작전 개요를 말씀드리겠습니다."

"그러게."

프레드릭 장군은 기지개를 쭉 펴며 대꾸했다. 딴에는 긴장하지 않은 척하려는 것이겠지만, 두려움을 감추기 위한 티가 역력했다.

루치는 속으로 비웃으면서도 겉으로는 겸손하고 고분고분하게 말했다. 상관의 비위에 거슬릴 만큼 잘난 척하지 않으면서도 시키는 일은 적당히 해내는 것! 그게 루우룬 마을의 농부 출신 용병이 순식간에 출세한 비법이었다.

"남쪽 성으로 쳐들어가는 척하면서 후방 군대는 동쪽과 서쪽의 성문을 공격합니다. 그 중간에 성벽을 기어오르는 군대가 포함됩니다. 백작님의 말씀에 따르면 저 성은 오백 명도 안 되는 병사들이 지키고 있다고 합니다. 나머지는 모두 전투 경험이 없는 일반 시민들뿐. 성벽만 넘으면 그 후에 할 일은 서둘러 폐하의 신병을 확보해 안전하게 '보호'하는 것. 작전이랄 것도 없습니다. 저는 단지 용병들이 성벽을 넘은 후 예전의 못된 버릇이 나올 것이 걱정됩니다. 주의를 줬지만 과연 시키는 대로 잘 할지."

"당장 눈앞에 닥친 전투보다 그런 게 걱정이라니, 과연 우리의 병력이 강하긴 한가 보군."

"드마르프 평원 전투를 승리로 이끌고, 레앙으로 가는 길목마다 배치된 검은 사자의 매복 부대를 상대로도 전혀 밀리지 않았던 군대가 그대로 온 겁니다. 사기 면에서는 더할 나위가 없죠. 장군님께서는 바로 그 군의 지휘관이신 겁니다."

"그렇구먼."

"작전 개시 시각은 해가 지기 직전입니다. 지금 시작할까요?"

루치는 정중히 물었다. 어차피 자다 깨어보니 장군이 된 사람이 할 일이란 건 그런 것밖에 없었다. 비위를 맞추기 위한 목적 외에는 아무 의미도 없는 질문이었다.

"그럼 그렇게 하도록 하지."

"예. 명을 받들겠습니다."

루치는 장군의 명령을 받고 병사들에게 직접 크게 소리 질렀다.

"전군 앞으로!"

움직여야 할 군대는 질서 있게 움직였고, 움직이지 말아야 할 군대는 예정대로 멈춰 섰다. 루치도 붉은 장미 백작 휘하의 용병으로 있어 봐서 잘 알지만, 용병들로 구성된 군대가 이렇게 체계적으로 움직인다는 것은 놀라운 일이었다.

'잘 배워둬야 해. 나중에 내가 더 높은 자리에 오르면 써먹어야지.'

그때 딱 한 부대가 명령대로 움직이지 않았다. 루치는 명령 전달이 늦어진 걸까 싶어 잠시 기다렸다가 문득 그 부대에 커다란 혼란이 일어난 것을 발견했다.

"으응?"

루치는 눈을 가늘게 뜨고 혼란의 원인을 살폈다. 부대의 한가운데에 검은 갑옷을 입은 기사가 한 명 있었다. 그자는 닥치는 대로 병사들을 베어 넘겼다. 부대별로 촘촘히 뭉쳐 있어 병사들은 피하지도, 저항하지도 못하고 베이는 대로 죽어가고 있었다.

"왜 갑자기 전진이 더뎌진 건가?"

상황을 채 파악하지 못한 프레드릭 장군이 멍청한 소리를 했다. 하지만 루치도 사실 이게 뭔 일인가 싶었다. 처음에는 검은 사자의 기사가 공격해온 거라고 생각했다. 그러나 갑옷만 검은색이었을 뿐, 다른 존재였다.

'그것들이다!'

루치도 소문으로만 들어본 그 검은 기사들이었다. 각지에 나타나 닥치는 대로 사람을 죽이고, 쟌스테인 백작의 딸을 살해하려다 실패하고 뤼미에르 백작의 아들을 죽였다. 어디까지나 소문일 뿐이지만, 그 때문에 이번 전투가 시작된 건 사실이었다.

루치는 그게 다 헛소문이거나, 만약 실존한다 해도 자신과는 접할 일 없을 거라고 믿고 있었다. 그런데 지금 이 순간 나타났다. 하필 전투를 시작하기 직전에!

그것은 뻔히 다가오는 걸 알면서도 막을 수 없는 자연재해 같았다. 어떤 병사도, 어떤 기사도 저 검은 기사의 전진을 막지 못하고 있었다.

"맙소사, 저게 뭐야? 어, 어서 백작님을 불러라!"

프레드릭 장군은 더듬더듬 말하며, 황급히 말머리를 돌리려다 그만 말에서 거꾸로 떨어졌다. 가장 빨리 전선에서 탈락한 지휘관이 드마르프 평원 전투에서 화살을 맞고 죽은 장수였는지, 아니면 방금 말에서 떨어지며 목뼈가 부러져 평생 침대 신세를 지게 된 프레드릭 장군인지, 루치는 가늠할 수 없었다.

"궁수는 전원 망루에 올라가. 방패병들, 왜 그쪽에 몰려 있어?"

"침착하라. 훈련받은 대로만 하면 돼."

"창병들은 전원 이곳으로 집결!"

성벽에 있는 병사들과 지휘관들의 목소리가 여기저기서 터져 나왔다. 자신이 서 있어야 할 자리를 찾지 못한 병사들도 일부 있었으나,

대부분은 준비를 마쳤다. 그들은 짧은 시간이나마 공성 전투에 대비한 훈련을 착실하게 받아왔고, 전투가 시작되는 지금 무얼 해야 할지 잘 알고 있었다.

"게랄드의 공격이 잘 먹혀들었군."

뒤늦게 망루에 올라온 쉐이든이 말했다. 카셀은 팔짱을 끼고 이동을 시작하는 붉은 장미의 군대를 살피고 있었다.

"저는 아예 저들이 기가 죽어 움직이지 않길 바랐어요. 하지만 역시 생각대로 되지는 않는군요."

"붉은 장미 백작은 과감한 전투를 즐기는 사람 같더군. 사기가 조금 꺾였다고 예정된 전투를 피해갈 사람은 아니란 거지."

쉐이든은 놀랄 일도 아니라는 듯 말했다.

"제가 괜한 짓을 한 걸까요?"

"괜한 짓은 아니지. 노르만트 병사들의 사기를 충분히 올려 줬잖아."

"그리고…… 저, 쉐이든. 솔직하게 말씀해주실래요?"

계속 붉은 장미 군의 움직임만 살피던 터라 쉐이든은 갑자기 정색하고 묻는 카셀의 표정을 뒤늦게 알아챘다.

"걱정되는 일이라도 있나?"

"게랄드가 링케를 잡으러 갔던 그 순간, 게랄드가 아닌 다른 사람이 갔으면 더 극적이지 않았을까요?"

"누가 가도 마찬가지였겠지. 그리고 링케와 아는 사이인 게랄드를 내세운 건 좋은 방법이었다."

"제가 갔으면요?"

"네가?"

"아시잖아요. 캡틴 울프가 갔었어야 할 자리였어요. 울프 기사단의 캡틴이 장미 기사단의 캡틴을 맞아 싸웠어야 할 자리였어요. 그런데 캡틴 울프는 뒤에서 팔짱 끼고 구경만 하고 있었지요."

스스로에 대한 실망감으로 가득 찬 카셀의 눈을 보고, 쉐이든은 솔직하게 말했다.

"캡틴 울프가 나섰다면 그림은 좋았겠군. 하지만 그 경우에는 링케가 싸움에 응하지 않았을 수가 있지. 응했다 하더라도 지금의 양상이 달라지지도 않았을 것이다. 없는 걱정 만들어서 하지 마."

게랄드가 옆으로 터덜터덜 걸어와 마주 보고 서 있는 쉐이든과 카셀 사이에 섰다.

"둘이서 무슨 얘기를 그렇게 심각하게 해? 나의 위대한 결투라도 복기하고 있었어?"

둘이 아무 말 하지 않자, 게랄드는 손을 내저었다.

"그보다 저거 쳐들어오는 거 맞지? 진짜 왕을 사로잡을 속셈인가 봐."

카셀은 잠시 자신의 걱정을 묻어두고 말했다.

"국왕을 붙잡으면 카모르트 내 모든 귀족들의 반발을 사게 될 겁니다. 아마 쟌스테인 백작 측의 귀족들까지도요. 비록 레앙으로 물러났다고는 하나 뤼미에르 백작의 힘이 조금도 약해지지 않은 상태에서 왜 이런 짓을 하려는지 이유를 모르겠어요."

세이게이 장군의 일사불란한 지휘로 성벽 수비는 준비가 끝났다. 장군은 저 두 배의 병력이 쳐들어와도 사흘쯤은 지킬 수 있다고 자신했다.

"우리는 이제 어떻게 해야 하지? 여기 병사들 사이에 섞여 싸우나? 카모르트의 내전에 아란티아가 낄 수는 없다면서?"

게랄드가 물었다. 카셀은 캡틴 울프와 캡틴 링케의 싸움을 상상하느라 잠깐 틈을 두고 대꾸했다.

"국왕 폐하는 쟌스테인 백작을 수호 가문으로 인정하지 않았어요. 하지만 적으로 지목하지도 않았지요. 명목상 쟌스테인 백작은 왕을 지키기 위해 온 겁니다. 그런데 아란티아의 기사들이 임의로 나서서 막을 수는 없어요."

어제 한 번 했던 얘기지만 카셀은 다시 한 번 빠짐없이 설명했다.

"아까도 국왕은 그저 거절하기만 했어요. 링케를 말없이 보내준 셈이죠. 백작은 나중에 '잘못 이해했다' 한 마디면 돼요."

"국왕은 아직도 망설이는 중인가?"

"붉은 장미 백작이 무서운 거겠죠. 비난할 수는 없는 일이라고 생각해요."

카셀은 군대의 배치를 살펴보며 세이게이 장군이 말해준 전략과 현 정치 상황을 떠올렸다.

비록 드마르프에서 패했지만, 뤼미에르 백작은 전투에 무지한 사람이 아니었다. 가지고 있는 병력으로 성을 지키는 데에만 전념하면 쟌스테인 백작이 아무리 더 우위의 병력을 가지고 있다 해도 레앙을 지킬 수 있을 것이다. 아니면 점령하는 데에 몇 달의 세월이 더 소모되거나.

그러니 쟌스테인 백작은 무리한 공격을 감행하기보다는 군대의 일부를 과감하게 노르만트로 돌린 것이다. 만약 요구대로 국왕이 수호 가문으로 쟌스테인 백작을 인정하면 다른 귀족들은 뤼미에르 백작에게 등을 돌릴 것이고, 그 다음은 그가 원하는 대로 진행될 것이다.

세이게이 장군은 두 백작의 전력이 비슷하다는 가정 하에 모든 것을 준비했다. 카셀도 그걸 가정해서 지금까지 가운데에서 균형을 잡는 것에 신경 썼다. 하지만 장미의 군대는 모두의 예상을 뛰어넘어 버렸다.

'그 사이 내가 할 수 있는 일이 더 있지 않았을까? 드마르프 평원 전투가 끝난 다음에 뤼미에르 백작을 성 안으로 들였다면? 전투가 끝난 직후 먼저 쟌스테인 백작에게 서신을 보내 화해 요청을 했다면? 캡틴 울프의 자격으로 나가 캡틴 링케를 쓰러뜨렸다면?'

카셀은 가정에 가정을 더한 생각을 이어가다가 쉐이든을 힐끗 올려다보았다. 창을 짚고 서 있는 그의 모습은 하얀 늑대들을 상징하는 모든 단어를 함축시켜놓은 것처럼 멋있었다.

'누가 봐도 두 명의 하얀 늑대들이 서 있다고는 생각하지 않을 거야.'

카셀은 자신이 너무 초라하게 느껴져 그만 내려가고 싶었다.

"이게 우리의 전투라면 좋겠군. 귀족들의 알력 싸움이 아니라 이 도시 사람들의 목숨을 내건 치열한 전투라면 이것저것 신경 안 쓰고 나가서 닥치는 대로 싸우면 되잖아."

게랄드가 말했다.

"멧돼지처럼 돌진이라도 하려고?"

쉐이든이 농담처럼 물었다.

"성문을 열어 버리는 거야. 그리고 문 앞에 내가 서 있는 거지. 아무도 못 들어오게 할 수 있어!"

"그런 무모한 짓은 뭐 하러 해?"

"그런 게 영웅이니까."

"죽으면 영웅이 무슨 소용인가?"

"누가 죽는대?"

"그런 짓 하면 보통 죽지."

"난 안 죽으니까 괜찮아."

"죽을 거다."

"안 죽는다니까!"

"죽어."

둘은 엄청난 얘기를 아무렇지도 않게 하고 있었다. 호기 넘치는 철 없는 소년들의 대화가 아니었다. 진짜로 그럴 수 있는 실력을 바탕으로 하는 얘기였으니까.

카셀은 가슴 한쪽이 저렸다. 살아남으려고 거짓말하고 허세를 부리 던 순간들이 하나씩 떠올랐다.

'내게는 온통 거짓만 있고 진짜가 없어. 아즈윈과 쟈란의 시합을 보 면서도 어렴풋이 느꼈지만, 게랄드와 링케의 싸움을 보고 났더니 확실 히 알겠어. 난 절대로 하얀 늑대가 될 수 없어!'

하얀 늑대들의 특별함을 알아갈수록 카셀은 하찮은 자신을 돌아보 게 되었고, 그 격차가 얼마나 큰지 깨달았다. 그리고 이제 포기할 마음 이 들었다.

'나는 농부야. 내가 갈 곳은 울프 기사단이 있는 아란티아가 아니라, 아버지가 있는 루우룬 마을이야.'

그렇게 결정을 내리고 나니 홀가분했다. 괜히 미소를 짓고 있던 카셀을 돌아보며 게랄드가 물었다.

"넌 왜 그 뒤에서 인생의 진실을 깨우친 노인처럼 허무하게 웃고 있는 거냐?"

"아니에요, 아무것도."

멀리 붉은 장미의 군대가 움직이기 시작했다. 카셀은 성벽 난간 쪽에 달라붙었다. 이제 시작된다, 하는 두근거림이 채 가시기도 전이었다.

시커먼 갑옷의 기사가 장미 군대의 후방 부대를 덮쳤다.

"저기 끝에!"

카셀이 소리쳤다.

"저놈들, 우리 마차를 공격한 놈들이랑 같은 놈들이겠지?"

쉐이든의 말에, 게랄드는 힘 있게 고개를 끄덕였다.

"진짜네. 하지만 나한테 팔 잘린 녀석은 아닌 모양인데? 두 손 다 붙어있는 걸 보니."

"하나가 아니다."

쉐이든이 후방 부대를 급습한 다른 검은 기사들을 가리켰다.

"셋, 넷…… 다섯. 저놈들 저렇게 많았나?"

어디에서 나타났는지 모를 검은 기사들의 출현에 붉은 장미 부대는 커다란 혼란에 휩싸였고, 노르만트 측 병사들도 놀라 어쩔 줄을 몰라 했다. 천 명이 넘는 군대가 단 다섯 명의 기사들에게 와해되어 전열이 흐트러졌다.

"어라, 저쪽을 공격하네? 우릴 도와주는 꼴이 되잖아."

게랄드가 떨떠름한 어투로 중얼거렸다. 말없이 관찰하던 쉐이든은 성 밖이 아닌 안을 돌아보았다. 노르만트 주민들이 대피하고 난 거리는 텅 비어 있었다. 쉐이든은 거리를 빠르게 훑으며 뭔가를 찾았다.

"왜 그래요?"

카셀이 물었다.

"저 녀석들, 바깥에만 있는 게 아니다."

쉐이든은 드물게도 긴장된 목소리로 말했다. 때를 같이 하여 귀를 거슬리게 하는 괴이한 소음이 노르만트 시내에 울려 퍼졌다. 계속 성 밖만 내다보던 병사들이 기겁을 하며 성 안쪽을 돌아보았다.

"저기 있다."

쉐이든이 손가락으로 가리킨 곳은 노르만트 내에서 왕성을 빼고 제일 높은 성당 첨탑이었다. 언제인지 모르게 그곳에 검은 말을 탄 검은 기사가 올라가 있었다. 말은 기울어진 지붕 위인데도 말굽을 바닥에 붙이기라도 한 것처럼 미끄러지지 않고 뻐딱하게 서 있었다. 거기 탄 기사도 평지처럼 똑바로 자세를 잡고 있었다.

검은 말은 맹수처럼 포효했고, 기사는 나팔을 불었다. 나팔에서 검은 연기가 뿜어져 나오며 등골이 오싹해지는 괴이한 소리가 또 한 번 울렸다.

그러자 붉은 장미의 군대를 공격하던 검은 기사들이 그 소리에 반응하듯 일제히 말머리를 돌렸다. 그리고 노르만트를 향해 달려오기 시작했다.

"전원 전투 준비! 전투 준비!"

쉐이든이 성곽의 군대를 향해 소리쳤다. 성루에 서 있던 쟈란도 검은 기사들의 접근을 발견하고 즉시 쉐이든의 명령을 받아 소리쳤다.

"전군 전투 준비!"

쟈란은 확인 차 쉐이든에게 뛰어오며 물었다.

"공격 목표는 저들입니까?"

"검은 갑옷을 입은 기사들을 성벽 쪽으로 접근하지 못하게 하시오!"

쉐이든은 다급하게 소리친 후 창을 치켜들었다.

"카셀, 넌 성으로 가. 아즈윈이 거기 있을 거다. 게랄드, 넌 이곳을 막아줘."

게랄드도 쉐이든에게 맞춰 빠르게 물었다.

"너는 어쩌게?"

"나팔을 든 녀석이 저놈들의 리더 같다. 그때도 저놈이 부르니까 물러갔었지. 내가 처리하겠다."

"알았어. 그런데 나팔 부는 녀석은 저길 어떻게 가 있는 거지?"

"이상한 능력이라도 써서 지붕 위로 한 번에 뛰어 올라갔겠지. 보통 말이 아니니."

"아니, 내 말은 이렇게 성벽에 병사들이 많이 대기하고 있는데, 언제 저기까지 가 있었냐는 거야."

"그야 저 교회 지붕을 뛰어올라갈 정도면 이 성벽쯤은 당연히……?"

쉐이든은 눈어림으로 높이를 재보더니 탄성을 내질렀다.

"이런! 저 말이 성벽을 뛰어넘을 수 있다는 소리잖아?"

"말도 안 돼!"

카셀이 놀라 소리쳤다.

"서둘러, 카셀. 아즈윈한테 가! 놈들은 화살도 칼도 통하지 않을 거다. 여기 있으면 지켜줄 사람이 없어."

"나 혼자 어떻게……."

카셀은 순간 '나는 하얀 늑대들의 캡틴인데 어떻게 도망쳐?' 라는 말을 내뱉을 뻔했다. 거짓말을 반복하다 보니 이제 쉐이든에게마저 거짓말을 하려 했던 것이다.

카셀은 입을 다물었고, 쉐이든도 그의 뒷말을 들으려고 기다리지 않았다. 그는 계단을 내려가 대기하고 있는 말을 타고 쏜살같이 달려갔다.

"나도 준비해야겠군."

게랄드는 다른 쪽 계단으로 내려갔고, 한순간 카셀은 혼자 남게 되었다. 발가벗겨진 심정이었다. 무섭고, 창피하고, 한심스러웠다.

전투가 시작되면 자신이 할 일은 없다. 그저 달아나야 한다.

캡틴 울프라는 이름을 지키기 위해 숨을 뿐, 아무것도 해서는 안 된다.

목구멍에서 끓어오르는 굴욕감을 견디지 못하고 카셀은 눈을 꾸욱 감았다.

'냉정하자. 창피해할 때가 아니야. 지금은 쉐이든의 말대로 아즈윈이 있는 곳으로 돌아가야 해.'

카셀은 계단을 내려와 준비된 말에 뛰어올랐다. 전투 지휘로 목청이 터져라 소리 지르던 쟈란이 말에 오르는 카셀을 돌아보며 외쳤다.

"어디 가십니까, 캡틴 울프?"

카셀은 말 머리를 돌리며 말했다.

"성으로 돌아갑니다."

"여길…… 돕지 않으시고요?"

쟈란의 눈초리가 따가웠다. 카셀은 미소를 보이며 말했다.

"전 폐하의 옆에 있는 게 좋겠습니다."

"아! 그럼 부탁드리겠습니다."

쟈란은 금방 이해하며 고개를 끄덕였다. 카셀은 말을 돌려 노르만트의 큰길을 내달렸다.

'또 속였구나.'

살아남으려고 도적들에게 거짓말을 하던 때가 차라리 의도는 순수했다. 팔콘을 속여 기사도를 더럽히고 고디머 백작을 속여 그의 충성을 욕되게 하고 국왕을 속여 노르만트를 전쟁터로 밀어 넣었다.

카셀은 목구멍까지 치민 울음을 구겨 넣으려고 입을 꾸욱 다물었다.

그저 달아난다…… 그 외에는 아무것도 할 게 없었다.

쟈란의 명령과 함께 수십 개의 화살이 허공을 날아 검은 기사들에게 내리꽂혔다. 그들 중 둘은 시커먼 방패로 화살들을 막았지만, 창과 도끼창을 들고 있는 다른 기사들은 아예 무시하고 몸으로 화살을 받아냈다. 튕겨 나가는 화살도 있었으나, 분명 몇 개는 투구와 가슴의 보호 장비를 뚫고 박혔다. 그러나 검은 기사들은 꿈쩍도 않고 달려왔다.

돌격 준비를 갖춘 이천 명 가까운 군대가 고작 다섯밖에 되지 않는 기사들에게 밀려난 이유를 쟈란은 금방 납득했다. 화살이 통하지 않는데 다른 무기라고 통할 리 없었다. 쟈란도 그들을 해치울 수 있다는 기대를 빨리 버리고 다른 선택을 할 수밖에 없었다.

"성문을 사수하라. 놈들이 들어오지 못하게 해."

검은 기사들의 말은 날아가는 화살을 달려가서 잡을 것처럼 빨랐다. 순식간에 그 먼 거리를 달려오니 궁수들은 두 번째 화살을 잴 여유도 갖지 못했다. 그리고 그들은 성벽에 거의 다다른 후에도 속도를 늦추지 않았다.

"설마?"

검은 말은 속력을 늦추지 않고 새가 도약하듯 뛰어올라, 순식간에 성벽을 넘어 반대편으로 착지했다. 한 마리는 겨우 성벽 난간에 앞발만 닿고 넘지 못했으나, 속력이 워낙 빠르다 보니 그 탄력으로 배를 부딪치며 뒷발을 강제로 끌어올릴 수 있었다. 또 한 마리는 도약력이 부족한 나머지 성벽에 부딪혀 나가떨어졌으나, 말에 타고 있던 검은 기사는 튕겨 나가는 힘으로 난간을 넘었다.

병사들은 성벽로 위로 올라선 검은 기사에게 창을 찔렀다. 하지만 그들의 공격은 갑옷에 튕겨 나가거나 검은 기사의 손에 잡혀 아무런 피해도 주지 못했다. 애초에 화살이 꽂힌 채로 성벽을 타고 오른 그들이었다. 창이 갑옷을 뚫는다 한들 죽일 수 없었다.

검은 기사가 휘두른 도끼질 한 번에 병사들이 몇 명이나 한꺼번에 두 동강이 났다. 시체가 성벽 밑으로 떨어졌다.

침착하게 두 번째 화살을 준비한 궁수들이 시위를 놓았다. 성벽로의 기사는 비를 막는 것처럼 한 손으로 투구만 가렸다. 화살의 대부분이 갑옷에 튕겨 나갔고 그나마 박힌 화살도 검은 기사의 움직임에는 영향을 주지 못했다. 기사는 온몸에 화살이 꽂힌 채로 병사들을 닥치는 대로 베어 죽였다.

성벽을 넘어 반대편에 착지한 기사도 괴력을 발휘하며 병사들을 공격했다. 성벽 아래 대비하고 있던 방패병들은 여러 명이 한꺼번에 뭉쳐 있던 탓에 피해가 더욱 심했다. 검은 기사가 휘두른 창과 도끼에, 병사들의 붉은 피와 살점이 지푸라기를 깔아놓은 바닥으로 터져나갔다. 병사들의 머리가 여기저기 굴러다녔다. 심지어 검은 기사가 타고 있는 말조차 전투에 참여하여 앞발로 병사들을 내리찍고 있었다.

무모하고도 승산 없는 싸움이 이어지며 점차 전투가 아닌 학살로 변질되어 갔다.

훈련받은 병사들이다 보니 십 수 명이 희생당한 후에도 기어이 달려들어 창을 찔러 넣는 데 성공하는 이도 생겼다. 그러나 검은 기사는 갑옷에 박힌 창을 쑥 빼더니 그 창으로 자기를 찌른 병사를 찔러 죽였다. 일말의 희망으로 버티던 병사들은 그 광경에 완전히 이성을 잃었다.

병사들은 무기를 내던지고 달아나기 시작했다. 악몽과도 같은 시커먼 어둠이 주변을 가득 채웠다. 극도의 공포에 휩싸인 어떤 병사는 자기에게 검은 기사가 달려오자 바닥도 확인하지 않고 성벽 밑으로 뛰어내리기도 했다.

쟈란은 달아나는 병사들에게 맞서 싸우라는 명령을 내리지 못했다. 솔직히 자신이 먼저 칼을 내던지고 싶었다.

모두들 죽음을 각오하고 성벽에 섰던 병사들이었다. 왕을 위해, 이 나라를 위해 목숨을 내던질 맹세를 했던 그들이었다. 붉은 장미의 군대 1만이 쳐들어올지언정 달아나지 않고 싸웠을 용기 있는 병사들이었다. 그러나 단 다섯 명의 검은 기사들 앞에서는 모든 것을 잊어버렸다. 명예도, 용기도.

모든 것이 사라지고 공포만이 남았다. 심장에도 어둠이 찬 듯, 머릿속에도 그림자가 차오른 듯, 깜깜한 절망만 떠올랐다.

쟈란은 입이 떨어지지 않아 후퇴 명령조차 내리지 못했다. 이대로 자신을 향해 날아올 죽음을 기다리는 길 외에는 아무것도 할 수 없었다.

"비켜라!"

모두의 머리를 채운 안개를 날려 버리는 청명한 외침이 터져 나왔다. 쟈란의 옆에 있던 게랄드가 어느 순간 성벽로를 질주해 한 창병의 손에서 창을 빼앗아 집어던졌다. 창이 바람을 가르는 날카로운 소리를 울리며 검은 기사를 향해 날아갔다.

검은 기사는 화살만큼이나 빠르게 날아오는 창을 발견하고 방패를 들었다. 하지만 게랄드가 던진 창은 방패를 뚫고 그 너머의 투구까지 관통했다. 갑옷 입은 육중한 몸이 잠깐 들리는가 싶더니 몇 걸음 뒤로 주루룩 미끄러졌다.

방패와 투구를 동시에 꿰고 지나간 창은 검은 기사의 뒤통수로 빠져나와 있었다. 모든 병사들이 해치웠다며 환호했으나, 게랄드는 경계를 늦추지 않았다.

"역시 저 정도로는 안 죽나?"

게랄드는 도끼를 쥐고 피로 얼룩진 성벽로를 성큼성큼 걸어갔다.

검은 기사는 창에 뚫린 방패를 천천히 잡아당겼다. 쇠가 찢어지며 투구에서 창이 빠져나왔다. 뚫린 뒤통수에서 검은 연기가 벌컥벌컥 쏟아져 나왔다. 마치 피가 솟구치는 것 같았다. 하지만 검은 기사는 조금도 고통스러워하는 기색 없이 다시 몸을 일으켰다.

쟈란은 머리를 뚫리고도 살아남은 검은 기사를 보고 기겁을 했다. 그러나 게랄드는 쟈란이 맘 놓고 겁내지도 못하게 고함을 질러대며 방해했다.

"네 친구 팔 자른 사람을 찾나? 나다. 내가 네놈들이 복수할 상대다!"

쟈란은 갑자기 숨을 토해냈다. 검은 기사가 나타난 순간부터 숨을 쉬지 않았던 모양이었다. 다른 병사들도 마찬가지였다. 다들 뒤늦게 꿈에서 깨어난 것처럼 대열을 가다듬거나 뒤로 물러나 무기를 재정비했다.

마치 공포라는 이름의 홍수를 틀어막은 댐처럼 검은 기사와 일반 병사들 사이에 게랄드가 서있었다.

"위험하오. 일단 후퇴해서……."

쟈란은 게랄드에게 먼저 후퇴 명령을 내리려 했다. 그 다음 병사들에게 대열을 정비하라고 명령을 내리고 싶었다. 그러나 게랄드는 망설이지 않고 검은 기사를 향해 달려들었다. 검은 기사가 도끼창을 휘둘렀고 게랄드는 도끼를 휘둘렀다.

쾅!

뭔가가 폭발하는 소리가 울렸다. 부러진 도끼창의 손잡이가 허공을 날고 그 뒤를 따라 검은 기사의 투구가 성벽 밑으로 떨어졌다.

머리 없는 검은 기사가 뒤로 휘청거리며, 허공에다 부러진 도끼창을 마구 휘둘러댔다. 목이 잘린 부분에서 새어 나온 묵직한 검은 연기가 형체를 가진 물질처럼 바닥에 쏟아져 흩어졌다.

게랄드는 휘두른 도끼를 접고, 머리를 잃은 검은 기사가 휘청거리는 모습을 지켜보기만 했다. 곧 검은 기사의 허우적대는 움직임마저 사라졌다. 게랄드는 보기만 해도 끔찍한 그 머리 없는 흉갑을 아무렇지도 않게 들어보았다.

"비었군. 갑옷만 살아 움직인 거야."

그 말만으로도 쟈란은 기겁했다.

유령? 마법? 사악한 저주? 온갖 무서운 말들이 떠올랐다. 그러나 게랄드는 무서워하는 법을 잊어버린 사람처럼 상황을 단순하게 받아들였다.

"어쨌든 목을 베면 죽는다 이거지? 그거면 됐어."

게랄드는 쟈란을 돌아보며 신호를 보냈다.

"나한테 맡기고 다들 숨어있으라고 해."

게랄드는 성벽 아래를 내려다보면서 성벽로를 따라 달리다가 갑자기 아래로 뛰어내렸다. 그 동작이 너무 자연스러워 쟈란에게는 그가 5미터가 넘는 성벽 높이를 깜빡한 것처럼 보였다.

게랄드가 뛰어내린 지점은 말을 탄 검은 기사의 위였다.

검은 기사는 뒤통수에 떨어지는 게랄드의 접근을 어떻게 알아챘는지 빠르게 몸을 돌려 즉시 창끝을 위로 치켜세웠다. 그대로라면 게랄드가 자기 힘으로 달려들어 창에 꽂힐 방향이었다. 하지만 게랄드의 도끼가 더 빨라, 창의 끄트머리가 도끼에 잘려나갔다. 부러진 창날이 게랄드의 어깨를 긁으며 살갗을 찢었다.

게랄드는 착지하자마자 도끼를 휘둘러 검은 기사의 허리를 동강 냈고, 다시 되돌려 밑에 있는 말 머리를 올려쳤다. 머리 잃은 말이 한 번 크게 날뛰었다가 바닥을 사정없이 들이박았고, 몸의 절반이 날아간 검은 기사는 바닥에 떨어진 충격과 말 무게에 짓눌려 박살났다.

갑옷이 부서지며 검은 연기가 사방으로 흩어졌다. 병사들이 혹 그 연기가 닿으면 큰일이라도 날까 봐 발을 들며 물러섰다. 검은 갑옷은 부서진 상태에서도 꿈틀댔으나, 곧 멈췄다.

"다음 어디 있어? 누구 본 사람?"

게랄드가 목청껏 소리쳐 물었다.

"저쪽이오!"

멍청히 상황을 바라보던 쟈란이 손가락으로 왕성 쪽을 가리키며 외쳤다.

"다른 놈들은 왕성 쪽으로 들어갔소."

"알았어. 여기 잘 지켜! 백작의 군대가 물러난 건 아니니까."

게랄드는 허락도 받지 않고 쟈란의 말에 올라타더니 왕성 쪽으로 달려갔다.

한바탕 폭풍이 휩쓸고 떠난 것 같았다. 지켜보던 병사들은 모두 할 말을 잃었다. 쟈란이 퍼뜩 정신을 차리고 명령을 내렸다.

"부상자들을 치료하고 사망자들을 수습하라. 적군은 아직 바깥에도 있다. 경계를 철저히 하라!"

쟈란은 절룩거리며 망루에 올라 다친 발등을 내려다보았다. 하얀 늑대 아즈윈에게 얻은 상처였다. 싸울 때는 굴욕적이라 생각했고, 치료를 마치고 침상에서 일어났을 때는 영광이라고 생각했다. 그러나 게랄드가 보인 엄청난 활약상을 목격한 지금은 다행이라고 생각했다.

'그때 아즈윈은 정말 처벌만 한 거야. 싸운 게 아니라.'

쟈란은 멀리 붉은 장미군의 위치를 확인했다. 그들 역시 검은 기사들의 공격에 놀라 후퇴한 위치에서 한 걸음도 다가오지 않고 있었다. 자신이 그 군대의 지휘관이라도 지금 같은 상황이라면 관망하는 쪽을 택할 것이다.

'다행이다. 지금 붉은 장미 백작의 군대가 쳐들어온다면 꼼짝없이 성문을 내줘야 했을 거야.'

쟈란이 먼 곳에 시선을 두고 있을 때 엉뚱하게도 코앞에 거대한 말의 얼굴이 불쑥 나타났다. 쟈란은 비명도 지르지 못하고 뒤로 물러났다가 다리가 풀려 주저앉고 말았다.

또 다른 검은 기사가 쟈란이 서 있는 망루 위로 올라오고 있었다. 검은 기사가 탄 말의 등에는 박쥐 같은 날개가 달려 퍼덕이고 있었다. 그 검은 기사는 다른 검은 기사처럼 질주해서 성벽을 타 넘지 않았다. 날아서 왔다.

쟈란의 귀에는 모든 소리가 차단되고 오직 그 말의 펄럭이는 날갯짓 소리만 들렸다.

"오, 맙소사. 오오……."

주변의 소리뿐 아니라, 빛까지 차츰 사라졌다. 단순한 느낌이 아니었다. 진짜로 그가 선 망루에만 밤이 내린 듯 어두워지고 있었다.

그자는 다른 검은 기사와 투구나 갑옷 모양이 달랐다. 하지만 다른 건 외형만이 아니었다.

병사들을 학살한 검은 기사들을 봤을 때는 죽음 그 자체를 두려워했다. 그러나 지금 나타난 기사를 보고는 살아있음이 두려워졌다. 지금 이 순간을 견디는 것이 너무도 무서운 나머지 죽음으로 도피하고 싶었다.

그 검은 기사가 손바닥을 앞으로 내밀자, 쟈란의 시야가 까맣게 물들었다. 그의 허리 아래가 잘려나갔지만 고통은 없었다.

쟈란은 한 번 눈을 감은 다음, 다시는 눈을 뜨지 못했다.

Chapter 29

카셀의 선택

쉐이든은 성당 쪽으로 뻗어 있는 직선 도로를 내달렸다. 나팔을 든 검은 기사는 아직 성당 첨탑에 올라간 그대로였다.

항상 북적대던 거리는 을씨년스럽게 한산했다. 처음 대피 명령을 내렸을 때만 해도 자기 집은 자기가 지키겠다며 어디서 구했는지도 모를 낡은 칼을 들고 나온 사람들이 꽤 있었다. 그러나 그들은 괴이한 나팔 소리에 겁을 집어먹고 숨어 버렸다.

쉐이든에게는 다행이었다. 지금 상황에서는 누군가를 보호하면서 싸울 자신이 없었다.

나팔을 든 검은 기사가 나머지의 리더라고 확신할 수는 없었다. 그러나 나팔이 성 외곽에 있는 검은 기사들을 불러들이는 역할을 하는 건 분명했다. 게랄드와 싸우다 한 팔을 잃은 검은 기사도 나팔 소리에 물러갔었다.

쉐이든은 말을 달리는 동안 저것들이 노르만트를 공격하는 이유에 대해서 생각했다. 쟌스테인 백작을 돕기 위해? 그럼 왜 장미군을 공격하고, 쟌스테인의 딸을 죽이려고 시도했는가?

뤼미에르 백작을 돕기 위해? 그렇다면 레앙에 있는 붉은 장미 백작의 군대를 공격하는 게 맞다. 그리고 그것들은 결정적으로 뤼미에르의 아들을 살해했다.

하얀 늑대들이 목표라면 굳이 이 순간에 낄 이유가 없었다. 똑같이 암살을 시도했던 블랙풋은 차라리 명쾌했다. 두 백작 중 하나가 의뢰인이다. 반면 검은 기사의 목적은 너무도 불분명했다. 그 때문에 누가 배후에 있는지 짐작할 수가 없었다.

마지막으로 쉐이든의 머리를 스친 건 국왕 살해였다. 그들의 목표가 카모르트의 혼돈이라면 얼추 맞아떨어지는 추리였다. 아직 젊은 국왕에게 후계자가 없다는 점을 생각하면 가능성 있는 이야기였다. 하지만 대체 카모르트에 혼란을 안겨줘서 이득을 보는 세력이란 게 누구란 말인가?

쉐이든은 말을 세우고 물었다.

"너희들은 누구냐?"

굳이 들으라고 한 말은 아니었으나, 그의 말을 알아들은 듯 첨탑 위의 검은 기사가 아래를 내려다보았다. 투구 안이 텅 비어있는 데도 음침한 시선이 보이는 것 같았다.

마주치는 순간 제일 더러운 기억이 났다는 아즈윈의 말대로였다. 쉐이든도 놈의 눈빛 안에서 방금 죽은 시체들의 무더기가 보였다. 묻어둔 기억 속에서 자신이 저지른 죄가 떠올랐다.

쉐이든은 훈련병도 거치지 않고 이로피스 왕실 기사단이 되었다. 사무관 출신이라 기사 수양을 따로 받을 것도 없었고, 실력은 반년 만에 기존 왕실 기사들을 능가하게 되었으며, 대대로 사무관이었던 가문이라 출신을 따질 사람도 없었다. 어느 순간 차기 캡틴이라는 말이 나왔다.

기사단의 첫 임무로 떠난 자리에서 쉐이든은 혼자서 백 명 가까운 적을 베었다. 죽어 마땅한 자들이라는 말에 망설임 없이 베고 찌르고 두 동강 냈다. 같은 기사단의 동료들마저 긴 머리에서 핏물을 뚝뚝 흘리며 돌아서는 그의 살기등등한 모습에 뒷걸음질 쳤다. 그리고 쉐이든 역시 겁을 집어먹었다.

살아 있는 적을 베는 건 문제없었다. 그러나 그 적이 시체로 뒤바뀌는 순간, 그는 형언할 수 없는 혐오감에 사로잡혀 욕지기가 올라왔다. 그래서 그는 죽은 자를 돌아보지 않고 살아 있는 다음 적을 향해 무조건 전진했다. 뒤에 남겨진 자리에 시체가 쌓이는 모습을 보고 싶지 않았다.

몇 날 며칠 악몽에 시달리다가 쉐이든은 기사직을 포기했다. 사람을 죽이고 싶지 않았다.

'그럼 울프 기사단으로 가라.'

캡틴 이로피스의 조언이었다. 쉐이든은 그의 말에 따랐다. 사람을 죽이지 않는 기사가 되기 위해서.

"난 시체가 되지 않는 너 따위는 무섭지 않다."

쉐이든은 성당을 향해 창을 높이 뻗었다.

"내려와라!"

검은 기사는 나팔을 집어넣고 허리에 찬 긴 칼을 빼 들었다. 그의 칼은 거의 쉐이든의 창만큼이나 길었다. 동쪽 하늘에서 다가오는 어둠이 그 검은 기사의 주위를 에워싸고 있었다.

쉐이든의 말이 겁에 질려 뒷걸음질 치기 시작했다. 쉐이든은 말을 진정시키려고 애썼으나, 잘 되지 않았다. 겨우 고삐를 잡아당겨 말을 세우고 다시 첨탑을 올려다보니 검은 기사의 모습은 온데간데없었다.

검은 기사는 이미 성당 아래에 내려와 있었다. 뛰어내릴 때도, 착지할 때도 기분 나쁠 정도로 소리가 나지 않았다.

어째서인지 밀폐된 공간에 갇히기라도 한 것처럼 가슴이 갑갑해 호흡하기가 쉽지 않았다. 쉐이든은 가슴을 펴고 억지로 숨을 몰아쉬며 말했다.

"목적이 뭐냐?"

대답을 기대하지는 않았다. 검은 기사는 대답 대신 쉐이든이 창을 내미는 자세와 똑같이 긴 칼을 내밀었다. 상당히 크고 무거운 칼이었는데도, 칼끝에는 흔들림이 없었다.

칼날을 내민 방향에서 불어온 차가운 공기가 쉐이든의 얼굴을 확 훑고 지나갔다. 차갑다고 생각했지만 그건 뜨거운 공기였는지도 몰랐다. 마치 얼굴 앞에서 입김을 분 것처럼 불쾌했다.

쉐이든이 타고 있는 말이 공포에 질려 그대로 얼어붙어 버렸다. 이제 고삐를 잡아당겨도 말을 듣지 않았다.

"곤란하게 됐군."

쉐이든은 말에서 내려 옆에 섰다.

검은 기사의 말은 맹수처럼 입김을 푹푹 뿜어내며 앞발을 굴렀다.

주인보다 말이 더 생기 넘쳤다. 게다가 녀석은 주인의 명령도 없이 뒷발을 구부리더니 공중으로 크게 도약하여 한걸음에 쉐이든의 앞에 착지했다. 마법처럼 갑작스럽고 빨랐다.

검은 철갑을 두른 검은 말의 머리가 달려들었다. 쉐이든은 급히 몸을 돌려 피했으나 뒤이어 검은 기사가 휘두른 칼은 완전히 피하지 못해 그만 창을 놓치고 말았다. 말은 자기가 알아서 몸을 돌려 쉐이든을 따라잡았고 검은 기사는 비틀거리다 넘어진 쉐이든을 향해 칼을 내리쳤다. 옆으로 굴러 피해도 계속 따라붙으며 공격이 이어졌고, 거대한 칼은 단단한 돌바닥을 곡괭이로 찍은 듯 부쉈다. 칼을 피하면 곧장 말발굽이 떨어졌다.

이리저리 구르다 가까스로 창을 다시 집어 드는 순간, 검은 기사의 칼이 쉐이든의 등으로 내리꽂혔다. 동시에 쉐이든도 창을 찔러 넣었다.

두 자루의 무기가 서로의 목을 노리고 스쳐 지나갔다. 칼날은 쉐이든의 목덜미를 스치며 바닥을 찔렀고 철창은 검은 기사의 목을 찌르고 들어갔다.

쉐이든은 끝났다고 생각했지만, 검은 기사는 목이 뚫린 채 칼을 옆으로 휘둘렀다. 방심해서 움직임을 멈췄다면 목이 날아갔을 테지만 쉐이든은 놈의 어깨 움직임을 보고 미리 고개를 수그려 칼날을 피했다. 머리카락만 잘려 나갔다.

검은 기사는 목을 찌르고 있는 창을 한 손으로 잡아당겨 뽑으려 했다. 그러나 쉐이든이 먼저 놈을 꽂은 채로 말 위에서 들어 올려, 바닥에 패대기쳤다.

요란한 소리와 함께 갑옷이 부서지며 검은 기사의 한쪽 팔이 떨어져 나갔다. 깨진 부분에서 검은 연기가 쏟아져 바닥을 물처럼 채웠다. 검은 기사는 다시 일어나 목을 뚫은 창을 한 손에 쥐고 자리에서 일어났다. 쉐이든은 몸이 상하로 크게 흔들리면서도 창을 놓지 않고 버텼다.

검은 기사는 창에서 손을 떼는가 싶더니 치켜든 주먹으로 철창의 자루를 내리쳤다. 마법의 힘으로 제련된 철창이라 부러지지는 않았지만 크게 떨리는 반동 때문에 쉐이든은 그만 창을 놓치고 말았다.

검은 기사는 창을 뽑느라 시간을 낭비하지 않고, 재빨리 부서진 팔과 함께 떨어진 자신의 칼을 집어 들었다. 쉐이든도 맨손으로 검은 기사에게 달려들었다.

검은 기사는 자기 품에 뛰어드는 쉐이든의 목을 노리고 칼을 휘둘렀다. 빠르고 정확했으나, 어깨까지 부서진 상태로 휘두르는 칼은 처음보다 위력적이지 못했다. 쉐이든은 아슬아슬하게 칼을 피하며 검은 기사의 목에 꽂힌 창을 더욱 밀어 넣었다.

검은 기사는 칼자루로 쉐이든의 등을 내리찍었다. 척추가 부러지는 듯한 충격이었지만 쉐이든은 놈의 허리를 잡아 옆으로 내던져버렸다. 묵직한 철갑이 돌바닥에 부딪혀 깨졌다. 그러나 검은 기사는 아무렇지도 않게 벌떡 일어났다. 놈은 비어있는 자신의 오른손을 내려다보더니 주변을 두리번거렸다. 그의 칼은 쉐이든의 손에 들려 있었다.

놈은 당황하는 기색 하나 없이 목을 관통한 철창을 잡아 뽑았다. 서로 무기가 뒤바뀐 채로 둘은 지체 없이 상대에게 달려들었다. 쉐이든은 놈의 머리를 공격하는 척 속임수 동작을 쓴 다음 놈의 철창을 후려쳤다. 검은 기사가 창을 놓치며 뒤로 비틀거렸다.

"이래도 안 죽나 보자."

쉐이든의 공격에 검은 기사의 목이 덜커덕 떨어져 나갔다. 그 순간 뒤에서 기회를 엿보고 있던 검은 말이 쉐이든에게 달려들었다. 쉐이든은 휘둘렀던 큰 칼을 되돌려 뒤를 돌아보지 않고 검은 말의 목을 후려쳤다. 말머리가 뎅겅 잘려나갔으나, 몸뚱이는 달려들던 탄력이 고스란히 살아있어 그대로 쉐이든을 깔아뭉갰다. 잘린 목에서 검은 연기가 물처럼 쏟아졌다.

그 사이 목을 잃은 검은 기사는 비틀거리며 벽에 손을 짚었다. 그는 끓는 솥에서 김빠지는 듯한 요란한 비명을 내지르며 천천히 무너졌다.

잠깐 동안 정적이 성당 주변을 감쌌다. 멈춰 있던 공기가 주변으로 서서히 흩어졌다.

쉐이든은 머리 없는 거대한 말을 발로 밀어내고 일어났다. 아까 겁먹고 얼어 있었던 그의 말이 투레질을 하며 다가왔다. 쉐이든은 바닥에 구르고 있는 철창을 집어 들고 말 위에 올랐다.

고통이 뒤늦게 찾아왔다. 목을 스친 자리에서 피가 배어 나왔고 왼손이 찌릿하게 저리며 아팠다. 관절을 다친 것 같지는 않지만 한동안 제대로 움직이기는 힘들 것 같았다. 하지만 말에 깔렸다는 걸 감안하면 경상이었다.

쉐이든은 웃옷을 약간 찢어내어 왼손을 감쌌다. 이걸로 끝난 게 아니었다. 녀석들은 더 남았을 것이고 한곳에 모일 것이다. 저 정도 녀석들이 여럿이라면 혼자서는 감당하기 힘들었다. 쉐이든도 동료가 있는 곳으로 가야 했다.

'놈들이 어디에 모일까?'

쉐이든은 왕성으로 향했다. 특별히 계산하고 움직인 게 아니었다. 달리 떠오르는 장소가 없어서였다.

◆◆ ━ ◈ ━ ◆◆

카셀의 등 뒤로 주위를 쩌렁쩌렁 울리는 말발굽 소리가 따라오고 있었다. 그러나 카셀은 돌아보지 않고 말을 독려하기만 했다. 그는 성까지 빨리 도달하는 것만 생각하기로 했다. 도움을 받을 곳은 그곳 뿐이었다.

검은 기사의 나팔 소리가 울린 후 거리에는 아무도 없었다. 창문으로 고개를 내민 사람조차 보이지 않았다. 텅 빈 거리와 방해물이 전혀 없는 도로에 공포가 내려앉아 있었다.

말발굽 소리는 점점 가까이 다가왔다. 그래도 카셀은 돌아보지 못했다. 그저 달리는 데에만 집중하려고 노력했다. 그렇지 않고서는 공포를 견딜 수가 없었다. 그를 태운 말도 뒤에서 쫓아오는 것에서 벗어나려고 입에 거품을 물고 내달렸다.

'돌아보면 안 돼.'

카셀은 그렇게 생각하면서도 끝내 두려움을 이기지 못하고 뒤를 돌아보았다. 주위를 온통 검은색으로 물들일 것 같은 검은 갑옷의 기사가 한 손에는 칼을, 한 손에는 방패를 쥐고 따라오고 있었다.

'저게 익셀런의 기사와 같은 갑옷이라고? 같긴 뭐가 같아!'

카셀은 자기도 모르게 손에 힘을 주어 고삐를 당겨 버렸다. 정신없이 달리던 말이 깜짝 놀라 목을 틀었고, 그와 동시에 몸이 기우뚱 기울어지며 카셀은 말 옆으로 미끄러졌다. 거의 등 뒤까지 따라붙었던 검은 기사는 지체 없이 칼을 휘둘렀다.

시큰하게 빰을 가르는 통증이 느껴졌다. 검은 기사가 화살처럼 옆을 스쳐 가며 습기를 잔뜩 먹은 끈적끈적한 바람이 얼굴을 훑고 지나갔다. 말이 균형을 잃는 바람에 공격을 피한 셈이었다. 하지만 기우뚱하게 달리고 있던 말은 결국 자세를 회복하지 못하고 바닥에 머리부터 처박았다. 마지막까지 안장에서 버티고 있던 카셀도 튕겨나갔다.

카셀은 바닥에 얼굴을 부딪치고 어깨를 찍히며 몇 바퀴를 굴렀다. 이대로 죽나 싶었지만, 의외로 몸이 움직여져 벌떡 일어났다. 하지만 잃어버린 균형 감각도, 이성도 되돌아오지 않았다. 휘청거리다가 벽에 손을 짚고 가까스로 버틴 그는 검은 기사가 한참이나 지나간 후에 말을 되돌리는 모습을 발견했다.

카셀은 놈이 되돌아오는 걸 알면서도 움직이지 못했다. 다리가 움직이지 않았다.

'죽는다.'

카셀은 직감했다.

피하지도 달아나지도 못하고 이 자리에서 죽는다.

캡틴 울프가 단 한 차례 저항도 못하고 괴물 같은 기사에게 죽는다.

그걸 모두 알면서도 아무것도 할 수 없었다.

아무것도!

시위에서 튕긴 화살처럼 검은 기사가 달려왔다.

'쉐이든이라면 이렇게 멍청하게 있었을까? 게랄드라면? 아즈윈이라

면? 던멜이라면?'

그때 던멜이 지붕에서 뛰어내려 검은 기사에게 달려들었다. 카셀의 눈에는 검은 기사의 등 뒤에서 유령이라도 나타난 것처럼 보였다.

던멜은 갑옷의 목덜미 부근에 단검을 박았다. 뒤이어 놈의 투구에 손을 짚더니 공중에서 한 바퀴를 돌아 상대의 품으로 뱀처럼 휘어져 들어가며 말의 목덜미를 걸어찼다. 검은 기사는 요란한 소리를 내며 굴러떨어졌다. 던멜에게 채인 충격으로 방향 감각을 잃은 말은 돌벽에 머리를 처박았다.

검은 기사는 낙마의 충격이 아무렇지도 않은 듯 즉시 방패와 칼을 앞세워 던멜에게 뚜벅뚜벅 걸어갔다. 던멜은 개구리처럼 두 손을 바닥에 대고 납작 엎드렸다가 튀어 나가며 칼을 휘둘렀다. 또 한 자루의 칼이 검은 기사의 목에 박혔다.

기사는 방패와 칼을 수차례 휘둘렀지만 단 한 번도 던멜의 몸에 닿지 못했다. 또 한 자루가 검은 기사의 배에 박혔다. 판금 갑옷의 관절이란 관절에는 모조리 단검이 박히고 있었다. 던멜의 움직임은 마치 뱀한 마리가 커다란 고목을 빙글빙글 맴도는 것처럼 보였다.

던멜도 팔을 크게 베이고 방패에 채여 나가떨어졌다. 칼이 박힌 자리에서 검은 연기를 쏟아내면서, 검은 기사는 조금씩 힘을 잃었다. 던멜은 기어이 방패를 든 검은 기사의 손목을 잘라냈고 잠깐 휘청거리는 순간을 놓치지 않고 오른쪽 무릎의 이음새까지 잘라냈다.

검은 기사는 조금씩 분해되었고, 허물어졌다. 그래도 놈은 마지막까지 칼을 휘둘렀고 던멜은 칼이 휘어지는 반대 각도로 들어가 상대의 목덜미를 움켜잡았다.

던멜의 주변을 맴돌던 회오리 같은 공기의 움직임이 멈췄다. 던멜의 무릎이 상대의 등허리 부분을 찍었고 검은 기사의 목덜미가 꺾이며 투구가 벗겨졌다. 사람으로 치면 목과 척추가 부러졌을 공격이었다.

부러진 부분에서 검은 연기가 왈칵 쏟아져 나왔다. 그제야 검은 기사의 움직임이 멈췄다.

갑옷을 수십 토막이나 내놓고도 안심이 안 되는지 던멜은 한참이나 부서진 갑옷 앞에 서서 경계를 늦추지 않았다. 카셀은 처음으로 던멜이 지쳐 숨을 헐떡이는 것을 보았다. 상대의 죽음을 확신한 후에야 그는 손가락으로 왕성을 가리키며 수화로 말했다.

'늦는 줄 알았다. 얼른 성으로 돌아가자.'

카셀은 비틀거리며 말 쪽으로 걸어갔다. 한바탕 세차게 넘어졌던 말은 제 힘으로 일어나 주인을 기다리고 있었다. 녀석도 지치고 상처를 입었지만 아직은 사람을 태울 수 있었다.

카셀이 먼저 타고 던멜이 가볍게 뛰어 카셀의 등을 잡고 말 위에 올라섰다. 카셀은 다시 말을 몰았다.

또 멀리서 말발굽 소리가 들려왔다. 이번에는 둘이었는데, 곧 셋으로 늘었다. 카셀이 놀라 몸을 움츠리자, 던멜이 어깨를 꽉 잡았다. 고삐를 쥐고 있는 손에 힘을 빼라는 뜻이었다. 아까부터 손에 너무 힘을 준 나머지 손목이 저릴 정도였다.

왕성의 도개교 앞에서 아즈윈이 기다리고 있었다.

"카셀. 안으로 들어가."

그녀는 문을 지키고 있는 다른 병사들의 귀를 의식했는지 한 마디 덧붙였다.

"그리고 국왕 폐하를 옆에서 지켜."

그 말이 카셀의 가슴을 찔렀다. 이 자리에서는 아무것도 할 게 없으니 피해 있으라는 뜻이었다. 당연한 말이었고, 카셀을 배려하는 말이었다. 그러나 카셀은 죄책감에 사로잡혔다.

던멜은 말에서 뛰어내려 아즈윈의 옆에 착지했고 카셀은 그대로 둘을 지나쳐 안으로 들어갔다. 돌아보니 아즈윈과 던멜은 이쪽으로 달려오는 검은 기사 셋의 진로를 막고 있었다. 그들에게 두려움은 없었다. 적어도 카셀처럼 아무것도 못 하며 떨고만 있는 일은 없을 것이다.

카셀은 눈물이 쏟아지려는 걸 겨우 참았다.

진짜 하얀 늑대가 된 듯한 착각은 달콤했다. 사람들이 캡틴이라 부를 때마다 기분이 좋았다. 카모르트의 귀족과 기사들은 경외심을 가지고 카셀을 우러러보았다. 그러나 가짜는 가짜였다. 그는 동화책 속 위대한 기사가 될 수 없었다.

"다리를 올릴까요, 캡틴?"

도개교를 지키는 수문장이 급히 물었다. 카셀은 고개를 저었다.

"내버려 두시오. 어차피 저들은 성벽을 뛰어넘을 수 있소."

믿는 눈치가 아니었으나, 카셀은 지친 나머지 따로 설명해줄 여력이 없었다.

'아즈윈의 거짓말을 이어가기 위해 폐하에게 가야 하는 거겠지? 들키면 안 되잖아. 내가 캡틴이 아니라는 걸, 검을 쓸 줄 모르는 약골이라는 걸 들키면 안 되니까!'

싸움터에서 등을 돌리고 성 안으로 들어가는 카셀의 발걸음은 한없이 무겁기만 했다.

'내가 할 수 있는 일은 아무것도 없어.'

이것이 검은 기사가 카셀에게 안겨준 공포심이라 해도, 그는 자책밖에 할 수 없었다.

'난 아무것도 아니야.'

•— ◆ —•

던멜이 검은 기사 셋 중 팔 한쪽이 없는 하나를 발견하고 수화로 말했다.

'게랄드가 팔을 잘라낸 그놈이다.'

아즈윈은 심호흡을 길게 하고 방패와 칼을 들었다.

"나는 엄호만 한다. 네가 앞에서 싸워. 기본 포메이션 3번."

아즈윈은 자신의 안 좋은 몸 상태를 감안해 던멜을 앞에 내세웠다.

아직까지 울프 기사단에는 캡틴이 정해지지 않아, 지휘를 하는 사람은 그때그때 달랐다. 하지만 기본적으로는 하얀 늑대가 끼어 있으면 하얀 늑대의 지휘를 따르고, 그중에서도 아즈윈이 있다면 아즈윈의 명령을 따랐다.

자존심 덩어리인 울프의 기사들이 하얀 늑대들을 추앙해서 생긴 불문율이 아니었다. 효율성의 문제였다. 아즈윈은 네다섯 명이 펼치는 소규모 전투에서의 상황 판단이 아주 빨랐고, 명령을 내릴 때 과감했다. 그래서 울프 기사단 사이에서는 사실상 아즈윈이 캡틴이라고 생각하는 이가 많았다.

던멜은 양손에 칼을 한 자루씩 쥐고 자세를 낮추었다. 검은 기사 셋 모두 창이나 도끼창 같은 긴 무기를 들고 있었고, 타고 있는 말도 보통 말보다 덩치가 두 배는 더 됐다. 그들보다 낮은 위치에 있는 두 사람이 절대적으로 불리했다.

아즈윈이 던멜의 등을 툭 쳤다. 던멜은 그것을 신호로 달려나갔고, 아즈윈이 바로 뒤를 따랐다.

검은 기사들은 그 무거운 판금 갑옷을 입은 채로도 즉각 반응을 보이며 칼을 휘둘렀다. 던멜은 뛰어올라 그들의 모든 공격을 피하며 두 기사 사이로 스쳐 지나갔다. 던멜이 양손으로 휘두른 칼날에 검은 기사의 투구가 한 뼘씩 잘려져 나갔다. 사람이었다면 충분히 치명상이 될 수 있었지만 그들에게는 흠집이 난 정도에 불과했다. 그것도 던멜은 최소한 둘 중 하나의 목을 벨 수 있을 거라고 생각한 공격이었는데, 둘 다 피해버린 것이었다.

던멜의 뒤를 쫓아 온 아즈윈은 세 기사들 틈에 낀 꼴이 되었다. 원래대로라면 던멜이 공격에 실패한 순간 그곳에서 빠져나오거나, 뒤로 물러났어야 했다. 평상시의 아즈윈이었다면 오히려 던멜에게 시선을 빼앗긴 검은 기사들 중 한 명을 베었을 것이다. 그러나 그녀는 세 가지 중 아무것도 하지 못 하고 세 기사가 만들어 놓은 포위망에 갇혀버렸다.

세 기사의 창과 할버드가 아즈윈을 내리찍었다. 공격이 비처럼 머리 위로 쏟아졌다. 그녀는 방패로 막고 몸을 굴려 공격을 피했으나 한계가 있었다. 결국 그녀는 창날에 등을 크게 베이고, 어깨를 스쳤다.

아즈윈은 짧은 비명을 지르며 움직임을 멈추고 말았다. 세 개의 거대한 무기가 그녀의 머리와 심장을 노리고 날아들었다. 둘은 피했으나 하나는 피하지 못하고 방패로 막았다. 이런 무거운 공격을 정면에서 막으면 안 된다는 걸 알면서도 꼼짝없이 그렇게 할 수밖에 없었다. 쇠끼리 부딪치는 요란한 소리가 울리면서 그녀의 몸이 허공을 날았다. 등부터 떨어진 자리에 핏덩어리가 퍽 튀었다.

아즈윈이 마지막까지 세 명의 신경을 자신에게 집중시키는 사이, 던멜은 뒤에서 도약하여 다시 아까 그 검은 기사의 목을 노렸다. 두 개의 검은 투구가 주인을 잃고 말 위에서 굴러떨어졌다.

공격당하지 않은 기사 하나와 목 없는 두 기사가 착지하는 던멜을 향해 무기를 집어 던졌다. 머리도 없는데 날아오는 타이밍과 방향이 정확했다. 하마터면 던멜의 배에 창이 꽂혔거나 다리 한쪽이 날아갔을 뻔했다.

던멜은 옆으로 두 바퀴 굴러 피하고 쓰러진 아즈윈 앞에서 일어났다.

한쪽 무릎을 꿇은 아즈윈은 신음 소리 하나 내지 않았으나, 입가를 타고 붉은 피가 주루룩 흘러내리고 있었다. 전투가 시작되면 결코 놓치는 법이 없는 방패는 옆에 떨어졌고, 바닥을 짚은 그녀의 손은 바들바들 떨리고 있었다. 등과 어깨의 상처에서 흐르는 피가 찢어진 옷을 타고 번지며 바닥으로 뚝뚝 떨어졌다. 얼굴은 하얗게 질려 있었다.

한참이 지난 후에야 목 없는 두 기사가 말 위에서 떨어졌다. 이제는 팔 하나 없는 녀석만 남았다. 남은 하나는 동료가 죽었다는 것에 전혀 동요하는 빛을 보이지 않았다. 애당초 살아있는 것 같지도 않았지만.

남은 하나는 섣불리 공격을 시도하지 않았다. 그저 바닥에 꽂혀 있는 자기 창만 회수할 따름이었다. 던멜은 남은 하나를 그대로 처치할지

고민했다. 그 역시 부상당했지만 하나 정도라면 아즈윈 없이도 충분히 해치울 수 있었다. 하지만 그는 망설였다. 남은 하나만 처치하면 끝날 거라는 생각이 들지 않았다.

다행히 쉐이든이 멀리서 달려오고 있었다. 거의 동시에 게랄드도 다른 쪽 길을 따라 말을 타고 달려왔다. 팔이 하나뿐인 검은 기사는 즉시 뒤를 돌아 달려오는 두 명을 향해 창을 들이댔다. 그러나 게랄드와 쉐이든, 어느 쪽 공격도 막지 못했다. 쉐이든의 긴 창날에 목이 날아가고 게랄드의 도끼에 몸이 동강 난 검은 기사의 갑옷은 세 토막이 된 채 요란한 소리를 내며 바닥을 굴렀다. 검은 연기를 뿜는 검은 투구는 아즈윈의 바로 옆으로 데굴데굴 굴러갔다.

던멜은 아즈윈이 흠칫하고 놀라는 것을 보았다. 용병 시절 수없이 많은 적의 목을 직접 베고 목 잘린 시체 또한 무수히 봤을 텐데, 왜 빈 투구가 굴러가는 정도에 저렇게 놀라는지 던멜은 이해할 수 없었다.

게랄드와 쉐이든이 동시에 말에서 내려 아즈윈의 옆으로 다가왔다. 게랄드는 그녀의 심각한 상처를 보고 아무 말도 못 했다.

"괜찮나?"

쉐이든이 그녀의 어깨를 잡으며 물었다.

"좀 아프군."

"입에서 피 나는데."

게랄드가 피를 닦아주려고 입술에 손을 가져가자, 아즈윈은 의식적으로 고개를 뒤로 젖혔다.

"아까 땅에 떨어질 때 혀를 깨물었나 봐. 됐어. 괜찮아."

그녀는 손등으로 입가를 닦고 핏덩어리에 가까운 침을 한 번 뱉어냈다. 그리고 뒤늦게 몰려드는 고통에 신음을 터트렸다.

"혀만 깨문 게 아닌 것 같은데?"

게랄드가 물었다. 아즈윈은 대답하지 않고 일어나는 것에만 집중했다. 그리고 한참이나 고개를 숙인 채 숨을 몰아쉬다가 물었다.

"몇 놈 남았어?"

"나팔 든 녀석은 처치했다."

쉐이든이 대답하고, 곧바로 게랄드가 덧붙였다.

"내가 둘. 성곽을 공격하던 놈들."

뒤이어 던멜은 손가락을 하나만 펼쳤다. 아즈윈은 고개를 끄덕였다.

"여기 있는 게 셋. 그럼 총 일곱인가?"

"여덟. 저기 하나 더 있다."

쉐이든이 창으로 멀지 않은 곳을 가리켰다. 창 끝을 따라가니 말을 타고 지붕 위에 선 또 한 명의 검은 기사의 모습이 보였다.

해가 서쪽에 머리만 걸려 있는 저녁이었다. 순간 갑자기 어둠이 몰려온 듯한 착각이 들었다. 아즈윈은 현기증이 났는지 이마를 짚고 뒤로 한 걸음 물러섰다.

마지막 검은 기사는 앞선 놈들과 뭔가 달랐다. 갑옷에도 다른 놈에게는 없는, 읽을 수 없는 괴이한 글자가 적혀 있었다. 글자에서 뿜어져 나오는 기분 나쁜 검은 기운이 주변을 물들였다. 그자가 타고 있는 검은 말이 박쥐의 날개를 닮은 날개를 활짝 펼쳤다. 그리고 소리 없이 활공해 바닥에 부드럽게 착지했다.

"나팔을 든 녀석이 대장 아니었어?"

게랄드가 중얼거렸다.

날개 달린 말을 탄 검은 기사는 세 명의 검은 기사들이 부서져 있는 도개교의 끄트머리에 섰다. 도개교의 중간에 선 하얀 늑대들은 일제히 무기를 세웠다. 하지만 그자는 무기를 들지 않았다. 그저 팔만 천천히 앞으로 내밀었다. 빛을 삼키는 암흑이 팔을 따라 흘러나왔다. 발치가 잘 보이지 않을 정도로 검은 안개가 짙게 깔렸고, 습기를 가득 머금은 기분 나쁜 공기가 호흡을 방해했다.

"마법이다. 놈을 막아."

묘한 광경에 잠시 정신이 팔려 있던 쉐이든이 얼른 소리쳤다. 아즈윈이 제일 먼저 그의 목소리에 정신을 차렸고, 즉시 던멜의 등을 쳤다. 그제야 던멜도 고개를 털며 들고 있던 두 자루 검 중 하나를 집어 던졌다. 칼날은 고속으로 회전하며 그자의 머리로 정확히 날아들었다. 그러나 그 검은 기사는 마치 어린아이가 장난으로 집어 던진 공을 받듯 쉽게 던멜의 칼을 잡았다.

그자의 손에서 흘러나오던 암흑의 기운이 이번에는 던멜이 던진 칼에 빨려 들어가기 시작했다. 잠시 후, 검은색을 머금은 칼날은 썩은 나무토막처럼 소리 하나 내지 않고 가루가 되어 바스러졌다.

이번에는 쉐이든과 게랄드가 동시에 창과 도끼를 던지려 했다. 하지만 아즈윈이 말렸다.

"잠깐."

둘 다 멈칫하며 아즈윈을 돌아보았다.

"밑을 봐."

바닥에는 검은 안개가 물결치고 있었다. 그곳에는 던멜의 공격으로 부서진 검은 기사의 장갑이 놓여 있었다. 아즈윈이 지적한 순간 그것은 마치 살아있는 듯 주먹을 불끈 쥐었다. 부서진 다른 파편 역시 장갑처럼 꿈틀거리고 움직였다. 잠시 후 던멜에게 목이 잘려나갔던 기사가 소리 없이 자리에서 일어났다.

어디선가 빈 깡통이 달그락거리는 소리가 들려 돌아보니 아까 잘려나가 아즈원의 옆으로 굴러갔던 검은 기사의 머리가 굴러오고 있었다. 그것은 네 명의 하얀 늑대들을 지나쳐 보이지 않는 실에 연결된 것처럼 주인에게 되돌아가더니 머리 위로 올라가 붙었다. 마찬가지로 분리된 팔도 몇 번 바닥을 구르다가 잘려나간 부분에 달라붙었다.

떨어져 나간 갑옷 파편들이 원래 있던 자리를 찾아가, 처음부터 팔 한쪽이 없었던 한 명을 제외하고는 모두 원상태로 돌아갔다. 그들은 아무렇지도 않은 듯 무기를 집어 들었다.

네 명의 검은 기사들이 네 명의 하얀 늑대들 앞에 섰다.

왕성의 성탑이나 망루에 있던 병사들과 대신들은 두려움에 떨었다. 입 밖으로 소리를 내지 않으려고 꽉 다문 입술 사이로 새는 신음이 더 고통스럽게 들렸다. 루오르 대신도 검은 기사들을 봤을 때까지는 의연하게 버텼으나, 날개 달린 말을 타고 나타난 마지막 기사를 보고 나서는 끝내 어린아이처럼 몸을 떨었다.

누구 하나 말을 꺼내는 이가 없었다. 초여름이라 약간 더운 날씨였건만 어떤 이들은 이를 딱딱 부딪치며 양팔을 감싸고 있었다. 두나단도 서늘한 한기를 느꼈고, 가슴이 답답해 호흡하기가 괴로웠다.

공포가 성 전체를 마비시켰다. 하얀 늑대들을 도와 보려고 활을 준비했던 궁수들은 화살을 떨어뜨린 줄도 모르고 있었고, 창을 쥔 병사들은 창끝을 늘어뜨렸다. 어디선가 울음소리가 흘러나왔다. 그것도 심약한 시녀들이나 어린아이들의 입에서 나온 것이 아닌 건장한 병사들의 입에서 나온 소리였다.

"캐, 캡틴. 저, 저들이 무언가?"

거의 쓰러질 듯 겨우 난간을 붙들고 버티던 샤를 국왕이 가까스로 입을 열었다.

카셀은 멍하니 도개교 아래를 내려다보며 말했다.

"모릅니다."

카셀은 성 안의 상황과 바깥 상황을 처음부터 끝까지 지켜보고 있었다. 그 역시 무섭기는 누구 못지않았다. 아마도 예전 같았다면 이불 속에 머리를 처박고 나오지 않았을 것이다.

"우, 우리가 어찌해야……?"

국왕은 뒷말을 잇지 못했다. 아마도 하얀 늑대들이 검은 기사들에게 패하면 이 노르만트의 운명이 어찌 되는지를 묻고 싶었을 것이다.

"우린 아무것도 할 게 없습니다."

이것은 다른 영역의 싸움이었다. 인간들의 전투가 아닌 괴물들의 싸움이었다. 카셀은 그쪽 영역에서 슬쩍 빠져나와 먼발치에서 결과만 바라보고 있는 것이다.

쉐이든은 말하겠지. 원래 캡틴은 뒤에 서서 지휘하는 사람이라고.

아즈윈이나 게랄드도 그러겠지. 여긴 우리에게 맡기라고.

그러나 로일이 캡틴이었다면 그렇게 됐을까? 하얀 늑대들 네 명이 모두 인정하는 무시무시한 기사가 캡틴이어도 국왕 옆에서 손끝 하나 까딱하지 않고 결과가 어찌 되나 지켜보기만 했을까?

검은 기사들이 나타난 순간부터 그들과 접한 모든 사람이 마치 어린 시절의 공포를 떠올린 듯 두려워했다. 어둠을 무서워하는 사람은 검은 기사를 통해 어둠을 보고 있었고, 귀신을 무서워하는 사람은 귀신을 보고 있으며, 항상 왕국을 걱정하던 국왕은 파괴된 왕국의 미래를 보는 중이었다. 카셀은 도개교에서 물러나던 그 순간 자체가 공포로 다가왔다.

아무 쓸모가 없는 자신의 모습.

카셀은 손바닥의 뜨끔한 통증에 잠깐 정신을 차렸다. 저릴 정도로 꽉 쥐고 있던 주먹을 펴보니 손바닥에서 피가 흐르고 있었다.

노르만트에 입성하기 직전 스스로 하얀 늑대들의 캡틴이라고 최면이라도 걸듯 중얼거리면서 보검을 쥐었던 자리였다. 아물기 시작한 자리가 또 찢어져 옅게 피가 배어 나오고 있었다.

'나는 하얀 늑대들의 캡틴이 아니야.'

자격이 없다는 걸 알기에 죽을힘을 다해 노력했다.

카셀은 노르만트에 입성한 뒤로 세 시간 이상 자본 기억도 없었다. 침침한 촛불 밑에서 눈에 실핏줄이 터질 정도로 책을 읽어댔다. 외국의 캡틴이 카모르트의 예절을 알고 싶어 하는 모습으로 위장하면서 왕실의 법도를 익히고 다니느라, 이제 왕실 내에서 카셀의 그런 행동을 모르는 사람이 없을 지경이었다. 하도 많은 시녀들에게 물어보고 다니는 바람에 시녀들은 서로 캡틴 울프가 자기에게 관심을 두고 있다며 다투기도 했다. 주방에서 안 먹어본 음식이 없었고 딸 수 있는 와인은 전부 열어 맛을 보았다. 머리가 허락하는 한 모든 것을 외우고 다녔다.

조금이라도 캡틴 울프처럼 보이는 일에 도움이 된다면 그게 뭐든 마다하지 않았다. 울프 기사단의 명성에 해가 될 일은 눈곱만큼도 하고 싶지 않았다. 그리고 그렇게 하면 조금이라도 하얀 늑대들에 가까워질 거라고 믿었다.

그 꿈이 깨졌다.

카셀은 하얀 늑대가 될 수는 없었다. 책을 읽는다고, 왕실에서 인맥을 넓힌다고 친구들이 말하는 '하얀 늑대의 이빨'을 가질 수는 없었다.

다 소용없는 짓이었다. 카셀은 다리에 힘이 빠지는 것을 느꼈다. 악착같이 힘을 주고 버티려 할수록 더더욱 다리가 말을 듣지 않았다.

'가짜 하얀 늑대. 가짜 캡틴. 사기꾼. 거짓말쟁이.'

자신의 목소리가 자신의 상처를 후벼 파는 칼날이 되었다.

'그러니까 달아나도 돼. 내가 나서봐야 진짜 캡틴 울프의 명성만 더 럽힐 뿐이야.'

카셀은 외쳤다. 동시에 그의 안에서 다른 목소리가 그에게 소리쳤다.

'달아날 구석부터 찾은 다음에 일을 시작하지 마라!'

'네 이름은 그 모험가의 이름에서 따왔단다, 카셀.'

'……저는 지금부터 하얀 늑대들의 임시 캡틴, 카셀 울프입니다. 저는 전원의 동의하에 직위를 박탈당할 때까지 임의로 이 결정을 위반하지 않겠습니다……'

카셀은 보검을 뽑았다. 그리고 한 번 그었던 손바닥의 상처를 가로질러 다시 한 번 그었다. 엑스자로 베인 상처에서 붉은 피가 터져 나와 투두둑 떨어졌다.

"지, 지금 뭘 하는 건가, 캡틴?"

옆에 있던 국왕이 깜짝 놀라 눈을 동그랗게 떴다. 하지만 카셀은 대꾸하지도 않고, 몸을 휙 돌려 왔던 길을 되돌아갔다.

하얀 늑대들은 검은 기사들을 앞에 두고 움직이지 않았다. 아즈원은 이마에 흐르는 식은땀을 닦으며 작은 목소리로 말했다.

"내 몫을 못할 것 같아. 미안하다."

쉐이든이 창대로 목을 두들기며 웃었다.

"외국에 나가면 여자들은 개방적이 된다더니 아즈원의 경우에는 조신하게 변하는군. 사과를 다 하고?"

"놀리지 마. 진지하게 말하는 거야."

아즈원이 짜증을 내며 말하자 게랄드가 툭 내뱉었다.

"진지한 게 너답지 않은 거야. 평소의 너라면 '귀찮으니까 너네끼리 싸워'라고 명령했을 거잖아."

"젠장, 니들은 피 철철 흘리며 죽어가는 동료의 유언도 안 들어줄 놈들이야. 알았어. 그만 징징대마."

"너무 나쁘게 보지 마. 유령 같은 기사라니, 나름대로 좋은 경험이 될 거야."

그때 안개처럼 깔린 어둠을 뚫고 또 다른 말발굽 소리가 들렸다. 그것은 쉐이든이 목을 벤 나팔을 든 검은 기사였다.

다른 방향에서 말을 타지 않고 걸어오는 검은 기사의 몸에는 아직도 던멜의 단검이 몇 개나 박혀 있었다.

기수를 태우지 않은 거대한 말이 집과 집 사이를 건너뛰어 지붕이란 지붕은 모조리 박살내며 뛰어오더니, 이내 검은 기사들이 모여 있는 곳까지 도달했다. 던멜의 단검이 박힌 검은 기사가 그 말에 훌쩍 올라탔다.

동강이 난 창을 든 검은 기사도 말을 타고 나타났다. 게랄드가 세로로 쪼개어 놓았던 자였다. 그 역시 검은 안개 위를 미끄러지듯 달려오다 도개교 앞에서 멈췄다.

그렇게 하나씩 성 앞에 도착한 이들은 우두머리를 제외하고 일곱이었다. 게랄드는 까슬까슬한 턱을 만지작거리며 하려던 말을 마저 했다.

"마스터가 하얀 늑대로 있다 보면 언제고 인간이 아닌 것들과 싸우게 될 거라고 했는데, 지금이 그때인가 보다."

쉐이든은 창을 들어 새삼스럽게 살폈다.

"마스터 르고께서 울프 기사단의 칼에는 마법이 깃들어 있다고 한 말 기억나나? 하얀 늑대가 쥐게 될 무기에는 특별히 더 강력한 마법을 부여할 거라며 지금 제작 중이시지. 왜 그런 번거로운 짓을 하나 했더니, 이제 알겠군."

쉐이든은 다친 왼손을 접은 채 오른손으로만 창을 몇 바퀴 돌렸다. 하얀 늑대들을 감싸고 있던 검은 기운이 그가 일으킨 풍압으로 물러났다. 창끝에서 반사된 하얀 빛이 그들 주변에 침침하게 깔린 어둠 속에서 더욱 선명히 보였다.

게랄드는 어깨에 메고 있던 도끼를 내밀었다. 거칠게 다룬 도끼라 흠집투성이에다 검은 기사들의 갑옷까지 부수면서 날이 조금 상했지만 역시나 쉐이든의 창날처럼 암흑을 밀어내고 있었다.

던멜은 부서진 칼 한 자루 대신 더 짧은 검을 손에 쥐었다. 팔뚝에서 흐르는 피가 소매를 흥건하게 적시고 있었으나 그는 그 상처를 아예 잊은 듯했다.

"쉐이든이 전방, 게랄드 오른쪽, 던멜 왼쪽. 9번 포메이션."

아즈윈은 동료들의 듬직한 등을 바라보며 잠시나마 고통을 잊을 수 있었다. 모두 그녀의 신호에 맞추어 움직일 준비를 했다.

검은 기사들의 숫자가 훨씬 많았으나 그들은 하얀 늑대 네 명이 서 있는 범위 안으로 쉽사리 들어오지 못했다. 팔 하나 잘려도 개의치 않고 싸움을 이어가는 그들이었건만, 몸이 원상 복구된 지금은 오히려 신중했다. 놈들의 대장도 부하들을 재촉하지 않았다.

오랜 대치 상태가 이어졌다.

아즈윈은 여전히 자신의 역할이 중요하다는 것을 잘 알고 있었다. 하지만 본래 실력의 반의반도 못 낼 것도 알았다. 던멜과 쉐이든도 한쪽 팔을 제대로 쓰지 못하고 있었다.

그래서 아즈윈은 부상 없는 게랄드를 중심으로 싸울 수 있는 방법을 택했다. 오히려 게랄드가 뒤로 빠져 있다가 적이 쉐이든의 창을 신경 쓰면 결국 게랄드의 도끼에 박살나도록!

그러려면 적들이 먼저 공격해 와야 했다. 그런데 놈들은 움직이지 않았다. 반격을 위한 포메이션이라 먼저 움직일 수가 없는데, 아즈윈은 점점 버티기 힘들어졌다.

'피를 너무 흘렸어. 못 서 있겠네.'

게랄드는 왼쪽 세 명을 마크하고 있었고, 던멜은 검은 기사의 리더를 겨냥하는 중이었다. 가운데 있는 쉐이든은 검은 기사들 전체를 막는 거대한 댐이 되어 주었다. 아즈원은 자기 때문에 현 상태가 무너지지 않도록 악착같이 버텼다.

'어쩔 수 없군. 불리하더라도 먼저 움직여야 해.'

아즈원이 공격 명령을 내리려 할 때 누군가 뒤에서 다가왔다. 발소리가 들렸으나 미묘한 균형이 깨질 게 두려워 쉽사리 고개를 돌리지 못하다가, 발소리의 주인이 바로 옆에 다가온 후에야 그게 카셀이라는 걸 알았다.

모두 카셀의 등장에 놀랐다. 하지만 그를 막을 수가 없었다.

카셀은 던멜과 게랄드를 지나 창을 든 쉐이든의 앞으로 나섰다. 한순간 팽팽하게 이어지던 대치가 와르르 깨졌다.

검은 기사들이 앞으로 한 걸음 나섰다. 아즈원은 하마터면 쉐이든에게 전진하라고 명령할 뻔했다. 그 뒤 상황은 보지 않아도 금방 그려졌다. 쉐이든은 앞에 있는 검은 기사 셋을 겨냥해 창을 휘저을 것이다. 던멜은 튀어나갈 준비를 하며 돌발 사태를 주시하다가 기회가 되면 검은 기사들의 리더를 공격할 것이다. 게랄드는 예정대로 쉐이든에게 시선을 빼앗긴 놈들을 박살 낼 것이다.

그 틈바구니에 선 카셀은 구할 틈도 없이 갈가리 찢기고 말 것이다.

그랬기에 아즈원은 공격 명령을 내릴 수가 없었다. 그저 검은 기사들이 카셀의 등장에 놀란 나머지 서둘러 공격을 가해오지 않기를 빌었다.

카셀은 일곱 명의 검은 기사들과 네 명의 하얀 늑대들이 대치하는 도개교의 중앙에 섰다. 모두에게 분산되어 있던 검은 기사들의 시선이 카셀에게 집중되었다. 보통 사람이라면 심장이 마비될 만큼 끔찍한 압박의 중심에서 카셀은 숙였던 고개를 천천히 쳐들었다. 그리고 비딱한 자세로 한 손을 허리에 올리고 다른 손에 들고 있던 뭔가를 집어 던졌다.

그것은 노르만트에 오기 전에 벌어진 싸움에서 게랄드가 베어낸 검은 기사의 팔이었다.

아즈윈이 그렇게 버리라고 해도 버리지 않았던 쇳덩어리였다. 그것은 도개교 바닥에 한 번 닿더니, 바닥에 몇 번 튕긴 후 한쪽 팔이 없는 검은 기사의 팔꿈치에 달라붙었다. 놈은 자신의 팔을 되찾았음에도 오히려 공격이라도 당한 듯 움찔하며 뒤로 물러났다.

카셀은 검은 기사들을 쭉 훑어보더니 약간 뒤로 젖힌 자세로 칼 손잡이에 왼손을 올려놓았다. 그리고 오른손은 부드럽게 밑으로 늘어뜨렸다.

게랄드가 가르쳐준 로일의 발검 자세였다. 노르만트에 오기 전까지 죽어라고 연습해도 어색하기 짝이 없었던 그 자세가 지금은 제법 근사하게 드러났다.

'계속 연습하고 있었구나.'

아즈윈은 놀랐다. 하지만 여전히 카셀의 행동을 이해할 수가 없었다.

'뭘 하려는 거야, 카셀? 오히려 지금 너 때문에 우리가 움직일 수가 없게 됐…….'

갑자기 성에서 함성이 터져 나왔다. 겁에 질려 있던 성의 병사들이 일제히 하얀 늑대들의 이름을 연호했다. 처음에는 산발적으로 여기저기에서 터져 나와 알아듣기 힘들었던 그 말은 곧 하나로 합쳐졌다.

"울프!"

"울프!"

"울프!"

몸을 숨기고 있던 병사들 중 일부는 과감하게 몸을 성벽 밖으로 드러내고 창과 깃발을 흔들었다. 느낌뿐인지도 모르겠지만, 주위의 검은 기운이 옅어지는 것 같았다.

카셀은 주위의 함성이나 검은 기사들의 반응에 완전히 무관심한 얼굴로 전방을 주시할 뿐이었다.

"이건……."

자세를 낮추고 있던 게랄드가 허리를 펴며 말했다. 다른 하얀 늑대들도 똑같이 눈치챘다. 네 명의 눈에는 카셀이 방해꾼으로밖에 보이지 않았다. 그러나 카셀의 정체를 모르는 다른 사람에게는 달랐다.

그것은 네 명이었던 하얀 늑대들에서 다섯 명의 하얀 늑대들로 전력이 급상승하는 광경이었다. 그것도 추가된 다섯 번째 하얀 늑대는 다름 아닌 울프 기사단의 캡틴이었다. 지금까지 압도적인 힘을 보여 왔던 아즈윈이나 게랄드보다 몇 배는 더 셀지도 모르는 엄청난 전력이 보태진 것이었다.

무엇보다 캡틴 울프는 모두가 두려워 어쩔 줄 모르는 검은 기사를 상대로 조금도 물러서지 않았다.

"울프!"

"울프!"

"울프!"

우리에게는 하얀 늑대들이 있다! 병사들의 외침은 그렇게 들렸다.

노르만트를 감싸고 있던 공포가 사라졌다.

그때, 날개 달린 말을 탄 검은 기사가 말 머리를 돌렸다. 검은 말은 날개를 활짝 펼치더니 지붕 위로 한 번 솟구쳤다가 그곳을 발판 삼아 하늘로 날아올랐다. 다음 지붕에 착지했을 때쯤, 그 모습은 검은 기운에 가려 이미 보이지 않았다. 다른 검은 기사들도 그 뒤를 따랐다.

자리에 남은 건 부서진 그들의 무기뿐이었다.

검은 기사들이 물러났다고 해서 병사들은 생각 없이 승리의 함성을 내지르지 않았다. 좀 전의 환호는 외로이 싸우는 하얀 늑대들에게 어떻게든 도움이 되고자, 겁을 먹었음에도 억지로 소리를 지른 것에 불과했다. 완전한 승리가 아니라는 건 누가 봐도 명백했다.

점차 정신을 차린 병사들이 사태를 수습하기 위해 분주하게 움직이기 시작했다.

아즈윈은 아직도 자세를 잡은 채로 서 있는 카셀의 등을 바라보았다.

카셀을 보호하면서 싸울 만한 상황이 아니었다. 처음 정한 규칙대로 카셀이 먼저 행동했으니, 나머지는 그저 거기에 따른 것뿐이었다.

하지만 지나치게 위험했다. 얼마든지 전투가 벌어졌을 수도 있었다.

상대가 물러나 준 것은 천만다행이었다.

"이게 뭐 하는 짓이냐?"

쉐이든은 소리치며 카셀의 어깨를 잡았다. 그러자 카셀은 마치 한

대 얻어맞기라도 한 것처럼 앞으로 픽 쓰러졌다.

카셀은 주저앉은 채로 숨을 헐떡였다. 방금 어깨를 짚은 쉐이든은 자신의 손을 내려다보았다. 옷 입은 채로 샤워라도 한 사람의 어깨를 만진 것처럼 땀이 흠뻑 묻어 있었다.

주저앉은 카셀은 식은땀을 뚝뚝 흘리며 바닥을 짚은 팔을 후들후들 떨었다.

"저, 저 좀…… 가, 가려주세요."

카셀이 부탁했다.

"괜찮으냐?"

쉐이든은 화를 내려다 말고 카셀의 뺨에 손을 댔다. 얼굴이 열흘쯤 고열에 시달린 환자처럼 창백했다.

"캡틴이…… 이러고 있는 거 들키면 안 돼요. 그러니, 절 좀 가려주세요."

카셀은 겨우 말을 이었다.

"너 지금……."

쉐이든은 할 말을 잃었다.

"지금까지 연습한 것 중 가장 완벽한 자세였어. 칭찬해 줘야겠는데."

사정을 모르는 게랄드가 웃으며 다가왔다. 하지만 카셀의 얼굴을 보고 입을 다물었다. 던멜이 손수건으로 카셀의 얼굴을 닦고 어깨를 부축해 일으켰다. 카셀은 힘없는 손으로 거부하려고 애썼다.

"안 돼요. 캡틴이 이런 약한 모습을 보이면……."

"시끄러!"

쉐이든이 버럭 화를 냈다. 그리고 거의 으르렁거리는 목소리로 말했다.

"지금 네가 부축 받고 있는 모습으로 이러쿵저러쿵 떠들 자식은 이 성에 아무도 없다! 너같이 멍청한 놈 빼고!"

카셀은 떨리는 시선으로 고개를 끄덕이며 말했다.

"알았어요. 죄송해요. 그보다 아즈윈은 괜찮아요?"

그제야 세 남자는 아즈윈을 돌아보았다. 그녀는 허리에 한 손을 얹고 서서 빙그레 웃었다. 허벅지와 장딴지 부분이 붉게 물들었고, 바짓단 끝에서 핏방울이 뚝뚝 떨어져 바닥에 고여 있었다.

"날 알아주는 건 캡틴밖에 없다니까."

그녀는 겨우 한숨을 내쉬며 농담처럼 말했다.

"그보다 나도 누가 좀 안아줄래? 아, 이건 다른 뜻이 있는 건 아니야."

아즈윈은 지금까지 꼿꼿이 서 있었던 게 무색할 정도로 힘없이 주저앉았다. 쉐이든은 황급히 달려가 쓰러지는 아즈윈의 머리를 가까스로 붙잡아 받쳤다. 그리고 성이 떠나갈 정도로 고함을 질렀다.

"누가 의사를 불러와라. 어서!"

조금 전까지 카셀의 자세를 칭찬하며 여유를 부렸던 게랄드는 그런 아즈윈을 본 순간 돌변했다. 그는 무서운 얼굴로 콧김을 푹 내뿜더니 말에 올라탈 준비를 했다. 쉐이든이 불러 세웠다.

"어디 가려고?"

"그 녀석들, 멀리 못 갔을 거다."

"멀리 갔어. 놈들의 말이 얼마나 빠른지 봐서 알잖아."

게랄드는 차갑게 웃었다.

"그래서? 아즈윈을 저 꼴로 만든 놈들을 얌전히 보내주라고?"

"지금은 그렇게 해."

쉐이든은 '지금'이라는 단어를 강조하며 말을 이었다.

"놈들은 반드시 또 온다."

쉐이든이 아즈윈을 옮기려 하자 게랄드가 거칠게 밀어냈다.

"비켜. 내가 한다."

게랄드는 아즈윈을 안아 들고 세상에서 가장 깨지기 쉬운 물건을 옮기는 사람처럼 조심스레 걸어갔다.

상황은 더욱 복잡해졌고, 사태는 더욱 악화되었다. 쉐이든은 이럴 때일수록 밥 잘 챙겨먹고 각자 휴식을 취하고 오자고 제안했다. 그러나 의사를 못 미더워한 게랄드가 직접 아즈윈의 부상을 치료했고 그녀를 염려해 다들 모이다 보니 결국 모두 같은 방에 머물게 되었다.

아즈윈의 어깨죽지를 따라 한 뼘이나 찢어진 상처가 나 있었다. 게랄드는 그녀의 웃옷을 찢어버리고 상처를 바늘로 꿰맸다. 카셀은 다 자기 때문인 것 같아 그녀의 상처만큼이나 가슴이 아팠다.

죽은 듯이 기절해 있던 아즈윈은 금방 정신을 차리고 농담부터 건넸다.

"아녀자를 벗겨 놓고 사내자식들이 둘러 모여 뭔 짓들을 하는 거야?"

아즈윈은 웃었지만 길지 않았다. 바늘이 들어갈 때마다 그녀는 입술을 깨물고 고통을 참았다. 하지만 신음을 내지는 않았다. 그녀가 아파서 몸을 꿈틀댈 때마다 카셀도 주먹을 꽉 쥐었다. 손바닥의 상처가 불에 댄 듯 아팠다.

"아즈윈은 괜찮으니까 넌 가서 쉬어라, 카셀."

쉐이든이 명령처럼 말했다.

"괜찮아요."

"괜찮지 않은 거 안다! 지금도 옆에서 보면 아즈윈보다 네가 더 병자 같아."

카셀은 고집을 부렸다.

"그냥 머리만 좀 아플 뿐이에요. 아무렇지도 않아요."

쉐이든도 더 말하지는 않았지만 화가 풀린 건 아니었다.

게랄드는 상처를 다 꿰매고 붕대를 갈면서 말했다.

"상처가 깊어. 뼈도 다쳤으니 오래 갈 거야."

"드러운 흉터가 또 하나 늘었군. 이런 거 생긴다고 미워하지 않을 거지?"

아즈윈이 생글생글 웃으며 게랄드에게 물었다. 게랄드는 손바닥으로 그녀의 얼굴을 문질렀다.

"감히 등에다 밭을 갈고 다니는 내 앞에서 할 소리냐?"

둘은 이 와중에도 평소처럼 깔깔대고 웃었다.

듣고만 있던 쉐이든이 입을 열었다.

"놈들이 왜 쳐들어왔고 왜 후퇴했는지는 모르나, 머지않아 또 올 거다. 하지만 지금 전력으로는 그놈들도, 쟌스테인 백작의 군대도 막지 못한다. 그 전에 우리가 뭔가 해야 해. 말해 봐라, 카셀."

문득 카셀은 쉐이든이 자신을 캡틴이라고 부르지 않는다는 것을 깨달았다. 특별할 건 없었다. 평소에도 자주 그랬으니까. 하지만 지금은 달리 들렸다. 카셀은 힘없이 말했다.

"별로…… 생각해 둔 건 없어요."

쉐이든이 강한 어조로 말했다.

"그래? 그럼 카셀, 아까 너의 불필요한 행동부터 설명해 봐라. 놈들이 물러났으니 결과적으로는 다행인지 모르나, 옳지 않았어. 그건 네 역할이 아니었고, 우리와의 약속을 어긴 거다."

모두의 시선이 이렇게 따갑게 느껴지기는 코홀룬에서의 첫 만남 이후로 처음이었다. 카셀은 눈을 둘 곳이 없어 아버지에게 혼날 때처럼 바닥을 내려다보았다.

"카셀 네가 할 일은 우리를 인도하는 거지, 우리와 같이 싸우는 게 아니다. 생각해 둔 게 없다고? 이제는 네 의무마저 잊을 셈이냐?"

"루오르 대신은 뤼미에르 백작과 연합하는 게 어떠냐고 제안했어요."

카셀은 겨우 말을 꺼냈다. 하지만 깊이 생각하고 의견을 말한 건 아니었다.

"세이게이 장군은 어떻게든 이 병력으로 버텨보겠다고 그러고. 하지만 캡틴 쟈란이 죽었다는 소식이 들려온 뒤로는 굉장히 침울해하고 계세요. 겨우 구성해 놓은 왕실 기사단도 검은 기사들에게 많이 당했고요. 폐하는 걱정만 하고 있고, 두나단은 여기저기에 까마귀를 날려보고 있지만 별 소득은 없는 것 같아요."

"그래서 네 생각은?"

카셀은 잠시 망설이다가 대꾸했다.

"우리에게는 원군이 필요해요."

"원군은 오지 않는다면서?"

"그러니 에노아 후작에게 가봐야 해요."

"암브루에? 연락도 안 된다면서?"

"직접 가서 알아봐야죠. 뭔가 이유가 있을 겁니다."

카셀은 다른 말이 나오기 전에 빠르게 덧붙였다.

"그러니 제가 가볼게요."

쉐이든은 인상을 구겼다.

"또 직접 행동할 셈이냐?"

"기억 안 나세요? 원군을 요청할 때도 에노아 후작은 전폭적인 지지를 보낸다고는 안 했어요. 후작이 갑자기 마음이 바뀌어서 군대를 내주지 않는 거라면요? 만약 그렇다면 전령은 결국 원군이 없다는 말만 확인하기 위해 시간 낭비를 하는 셈이에요. 에노아 후작이 만약 우리를 무시하고 있다면 제가 직접 가서 설득하는 수밖에 없어요."

"그렇다고 반드시 네가 갈 이유는 없어. 대신 중에 누가 가도 되고⋯⋯."

"에노아 후작이 마음을 돌렸는데 대신 중 누가 그를 설득할 수 있겠어요? 루오르? 두나단?"

"아니면 우리 중 한 명이 가도 되지."

"여러분들은 이 성을 지켜야죠. 제가 빠지는 게 나아요."

쉐이든이 무섭게 노려보며 말했다.

"너 설마 이 일에서 빠지고 싶어서 그러는 거냐?"

카셀은 오기로 소리쳤다.

"도망칠 자리를 마련해 놓고 나서지는 않습니다! 처음 에노아 후작을 설득한 사람이 저라면 다시 가서 설득할 사람도 저예요."

잠깐 정적이 이어졌다.

게랄드가 중재에 나섰다.

"내 생각에도 별로 좋은 아이디어가 아닌걸. 지금 노르만트에는 어쩌면 에노아 후작의 원군보다 캡틴 울프라는 존재가 더 필요할지 모른다고. 아까도 우리가 검은 기사들과 맞서고 있었을 때는 겁에 질렸던 병사들이 네가 나서자 모두 정신을 차렸지. 너는 이미 이곳의 정신적 지주야. 왕조차 너한테 의지하고 있잖아."

"실질적으로 제가 한 건 아무것도 없어요. 저는 그때 아무것도 못할 바에야 그대로 죽는 게 낫……."

카셀은 입을 다물었다. 그리고 세차게 고개를 저은 다음 다시 말했다.

"어쨌든 이건 제가 해야 할 일이라고 생각해요. 가게 해 주세요."

게랄드는 눈동자만 굴려 쉐이든과 카셀을 번갈아 가며 바라보았다. 쉐이든은 곧 차가운 표정으로 말했다.

"그래. 아무것도 못하는 캡틴 따위는 필요 없지."

"야, 쉐이든!"

게랄드가 따지는 목소리로 끼어들자, 쉐이든은 손을 내밀어 저지했다.

"가만히 있어 봐. 카셀은 방금 캡틴으로서 우리에게 명령을 내렸다.

자기 스스로 이 일을 한다고. 이게 임시로 맡은 캡틴의 마지막 명령이
될지도 모르는데…….”

쉐이든의 마지막 한 마디에 카셀은 그만 크게 숨을 들이켰다.

“맘대로 하게 놔둬.”

게랄드도, 던멜도 놀랐다. 하지만 쉐이든은 냉정하게 말을 이었다.

“아란티아의 보검은 아직 네게 맡겨두마. 에노아 후작을 설득할 때
필요할지도 모르니. 하지만 임무에 실패하면 돌려줬으면 좋겠군. 그래
도 걱정 마라. 코홀룬에서 약속했던 대로 보상은 충분히 있을 것이다.”

카셀은 친형 같았던 쉐이든의 모습이 갑자기 달라 보여 입술을 가늘
게 떨었다. 처음에 말리려고 했던 게랄드도 이제 아무 말도 하지 않았
고, 아즈윈은 상처의 고통 때문인지 고개만 숙이고 있었다. 던멜은 팔
짱을 낀 채 벽에 기대고만 있었다.

‘전원 동의하에 우리가 스스로 번복할 때까지는 누구도 이 결정을
위반할 수 없다.’

코홀룬에서 서로에게 했던 다짐이었다.

카셀은 겨우 고개만 끄덕였다.

“네. 충분한 보상을 기대하고 있겠습니다.”

간신히 내뱉은 카셀의 목소리에 이어 쉐이든은 빠르게 지시했다.

“던멜, 네가 카셀과 같이 떠난다. 로일을 데려와야겠어. 암브루까지
말로 이틀. 원군을 얻는다면 카셀은 거기에서 바로 원군과 함께 노르만
트로 오면 되겠지. 내가 알기로 거기에서 덴모주까지 또 이틀. 던멜이
즉시 덴모주로 가서 로일을 데려오면 시간을 절약할 수 있어. 던멜의
공백이 상당히 크겠지만, 우린 지금 그 어느 때보다 로일이 필요하니

까. 도합 나흘에서 닷새 정도…… 원군을 위해 충분히 감수할 만한 시간이다."

로일을 데려와야 한다는 건 별개의 얘기일 테지만, 이상하게도 카셀에게는 로일이 원래 있던 자리로 돌아와야겠으니 너는 나가달라는 말처럼 들렸다.

'오늘 내가 서 있었던 그 자리에 로일이 섰다면, 진짜 하얀 늑대들 다섯 명과 검은 기사 일곱 명의 대결이 있었을 거야. 또 하나의 전설이 탄생했을 것이고 울프 기사단의 명성은 더욱 드높아졌을 테지. 난 그걸 망쳤어.'

던멜은 즉시 떠날 채비를 하겠다며 방을 나갔고, 게랄드와 쉐이든은 밥을 먹겠다며 뒤따라 나갔다. 카셀도 뒤늦게 자리에서 일어났다.

그때 아즈윈이 카셀을 불러 세웠다.

"카셀, 잠깐 거기 앉아."

묘하게 강압적인 말투라 카셀은 거절할 수 없었다. 아즈윈은 엎드린 채로 그를 측은한 시선으로 바라보더니 손을 내밀었다.

"손 줘 봐."

카셀은 시키는 대로 손을 내밀었다. 아즈윈은 카셀의 손을 따뜻하게 쥐며 말했다.

"네 탓이 아니야."

"예?"

"지금 일어난 어떤 일도 네 잘못이 아니야. 죄책감 느끼지 않아도 돼."

"그런 게 아니에요. 전 그저……."

카셀은 그 뒷말을 잇지 못했다. 울음이 터져 나오려 했다.

"전 그냥……."

카셀은 몇 번이나 말하려고 했지만 한 마디만 더 하면 눈물이 쏟아질 것 같아 입을 열지 못했다.

"괜찮아. 울어도 돼."

"안 돼요!"

카셀은 자리에서 벌떡 일어났다.

"울프 기사단의 캡틴은 눈물 같은 거 흘리지 않아요! 그러니까 전……."

"누가 그래? 안 운다고?"

"누가 그러기는요. 그야……."

카셀은 또 뒷말을 잇지 못했다. 계속 말문이 막혔다. 답답하고 답답해서 화가 났다. 그러나 아즈윈은 여전히 웃는 얼굴로 말했다.

"힘들면 보내줄게. 하지만 누구도 널 버리지 않아. 어느 순간부터 우리는 널 진짜 캡틴으로 바라보고 있었거든. 널 몰아붙이는 건 너 자신이야."

아즈윈은 의미심장한 목소리로 불쑥 말을 꺼냈다.

"하얀 늑대의 이빨을 보고 살아남을 수 있는 건 하얀 늑대뿐이다."

카셀은 그녀가 무슨 말을 하나 싶어 멍청히 눈만 깜빡거렸다. 그의 속눈썹에 간신히 매달려 있던 눈물이 툭 떨어졌다.

"따라해 봐."

"네?"

"방금 내가 한 말 따라 해 보라고."

"하지만 그 말은…….."

"어서!"

아즈윈은 짐짓 화난 목소리로 말했다. 하는 수 없이 카셀은 말했다.

"하얀 늑대의 이빨을 보고 살아남을 수 있는 건 하얀 늑대뿐이다."

"잘 했어."

아즈윈은 빙그레 웃으며 말을 이었다.

"곧 네 이빨이 뭔지 알게 될 날이 올 거야. 난 그렇게 믿어."

카셀은 말없이 고개를 끄덕이며 인사를 하고 문을 나섰다.

카셀은 아즈윈이 해 준 얘기가 단지 위로의 말에 불과하다는 것을 알았다. 괜한 기대감을 품게 만드는 말이라는 것도 잘 알았다. 그렇기에 카셀은 서둘렀다.

마음이 약해지기 전에 떠나고 싶었다.

다음날 아침, 던멜과 카셀은 누구의 배웅도 받지 않고, 누구에게도 알리지 않고 조용히 떠났다. 오직 쉐이든과 게랄드만 새벽안개를 뚫고 달려나가는 두 마리의 말을 지켜봤다.

"보내주자."

팔짱을 끼고 그 모습을 바라보던 게랄드가 나직이 말을 이었다.

"카셀이 힘들어하는 거 보고 싶지 않아. 너도 그래서 그렇게 억지로 화난 척했던 거지?"

쉐이든은 너무 쉽게 마음을 들킨 것 같아 인상을 구겼다.

게랄드는 콧김을 푸욱 내뿜으면서 내키지 않는 목소리로 말했다.

"저 녀석 도개교에서 진짜로 죽을 각오로 섰어. 죽을 만큼 무서웠을 텐데도 자기가 뭔가를 해야 된다고 생각해서 달려들었어. 그런 모습을 또 보라고? 됐어. 이제 보내주자."

"싫다."

쉐이든이 딱 잘라 말했다. 게랄드가 확 쏘아보았다.

"너 진짜 그러기야?"

"시끄러! 난 보내줄 생각, 눈곱만큼도 없어."

"이게 보자보자 하니까! 그럼 왜 내쫓듯이 보내버린 거냐?"

이윽고 카셀과 던멜의 모습이 안개 속으로 완전히 사라졌다. 후퇴했던 붉은 장미의 군대도 안개에 묻혔는지 잘 보이지 않았다.

"봐 버렸으니까."

"뭐? 알아듣기 편하게 좀 설명해줄래?"

"어제 우리가 검은 기사를 상대할 수 있었던 건 우리가 오만한 자신감을 가지고 있었기 때문이었다. 상대가 신이 아닌 이상 어떻게든 해치울 수 있을 거라고 믿었기 때문에, 잘린 목이 도로 붙는 놈하고도 싸운 거다. 그런데 카셀을 봐."

쉐이든은 어제의 공포가 아직도 남아있는 듯 음산한 새벽안개가 자욱하게 낀 왕성을 가리켰다.

"녀석은 무서웠을 거다. 나중에 그 꼴이 된 거 너도 봤지? 그런데도 끼어들었다. 싸움이 시작되면 살아남지 못할 걸 알면서도! 공포에 질려 숨도 못 쉬는 주제에! 내 앞에 서더군. 그때 난 녀석에게서…… 하얀 늑대의 이빨을 보았다."

"카셀한테서?"

"전부터 난 카셀에게 기대를 걸고 있었어. 막연한 기대였지. 병아리가 독수리가 되는 거나 다름없는 상상인 줄 알면서도 즐겁게 지켜보고 있었다. 그런데 어제, 삐약거리던 병아리의 부리가 자라고 발톱이 튀어나온 걸 본 거다. 그걸 보고 어떻게 참으라고?"

쉐이든은 보물을 발견한 해적 선장처럼 눈을 반짝였다.

"쉐이든 너 이 자식, 그래서 카셀에게서 캡틴 자리를 빼앗아 버렸구나?"

"그래. 내가 이렇게 했는데도 녀석이 다시 캡틴으로 돌아온다면……."

쉐이든은 의미심장한 미소로 대신하며 뒷말을 아꼈다. 그러자 게랄드는 불만 가득한 눈으로 쏘아붙였다.

"네놈 기대감이나 충족시키려고 이런 고난을 준 거냐? 카셀이 저대로 안 돌아오면 넌 나한테 죽을 줄 알아."

"저대로 돌아오면 넌 나한테 지금 했던 말 다 사과해라."

"그쯤이야 해주지."

둘은 투닥거리다가 동시에 하늘을 바라보았다. 까마귀 한 마리가 성의 탑 쪽으로 날아갔다. 두나단의 편지를 실어 나르는 녀석인 모양이었다.

쉐이든과 게랄드는 다시 말을 타고 왕성으로 돌아왔다. 옷도 제대로 갖춰 입지 못한 두나단이 두 사람에게 헐레벌떡 달려왔다. 손에는 편지가 하나 들려 있었다.

"여기 계셨구려. 외곽 성으로 순찰 나갔다는 말을 듣고 지금 바로……."

두나단은 거친 숨을 내쉬느라 말도 제대로 못 이었다.

쉐이든이 진정시키며 말했다.

"숨 좀 돌리고 얘기하시오."

두나단은 게랄드와 쉐이든을 번갈아 보았다.

"그런데 왜 두 분뿐이오? 캡틴은 어디에 계시오?"

쉐이든은 입술을 우물거리다가 대꾸했다.

"일단 무슨 일인지 말씀해보시오."

"덴모주에 심어 둔 내 첩자가 소식을 보내왔소. 그곳이 지금 검은 사자 백작의 군대에게 포위당해 있다고 하오. 시간으로 보자면 지금쯤 벌써 공격 당했을지도 모르겠소."

쉐이든은 무덤덤하게 두나단의 말을 들으며 안개 쪽을 돌아보았다.

"주둔군이 안개에 가려 안 보이는 게 아니라 진짜로 물러난 것이었군."

게랄드도 팔짱을 끼고 고개를 끄덕거렸다.

"원정 나가고 비어 있는 집을 치는 거야 전략의 기본이긴 하지만, 그 목청 좋은 아저씨가 멍청히 당할 양반이 아니긴 했어."

"그 아저씨야 어떤지 모르지만, 바딩이라는 친구는 좀 달랐지. 대충 일이 어떻게 되었는지 짐작이 가는군."

"그런데 상황이 이렇게 되고 나면 두 사람이 떠난 게 잘된 일이야, 안된 일이야?"

"난들 알겠나?"

두나단은 두 사람의 대화를 알아듣지 못해 답답한 나머지 소리 질렀다.

"무슨 소리들 하는 거요? 붉은 장미의 군대가 물러갔소? 두 사람이 떠나다니? 캡틴 카셀은 어디 있는 게요?"

Chapter 30

지하실

안나는 지하실에서 피투성이가 되어 돌아온 후 이틀 동안이나 깨어
나지 않았다.

라틸다는 밤새 옆에서 안나를 간호하느라 침대 곁을 떠날 줄을 몰랐
다. 집사 베네는 직접 음식을 가져오며 라틸다의 건강을 걱정했다. 그
러나 그녀는 베네를 봐도 아는 척도 하지 않았다.

베네는 쟁반을 들고 내려가다, 계단에 앉아있는 로일에게 빵을 하나
건네며 말했다.

"아가씨께서 단단히 화가 나셨군."

로일은 빵을 받으며 괜히 시비 거는 투로 말했다.

"자업자득 아닙니까?"

"다행이군. 미움을 받을 거면 내가 받는 게 낫지."

베네는 의미를 알 수 없는 말을 남기고 물러났다.

라틸다의 성장을 아버지의 심정으로 지켜본 사람이 그녀에게 저런 대접을 받고 아무렇지도 않을 리는 없었다. 그저 스스로 모든 책임을 뒤집어쓰기 위해 아무 변명도 하지 않는 것이 분명했다.

'누구를 지키려고? 쟌스테인 백작?'

로일은 라틸다에게 조심스럽게 말해 보았다.

"베네에게도 나름의 사정이 있을 겁니다."

라틸다는 갑자기 자리에서 벌떡 일어났다. 로일은 그녀가 거센 반론이라도 펼칠 줄 알았다.

"그렇겠군요. 사정이 있겠죠. 좋아요. 베네와 얘기해 봐야겠어요."

"아니, 그 전에 식사부터!"

"알았어요."

라틸다는 도로 앉더니, 아마도 로일이 본 중 가장 빠른 속도로 밥을 먹고 일어났다.

"됐죠? 가요. 리자, 안나를 지키고 있으렴. 그리고 혹시라도 안나에게 무슨 일이 생기면 바로 날 부르고."

겁 많게 생긴 얼굴의 시녀 리자는 정중히 대답했다.

성큼성큼 걸어가는 모양새가 다정한 얘기를 하러 가는 분위기는 아니었다. 그리고 역시나 라틸다는 베네의 얼굴을 보자마자 으르렁거리는 목소리로 물었다.

"지하실에 뭐가 있죠?"

베네에게 먹이를 받아먹던 새장 속의 까마귀 두 마리가 놀라 파닥거렸다.

"진정하십시오, 아가씨. 일단 앉으시지요."

베네는 당황하지 않으려고 애쓰는 기색이 역력했다.

"서서 얘기하겠어요. 길게 끌고 싶지 않으니까요."

"차도 없이 얘기를 하시겠다고요?"

"제 의문이 깨끗하게 해결된 후에 즐거운 마음으로 마실게요."

베네는 겨우 한숨을 쉬며 미소 지었다.

"백작님께 이 사건을 어찌해야 할지 여쭙는 편지를 어제와 그저께, 두 번에 걸쳐 보냈습니다. 아무리 길을 잘 찾는 까마귀라도 정해진 장소를 오고 가는 데에 이틀이나 걸립니다. 하물며 백작님께서는 지금 전장에 계시고 진영의 위치는 항상 이동하지요. 게다가 까마귀를 받은 전령이 다시 백작님께 그 편지를 전달하는 과정까지 생각하면 답장에 시간이 걸리는 게 당연하지요."

"허락이 왜 필요하죠? 베네는 아버지가 전장에 나섰을 때 모든 권한을 가진 사람이 아니던가요? 아니면 책임을 지고 싶지 않아서?"

라틸다의 날카로운 음성에 맞춰 까마귀가 깍깍대고 울었다.

"그런 뜻이 아닙니다. 아가씨, 저도 답답한 심정입니다. 그러니 답장이 오기까지 조금만 더 기다려 주십시오."

라틸다가 또 한바탕 소리를 지르기 직전에 노크 소리가 들렸다. 로일은 험악한 분위기를 잠시 누그러뜨릴 계기가 될 것 같아 잽싸게 문을 열었다. 시녀 리자였다.

"실례하겠습니다, 베네 집사님. 아, 라틸다 아가씨."

리자는 라틸다를 발견하고 깜짝 놀랐다. 그녀가 뒤늦게 라틸다에게 인사를 하고 잠시 머뭇거리자 베네가 재촉했다.

"무슨 일이냐?"

"방금 안나가 깨어났습니다. 아가씨를 찾으러 나섰다가 어디 계신지 몰라 집사님께 알리려다…….."

라틸다는 사나운 얼굴로 리자에게 말했다.

"어디 있는지 모르겠다니? 내가 나가기 전에 베네를 만나러 가겠다고 하지 않았어?"

"죄, 죄송합니다, 아가씨."

리자는 라틸다의 눈빛에 익사할 것 같았다.

"됐다. 베네, 그럼 나중에 다시 얘기해요."

라틸다는 집무실을 나갔다. 어찌할 바를 모르던 리자도 황급히 라틸다를 따라나섰다. 베네와 로일은 두 여자가 휩쓸고 간 뒤 남겨진 정적 속에서 서로를 바라보았다.

"로일. 아가씨 좀 어떻게 진정시킬 수 없겠나?"

"라틸다의 의문을 모두 해소해 주면 되지 않겠습니까?"

"상황이 그리 단순하지는 않다네."

"그럼 상황을 모르는 저는 더 어렵겠지요."

"강요한 건 아니었네."

베네는 다시 까마귀에게 먹이를 주었다.

"라틸다가 그린 그림을 보신 적이 있습니까? 검은 기사의 그림."

로일은 갑자기 생각이 나 물었다.

"익셀런 기사단을 말하는군. 봤네. 잘 그리셨더군."

"그건 익셀런의 기사가 아닙니다."

로일은 그 말을 하며 베네의 얼굴을 바라보았다. 약간이라도 표정 변화가 있으면 뭔가 알아낼 수 있지 않을까 하고. 그러나 베네는 진심으로 궁금하다는 미소만 지을 뿐이었다. 애초에 로일은 상대의 심중을 꿰뚫는 법은 몰랐다.

"늙은이의 기억력이라는 게 뭐 그렇지. 익셀런이 아니라면 그 검은 기사는 뭔가?"

로일은 거꾸로 이 나이 든 검의 고수에게 자신의 속마음을 들킬 것 같아 고개를 돌려버렸다.

"저도 모르니 여쭤 본 겁니다. 안나의 상태나 같이 보러 가시죠. 그럼 라틸다의 마음을 조금이라도 풀어줄 수 있지 않을까요?"

베네는 동의하며 자리에서 일어났다.

창백한 얼굴의 안나는 멍한 눈으로 창밖을 바라보고 있었다. 라틸다와 베네, 로일, 그리고 리자를 포함한 시녀 두 명이 방에 있었으나 안나는 누구에게도 말하지 않았고, 누구하고도 시선을 마주치지 않았다.

"모두 나가요."

라틸다는 각별히 베네를 지목하며 말했다. 시녀 둘은 군소리 않고 고개를 숙인 채 물러났고, 베네는 로일에게 어깨를 으쓱해 보였다.

'죄송해요.'

로일은 입 모양으로만 말하고 베네는 고개를 까닥여 보였다.

"필요한 게 있으면 부르십시오. 밖에서 기다리고 있겠습니다."

로일도 베네를 따라 나가려 했지만 라틸다가 즉시 불러 세웠다.

"어딜 가요? 로일은 나가지 않아도 돼요."

그녀는 로일이 옆에 앉자 어깨를 한 대 때렸다.

"이런 말 할 때의 모두란 건 항상 로일을 제외한다는 걸 알아두세요."

"평생 보살펴 준 사람보다 만난 지 한 달도 안 되는 남자를 더 신뢰하면 베네가 무척 섭섭해 할 겁니다."

"섭섭해 하라고 하죠."

"그리고 지하실에는 우리가 생각하는 것만큼 커다란 비밀이 있는 게 아닐지도 모릅니다."

"비밀의 크기는 중요하지 않아요. 나는 내게 그런 걸 숨기고 있다는 사실 자체에 화가 나는 거예요."

로일은 베네가 했던 말들과 그의 말투, 그리고 며칠 동안 이 성에서 겪은 일들을 가만히 떠올려 보며 말했다.

"정말 라틸다에게 비밀로 했나요?"

"뭘요?"

"그게 뭐든 간에요. 지하실의 일이라거나, 안나가 저렇게 돼서 돌아온 이유라거나……."

"장담컨대 베네는 내게 그런 얘기를 일절 한 적이 없어요!"

로일은 '물어본 적이 있긴 한가요?'라는 말을 하려다 삼켰다.

라틸다는 다시 안나 앞에 앉았다.

"안나, 이제 아무도 없어. 말하렴."

"라틸다 아가씨."

평소에도 딱히 미소가 밝은 여자는 아니었지만, 지금의 안나는 얼굴 근육이 굳어버리기라도 한 사람처럼 멍했다.

"아무것도 기억나지 않아요."

안나는 다시 멍한 시선으로 말을 이었다.

"깨어나서부터 계속 어제 있었던 일을 기억해보려고 했는데, 아무것도 기억나지 않아요."

"안나, 어제가 아니라 그제야. 넌 이틀이나 잠들어 있었어."

"그래요?"

안나는 별로 놀랍지도 않다는 듯 말했다.

"적어도 생각나는 것만 말씀해 보세요."

로일이 말했다.

"로일, 안나가 무사한 걸로 일단 끝내요. 괜히 무리해서 기억을 끄집어내면 힘들지도 몰라요."

라틸다가 막았지만, 안나는 잠시 눈을 감았다가 뜨면서 말했다.

"별로 힘들지는 않아요. 그냥…… 아버지를 보러 집에 간 다음부터 기억이 안 나요. 그 다음에는 어둠 속에서 헤매고 있었고, 계단을 계속 오르고 있었죠. 빛을 향해 달려간 기억 밖에…… 그리고 로일의 얼굴을 봤어요."

안나의 무표정과 무감각한 얼굴에서 로일은 또 한 번 이질감을 느꼈다. 이 성 전체가 로일을 배척하려 풍겼던 분위기가 지금 안나의 얼굴에서도 드러났다.

"죄송해요. 하지만 그것 말고는 정말 기억이 안 나요."

"미안할 게 뭐가 있니? 우선 몸이나 회복해 두렴. 얘기는 천천히 하자꾸나. 그보다 필요한 거라도 있니?"

"물이요. 그리고 으음…… 배가 고프네요."

안나는 길게 생각하지 않고 말했다.

"정말 다행스러운 일이구나. 기다려."

라틸다는 밖에서 대기 중인 리자에게 음식을 가져오라고 하고 로일과 함께 복도에 잠시 나왔다. 복도 끝에 서 있는 베네가 눈빛으로 로일에게 뭔가 말했지만 로일은 무슨 뜻인지 알아챌 수 없었다.

'라틸다의 기분을 풀어주라는 소린가?'

로일은 짐작으로 고개를 끄덕거렸다.

라틸다는 관자놀이를 지그시 누르며 천천히 걷다가 물었다.

"어떻게 생각해요?"

"아예 기억이 사라지진 않은 것 같으니, 나머지 기억도 조만간 돌아올 겁니다."

로일은 자신의 이상한 느낌을 말해도 될지 망설였다.

"하지만 왜 기억이 안 나는 걸까요? 큰 충격을 받아서일까요? 전에 책에서 그런 내용을 읽은 적이 있어요."

라틸다는 로비로 내려가는 계단 앞에서 멈춰서 혼잣말처럼 중얼거렸다.

"누군가 최면을 걸어 기억을 빼앗았던가, 마법을 걸었을지도 몰라요. 그런 거 말고 다른 거 또 없을까요, 로일? 기억을 지우는 거."

"술이요."

"술?"

"제가 기억을 완전히 잃어본 건 술을 마시고 뻗었을 때였죠. 노래를 부르며 모두를 웃겼다는 기억은 조금 나지만 어떤 내용이었는지 도무지 기억이 안 나더군요. 친구들은 평생 놀림감으로 써먹겠다며 아직도 그때 제가 뭘 했는지 가르쳐 주지 않죠."

라틸다는 그 부분에서 웃어야 할지 화내야 할지 난감해하는 표정으로 물었다.

"다른 건 없어요?"

"안나가 기억이 나는데 말을 안 하는 것일 수도 있죠."

주름 하나 없는 라틸다의 얼굴이 일그러졌다.

"안나가 나한테 거짓말을 했다는 뜻이에요?"

"어쩌면요."

"안나가 무슨 이유로?"

라틸다는 따지듯 물었다.

"거짓말이라는 단어가 너무 가혹한가요? 달리 표현하자면…… 사실을 말하지는 않는 겁니다. 베네도 그렇고."

로일은 1층 로비의 지하실 출입구를 가리키며 말했다.

"저는 저기 들어가는 게 금지되어 있습니다. 하지만 제가 마음만 먹으면 못 들어갈 곳도 아니죠. 라틸다 역시 들어가실 수 있다고 생각하는데요."

"그래서 어쩌라는 거죠?"

"같이 들어가 봐요."

"저긴 잠겨있어요!"

로일은 2층 난간을 넘어 1층 로비로 뛰어내렸다. 거의 3, 4미터 정도 되는 높이였지만, 로일은 계단 몇 개 건너뛴 것처럼 가볍게 착지했다.

라틸다는 깜짝 놀랐지만 일부러 놀라는 모습을 보이지 않으려고 팔짱을 끼고 지켜보기만 했다. 로일은 지하실 문을 향해 걸어가 문을 당겼다.

문이 열렸다!

"보세요. 안 잠겼죠? 마침 지금 막는 사람도 아무도 없군요. 같이 내려갈까요?"

로일은 비상계단 안을 가리켰다.

"싫어요!"

라틸다는 난간을 쥐고 버럭 소리쳤다.

"로일, 당신 점점 이상하게 변해가는군요. 처음에는 내 생활에 끼어들더니 이제 날 조종하고 내 생각까지 결정하려 드네요. 난 분명 로일에게 지하실로 내려가 보라고 명령했는데 베네의 지시 때문에 안 내려갔죠? 그런데 이제는 나더러 내려가라고 명령을 해요?"

"그게 아니에요, 라틸다."

"시끄러워요!"

라틸다의 눈가에는 벌써 눈물이 한 방울 맺혀 있었다.

"거짓말? 맞아요. 다들 나한테 거짓말을 하고 있어. 로일 당신도 마찬가지야! 당신도 내게 거짓말을 하고 있어. 적어도 진실을 말하지는 않지. 당신도 아직 내게 정체를 말해주지 않잖아!"

"아니에요, 라틸다. 당신이 원한다면 언제라도……."

"이 집에서 당장 나가요! 당신은 이제 해고야!"

라틸다는 몸을 돌려 가버렸다. 로일은 하려던 말을 아무도 서 있지 않은 난간에 대고 읊조릴 따름이었다.

"……내가 누군지 말해줄 수 있어요."

긴 한숨이 새어 나왔다. 그리고 뒤를 돌아 지하실 계단을 내려갔다.

그 밑은 로일이 생각했던 것보다 훨씬 더 별 것 없는 곳이었다.

＋＋ ＋◈＋ ＋＋

안나는 크게 다친 곳이 없었던 만큼 회복도 빨랐다. 가끔 두통을 호소했으나 심각한 정도는 아니었다. 다음 날 아침이 되자, 안나는 스스로 일어나서 걸어 다닐 정도로 회복에 의욕을 보였다. 라틸다는 기뻐하며 아침 식사를 안나에게 직접 가져갔다.

"아아, 어째서 아가씨가 이런 일까지? 이러시면 제가 더 부담스러워요."

호의를 부담스러워 한다기보다 불쾌해 하는 말투였지만, 라틸다는 신경 쓰지 않기로 했다.

"괜찮아. 네가 회복되면 나한테 해줄 일이잖니? 잠깐 역할 좀 바꿔봤다 치지 뭐. 어렸을 때 이런 거 많이 했잖아."

안나는 탁자에 내려놓은 아침 식사를 내려다보며 말했다.

"변하셨어요."

"내가?"

"아마도 로일이 나타난 뒤부터겠죠?"

라틸다는 부정할 수 없었다.

"그렇긴 하지만, 우리 둘만 있을 때는 자주 이랬잖니?"

"어렸을 때만 그랬죠."

안나는 힘없이 대답했다. 비난하는 것처럼 들렸지만, 라틸다는 애써 웃으며 고개를 끄덕였다.

"그랬지. 하지만 이제부터라도 자주 이렇게 해야겠구나. 자, 어서 먹자."

안나는 스푼을 들어 겨우 한술 떴고 라틸다도 느린 안나의 식사 속도에 맞춰 천천히 먹었다.

"아직 기억 안 나지?"

라틸다는 조심스럽게 물었다.

"네."

"하나도?"

"네."

"혹시 내가 알아서는 안 될 일이니? 그래서 지금 기억이 안 난다고 둘러대는 건 아니지?"

안나는 스푼을 내려놓았다.

"왜 갑자기 그런 말씀을 하세요?"

"그냥 갑자기 그런 생각이 들어서. 혹시 네가 날 걱정한 나머지 그런 거짓말을 하는 건 아닐까 하고."

항상 무관심한 눈빛이던 안나가 돌연 라틸다를 노려보았다.

"혹시 로일이 그러던가요?"

"응?"

갑작스런 질문에 라틸다는 괜히 들고 있던 빵을 입에 가득 넣어 말을 못 하는 척하면서 할 말을 골랐다.

"아니야. 아니면 됐어. 진짜 갑자기 생각나서 그런 거야."

안나는 입을 닦으며 자리에서 일어났다.

"괜찮아요. 죄송해요. 제가 너무 예민했나 봐요."

안나는 도로 침대에 갔다.

"좀 쉴게요. 아직 피곤해서요."

"그러렴."

라틸다는 어색하게 허락하며 아직 음식이 잔뜩 남은 접시를 치웠다. 침대로 도로 들어가는 안나의 발바닥이 무척 더러웠다. 단순히 맨발로 먼지 묻은 거실바닥을 디뎌서 지저분해진 게 아니라, 흙바닥을 밟고 다닌 것 같았다.

왜 그런지 묻고 싶었지만 분위기가 살벌해서 묻지 못했다.

'깊이 생각할 거 없어. 그냥 갑자기 산책이라도 나갔다 온 거겠지.'

라틸다는 자리에서 일어났다. 그리고 로일을 해고해 버린 일이 떠올랐다.

저택 안을 아무리 찾아도 로일이 보이지 않았다. 하는 수 없이 라틸다는 하인 중 하나를 붙잡고 물었다.

"로일은 아까 탑으로 올라갔습니다."

"공사 중인 탑?"

"네, 아가씨."

하인은 정중히 인사를 올리고 물었다.

"오늘 저녁 식사는 뭘로 하시겠습니까?"

"아무거나."

라틸다는 평소처럼 성의 없이 대답하고 멈췄다.

"잠깐."

"네, 아가씨?"

질문을 했던 하인도 돌아섰다. 나이는 사십 대 중반이었고 키도 컸는데 문득 라틸다는 그의 얼굴을 처음 봤다는 느낌이었다.

"혹시…… 항상 저녁 식사 메뉴를 물었어?"

"네."

"어제는?"

"어제도 아무거나 라고 하셨습니다."

"오늘 아침은?"

"빵을 준비하셨습니다. 손수 준비하셔서 리자가 거들었지요."

'리자가 거들었나? 옆에 있었나? 혼자 한 것 같은데.'

라틸다는 갑자기 혼란스러웠다.

"좀 엉뚱한 질문인데, 이 성에 고용인이 몇 명이나 있지?"

"40명입니다."

알고 있는 사실이었다. 여자가 몇 명인지 남자가 몇 명인지도 기억났다. 하지만 그들의 얼굴은 하나도 기억이 나지 않았다.

"저, 이름이 뭐야?"

"저 말입니까? 에트먼입니다만?"

하인은 고개를 갸웃거리며 말했다.

"이 성에서 몇 년이나 일했어?"

"15년입니다."

"아아, 고마워. 에트먼. 가도 돼."

"네, 아가씨."

라틸다는 탑을 세우는 공사가 한창인 계단을 올라갔다.

'어째서 이런 걸 물은 거지 난?'

돌을 나르는 인부들은 라틸다가 지나가자 굽실거리며 인사했다. 작업 감독관 중 하나가 지나가다가 라틸다를 보고 아는 척을 했다.

"좋은 아침입니다, 라틸다 아가씨."

라틸다는 대충 손짓으로 인사한 다음 멈춰 섰다.

"항상 인사했었어?"

"네?"

감독관은 별 이상한 질문이 다 있다는 눈으로 대답했다.

"네."

"어제도 우리 만났나?"

"아니요. 어제는 아닙니다."

"그저께는?"

"만났지요. 매일은 아니었지만 사흘에 한 번은 꼬박꼬박 보고도 드렸고요."

"보고라니?"

"성의 건축 진도 얘깁니다. 오늘로 작업 시간이 며칠이 지났으며 최근 사고 인원이라거나, 그런 거 말입니다."

감독관은 좀 당황하는 눈으로 말했다.

"혹시 저, 그제 보고가 미흡했습니까? 그럼 제가 서둘러서 좀 더 자세한 정보를 준비해서……."

"그게 아니야. 왜 내게 보고를 하는 거지?"

"그야……."

감독관은 거의 흙빛이 된 얼굴로 말을 이었다.

"항상 그랬으니까요."

"그저께는 내가 뭐랬어?"

"보고 하자마자 나가라고 하셨죠. 요새 무슨 안 좋은 일이라도 있으신지⋯⋯?"

"누가 내게 보고하라고 했지?"

"쟌스테인 백작님이오."

감독관은 대답한 다음 떨리는 목소리로 물었다.

"아가씨, 혹시 제가 무슨 잘못한 일이라도 있다면 부디 말씀해 주시어 제가 바로잡을 수 있도록⋯⋯."

"아니야. 그래서 물은 게 아니야. 아무것도 아니니 걱정하지 마. 아, 참. 로일은?"

라틸다의 말에 감독관은 안도하며 대답했다.

"위에 있습니다."

라틸다는 거의 도망치듯이 계단을 달려 올라갔다.

갑자기 다른 세상으로 넘어온 듯 무서웠다. 모든 사람들이 라틸다 자신이 모르는 일을 안다고 말하고 있었다. 로일이 말한 대로, 자기는 술 취해서 기억나지 않는 일을 사람들이 '네가 했다'라고 떠드는 기분이었다.

로일은 탑 꼭대기에 있었다. 그는 아직 천장도 벽도 세우지 않아 사방이 낭떠러지인 탑의 끄트머리에 팔짱을 끼고 위태롭게 서서 아래를 내려다보고 있었다. 라틸다는 로일이 뒤를 돌아봐 주길 기다렸지만 그는 뭔가에 집중해 있어 돌아보지 않았다.

"위험하게시리 이런 곳에서 뭘 하고 있어요? 한참 찾았잖아요."

하는 수 없이 라틸다는 옷깃을 여미며 로일의 옆으로 다가섰다. 그리고 성의 아래를 내려다보고 아찔한 나머지 급히 두 걸음 물러섰다. 로일이 돌아보며 빙그레 웃었다.

"여긴 이 성에서 제가 제일 좋아하는 곳입니다. 떠나기 전에 마지막으로 한번 봐 두려고요."

"해고…… 진심으로 받아들였나요?"

라틸다는 뜨끔해서 물었다.

"그때 라틸다는 진심이지 않았나요?"

로일은 다시 시선을 밖으로 돌리며 말을 이었다.

"이곳에서 백작님과 여러 가지 이야기를 주고받았죠."

"아버지와 무슨 이야기를?"

"라틸다를 잘 지켜달라고 하시더군요."

"딸이 그렇게 걱정되시면 아예 나가질 말든가."

라틸다는 조금 용기를 내어 로일이 뭘 보고 있는 건지 확인하기 위해 다가가 보았다. 그가 서 있는 곳에서는 마을뿐 아니라 덴모주 전체가 한눈에 내려다보였다.

"마을 사람들을 관찰하고 있었습니다. 안나의 일이 있고 나서 사람들의 행동을 계속 관찰했는데, 딱히 이상한 점은 보이지 않더군요. 아침에 일을 나가서 저녁에는 집으로 돌아오는 일상이 반복될 뿐. 한 번 조사를 한 뒤로는 사람들이 절 의심하고 있어서, 대놓고 물어보기도 힘들더군요."

라틸다는 창피한 고백을 하듯 크게 심호흡을 하고 말했다.

"로일 말이 맞아요. 다들 날 속이고 있는 것 같아서 화가 나요. 안나도, 베네도, 고용인들 전부 다!"

라틸다는 자신이 오늘 겪은 이 이상한 일을 말하려고 했지만 어디서부터 얘기를 꺼내야 할지 몰라 말았다. 로일은 소리 없이 웃었다.

"안나는 무슨 말 안 했습니까?"

"화를 내더군요. 어째서인지 잘 모르겠지만."

라틸다는 안나와의 대화를 로일에게 간략히 말해 주었다.

"전 안나가 왜 그랬는지 알 것 같아요."

로일의 별거 아닌 말에 라틸다는 가슴이 철렁 내려앉는 기분이었다.

"왜인데요?"

"기억나요, 이거?"

로일이 말하며 자신의 가슴을 두들겼다. 그의 손을 가슴에 올렸던 순간을 떠올리며, 라틸다는 얼굴을 붉히고 고개를 끄덕거렸다. 로일은 온화한 미소로 말을 이었다.

"라틸다는 마음속에 원래 담고 있어야 할 뭔가를 잃었어요. 단지 무관심한 게 아니에요. 가져야 할 뭔가를 가지고 있지 않거나 어떤 일을 계기로 잃었거나. 안나가 화를 내는 건 그 부분이에요. 라틸다는 안나의 아버님 걱정을 했나요?"

라틸다는 흠칫 놀랐다.

"아니오."

"생각도 하지 못했죠? 안나만 사라졌던 게 아니에요. 안나의 아버님도 사라졌죠. 그런데 라틸다는 안나의 안위만 신경 쓰고 있어요."

"그렇지만 당장 눈에 보이는 사람이 안나라서……."

라틸다는 말도 안 되는 변명이라는 생각에 입을 다물었다.

"아시잖아요. 제가 말하는 게 단순한 예절 문제가 아니라는 거."

로일은 말을 이었다.

"라틸다, 당신은 덴모주에 대해 저만큼이나 모릅니다. 단순히 싫어서가 아닐 거예요. 알려고 들지 않아서죠. 그게 뭔지 전 알아요. 가슴 속의 뭔가를 잃어버린 사람은 노력해도 안 되는 게 있어요."

로일은 난간에 섰다. 까마득히 높은 위치, 그것도 언제 부서질지 모르는 벽돌을 밟고 서서 그는 아래를 내려다보았다. 옆에서 지켜만 보는 라틸다가 현기증이 날 지경이었다.

"전 다른 사람의 죽음과 공포를 이해할 줄 모르는 사람이었습니다. 아버지의 죽음 탓이었을까요? 계기는 모르겠어요. 태어났을 때부터 그랬을지도 모르죠. 전 사람을 죽여도 죄책감도 느끼지 못했고 왜 그게 나쁜 일인지 머리로만 알지, 마음으로는 느끼지 못했어요. 라틸다도 마찬가지예요. 라틸다는 주변에 관심을 두지 않아요. 들어도 잊어버리고 말죠."

로일은 자신의 가슴을 주먹으로 두들겼다.

"전에 라틸다가 이런 얘기 한 적 있지요? 안나와는 더 이상 어렸을 때처럼 대화하지 않게 되었다고. 그게 아니에요. 라틸다가 안나의 목소리를 듣지 않고 있는 거예요. 자신과 관계를 맺는 모든 사람들을 잊어버리고 있어요. 일상에 존재하는 모든 인간관계를!"

높은 곳에서 맞는 상쾌한 바람에 머리도 맑아지고 몸도 가벼워졌다. 이곳에서 보니 지긋지긋하게 느껴졌던 덴모주도 아름다워 보였다. 불어오는 바람에 치마가 펄럭이며 다리가 다 드러났지만 라틸다는 치마를 붙들 생각도 들지 않았다.

"라틸다, 당신은 이제 죽은 리제니를 떠올리지 않지요? 그게 단지 무관심이라거나 라틸다가 잔인해서 한때의 약혼자를 잊어버리는 걸까요? 아니에요."

"로일, 어째서 그런 말을······?"

"잘 생각해 봐요. 기억을 잃어버린 사람은 안나가 아니라, 라틸다에요."

"제가 뭘 잃어버렸다는 거죠?"

라틸다는 떨리는 목소리로 물었다.

"당연히 저는 그게 뭔지 모릅니다. 하지만 라틸다가 얼마나 주변을 잊어버리는지를 단적으로 설명하는 사실을 알아냈어요."

로일은 다시 라틸다의 앞에 섰다. 라틸다는 왠지 듣고 싶지 않았지만, 말을 막지는 못했다.

"라틸다, 이 성의 주인은 당신입니다. 덴모주 전부가 당신 것이에요."

"로일, 지금 대체 무슨 소리를 하는 거예요?"

라틸다는 눈을 크게 뜨고 말했다.

"네, 전 또 한 번 라틸다에게 해고당할 각오를 하고 말씀드리는 겁니다. 그러니 잘 들어요. 잘은 몰라도 이미 오래전부터 덴모주는 당신 소유였을 거예요. 이 성도, 이 저택도요."

로일은 두 손을 활짝 펼치더니 말을 이었다.

"처음에는 확신하지 못했지요. 라틸다의 말에 휩쓸려서, 또 제가 이런 쪽으로는 머리가 잘 안 돌아가서 몰랐죠. 전 계속 이 성의 주인을 쟌스테인 백작이라고 착각했습니다. 실제로 누구든 그렇게 생각할 수밖에 없겠지만요."

"난…… 무슨 얘긴지 잘 모르겠어요."

라틸다는 왠지 모르게 뒷걸음질 쳤다. 농담 한 번 재미있었다고 한바탕 웃어버리고 싶었는데 잘 되지 않았다. 그녀의 뒤가 낭떠러지라는 것도 인식하지 못했다.

로일이 그녀의 팔을 붙잡았다. 그 손길에 그녀는 더욱 놀랐다. 로일은 그래도 놓지 않았다.

"하지만 처음부터 알아챘어야 했습니다. 성 전체를 맴도는 이질감, 그게 뭔지 항상 궁금했는데 이제야 알았어요. 여기 있는 사람들은 아무도 쟌스테인 백작을 주인님이라고 부르지 않아요. 제가 귀족이었다면 금방 알았을 테지만 전 그런 호칭에 익숙하지 않으니까요."

라틸다는 조금 김이 빠졌다.

"고작 호칭 때문에요?"

"12쏜즈도 마찬가지입니다. 전 그런 용병 녀석들이 생각하는 방식을 잘 알고 있어요. 라틸다를 대하는 그들의 태도, 그저 고용인의 딸을 대하는 태도가 아닙니다. 그건 고용인보다 더 높은 사람을 대하는 모습입니다. 그들이 마음만 먹었다면 이미 저한테 시비를 걸어도 몇 번을 걸었을 것이고, 결투를 해도 몇 번은 했을 테지만 그러지 못했어요. 왜냐면 제가 라틸다의 호위병이기 때문입니다."

라틸다는 고개를 저었다. 하지만 로일은 계속 말했다.

"절 데려올 때 쟌스테인 백작이 뭐라고 했지요? 라틸다가 결정했다면 내가 할 말은 없지! 이런 식이었어요. 그건 딸의 결정을 존중하는 자상한 아버지의 말투가 아니었어요."

"그럼 그게 뭐라는 거죠? 제가 아버지보다 위라는 건가요?"

"맞습니다, 라틸다 아가씨."

베네가 두 사람이 있는 곳으로 나타나 말했다. 딱히 큰 목소리도 아니었으나, 뒤에서 갑자기 나타나서인지 라틸다는 소스라치게 놀랐다. 베네는 자기 목소리가 그렇게까지 놀랄 일이었나 하는 얼떨떨한 얼굴로 말했다.

"덴모주의 성주는 오래전부터 라틸다 아가씨였습니다."

"그럴 리가요! 당신은 제 말을 듣지 않았잖아요."

"그거야 제 고용주가 백작님이라서였죠."

"뭐가 다르죠?"

라틸다는 질문하는 순간 그 대답을 알아버렸다.

베네는 찬찬히 설명했다.

"거꾸로 생각하신 겁니다, 라틸다 아가씨. 로일이라는 이 친구를 아가씨의 독단으로 고용해서 이 성에 들였다고 생각하셨겠지요? 아닙니다. 백작님이 독단으로 절 고용해서 이 성에 절 두신 겁니다. 나머지는 모두 아가씨 소유입니다. 덴모주도, 이 성도, 성 안의 하인들도."

"하지만 난 이 성과 덴모주에 관련된 업무를 한 적도 없는 걸요! 대체 언제부터요?"

"6년 전 병에 걸려 돌아가시기 직전, 백작님은 이 성 전부를 딸에게 물려주셨습니다. 이미 회복할 길이 없다고 생각한 터라, 굳이 '죽은 후'가 아니라 그 즉시 모든 절차를 끝내 뒀지요. 불가피할 경우 저를 통해 성을 팔아서 아가씨가 평생 편히 먹고 살 수 있는 조치도 취해 뒀답니다. 그런데 아시다시피 백작님은 기적적으로 치유가 되었죠. 하지만 이미 유언 아닌 유언은 그대로 실행된 뒤였지요."

라틸다는 할 말을 잃었다. 베네는 최대한 조심스러운 목소리로 말했다.

"지하실에 내려가지 말라는 건 백작님께서 내린 명령이 아닙니다. 아가씨께서 내린 명령입니다. 아가씨께서 저를 포함한 모든 하인들에게 내린 명령이었습니다."

라틸다는 자신의 목소리가 자기 안에서 벼락처럼 울리는 소리를 들었다.

'날 절대로 지하실로 들여보내지 마라!'

머리가 어지럽고 현기증이 일었다. 라틸다는 뒤로 휘청거리다가 로일의 가슴에 쓰러졌다. 가까스로 로일이 일으켜 주었지만 다리에 힘이 풀려 일어설 수가 없었다.

"제가 백작님께 보낸 편지는 허락을 구하기 위해서가 아니었습니다. 아가씨께 이 일을 모두 설명해도 괜찮은가를 묻는 편지였습니다. 아직 백작님께서 답장을 주지 않으셨지만 전 대충 어떤 답장이 올지 알고 있습니다."

세찬 바람이 불어왔다. 베네는 고개를 약간 돌리고 큰 소리로 물었다.

"아가씨, 1년 전에 무슨 일이 있었는지, 지금 덴모주에 무슨 일이 진행 중인지 제가 설명해 드려도 되겠습니까?"

라틸다는 떨리는 눈으로 로일을 올려다보았다.

"로, 로일?"

로일은 라틸다를 부축해 안은 채로 말했다.

"진실에서 눈을 돌리지 마십시오. 제가 옆에 있겠습니다."

로일은 이내 베네를 돌아보며 물었다.

"그럼 우선 지하실로 가봐야 하는 거겠죠?"

"자네, 허락을 받지 않고 지하실에 내려갔군."

"네. 뭐가 있는지는 대충 봤습니다. 하지만 방금 얘길 듣고 나니 라틸다가 정말 봐야 할 것을 보지 않고 왔다는 생각이 드는군요."

"그렇겠지. 하지만 그 전에 먼저……."

베네는 로일의 옆으로 다가와 섰다. 그리고 잘 보이지 않는 눈을 가늘게 뜨고 말했다.

"자네 저거 보이나?"

"네. 북쪽 땅에 말을 탄 병사들이 서넛 보이는군요. 아마도 검은 사자 백작의 정찰대일 겁니다."

로일은 냉정하게 말했다.

"언제부터 있었나?"

"조금 전부터요."

"심각해 보이나?"

"제 생각에는 그렇습니다."

라틸다는 아직 정신이 수습되지도 않았지만 두 사람이 무슨 소리를 하는지 이해하기 위해 로일에게 기대어 멀리 북쪽을 바라보았다. 과연 두셋 정도의 기사가 숨지도 않고 언덕에 서서 성 쪽을 주시하고 있었다.

"모습을 드러냈다는 건 우리가 대처하기에 이미 늦었다는 뜻이겠군."

베네는 다시 계단으로 향하며 말했다.

"아가씨, 나중에 자세한 얘기를 할 시간이 있을 겁니다."

Chapter 31

사자의 역습

라틸다는 진정하지 못하고 계속 로비를 서성댔다. 저녁때가 되어서 야 순찰을 나갔던 기마병들이 돌아왔다. 그들은 당연하다는 듯 베네가 아닌, 라틸다에게 달려와 보고했다.

"소규모 군대가 머물다 간 흔적은 남아 있었으나 저희가 도착했을 때는 이미 아무도 없었습니다."

"아, 알았다. 혹시 모르니 계속 경계를……."

라틸다의 어색한 명령에 병사들은 즉시 경례를 붙이고 나갔다.

라틸다는 떨리는 목소리로 로일에게 말했다.

"여태까지도 내게 보고를 했겠죠?"

"그렇겠지요."

"하지만 난 기억이 하나도 나지 않아요. 이렇게까지 아무 기억도 안 날 수 있나요?"

"보통 사람들은 일상에서 지나치는 수많은 사물들을 잊어버리고 삽니다. 제 친구 중에는 그런 걸 모조리 기억하는 사람이 있지요. 이를테면, 그 친구는 예순다섯 번째 계단 난간에 붙어있는 개구리의 색깔이 황금색이었다는 것도 기억합니다. 그래서 거꾸로 그 친구는 왜 다른 사람들은 그런 걸 기억 못 하는지 이해하지 못하죠. 또 몇 년 전 일을 10분 전 일처럼 정확히 기억해내는 사람도 있고요. 라틸다 같은 경우에는 그 반대가 아닐까요?"

하도 진지하게 말해서 로일의 말이 농담인지 아닌지 구별이 되질 않았다. 로일은 어깨를 으쓱하며 말을 이었다.

"하지만 저도 이상하긴 합니다. 그렇게까지 잊어버린다는 얘기는 처음 들었거든요."

라틸다는 무서워서 몸을 떨었다. 그 이유가 방금 알아낸 사실 때문인지 아니면 적의 습격 때문인지 알 수 없었다.

덴모주의 병사들이 전원 성문 쪽에 집결했고, 곧 성의 모든 횃대에 불이 올라갔다.

"검은 사자의 군대겠죠?"

"그럴 겁니다."

"언제 쳐들어올까요?"

"확신할 수 없지만, 이곳의 병력을 이미 파악했다면 오늘 밤에라도 주저하지 않을 겁니다."

로일은 라틸다의 모든 질문에 솔직히 대답했다.

"베네. 지금 성에 머물고 있는 병력은 어느 정도 되죠?"

라틸다는 초조하게 손톱을 물어뜯다가 베네에게 물었다. 베네는 막

로비로 들어와 라틸다에게 다가오던 중이었다.

"오십이 조금 넘습니다."

"최소한의 병력만 남기고 떠나셨군요, 아버님은."

"모두 쟌스테인 가문에 오래전부터 충성을 맹세한 병사 중에서도 가려 뽑은 이들입니다. 결코 최소한의 병력이라 할 수는 없지요. 또한 백작님께선 이번 전쟁에서 승리를 확신하셨고, 압도적인 병력으로 몰아붙이면 상대방이 굳이 전쟁터에서 멀리 떨어진 덴모주를 공격해 올 리는 없다고 판단하셨을 뿐, 덴모주의 경비를 소홀히 한 것은 아닙니다."

"알아요. 아버지를 탓하고 싶어서 한 말이 아니었어요. 마을 외곽에서부터 경비를 세워 두세요. 그리고 쳐들어온다면 마을 주민들을 모두 성 안으로 대피시키고 성문을 잠가버리세요. 지금 병력으로 할 수 있는 건 그 정도가 최선이겠죠?"

"예."

"정말 맞는 작전이라서 동의한 거예요?"

"그 외의 다른 천재적인 작전이 있다면 모를까, 그 이상의 작전은 없을 것 같습니다. 로일 자네는 어떻게 생각하나?"

"저도 그렇게 생각합니다. 여기 성벽은 아주 높고 튼튼합니다. 탑이 완성되어 있다면 오십 명으로 천명도 상대할 수 있을 정도로요."

로일의 말에 라틸다는 겨우 안도했다. 베네가 로일에게 물었다.

"하지만 적들이 어떻게 여기로 오겠다고 생각한 걸까? 드마르프에서 패배하고 레앙이 공격당하고 있다면, 여기를 칠 여유 병력이 없을 텐데 말일세."

"저쪽에 훌륭한 전략가가 있다는 뜻이겠죠. 그리고 여기가 비어 있다는 사실을 누군가 그 전략가에게 알려줬을 겁니다."

"나는 방금 누군가라는 게 로일 자네가 아닐지 생각해 봤네."

"지금 로일을 의심하는 거예요?"

라틸다가 화를 냈지만, 로일은 인정하듯 말했다.

"베네가 의심할 법도 합니다. 저는 이 성에서 유일하게 신원이 증명되지 않은 사람이고, 성 내부 사정을 잘 알면서 통제받지 않고 자유롭게 움직이고 있으니까요."

"그럼 결백을 입증할 방법은 있나?"

"없습니다."

"그거 재미있군."

베네는 웃음을 터트리며 가버렸다. 로일은 계단을 올라가는 베네를 바라보다가 떨떠름하게 말했다.

"음, 진짜로 변명할 방법이 없어서 말한 건데……."

잠시 말이 없던 라틸다가 우울한 얼굴로 물었다.

"전 이제 어째야 할까요?"

"일단 좀 쉬십시오. 긴 밤이 될 겁니다."

"그래야겠어요."

라틸다도 계단을 올라 안나의 방으로 갔다.

안나는 불빛 하나 없는 어둠 속, 침대에 누워 잠들어 있었다. 라틸다는 조심스럽게 옆으로 다가가 안나의 손을 잡고 앉았다. 작은 숨소리만 내는 안나의 얼굴은 악몽을 꾸는 듯 불편해 보였다.

라틸다는 안나의 옆에 엎드린 채로 조용히 흐느꼈다.

"미안해, 안나. 미안해."

몇 번이나 사과를 해도 모자라다는 생각이 들었다. 왜 이렇게 안나에게 죄책감을 느끼는지 모르지만, 지금은 무조건 사과를 하고 싶었다.

라틸다는 그렇게 한 시간이나 울다가 잠들었다. 잠들기 직전, 어렴풋이 안나의 것인지 자신의 것인지 알 수 없는 목소리가 들렸다.

"이미 늦었어요."

라틸다는 그 말에 반응할 수 없었다. 일어날 수도, 움직일 수도 없었다. 마법처럼 꿈속으로 끌려갔다. 단지 이틀이나 제대로 못 자서 피곤할 뿐인지도 몰랐다. 하지만 라틸다는 지금 꿈이 자신을 끌어당긴다는 생각밖에 들지 않았다.

꿈속에서 라틸다는 잠옷 입은 어린 소녀가 되어 있었다. 보이는 것 모두가 현실처럼 생생했지만, 그녀는 자신이 꿈을 꾸는 중이라는 걸 알 수 있었다. 소리 때문이었다. 자신의 숨소리와 발소리가 말도 안 되게 크게 들리고 있었다. 반면 주변 소음은 들리지 않았다. 지금쯤 성 안 가득한 경비병들의 고함과 장비를 옮기는 소리로 요란해야 할 텐데, 그런 소리가 전혀 들리지 않았다.

라틸다는 두 팔을 하늘하늘 흔들며 계단을 내려갔다. 계단을 한 칸씩 내려가는 자신의 하얀 발이 인형처럼 귀여워 보였다. 라틸다는 자신의 모습을 거울에 비춰보고 싶었다. 하얀 잠옷을 입고 춤을 추듯 걸어가는 모습이 예뻐 보일 것 같았다.

지하실 문은 파티장의 입구처럼 화려하게 금실로 장식되어 반짝였다. 계단을 비롯해 계단에서 이어지는 내리막길에는 카펫이 깔려 있었고 등불이 환하게 밝혀져 있었다.

라틸다는 알 수 없는 곡조로 어린애처럼 흥얼거렸다.

지하실 깊숙이 또 다른 문이 있었다. 문은 손을 대지도 않았는데 좌우로 열렸다. 안에는 수많은 사람들이 그녀를 기다리고 있었다. 아름다운 라틸다, 우리의 여신이시여. 그들은 황홀한 얼굴로 라틸다를 반겼다.

기쁜 마음에 라틸다는 또 춤을 췄다. 이렇게 춤추는 자신의 모습이 너무도 아름다울 것 같았다. 내가 얼마나 예쁘면 다들 저렇게 황홀한 얼굴로 기도하는 걸까?

그녀는 거울을 보고 싶었다. 하지만 어디에도 거울이 없었다.

라틸다는 수많은 사람 앞에서 얇은 잠옷을 한꺼풀씩 벗었다. 발가벗은 자신의 몸은 또한 얼마나 아름다울까? 여인들이 다가와 자신을 따뜻한 물로 씻겼다. 물이 한 번씩 닿을 때마다 몸서리칠 만큼 기분이 좋았다. 좀 더, 더 끼얹어줘. 라틸다는 명령했다.

머리를 적시는 따뜻한 물에 라틸다는 황홀경에 빠져 웃음을 터트렸다.

더 가져와. 더, 더 따뜻해지고 싶어!

라틸다가 명령하면 그 즉시 시행되었다.

이곳에서는 뭐든 라틸다의 마음대로 되었다.

거울을 가져와. 내 모습을 보고 싶어.

거울도 즉시 대령되었다. 라틸다는 거울에 비친 자신의 모습을 보고 생각했다. 아아, 아름다워.

거울 속에는 피를 뒤집어쓰고 몽롱한 눈빛을 한 라틸다가 있었다. 따뜻한 물은 물이 아니라, 검붉은 피였다.

그것도 안나의 몸을 덮었던 동물의 피가 아닌, 사람의 피였다.

"아아악!"

누군가 머리를 세게 후려친 것 같은 충격에 라틸다는 눈을 떴다. 그리고 옆으로 쓰러져 헛구역질을 해댔다.

꿈이었다. 그러나 그녀는 지나친 현실감에 거울을 쳐다볼 엄두도 내지 못했다.

'내가 사람의 피로 목욕하고 있었어!'

지금까지 꾸었던 검은 기사의 악몽을 모두 합친 것보다 더 끔찍했고 더 무서웠다.

라틸다는 떨리는 손으로 침대를 더듬었다. 안나의 손을 붙들고 같이 꿈 얘기를 하면 공포가 조금이나마 수그러들 것 같아서였다. 하지만 침대는 비어있었다.

안나는 자리에 없었다.

라틸다는 당장 방문을 뛰쳐나갔다. 그리고 꿈에서 그랬던 것처럼 거실을 가로질러 계단을 내려갔다.

'아니야. 그런 게 아니야.'

라틸다는 날 듯 말 듯한 기억을 더듬어 올라갔으나 어느 순간엔가 두꺼운 안개 속을 헤매는 것처럼 막혔다. 하지만 무작정 안나가 지하실에 있을 거라고, 지금 지하실에서 피로 목욕을 하고 있을 거라고 생각하며 달려갔다.

지하실 문 앞에는 아무도 없었다. 라틸다는 손잡이를 움켜잡았다. 하지만 본능적으로 두려운 마음이 일어 문을 열지 못했다.

"라틸다."

로일이 뒤따라 계단을 내려왔다.

"비명 소리를 듣고 왔어요. 무슨 일이에요?"

라틸다는 지하실 문을 가리키며 말했다.

"안나가 저 안으로 들어갔어요."

"들어간 걸 봤나요?"

라틸다는 도저히 꿈에서 봤던 광경을 사실대로 말할 수가 없어 어물거렸다.

"그냥…… 느낌이에요. 침대에 누워있던 안나가 사라졌고 어디로 갔는지 보이지는 않지만, 그냥 그런 느낌이 들어요."

"알았어요. 들어가 보죠."

고맙게도 로일은 두 번 묻지 않고 다가와 문고리를 잡았다. 라틸다는 괜스레 겁이 덜컥 나 로일의 소매를 잡았다.

"위험하지 않을까요?"

"제가 들어가 봤을 때는 위험할 게 없었습니다."

로일은 문을 벌컥 열었다.

"이 문, 항상 이렇게 열려 있었던 거죠?"

"네. 링케가 여길 드나드는 걸 봤지만, 한 번도 잠그는 걸 본 적이 없었습니다. 그러니까 저도 들어가 봤죠."

"언제부터 열어둔 걸까요?"

"한 번도 잠긴 적이 없었던 건 아닐까요? 라틸다는 한 번이라도 이

문을 열려고 시도한 적이 있습니까?"

"그건 아니지만……."

라틸다는 여전히 열린 지하실 문을 바라보며 겁먹은 목소리로 말했다. 대답은 위층에서 내려오는 베네가 대신했다.

"그 문은 닫힌 적이 없습니다. 로일의 말이 맞지요. 함부로 들어가면 안 된다는 규칙만 있었을 따름입니다. 물론 그 역시 라틸다 아가씨의 명령이었지요."

라틸다는 강한 어조로 부정했다.

"그럴 리가! 저는 그런 명령을 내린 기억이 나지 않아요."

"저도 그 부분이 의문입니다. 아가씨는 그 뒤로 단 한 번도 지하실에 대해 언급하지 않으셨지요. 그래서 여기 있는 모든 고용인들도 입을 다물게 했습니다. 실수라도 누군가 그 일을 입에 올리면 아가씨는 경기라도 일으키듯 기절해버렸고, 일어나고 나면 또 말끔히 그때 기억을 잊어버렸거든요."

베네는 항상 그렇듯 차분하게 말했다.

"다행히도 지금은 아무 문제도 없으시군요. 아, 그리고 백작님께선 역시 제가 예상했던 대로의 편지를 보내오셨습니다."

베네는 들고 있는 편지를 앞으로 내밀었다. 라틸다가 차마 다가가지를 못하고 있어 로일이 대신 받아 주었다.

"제가 읽어드릴까요?"

"그렇게 해주세요."

로일은 천천히 편지를 펼쳐 읽었다. 길지는 않았다.

"라틸다가 알고 싶어 한다면 알게 두어라. 모르고 싶어 한다면 또한 모르게 두어라. 처음부터 선택은 라틸다의 것이었고 모든 것은 라틸다의 뜻대로 하게 하라. 추신, 이제부터 옹프르드 자네는 라틸다를 주인으로 모셔라……."

라틸다는 입술을 만지작거리며 이맛살을 찌푸렸다.

"왜요, 라틸다?"

로일의 물음에 라틸다는 긴장된 목소리로 말했다.

"모든 것은 나의 뜻대로…… 어디선가 들어본 말이라서요."

베네는 가만히 듣고 있다가 물었다.

"지금 지하실로 내려가 보시겠습니까? 아직 검은 사자의 군대는 쳐들어오지 않았고 쳐들어오더라도 충분히 오랫동안 막아낼 것입니다. 시간은 충분합니다."

라틸다는 지하실 쪽으로 한 걸음 내디디며 물었다.

"제가 정말 저기를 내려간 적이 있다고요, 베네?"

"물론이지요."

"하지만 당신은 제가 여길 들어가지 않길 바라고 있죠?"

"딱히 그런 것은 아닙니다. 그저 정신적으로 좀 더 안정을 찾은 다음에 내려가는 게 어떨까 생각합니다."

"전 괜찮아요. 지금 가야겠어요. 그리고 로일도 데리고 들어가겠어요."

"원하시는 대로, 주인님."

"그렇게 부르지 말아요! 비꼬는 것 같으니까."

"비꼬다니요. 그럴 마음은 조금도 없습니다."

베네는 정중히 말했지만, 라틸다는 아직도 그가 속이고 있는 것처럼 느껴졌다. 라틸다는 로일의 손을 잡아끌었다.

"베네가 앞장서요."

베네는 거실에 있는 등불을 가져와 앞장섰다.

"계단이 가파르니 조심하십시오."

계단은 꿈속에서 봤던 것처럼 화려한 등불이 밝혀져 있지는 않았다. 그냥 낡은 벽면에 어두컴컴한 나선형 구조였다.

세 명이 걷는 발소리가 약간 휘어져 있는 계단의 벽면을 타고 울렸다. 밑으로 갈수록 추워졌다. 뜨거운 지옥의 불길이라도 올라올 줄 알았던 라틸다는 예상치 못한 한기에 어깨를 감쌌다.

'걱정하지 않아도 돼. 로일은 지하실에 별거 없다고 말했어. 이 성에 비밀 같은 건 없어. 비밀을 만든 건 나 자신이야.'

앞서 있는 베네가 말했다.

"이제부터 제가 아는 모든 것을 보여드리겠습니다. 하지만 아가씨께서 저보다 더 많이, 더 정확히 알고 계십니다. 아마도 그랬기에 진실에 대한 충격이 더욱 컸던 거겠지요."

"상관없어요. 아는 건 다 보여주고 다 말해줘요."

라틸다는 당당한 척하기 위해 일부러 쌀쌀맞게 대꾸했다. 하지만 그녀의 손은 로일의 어깨를 꽉 붙잡고 있었다.

베네는 등불을 비추느라 앞만 보며 얘기했다.

"병에 걸려 돌아가실 뻔했던 그때, 백작님께서는 오직 아가씨 걱정밖에 하지 않았습니다. 부인께서는 오래전 돌아가시고, 딸은 결혼시키기에도, 작위를 물려받기에도 너무 어렸으니까요. 물려줄 거라고는 빚만 남은 이 집뿐이었으니…… 그 일은 아가씨께서 더 잘 아실 겁니다."

"모두에게 힘든 시기였죠. 그리고 마지막 내린 결정이 '모든 걸 딸에게 물려주고 불가피할 경우 성이라도 팔아라.'라는 거죠?"

"맞습니다. 딱 그 일을 처리한 다음 발견한 게 즈쿨라였습니다."

"마약 따위가 아버지의 병과 무슨 관계가 있죠?"

"단순한 마약이 아닙니다. 그건 태워서 피우면 마약이 되지만 빨아서 상처에 바르면 약초가 되며, 달여서 마시면 보약이 되지요. 제가 알기로 백작님의 병을 호전시킨 것도 그 약입니다."

"의지로 병을 이겨내신 줄 알았는데 마약에 의존했던 거였어요?"

"말씀드렸다시피 저도 모든 것을 아는 건 아닙니다."

"아버지는 병에서 호전된 후 뭔가 깨달음을 얻었다고 했어요. 마치 새로 태어난 사람처럼요. 힘차게 병을 털어내고 일어선 아버지의 모습은 마치 성자 같았죠. 그 열정이 전쟁을 일으키는 원동력이 될 줄은 몰랐지만요."

라틸다의 말을 로일이 받았다.

"제게도 이 마을의 종교적 상징물을 보여주시며, 자신은 미래를 보았다고 하셨습니다. 전 그게 어떤 신앙의 힘이라 생각했었는데 아니었군요."

베네가 정리했다.

"어느 쪽이건 계기는 즈쿨라였습니다. 하지만 쟌스테인 백작님은 병이 나은 후 즉시 그걸 끊었지요. 약효가 뛰어난 반면, 지독한 중독성이 있어 매일 섭취해야 했고, 처음에 한 뿌리만 써도 되던 것이 나중에는 두 뿌리가 필요하고 몇 개월이 지나면 서너 뿌리를 먹어도 효력이 나타나지 않게 되니까요. 아시겠지만, 즈쿨라는 그리 흔한 풀이 아닙니다.

인공적으로 키울 방법도 없지요."

계단의 끝에는 작은 나무문이 있었다. 수많은 사람이 들락거렸다는 증거로 낡은 문고리는 반질반질했다. 베네는 그 문을 열고 안으로 들어갔다. 나무로 만든 복도와 녹슨 촛대 위의 촛불이 안을 희미하게 밝히고 있었다. 라틸다는 어렵지 않게 짐작했다.

"그럼 이곳은 아버지께서 즈쿨라를 발견했던 동굴?"

"정확히는 제가 발견했습니다. 천연 동굴이었지만 무너질 염려도 있고 해서 몇 번의 공사로 기둥과 벽을 세웠습니다. 예, 지금 생각하시고 계신 대로입니다. 이곳이 바로 즈쿨라의 천연 재배지입니다."

복도를 지나 마지막 문을 열자, 촛불을 반사하며 빛을 내는 작은 식물들이 돌벽에 이슬처럼 맺혀 있었다. 동굴을 통해 들어오는 외부의 바람에 물결처럼 출렁이는 손가락 두 마디 길이의 이끼 같은 풀들이 즈쿨라였다. 벽을 따라 네 명의 중년 여인이 쭈그리고 앉아 작은 삽으로 조심스럽게 풀을 파내고 있었다.

"파낸 후에도 두어 달 지나면 또 자라 있습니다. 백작님께서 스스로 즈쿨라의 효능에 만족하셔서 주민들이 이걸 쓰는 데에도 관대하십니다. 마을 사람들이 백작님을 지독히 잘 따르는 이유도 어느 정도 여기에 기인하고 있지요."

일하던 여자들은 작은 삽을 내려놓고 일어나 베네와 라틸다를 보고 인사했다. 라틸다는 얼결에 손을 들어 인사를 받았다.

로일은 할 말을 찾지 못하고 있는 라틸다를 대신해서 말했다.

"주민들만 쓰는 게 아니라고 생각합니다. 즈쿨라는 대단히 비싸니까요."

"상당한 양이 외부로 거래되지."

"엄청난 돈이 들어올 거고요."

베네는 고개를 끄덕였다.

"밀의 판매와 중간 거래 이익만으로 그만한 군대를 키웠다고는 생각하지 않았습니다. 백작님도 굳이 숨기지 않으셨던 것 같습니다. 제가 12쏜즈에 들어오면 이걸 보여주겠다고 하셨거든요."

로일은 새삼 이해가 간다는 듯 말을 이었다.

"쏜즈의 기사들이 제 앞에서 보란 듯이 즈쿨라를 피웠고, 굳이 권했던 이유도 이제 알겠습니다. 거절하자 바로 대결을 청했던 것도, 링케가 붉은 장미 백작을 만난 후 새로운 생명을 얻었다는 것도……."

"대체로 이것과 관련된 거라고 생각하네."

로일은 다시 생각에 잠겼다가 고개를 저었다.

"하지만 이것만으로는 설명되지 않는 일이 너무 많습니다."

라틸다가 로일의 말을 자르듯 끼어들었다.

"그래요. 즈쿨라에 대한 이야기는 이제 그만 됐어요. 안나는 어디 있죠?"

"저도 정확히는 모릅니다. 만약 있다면 이쪽이 아닐까 합니다."

베네는 동굴의 더 안쪽으로 둘을 안내했다. 즈쿨라 타는 냄새가 점점 독해졌고, 이제 그 연기가 눈에 보일 정도로 짙어졌다. 라틸다는 짧게 기침했다.

"여러 가지로 효과적인 식물이지만 기본적으로 즈쿨라는 마약입니다. 적당히 양을 조절하지 않으면 심각한 부작용을 초래하지요. 저도 안나의 일을 따로 조사해 봤는데, 그녀의 아버지가 그리되었더군요.

중독 증상이 심한 사람은 이 안으로 데려와 회복될 때까지 즈쿨라의 양을 조절하게 됩니다. 안나는 아버지를 찾아 여기 왔다가 사고를 당한 것으로 보입니다."

그 굴 안에는 많은 사람들이 몽롱한 표정으로 앉아 있었다. 낯익은 마을 사람도 있었고 저택의 하녀도 보였다. 상체를 다 드러낸 젊은 여인이 남자들 틈에서 값싼 웃음을 터트리는 모습도 보였다.

베네는 라틸다를 돌아보며 말했다.

"사실 아가씨께서 이곳 고용인들의 이름과 얼굴을 잘 외우지 못하는 데에는 저런 이유도 있습니다. 마약에 빠져 강제로 해고시킨 사람이 아주 많지요."

라틸다는 눈을 찌푸린 채로 서서 물었다.

"이런 걸로는 안나가 피투성이가 된 채로 계단을 올라온 것이 설명되지 않아요. 그건 어째서죠?"

베네는 잠시 라틸다의 눈을 가만히 쳐다보았다.

"정말 진실을 알고 싶으신 거지요?"

솔직히 말해 알고 싶지 않았다. 하지만 지금 듣고 진실을 받아들이지 않으면 앞으로도 받아들이지 못할 것 같았다. 라틸다는 로일의 손을 꽉 쥐었다.

"로일."

"네, 라틸다."

"날 지켜줄 거죠?"

"네."

"내가 어떤 모습이든, 어떤 과거를 가지고 있든 내 옆에 있어 주는 거죠?"

"네."

"그럼 로일도 사실대로 말해줘요."

계단에서 쿵쾅거리는 소리가 들렸다. 한 병사가 숨을 헐떡이며 여기까지 왔다가 베네와 라틸다를 보고 입을 반쯤 열었다. 하지만 베네는 손을 내밀어 말을 막았다.

병사는 입만 뻐끔거리다가 물러섰다. 다시 안에는 중독되어 환각을 보는 환자들과 라틸다, 로일, 베네만 남았다.

라틸다는 다시 물었다.

"로일, 당신은 누구죠?"

로일은 숨을 길게 들이마셨다가 말했다.

"아란티아에서 온 하얀 늑대들 중 한 명인 로일 울프입니다."

"생각보다 놀랍진 않군요."

"그런가요?"

로일도 라틸다도 서로를 보며 웃었다. 베네만 입을 딱 벌린 놀란 눈을 하고 있었다. 그는 정말로 놀란 얼굴이었다.

"자, 이제 말해도 돼요, 베네. 여기에서 무슨 일이 벌어졌던 거죠?"

베네는 다시 아까 그 병사를 불렀다.

"일단 급한 일 같으니……."

병사는 다시 들어와 베네와 라틸다 중 어느 쪽에 보고해야 할지 몰라 애매한 방향에 시선을 두고 보고했다.

"적들이 덴모주 바로 앞까지 진격해 왔습니다."

베네는 입맛을 다셨다.

"생각보다 빨리 시작했군. 공격은?"

"아직 시작하진 않았습니다."

"곧 가겠네. 올라가 있게."

안절부절못하는 병사를 올려보내고 베네가 말했다.

"하지만 아가씨께 설명은 하고 가야겠지요."

라틸다는 말없이 고개를 끄덕거렸다. 라틸다에게는 적이 쳐들어온 것보다 지금 이 일이 더 중요했다. 베네 역시 위에서 자신이 할 일이 별로 없어서인지 그다지 서두르지는 않았다.

"라틸다 아가씨는 이 마을의 정신적 지주입니다."

라틸다는 하마터면 웃음을 터트릴 뻔했다. 하지만 베네의 설명은 심각하게 이어졌다.

"아가씨께서 관심이 없어 그렇지, 덴모주의 모든 주민들은 아가씨를 여신처럼 떠받들고 있습니다. 제 말이 얼마나 우습게 들릴지 압니다. 그러나 그들의 광적인 믿음이 덴모주에 평화를 가져왔습니다."

"그건 아버지의 노력 덕이에요."

"치안과 철저한 통제, 경제적 풍요로움. 하지만 아무리 그런 점이 충족되더라도 사람들에게는 자신들을 하나로 묶고 이끌 정신적인 지주가 필요했습니다. 그게 라틸다입니다. 아가씨가 외출한다고 하면 한 번 보기 위해 얼마나 많은 주민이 길거리로 나왔는지는 잘 아실 겁니다."

라틸다는 자신의 어리석음을 한탄했다. 그 환호를 단순히 환영 인파로 여겼다니.

"이 동굴 지하에는 우리가 '성지'라 부르는 넓은 공간이 있습니다."

자신 있게 시작했던 베네의 설명은 뒤로 갈수록 목소리가 작아졌다.

"거기서 라틸다 아가씨는 항상 반쯤 몽롱한 상태에서 마을 주민들을 믿음으로 이끄셨죠."

라틸다는 한 손으로 입을 가렸다.

"그, 그게 꿈이 아니었고요? 내가 꿈에서 봤던…… 그런 모습으로……?"

"전 그 모임에 참가한 적이 없어 아가씨께서 어떤 모습으로 계셨는지 알지 못합니다. 저는 고용인으로서 아가씨를 주인으로 모시고 싶었을 뿐, 여신으로 섬길 생각은 전혀 없었으니까요."

"말도 안 돼. 내가 피를 뒤집어쓰면서 춤을 춘다고? 내가? 내가? 내가? 내가 그랬다고? 내가?"

라틸다는 본능적으로 뒤로 물러섰다. 울먹이는 목소리에 고통이 섞여 있었다. 뒤에서 로일이 잡아주지 않았다면 한없이 물러서다가 벽에 부딪히고 말았을 것이다.

"한 번은 라틸다 아가씨가 그런 모임을 가지다가 환각이 깨어 정신을 차리셨다고 합니다. 그 순간 자신의 모습을 본 아가씨는 비명을 지르며 그곳을 빠져나왔지요. 그리고 피투성이가 된 모습으로 우리에게 명령을 내린 겁니다. 자신을 지하실로 보내지 말라고."

피투성이가 되어 계단 앞에 쓰러진 안나의 모습이 떠올랐다.

"그 후 1년 동안 지하 성지는 폐쇄되었지요. 하지만 마을 사람들은 남녀를 불문하고 아가씨를 모시고 싶어 안달이 났고, 그러던 중 대안으로 안나를 찾은 모양입니다. 아가씨와 가장 가까이 있는 여자니까요. 안나는 돼지피를 뒤집어쓰고 아가씨의 대신이 되어 성지에 끌려오게 되었지요. 맹세코 전 모르는 일입니다. 알았다면 당연히 막았겠지요."

라틸다는 떨리는 손으로 얼굴을 감싸 쥐었다.

"그만해."

라틸다는 명령했고 베네는 명령대로 입을 다물었다. 로일은 힘을 잃고 제대로 서지도 못하는 라틸다의 허리를 감쌌다.

"올라가시지요."

로일은 덧붙였다.

"이 이상은 나중에 하시지요."

라틸다는 자신을 배려한답시고 한 로일의 이어진 말에 더욱 공포를 느꼈다.

'이 이상이 있다는 거야? 더 남았다는 거야?'

라틸다는 로일의 품에 안겨 왔던 길을 되돌아가며 커다란 문을 하나더 발견했다. 자연적으로 생긴 동굴에 문을 달아놓은 것이었다. 그곳이 베네가 말하는 성지로 들어가는 입구였다. 라틸다는 스멀스멀 올라오는 기억을 차단하기 위해 안간힘을 썼다. 하지만 입구 위쪽의 매끈한바위 면에 새겨진 고풍스러운 글씨가 자꾸만 기억을 들췄다.

'모든 것은 그분의 뜻대로 하게 하라.'

어둠을 틈타 야습을 해올 거라던 예상과 달리, 적들은 정직하게 횃불을 들고 덴모주 외곽에서 마을 쪽으로 접근했다. 베네는 횃불의 이동을 불안하게 바라보며 로일에게 말했다.

"아무리 우리 쪽 병력이 적다 해도 저런 움직임은 이해할 수가 없군.

이 성벽을 염두에 두고 공성전이라도 하겠다는 건가?"

"설마 아니겠죠. 이쪽보다 많긴 하지만, 그럴 병력으로도 안 보이고. 그보다 회관이 위험하지 않을까요?"

예상보다 적의 이동이 빨라, 마을 사람들은 그냥 마을 회관의 지하에 피신시켰다. 적의 손에 덴모주의 주민 전부를 맡긴 꼴이었다.

"사악한 용병 무리라면 모를까, 한 백작의 수하로 있는 정규군이다. 쟌스테인 백작의 근거지를 없애겠다는 명목으로 밭을 태웠으면 태웠지, 무턱대고 사람을 죽이지는 않을 거야. 또 굳이 그럴 것도 없이 이 성을 뺏고, 레이디 라틸다를 포로로 잡는 편이 더 이득일 것이고."

베네는 걱정스러운 시선으로 뒤를 돌아보았다. 라틸다는 로일과 베네가 서 있는 망루 끝에서 몇 걸음 떨어진 자리에 앉아 초조하게 두 손을 주무르고 있었다.

"아가씨를 모시고 들어가 주지 않겠나? 화살이 닿진 않겠지만, 그래도 안전한 자리가 아니야."

"그렇긴 합니다만, 지금은 차라리 시끄러운 전투 현장에 있는 게 나을 것 같습니다."

로일이 자신 없는 목소리로 말했다.

"그럼 만일의 사태가 벌어진다면…… 아가씨를 잘 부탁하네."

베네는 신뢰하는 눈빛을 보냈다. 그리고 역시나 아까의 일을 물어왔다.

"하얀 늑대들이라고?"

"네."

"자네는 참으로 재미있는 청년이야."

"왜요?"

"자신이 첩자가 아니라는 변명도 하지 않더니 하얀 늑대들이라고 과시하지도 않는군."

"제가 그랬나요?"

"그나저나 나도 소문으로만 들어서 그러는데 하얀 늑대들이란 건 어떤 존재인가?"

"음, 어떻게 설명해야 할지 모르겠습니다만?"

"검술이 어떠냐는 질문이었는데, 멍청한 질문이었군. 미안하네. 못 들은 셈 치게."

베네는 진심으로 미안하다는 얼굴로 웃었다. 로일도 진지하게 고민하고 대답했다.

"하얀 늑대들인 친구는 넷 더 있습니다. 그 친구들이 모두 여기 있으면 전 라틸다에게 여기는 안전하다고 말하고 올 겁니다."

"적병의 숫자가 삼백이 넘는다는 걸 알면서 하는 소리지?"

"네."

베네는 뭔가 더 물으려다 어깨만 으쓱하고 입을 다물었다.

로일은 속으로 지하실에서 들었던 얘기를 정리해 보았다. 그는 다른 사람이라면 단숨에 답을 얻었을 문제조차 몇 날 며칠이고 고민했다. 대신 그는 그런 일에 지치지 않았다.

원래 병약했던 쟌스테인 백작은 육 년 전 병에 걸렸다. 즈쿨라는 죽어가던 그를 살려주었고, 동시에 부를 안겨 주었다. 비슷한 시기에 리제니와 라틸다가 만났다. 둘은 약혼을 했고 뤼미에르 백작은 약혼을 축하하기 위해 영지를 선물했다.

그 다음 쟌스테인 백작은 일방적으로 파혼을 선언했다. 뤼미에르 백작이 영지를 선물할 때만 해도 쟌스테인은 붉은 장미라는 화려한 호칭을 달 자격조차 없을 정도로 기반이 약한 귀족이었다. 그런데 즈쿨라 하나 믿고 덜커덕 전쟁을 시작했다는 건 믿기 어려운 일이었다.

전쟁을 시작한 사람이 쟌스테인 백작이라면, 전쟁의 시작은 그가 영지를 돌려주지 않은 시점이었다. 가정을 바꾸어 전쟁을 시작한 사람이 뤼미에르 백작이라면, 전쟁의 시작은 선물한 영지를 강제로 되돌려 받으려던 시점이었다.

법적으로는 뤼미에르 백작의 선택이 옳아 보였다. 부당하게 영지를 빼앗겼다면 당연히 돌려받아야 했으니까.

심적으로 보자면 쟌스테인 백작도 이해는 갔다. 덴모주의 여신을 다른 남자에게 시집보낼 수 없으니까. 하지만 그렇다면 애초에 약혼해선 안 됐다.

대신 쟌스테인 백작의 말대로, 전쟁에 이유 따위 없다면 어느 쪽이 옳은지는 중요하지 않았다.

그리고 그건 전부 즈쿨라와는 상관이 없었다.

로일은 잠시 생각이 막힌 틈에, 먼 곳에 시선을 둔 라틸다의 옆얼굴을 바라보았다. 눈물로 눈 주위가 붉게 달아오른 모습조차도 아름다워 보였다. 로일은 아란티아의 새나디엘 여왕이 세상에서 가장 아름답다고 항상 생각했지만 지금은 달랐다. 여왕은 바라보고 있으면 마음이 푸근해지고 모든 것을 얻을 것처럼 행복해지는 아름다움이라면, 라틸다는 마음이 달아오르고 모든 것을 바치고 싶어지는 아름다움이었다.

누군가를 지켜보기 전까지 진짜 이빨을 얻지 못할 거라는 여왕님의 말이 없었다 해도, 로일은 라틸다를 지키는 일에 선뜻 나섰을 것이다. 그런데 이제 라틸다를 지키는 일이 단순히 한 여자의 목숨을 지키는 일이 아니게 되어버렸다.

"차라도 한잔하지 그러나? 기나긴 밤이 될 거야."

베네는 병사가 따라준 찻잔을 로일에게 양보했다.

"괜찮습니다. 저는 밤샘에 익숙합니다. 뜬금없이 자버린 적이 있긴 하지만요."

로일은 부드럽게 거절했다.

"이럴 때야말로 젊음이 힘이지."

베네는 희미하게 웃으며 차를 한 모금 했다.

병사는 라틸다에게도 다가가 조심스럽게 차를 내밀었다. 그 단순한 동작에도 존경과 사랑이 담겨 있었다. 결코 가문의 병사가 백작의 딸을 대하는 자세가 아니었다.

로일은 수많은 간접적인 경험을 통해 외모가 갖는 힘을 알고 있었다.

라틸다의 외모는 백작의 딸이라는 배경을 더해 아름다움을 넘어선 신비로움을 자아냈고, 파티 드레스를 꾸며 입은 모습만 본 남자라면 며칠 걸리는 먼 거리를 달려와 청혼할 만했다. 그리고 누구보다 그 사실을 잘 알고 있을 사람은 그녀의 아버지였다.

'만약 붉은 장미 백작이 딸을 무기로 내세울 생각을 했다면?'

로일은 다시 한 번 가정을 세워 추리하기 시작했다.

'파티에 나선 라틸다를 보고 한눈에 반한 수많은 젊은 귀족들이 편지와 선물을 들이밀었겠지. 쟌스테인 백작이 할 일은 간단해. 그들 중에서 가장 목표로 삼기 좋은 남자를 고르면 그만이다. 정확히 리제니를 노린 건 아닐지라도, 그의 사랑을 유도하는 건 가능해. 그럼 뒤따라오는 뤼미에르 가문과의 약혼도, 약혼 선물로 영지를 받은 것도, 약혼을 파기한 것까지도 모두 의도할 수 있다.'

덴모주 근처를 배회하던 횃불의 무리가 마침내 마을에 진입하면서, 여기저기에서 병사들이 웅성댔다.

몰려오는 군대의 총 숫자는 이백에서 삼백 정도였다. 기병은 없었다. 이렇다 할 공성기도 없었다. 여길 점령하기 위해서라면 적어도 지금 병력의 세 배 이상은 필요했다. 적들은 기동력 좋은 붉은 장미의 기마병이 덴모주로 돌아오기 전에 여길 점령해서 '어떤 목적'을 이뤄야 할 것이다. 그럼 오늘 밤 안으로 공격을 끝내야 할 텐데, 로일은 그 방법이 궁금했다.

"한 가지 여쭤봐도 되겠습니까?"

로일은 작은 목소리로 베네에게 물었다. 횃불의 무리가 접근해 오자 산전수전 다 겪었을 것 같은 베네도 긴장하고 있었다. 적들이 성벽을 넘어오지 못할 거라고 생각하면서도 불안감은 어쩔 수 없는 모양이었다.

"묻게."

"뤼미에르 백작에게 아들이 몇 명 있습니까?"

"세 명. 막내가 죽었으니 이제 두 명이지만. 왜 그런 걸 묻나?"

뒤에서 듣고 있던 라틸다의 한쪽 눈썹이 치켜 올라갔다. 로일은 고개만 끄덕이고 대답하지 않았다.

'그럼 리제니만 노리고 일을 벌일 필요도 없어. 사랑이라는 불확실

한 도박에 전략이라는 이름을 붙이려면 세 명은 있어야겠지.'

로일은 자신의 추리를 마무리 지었다.

'즈쿨라로 건강을 회복하고 재력을 확보한 쟌스테인 백작이 전쟁의 발판을 마련하기 위해 라틸다와 리제니를 약혼시켰다? 너무 단순해. 즈쿨라 하나로는 모든 걸 설명할 수 없어.'

여신 라틸다, 살아있는 여자를 신격화해서 믿는 마을, 검은 사자와 붉은 장미의 전쟁.

로일은 계속 복잡한 머리를 굴렸다.

'백작이 즈쿨라로 건강을 회복한 것, 덴모주와 이 성의 주인이 라틸다가 된 것, 리제니와 라틸다가 만난 일…… 여기에 단서가 조금만 더 붙으면 뭔가 알아낼 수 있을 것 같군.'

횃불을 들고 마을을 관통해 오던 적병들은 화살이 닿지 않을 거리에서 멈췄다. 그리고 잠시 후 횃불을 하나씩 껐다. 단순히 횃불을 아끼기 위해서인 것 같았다. 이미 성 쪽에서 불을 환하게 밝히고 있었으므로 어둠을 틈타 기습하지는 못할 것이다.

"당분간은 위험한 일이 벌어질 것 같지 않군. 로일, 그렇게 설득해서 아가씨를 데려다주지 않겠나?"

로일은 한참 생각에 빠졌던 터라 베네의 말에 건성으로 대꾸했다.

"예, 그러죠. 들어가시죠, 라틸다."

힘없이 로일에게 기대는 라틸다를 데리고 돌아서자 뒤에서 베네가 말했다.

"성의 비상 알림 체계를 알아두게. 이상한 일이 있으면 나팔을 길게 한 번. 침입이 있으면 두 번. 그때는 도움이 필요하니 다시 이곳으로 와주게. 하지만 세 번 불면 아주 위급한 상황이니 여기 올 거 없이 아가씨를 모시고 로비로 나오게. 내가 그리 가겠네."

로일은 라틸다를 데리고 저택으로 돌아갔다.

어수선한 바깥의 상황과 달리 라틸다의 방은 조용했다.

"안나는 어디로 간 걸까요?"

라틸다가 조용히 물었다.

"어디 안전한 곳에 있을 겁니다."

로일은 위로하려고 그렇게 말했지만 확신은 없었다.

라틸다는 아무 말도 하지 못했다. 하루 사이에 너무 많은 일이 벌어졌다. 아무리 정신적으로 강한 사람이라도 이런 충격을 계속 견디기는 어려울 것이다.

"라틸다, 악몽은 언제부터 꾸게 되었죠?"

로일은 문득 생각이 나 물었다.

"로일, 힘들어요. 지금은 그런 얘기 하고 싶지 않아요."

라틸다는 애원하듯이 말했다.

로일은 이럴 때 여자를 어떻게 달래줘야 하는지 알지 못했다. 그냥 안아주면 되는지, 아니면 아무 말 않고 지켜주면 되는지, 아니면 다른 어떤 행동을 해 줘야 하는지.

로일이 그런 복잡한 생각으로 입을 다물어 버리자, 오히려 라틸다가 미안해하며 말했다.

"아버지께서 병에 걸렸을 때부터예요. 그때 악몽을 꿨죠. 그리고 다시 얼마 전부터……."

라틸다는 말을 멈췄다.

잠시 후 다시 입을 연 라틸다는 또 지하실에서처럼 놀란 눈을 했다.

"왜 다시 악몽을…… 꾸게 됐던 거죠, 난?"

로일은 예상치 못한 곳에서 지금까지의 모든 의문을 하나로 연결하는 단서를 찾아냈다. 라틸다의 악몽!

"로일, 지금 뭔가 알아냈죠? 난 모르겠어요. 너무 많은 일이 벌어졌어요. 너무 많은 것들이 떠올라요. 왜 갑자기 악몽에 대해 물은 거죠?"

로일은 지금 라틸다를 배려해 진실을 묻어두고 아무것도 아니라고 말해줄 수가 없었다.

"카모르트의 전쟁은 라틸다의 약혼을 기점으로 벌어졌습니다. 덴모주에서 벌어지는 괴이한 일들 역시 라틸다를 중심으로 일어나고 있어요. 그리고 카모르트의 전쟁에 튀어나온 정체불명의 검은 기사들, 그것 역시 라틸다의 악몽 속에서 기어 나왔어요."

라틸다는 가늘게 입술을 떨었다. 그리고 마치 겁에 질린 어린아이처럼 두 팔을 앞으로 뻗었다. 극도의 두려움에 사로잡혀 아무 말도 못 하는 라틸다의 모습을 보고 로일은 그저 안아줄 수밖에 없었다.

"미안해요, 라틸다. 제가 괜한 말을…….."

라틸다의 거친 숨소리가 로일의 가슴을 타고 느껴졌다.

"로일."

라틸다는 힘이 풀린 목소리로 말을 이었다.

"난 누구죠?"

갑자기 나팔 소리가 들려 깜짝 놀란 둘은 포옹을 풀었다. 곧 두 번째 나팔 소리가 길게 들렸다. 로일은 창문을 통해 망루에 대기 중이던 궁수들이 화살을 쏘는 광경과 덴모주 마을 쪽에 대기 중이던 횃불의 무리가 곧장 성 안 쪽으로 밀려들어 오는 광경을 목격했다.

오늘 밤 안으로 뭔가 벌어질 거라고는 생각했으나 이 정도로 조용하게, 그리고 순식간에 터질 줄은 몰랐다. 성벽을 오르거나, 성문을 부수려는 시도도 없었다. 어둠 속이라 어떤 상황이 펼쳐져 있는지 구체적으로 알 수는 없으나, 성문이 활짝 열려 있는 것만은 확실히 보였다.

곧 세 번째 나팔 소리가 들렸다.

라틸다와 로일은 로비로 달려 내려갔다. 라틸다는 휘청거리며 속도를 내지 못했다. 로일은 그녀를 업고 뛰고 싶었지만 그대로 손만 잡았다.

'이게 정말 비상사태라면 라틸다가 걸으면서 회복하게 두는 게 나아.'

라틸다는 계단을 내려오면서 겨우 걷는 듯싶었지만 결국 앞으로 또 넘어졌다.

가까스로 로일이 붙잡아 계단을 구르는 사고를 막았지만 라틸다는 일어나지 못했다. 그녀의 이마에서 흐르는 식은땀이 계단에 깔린 양탄자로 뚝뚝 떨어졌다. 그녀는 저절로 떠오르는 기억을 필사적으로 막으려고 애쓰고 있었다.

"라틸다! 라틸다가 과거에 뭘 했든 이제 잊어버려요. 지금의 라틸다는 그때 일을 이겨낼 수 있어요. 그렇지요?"

로일은 떠오르는 대로 위로의 말을 내뱉었지만 자신조차 납득이 가지 않는 말뿐이었다. 라틸다는 고개를 저었다.

"모르겠어요. 지금 모든 것이 떠오르면 난 내 자신으로 있을 수 없을 것 같아요."

라틸다는 땀인지 눈물인지 모를 물기로 촉촉한 눈으로 말했다.

"무슨 일이 일어나도 제가 지켜드리겠습니다. 저는 하얀……."

"……늑대들. 알아요. 어떤 사악한 악마가 제 앞에 나타나도 물리쳐 주실 테지요. 하지만……."

라틸다는 모든 것을 잃어버린 허탈한 미소로 말을 이었다.

"그 사악한 악마가 나라면 어떻게 해요? 나를 상대로 날 지켜줄 수는 있나요?"

라틸다는 뜨거운 숨을 내뱉으며 한 번 더 물었다.

"날 상대로 로일은 스스로를 지킬 수 있나요?"

베네가 막 로비로 뛰어 들어오며 둘의 이상한 대화가 끝났다. 문이 활짝 열리는 순간, 사람들의 비명과 고함이 한 데 섞여 조용한 밤을 흔들어 놓았다.

"무슨 일입니까?"

로일이 물었다.

"성문이 열렸네."

베네는 곧장 라틸다 곁으로 다가왔다.

"아가씨는?"

"힘들어하십니다."

라틸다는 열병을 앓는 어린아이처럼 로일의 품에 안긴 채로 눈을 감고 있었다. 로일은 다시 베네에게 시선을 돌렸다.

"문이 열리다니요? 저들이 문고리를 잡아당겼더니 덜컥 열렸다는 뜻은 아니겠지요?"

"우리 쪽에 배신자가 있었던 모양이네. 성문을 담당하는 병사 다섯 명이 모두 죽었고, 그 틈에 안에서 누군가 열어버린 거지. 내가 성문을 열고 밖으로 달아나는 누군가를 발견했는데, 얼굴이나 옷차림은 보지 못했어."

베네는 그게 모두 자신의 노안 탓이라고 변명하는 것처럼 눈을 비볐다.

'모든 사람이 라틸다를 여신처럼 여기는 이곳에서 배신자라니?'

차라리 적이 마법으로 문을 날려버리고 드래곤을 이끌고 쳐들어왔다는 말이 더 받아들이기 쉬울 것 같았다. 베네는 몇 번이나 고개를 저으며 '말도 안 돼'라는 말을 중얼거렸다.

"성문이 열린 이상 우리 쪽 경비로는 단 몇 분도 버티지 못할 걸세."

베네는 라틸다를 내려다보며 말했다.

"달아날 곳이 있습니까?"

로일이 물었다.

"뒷문이 있지."

베네는 벽에 걸린 검신이 얇고 긴 칼을 집어 들고 지하실 입구로 걸어갔다.

"이 성의 지하실은 바깥쪽과 통해 있다네. 적들이 성과 저택의 내부를 살피는 시간이면 충분히 빠져나갈 수 있겠지."

베네는 자신에게 다짐하는 것처럼 빠르게 이어 말했다.

"이 성에 있는 그 어떤 것도 아가씨의 목숨과는 바꿀 수 없네. 성은 다시 빼앗으면 그만이지. 마을은 언제든 다시 일으킬 수 있어. 하지만 라틸다는 아니야."

단지 충성스러운 고용인이 주인을 지키겠다는 말로는 들리지 않았다. 신도가 자신의 신을 지키겠다는 과도한 다짐 또한 아니었다. 그건 마치 아버지가 딸을 지키는 모습 같았다.

"알겠습니다, 베네. 그럼 라틸다를 데리고 먼저 가십시오."

"자네는?"

"성문이 내부의 도움으로 열렸습니다. 그 첩자가 지하실로 통하는 뒷문을 모를 거라고는 생각되지 않는군요."

베네는 금방 로일의 의도를 이해했다.

"알겠네."

베네가 라틸다를 부축해 지하실로 걸어갔다. 라틸다는 흠칫 놀라며 돌아보았다.

"안돼요, 로일! 같이 가요."

베네는 저항하는 그녀를 강하게 붙들었다.

"시간이 없습니다, 아가씨."

"싫어! 난 로일이랑 같이 갈 거야."

베네는 로일과 시선을 교환했다.

"자네가 가겠나? 임무를 바꾸지."

로일은 고개를 저었다.

"전 뒷문으로 가는 길을 모릅니다."

저택 문 너머로 아군인지 적군인지 모를 병사들의 발소리가 울렸다.

"대신 전 이쪽으로 몇십 명이 몰려오든 막을 수 있습니다."

베네는 고개를 끄덕거렸다.

"알겠네. 가십시오, 아가씨. 우리가 서둘러야 로일도 금방 따라올 수 있습니다."

라틸다는 그 말에 설득당해 더 이상 저항하지 않았다.

"로일, 빨리 따라와야 해요."

"걱정 말아요, 라틸다. 약속은 반드시 지키겠습니다."

로일이 말했다.

베네에게 이끌려 계단 아래로 내려가며 라틸다는 자꾸만 뒤를 돌아보았다. 마치 다시는 보지 못할 연인의 모습을 눈에 새기려는 것처럼.

나선형 계단의 벽 너머로 라틸다의 모습이 사라진 후 로일은 힘들게 지하실 문을 닫았다.

로비에는 다시 로일 혼자만 남게 되었다.

베네와 함께 지하실을 달리던 라틸다는 차츰 정신을 차렸다. 조금씩 자신의 힘으로 걸을 수 있게 되었고 이내 베네의 손에 의지하지 않고도 달릴 수 있었다. 처음에는 자꾸 뒤를 보고 걸었지만 나중에는 오히려 베네보다 앞서 걸었다.

두 사람이 내는 발소리는 동굴 끝에 다다를수록 점점 커졌다. 밖에서 흘러들어오는 신선한 공기가 코끝을 간질였다. 라틸다는 밖으로 나서자마자 털썩 주저앉았다.

성벽을 중심으로 전투를 벌이는 병사들의 함성과 병장기 부딪히는 소리가 작은 숲 너머로 들렸다. 베네는 그녀가 한숨 돌릴 수 있도록 기다렸다. 라틸다는 여전히 힘없는 목소리로 말했다.

"적들이 즈쿨라를 보고 어떤 조치를 취하지 않을까요?"

베네는 라틸다가 그런 질문을 해준 것을 다행스럽게 여겼다. 적어도 아까처럼 완전히 기운 잃고 쓰러져 있는 것보다 훨씬 나았다.

"저들은 사흘 안에 물러날 겁니다. 이것은 상대 군주의 딸을 납치하기 위한 작전이기도 하지만, 밀리고 있는 전세를 잠시 누그러뜨리기 위한 작전이기도 합니다. 저 인원으로는 덴모주를 오래 점령할 여력이 안 될 테니 금방 떠날 겁니다. 그 짧은 시간 동안 즈쿨라의 효용성을 알아볼 리가 없죠."

라틸다는 겨우 고개를 들며 말했다.

"베네는 내가 정말 덴모주의 주인이 될 자격이 있다고 생각하세요?"

"아가씨께서 평소에 얼마나 열심히 공부하셨는지 전 누구보다 잘 알고 있습니다."

"공부요?"

"덴모주에 직접 신경을 쓰는 건 아니었지만 백작님께서 읽은 책들을 모두 섭렵하지 않았습니까?"

"베네가 이 성에 대해 모르는 일이 있기나 하나요? 놀랍군요. 그럼 내가 아버지의 뒤를 잇더라도 이 즈쿨라를 써야 할 거라고 생각하나요?"

"뜻대로 하십시오."

"태워버리겠어요."

"그 역시 뜻대로 하십시오."

라틸다는 손을 내밀었다.

"부축해 주세요. 아직 안전한 건 아니죠? 어서 가요."

베네는 그녀의 손을 잡아 일으켜주었다. 하지만 이내 다시 걸으려는 라틸다를 멈춰 세우고 베네는 칼을 꺼냈다.

"잠시만!"

숲의 벌레 우는 소리 사이로 인위적인 잡음이 들렸다. 갑옷 입은 기사들이 움직일 때 내는 쇳소리였다.

등불 하나가 갑자기 주위를 밝혔다. 베네는 눈이 부셔 잠깐 고개를 돌렸다. 다시 고개를 돌리니 등불은 세 개로 늘어나 있었다.

검은 사자의 기사 여섯 명이 동굴 앞에서 기다리고 있었다. 베네는 즉시 한 걸음 앞으로 나와 칼을 들었다. 겉보기에 노인에 불과한 베네를 상대로도 기사들은 경솔하게 다가오지 않았다. 그중 한 명만이 무덤덤하게 베네의 앞까지 다가와 손을 내밀었다.

투구도 쓰지 않고 멋진 금발을 휘날리는 얼굴은 달빛 아래에서도 분명히 알아볼 수 있을 정도로 눈에 띄었다. 베네는 낮은 신음을 내며 칼을 늘어뜨렸다.

"그렇군. 뤼미에르 백작에게 자네가 있었지. 이 정도 작전을 구사하는 사람이 그쪽에 있다는 것쯤은 계산했어야 했는데……."

바딩이었다.

"네, 옹프르드. 아직 쟌스테인 백작을 모시고 있다는 말은 들었습니다."

바딩은 라틸다가 아닌 베네에게 먼저 예를 보였다.

"오랜만입니다, 스승님."

'누군가를 지켜보기 전까지 너는 진짜 너의 이빨을 얻지 못할 것이다.'

새나디엘 여왕은 말했다. 로일은 반발심이 일어 따져 물었다.

'전 이미 저의 이빨을 가지고 있습니다. 하얀 늑대의 이빨, 마스터 퀘이언께서 가르쳐주신 기술은 모든 하얀 늑대들 중 가장 강했다는 마스터 그란돌조차 뛰어넘는다 하셨습니다.'

'퀘이언이 그딴 걸 네 이빨이라고 가르쳤니? 아닐 텐데?'

새나디엘은 놀리듯 물었다.

'그딴 거라니요? 그럼 어떤 기술이 이빨이라고 할 수 있습니까?'

'그걸 깨달아야 너만의 이빨을 가질 수 있어. 그렇지 않으면 넌 조만간 하얀 늑대들의 자리에서 쫓겨나게 될 거야.'

'제가 마음에 안 들면 언제든 쫓아내십시오.'

'널 쫓아내는 건 너야.'

마치 모든 것을 다 알고 있는 듯한 여왕의 말에 로일은 아무 대꾸도 못 했다. 그리고 여왕의 예언 같은 말은 조금씩 실현되어 가고 있었다.

로일은 계단 옆에 몸을 숨기고 대기하는 중이었다. 만약 검은 사자군의 병사들이 지하실에 대해 모른다면 굳이 싸울 필요가 없었다.

잠시 후 검은 사자군의 군복을 입은 병사 세 명이 안으로 뛰어 들어왔다.

'계단으로 올라가. 라틸다를 찾아 헤매. 그럼 난 너희들 몰래 지하실

문을 잠그고 라틸다를 쫓아갈 테니까.'

로일의 바람은 이뤄지지 않았다. 그들은 주변을 살펴보더니 곧장 지하실 문으로 직행했다.

"여기다! 이쪽이 지하실이야."

한 명은 어깨에 부상을 입었고, 칼에는 피가 묻어 있었으며, 셋 다 흥분한 상태였다. 저택의 하녀라도 발견하면 앞뒤 안 가리고 바로 죽일 기세였다.

'성문을 연 배신자는 베네만큼이나 성의 지리를 잘 아는 사람이군.'

로일은 계단 옆에서 바깥으로 모습을 드러냈다. 병사들은 지하실 문을 발로 걷어차 열고 나서야 로일을 발견했다. 셋은 피 묻은 칼을 동시에 앞으로 내밀었다.

"누구냐?"

로비를 쩌렁쩌렁 울리는 그들의 목소리와 더러운 피를 묻힌 그들의 발은 이 조용하고 깨끗한 공간과 너무도 어울리지 않았다.

"한 번만 경고하겠다. 물러나라."

로일은 칼을 뽑으며 말했다.

"하얀 늑대의 이빨을 보고 살아남을 수 있는 것은 하얀 늑대뿐이다."

피를 보고 흥분한 병사들에게는 어떤 설득도 통하지 않는다는 것을 로일은 경험으로 알고 있었다. 로일은 상대가 먼저 칼을 휘두르게 내버려 두고 즉시 칼을 세 번 휘둘렀다. 그들이 들이밀었던 세 자루 검이 요란한 소리를 내며 바닥에 떨어졌고, 예쁜 그림이 그려진 하얀 벽지가 피로 붉게 물들었다.

로일은 칼을 집어넣고 병사들이 들어왔던 문으로 다가갔다. 횃불이 만든 빛과 그림자가 움직이는 벽화처럼 전투를 그려냈다. 붉은 장미꽃이 만개한 정원에서 장미의 병사들과 검은 사자의 병사들이 뒤엉켜 서로를 죽이고 있었다. 피가 장미를 더럽혔고, 잘 가꾸어진 장미밭은 병사들의 거친 발길에 패였다.

로일은 문을 닫고 돌아와 지하실 문고리를 잡았다. 문득 세 명의 병사들이 곧장 지하실로 향했던 순간이 떠올랐다. 그것은 이곳의 구조를 정확히 아는 배신자가 알려줬기에 가능했던 행동이었다.

'하나만 생각하느라 다른 하나는 미처 고려하지 못했구나. 지하실 입구를 안다면 당연히 빠져나갈 뒷문도 알고 있을 것 아닌가?'

로일은 안타깝게 중얼거렸다. 베네도 다급한 나머지 생각 못 했을 것이다.

열린 성문을 통해 들어온 적 병사들의 숫자는 많지 않았다. 이곳의 병력을 정확히 알고 있었기에 딱 맞춰 소수정예만 들어온 것이다.

그들의 목적이 쟌스테인 백작의 근거지인 덴모주의 파괴가 아니라는 건 성으로 들어오는 동안 밀밭과 마을을 불태우지 않은 것으로 입증됐다. 그러니 지금 성으로 진입한 사자의 병사들이 굳이 장미 정원이나 밟으러 들어온 게 아니라면, 그들의 목적은 라틸다 한 명뿐이었다.

로일은 지하실 문을 열고 들어갔다. 뭔가 위험한 게 있을지도 몰라 천천히 걸어 들어갔던 처음, 그리고 무서워하는 라틸다를 데리고 갔던 두 번째와는 달리 전속력으로 계단을 뛰어 내려갔다. 두 칸 세 칸씩, 필요하다면 그대로 미끄러져도 좋겠다는 식으로 로일은 달렸다.

계단 위쪽에서 커다란 소리가 들렸다. 지하실 입구 문이 부서진 모양이었다. 뒤이어 그를 쫓아오는 병사들의 목소리가 들렸다.

"저쪽이다!"

이번에는 네 명이었다. 이대로 추격자를 단 채 달리고 싶지 않았다. 로일은 어느 정도 달려가다가 문 너머에서 멈춰 기다렸다. 그리고 병사들이 그 문을 열고 나오자, 먼저 달려들어 공격했다. 두 명도 서기 힘든 좁은 통로에서 네 명이라는 숫자적 우위는 아무 의미 없었다. 로일은 앞에서 달려오는 순서대로 차례차례 베고 찔렀다. 그들은 달려오던 기세 때문에 멈추지도, 물러서지도 못하고 꼼짝없이 당했다. 네 번째 병사만 뒤로 달아나려 시도했지만 그도 목덜미를 베여 쓰러졌다.

네 번째 병사는 상처를 붙든 채로 겁에 질린 얼굴로 로일을 돌아보았다.

"따라오지 마라. 그럼 죽이지 않겠다."

로일은 경고했다. 병사는 빠르게 고개를 끄덕이더니 베인 자리를 붙든 채로 달아났다.

로일은 그가 멀어지는 모습을 확인하고 달리려다 문득 걸음을 멈추었다. 즈쿨라 밭 옆이었다. 내부가 환기되지 않아 역한 냄새로 가득 차 있었다.

작은 동굴 구석은 아직도 쓰러져 있는 중독자들로 차 있었다. 바깥 상황을 아직 모르는지 그들을 간호하던 사람들은 어리둥절한 얼굴로 로일을 돌아보았다.

그 옆에 또 하나의 나무문이 보였다.

열린 문틈으로 차디찬 공기가 흘러나왔다. 그 냉기에는 지금까지 동굴 내의 역한 즈쿨라 연기 때문에 알아차리지 못했던 냄새가 섞여 있었다.

피 냄새.

이곳이 덴모주의 신도들이 라틸다를 여신으로 추앙하던 그곳이었다.

'단지 그뿐일까? 무지하고 마음 약한 사람들이 살아 있는 사람을 신으로 추앙하려고 모이는 장소?'

로일은 등골이 오싹해지는 느낌이 들었다.

문 위에는 '모든 것은 그분의 뜻대로 하게 하라.'라는 문구가 새겨져 있었고, 문에 12쏜즈나 붉은 장미 백작, 일부 마을 사람들이 목에 걸고 다니는 목걸이의 문양이 돋을새김으로 표현되어 있었다. 처음 봤을 때는 그냥 지나쳤지만 지금은 유난히 크게 도드라져 보였다.

목걸이의 문양은 단순했지만 이 문의 조각은 세밀했다. 로일이 처음 생각했던 것과 달리, 그것은 단순히 십자가에 둥근 원이 달린 모양이 아니었다.

십자가의 윗부분은 정확히 칼의 손잡이였다.

칼이 박혀 있는 둥근 원은 핏줄이 튀어나온 인간의 심장을 묘사하고 있었다.

즉, 그것은 십자가가 아니라 칼이 심장에 꽂혀 있는 모습이었다.

베네는 바딩을 보고 잠시 추억에 잠겼다.

'예전이나 지금이나 변함없이 잘생기고 강해 보이는군.'

바딩은 단 몇 번의 가르침으로 스승인 자신을 뛰어넘고 더 큰 것을 이루겠다며 떠났다. 그 후 베네는 '흑기사 바딩'의 명성이 들려올 때마다 먼 곳에 있는 아들의 성장을 들은 것처럼 기뻐했다. 심지어 바딩에 의해 몇 번의 전투에서 패했다는 쟌스테인 백작의 말을 들을 때조차 뿌듯함을 감추지 못했다. 물론 쟌스테인 백작은 그런 사실을 알고 있었고 심지어 바딩을 칭찬하기까지 했다.

'내가 링케와 바딩을 둘 다 데리고 있다면 싸움이 이렇게 재미있게 돌아가진 않았겠지.'

바딩을 보자 라틸다는 꼿꼿하게 일어섰다. 본능처럼 레이디로서의 품격을 지키기 위해 있는 힘 없는 힘 다 소비하면서 버텨내는 것이었다. 하지만 이전처럼 호통치지는 못했다. 지금은 서서 입을 떼는 것이 고작이었다.

"오랜만이군요, 바딩. 뤼미에르 백작 곁을 지켜야 하실 분이 왜 이런 먼 곳까지 오셨나요?"

바딩은 뒤늦게 가슴에 손을 올리고 라틸다에게 예를 표했다.

"레앙은 저 하나 없다고 무너질 곳이 아닙니다. 또한 제 군주님의 곁에는 제가 아니더라도 우수한 호위병 정도는 있고요."

바딩은 이런 곳에서조차 기사도를 잊지 않았다. 라틸다는 더욱 힘을 내어 말했다.

"이곳은 나조차도 오늘 아침까지 몰랐던 비밀 입구인데 어떻게 알게 되었나 모르겠군요."

바딩은 레이디를 파티장으로 안내하려는 기사처럼 살짝 고개를 숙였다.

"그건 가면서 이야기하시지요, 레이디 라틸다. 당신이 지금 당장 항복하여 제 인도를 받는다면 편안하게 레앙까지 안내하겠습니다. 원한다면 옆에 있는 사람 한 명의 목숨도 보존해드리지요."

베네가 고개를 저었다.

"엉뚱한 제안은 거둬라, 바딩. 내가 거절하겠다."

"오래전 일이긴 하나 스승님을 베고 싶지 않습니다. 물러서십시오."

뒤에 대기하고 있던 갑옷 입은 기사들이 한 걸음씩 다가왔다.

"멈춰라. 내가 아직 너희들의 캡틴과 이야기하고 있는 게 보이지 않느냐?"

베네의 목소리는 동굴 안에서 한 번 더 메아리치며 묘한 기세로 기사들을 밀어냈다. 바딩도 손을 내밀어 부하들을 막았다.

"대기하라! 두 분 다 함부로 모실 분들이 아니다."

바딩은 엄하게 명령한 후 다시 웃는 얼굴로 물었다.

"하실 말씀이라도 있습니까, 스승님?"

"성문을 열어주고 너를 여기로 안내한 우리 쪽 배신자를 알고 싶군."

"어려운 일이 아닙니다. 옆에 있으니."

베네는 바딩의 옆으로 다가온 여자를 보고 그만 눈을 감아버렸다. 라틸다는 입을 가리고 비명을 꾹 참았다.

"어, 어, 어떻게…… 어떻게 네가……."

라틸다는 말을 잇지 못했다.

바딩의 옆에 서 있는 사람은 안나였다.

안나는 이제껏 본 적 없는 차가운 표정으로 라틸다를 바라보고 있었다. 옷은 사라졌을 당시의 잠옷 차림 그대로였는데, 다소곳이 손을 앞으로 모은 단정한 자세만큼은 중요한 파티를 앞두고 접객 준비를 마친 모습 같았다.

"아가씨께…… 나에게, 아니, 우리에게 원한이 있다면……."

베네는 바딩이 나타났을 때보다 몇 배는 더 놀란 나머지 몇 번이나 말을 고쳐가며 물었다.

"……먹을 것에 독을 타면 그만일 텐데 왜 이런 짓을 했느냐, 안나?"

안나는 베네를 돌아보며 표정 하나 바꾸지 않고 딱딱하게 말했다.

"제가 왜요? 우리들의 소중한 여신이자 여군주님께 저같이 하찮은 하녀가 어찌 감히 손을 대겠어요?"

안나는 지금까지 베네가 봐온 중 가장 일을 잘 하고 가장 믿음직하며 가장 똑똑한 아이였다. 누군가 딱 한 명의 고용인에게 성 안의 비밀을 말해줘야 한다면 베네는 두말 않고 안나를 택했을 것이다.

"그럼 어째서?"

베네는 냉정을 잃었다는 것을 드러내지 않으려고 일부러 짧게 물었다.

"글쎄요. 착한 척, 약한 척 엄살 부리는 우리 여군주님을 빨리 깨어나게 해 드리려고 그랬을까요?"

"이 녀석! 똑바로 얘기하지 못하겠느냐?"

베네는 소리쳤지만 안나는 꿈쩍도 하지 않았다.

"이유는 들어 뭐하시게요? 라틸다 아가씨, 아니 우리 여신님, 사랑스러운 여군주님! 지하실에 들어가지 말라고요? 당신이 무슨 짓을 저지르고 그런 말을 했는지 기억도 못 해요? 편하군요. 싫은 기억은 말끔하게 지워버리고 자기 편할 대로 전쟁광 아버지의 가엾은 딸인 척하는 것도."

라틸다는 아직도 충격을 수습하지 못해 말을 더듬었다.

"아, 안나, 내, 내가 대체 뭘…… 아, 아니야. 난 정말 기억을 못하는 거야. 네가 뭐든 말해주었더라면……."

"말해준다? 말해준다고요?"

안나는 갑자기 웃음을 터트렸다. 새된 그녀의 웃음소리에 바딩의 부하 기사들도 소름이 끼친 듯 어깨를 움츠렸다.

"라틸다 아가씨, 당신은 분명 친절하지만, 과연 성에 있는 시종들과 마을 사람들에게 관심이나 있었나요? 당신은 언제나 자신의 문제만 끌어안고, 마을 일에는 신경도 쓰지 않았죠. 그리고 갑자기 나타난 로일에게는 온갖 관심을 쏟고 모든 이야기를 해대더니, 이제는 도로 기억을 되찾으려고요? 안돼요. 그렇게 두지 않을 거예요. 잃어버린 게 무슨 기억인지, 자신이 어떤 추악한 일을 저질렀는지 평생 기억해내지 못 한 채 그대로 살아버려요."

라틸다는 뺨을 감싸며 뒷걸음질 쳤다. 갑옷 입은 기사들 여섯을 상대로는 자존심을 세워 꼿꼿이 버티던 라틸다였지만 잠옷차림의 안나 앞에서는 버티지 못했다. 라틸다는 공포에 질린 얼굴로 물러섰다.

"살아요. 평생 악몽이나 꾸면서!"

안나는 품에서 단검을 꺼냈다.

"모든 것은 여군주님의 뜻대로!"

안나는 누가 말릴 새도 없이 자신의 목을 칼로 그었다. 머뭇거리는 기색도 없었다. 붉은 피가 하늘로 뿜어져 올라갔다가 바닥으로 후두둑 떨어졌다. 열 걸음이나 떨어진 라틸다의 얼굴까지 피가 튀었다.

"아아아아아, 아아아, 아아악!"

라틸다는 그대로 무릎을 꿇고 얼굴을 손톱으로 긁으며 소리 질렀다.

"아아악, 으아아아, 아악!"

베네는 달려가 라틸다를 안았다. 그러나 라틸다는 비명을 멈추지 않았다. 목에서 폭포처럼 피를 쏟는 안나의 모습을 바라보며 그녀는 계속 소리를 질렀다. 베네는 라틸다의 눈을 가렸지만 이미 그녀의 눈에 안나의 모습이 새겨진 것 같았다.

안나는 실이 끊어진 인형처럼 픽 쓰러졌다. 바딩도, 검은 사자의 기사들도 갑자기 벌어진 일에 당황해서 움직이지 못했다.

"아닙니다, 아가씨."

베네는 라틸다를 안고 말했다.

"그런 게 아닙니다. 안나의 말을 들어선 안 돼요."

그러나 라틸다에겐 베네의 말이 들리지 않았다.

"아가씨는 여군주도, 여신도 아닙니다. 라틸다 아가씨는…….."

베네는 뒷말을 잇지 못했다. 비명은 그쳤지만, 정신이 나간 것처럼 주저앉은 채로 공허한 시선만 던지는 라틸다의 모습은 가엽다 못해 처참했다.

'오늘 하루 이 아이가 얼마나 큰 고통을 받았는가? 그리고 앞으로 얼마나 더한 고통을 짊어질 것인가?'

베네는 칼을 들고 자리에서 일어났다.

"아가씨를 데려갈 수는 없다, 바딩. 물러나라."

"그럴 수는 없습니다, 옹프르드. 이 여자가 자결한 건 저도 예상치 못한 일이라 지금 조금 당혹스럽긴 합니다만, 저도 해야 할 일을 끝내야겠습니다."

"굳이 이럴 필요 없지 않으냐?"

"제 군주를 위해 싸우는 것이 왜 필요 없는 일입니까?"

"한때 네 스승이었던 나다. 그것도 못 알아볼 것 같으냐? 넌 검은 사자 백작의 승리를 위해 싸우고 있는 게 아니지 않나?"

겨우 미소 짓고 있던 바딩의 표정이 무너졌다.

"물러서십시오, 스승님. 당신을 죽이고 싶지 않습니다."

"그럴 수 없다."

"당신은 고작 이런 일로 죽을 분이 아닙니다."

"너는 내 심정을 모를 것이다."

"스승님 역시 절 모릅니다."

"그럼 어쩔 수 없구나."

바딩도 칼을 뽑았다. 부하 기사들도 앞으로 나섰다. 그러나 바딩이 저지했다.

"방해하지 마라."

바딩은 베네의 앞으로 다가가 칼을 얼굴 앞으로 세웠다.

"검은 사자의 수호 기사 바딩이 붉은 장미의 수호 기사 옹프르드에게 결투를 청합니다."

"받아주겠다."

베네도 칼을 세우고 서서 답했다.

둘은 한 걸음씩 물러서 서로에게 인사를 하고 동시에 칼을 휘둘렀다. 베네는 상대의 큰 칼에 정면으로 부딪치지 않고 옆으로 공격을 흘렸다. 바딩 역시 그가 흘릴 것을 알고 즉시 칼을 되돌려 반격을 막았다.

　등불 두어 개만 밝혀 있는 어둠 속에서 뻗는 베네의 가는 칼날은 눈에 보이지 않을 정도로 빨랐다. 바딩은 아슬아슬하게 피한 후 즉시 칼을 휘둘렀으나, 베네는 이미 한발 빠르게 범위 밖으로 물러나 있었다.

　둘 다 서로의 기술을 간파하고 있었고 둘 다 싸움이 쉽지 않을 것임을 잘 알았다. 카모르트 최강이라는 바딩도 베네의 날카로운 공격을 전부 다 받아내지 못하고 어깨를 베이고 뺨을 베였다. 갑옷이라도 입지 않았다면 진작 베네의 칼이 심장을 뚫었을 정도였다.

　베네는 침착하게 바딩의 공격을 받아냈다. 그러나 끝내 체력이 달린 베네는 팔을 들어 올릴 수가 없게 되었다. 날아드는 바딩의 칼날이 뻔히 보이는데도 피하지 못했다. 겨우 칼날을 뻗었지만 그 뒤가 어찌 될지는 알고 있었다.

　'나이 들었다는 게 이런 거겠지.'

　베네는 곁눈질로 라틸다를 돌아보았다. 안나의 시신을 바라보던 멍한 시선은 이제 베네의 최후를 향해 있었다. 살짝 입을 벌리고 멍청히 있는 라틸다의 슬픈 눈길에 베네는 가슴이 아팠다.

　'그런 눈으로 보지 마십시오, 아가씨. 전 때가 되어 가는 겁니다.'

　바딩의 칼이 베네의 칼을 부러뜨리고 목으로 날아들었다. 하지만 베네는 그 공격을 보지 않았다. 그는 이십사 년 전에 봤던 아름다운 광경만 떠올리고 있었다.

　태어난 아이는 인형처럼 가볍고 강아지처럼 작았다. 쟌스테인과 베네는 서로 부둥켜안고 울었다.

‘내 딸이야. 내 딸일세. 보이나?’

울먹이는 백작의 목소리에 베네는 더욱 감격스러워 울었다.

‘네. 붉은 장미의 딸입니다.’

커가는 라틸다의 모습에 흐뭇해하는 사람은 백작뿐만이 아니었다.

‘베네, 베네. 이거 내가 만들었어.’

여덟 살의 라틸다가 뭔지 알아볼 수도 없는 헝겊 조각을 토끼라고 우기며 내밀었을 때, 베네는 라틸다가 아빠가 아닌 자기에게 제일 먼저 그걸 보여줬다는 사실에 내심 흐뭇해했다. 그리고 백작에게는 비밀로 했다.

‘라틸다를 지켜주게.’

죽어가는 백작은 마지막 남은 생명의 힘을 다해 베네의 손을 꽉 쥐었다.

‘라틸다의 아빠가 되어주게.’

그런 부탁 같은 건 필요 없었다. 베네는 아주 오래 전부터 라틸다를 자신의 딸처럼 생각해 왔으니까.

죽음이 고통스럽거나 억울하지는 않았다. 단지 라틸다가 행복하게 사는 모습을 지켜보지 못하고 죽는다는 것이 아쉬울 따름이었다.

‘이겨내세요, 라틸다.’

바딩의 칼에 베네의 목이 떨어졌다.

라틸다의 멍한 시선은 베네에게 고정되었다. 움직이지도 못하고 흐느끼던 라틸다의 눈동자에서 눈물만 끝없이 솟았다. 닿지도 않는 떨리는 손길이 베네를 향했지만 그나마 거친 손에 붙들려 저지당했다.

“서둘러라.”

바딩이 명령했다. 검은 사자의 기사들은 최대한 조심스럽게 라틸다를 부축했다. 질질 끌려가는 라틸다의 시선은 죽은 베네에게 꽂혀 되돌아올 줄 몰랐다.

✦

'늦었구나.'

로일은 눈앞이 아찔해졌다.

동굴 밖에는 적어도 열 명 이상이 머물다 지나간 흔적만 남아 있었다. 그리고 모래에 찍힌 발자국의 크기로 보아 대여섯 명은 아주 무거운 갑옷을 입고 있는 사람이었다. 달빛으로 알아볼 수 있는 흔적은 그런 발자국들과 두 구의 시체가 전부였다.

로일은 상황을 이해할 수가 없었다.

'어째서?'

로일은 안나와 베네의 시체를 확인했다. 안나의 상처는 자결을 한 흔적이었다. 그리고 바닥에 난 어지러운 발자국을 보면, 베네는 다수의 공격에 당한 게 아니라 일대일 대결에서 패한 게 분명했다.

'이런 상황에서 굳이 결투를 했다고? 안나가 배신자인 건 알겠어. 하지만 왜?'

로일은 어느 것 하나도 이해할 수가 없었다.

라틸다는 보이지 않았다. 그녀가 끌려간 흔적은 풀숲으로 이어지고 있었다. 로일은 흔적을 따라 달렸다.

숲을 벗어나기 직전, 화살이 날아들었다. 로일은 옆으로 고개를 꺾어 피하고 뒤따라 날아드는 화살을 피해 몸을 굴렸다. 여러 개의 화살이 로일이 구른 자리에 후두둑 박혔다. 로일은 나무 뒤에 몸을 숨기고 칼을 빼 들었다.

"누구냐?"

숨어 있는 궁수가 물었다. 로일은 그게 단순히 상대의 정체를 알아보려는 시도가 아니라는 걸 잘 알고 있었다. 어둠 속에서 목표물의 위치를 알아내려는 수작이었다. 그게 아니었다면 공격하기 전에 물었을 것이다.

"라틸다를 어디로 데려가는 거냐?"

로일은 일부러 소리를 질러 자신의 위치를 노출시키곤, 풀숲을 따라 빠르게 다른 나무로 이동했다. 멀리서 궁수들이 위치를 바꾸는 발소리가 들려왔다. 개중엔 칼을 든 녀석들도 둘 정도 섞여 있었다.

"네놈은 알 거 없다."

다른 곳에서 목소리가 들렸다. 소리는 계속 이동하고 있었다. 로일은 그 소리를 모두 파악하고 자리를 이동했다. 조금 전 로일이 대답한 자리를 공격하려면 어디로 서야 할지 대충 위치가 잡혔다. 로일은 그 위치의 뒤로 돌아 들어갔다.

예상했던 자리에서 두 명의 궁수가 화살을 재고 있었다. 로일은 달려가 한 명의 목을 치고 다른 한 명의 목을 찔렀다.

뒤에 숨어있던 다른 궁수들이 금방 로일을 발견하고 화살을 날렸다. 어둠 속에서 날아오는 화살은 작은 점으로밖에 보이지 않았다. 로일은 네 개 중 거의 절반은 운으로 쳐냈고, 미처 발견하지 못한 화살은 그저 지나가 주길 바랐다. 다행히 하나는 빗나갔고 하나는 뺨을 스치며 지나갔다.

날아온 화살은 네 개였다. 어디엔가 또 네 명이 숨어 있다는 뜻이었다.

'철저히 준비했군. 도주로에 궁수를 배치해두다니.'

로일은 다시 나무 뒤에 숨어 궁수들의 위치를 파악했다. 멀리서 뿔나팔 소리가 울렸다. 뒤이어 웅장하고 커다란 북소리가 수차례 울렸다. 적들의 신호 체계는 잘 모르지만 대충 후퇴 명령이라는 건 알 수 있었다.

로일은 다시 풀숲을 기어가듯 달려갔다. 화살이 또 한 번 등을 스치고 지나갔다. 하지만 그대로 속도를 늦추지 않고 나무와 나무 사이를 달려 어둠 속에 몸을 숨긴 궁수 둘의 등 뒤를 덮쳤다. 한 명은 깜짝 놀라 화살을 놓쳤지만 다른 한 명은 몸을 돌리며 장전하고 있던 화살을 쐈다.

로일은 궁수가 시위를 놓는 타이밍에 맞춰 칼을 휘둘렀다. 시위를 튕겨 나온 화살은 칼날에 두 쪽이 났고 로일의 칼은 그대로 활과 시위를 당기는 상대의 팔을 베며 지나갔다. 다른 한 명이 비명을 지르며 달아나려 하자, 로일은 그를 쫓아가 등을 찔렀다.

그런데 너무 깊이 찌른 바람에 등에 박힌 칼날이 잘 빠져나오지 않았다. 시간으로 치면 1초 정도였지만, 나무를 벗어난 로일은 즉시 표적이 되었다.

계속 숨을 죽이고 로일이 나타나기만을 기다리고 있던 또 다른 궁수들이 모습을 드러냈다. 로일은 칼을 포기하고 옆으로 굴러 피했다. 그런데 엉뚱하게도 화살이 로일의 등 뒤쪽에서 날아왔다.

'숨어 있는 적이 또 있었나? 하지만 기척이 하나도 없었는데?'

로일은 꼼짝없이 죽었다고 생각했다. 그러나 화살은 로일의 머리 위로 날아가 활을 당기고 있던 궁수 한 명을 정확히 꿰뚫었다. 화살을 맞은 궁수가 쓰러지기도 전에 화살이 하나 더 날아갔고, 두 번째 궁수가 쓰러졌다. 나머지 궁수 둘은 로일이 아닌 로일의 뒤를 향해 화살을 쏘아 보냈다.

숨어있던 검사들도 당황한 나머지 자기들 쪽에서 먼저 모습을 드러내고 로일에게 달려들었다. 로일은 발목에 차고 있는 단검을 뽑아 들어 한 명의 목을 베고, 다른 한 명의 칼을 쳐냈다. 그 사이 또 다른 화살이 계속 날아가 네 명째의 궁수를 쓰러뜨렸다.

'누구지? 이런 어둠 속에서 네 번 화살을 날려 네 명을 죽이는 명사수가.'

로일은 마지막 검사까지 베어 쓰러뜨린 다음 몸을 바짝 낮췄다.

활 실력도 실력이지만, 무엇보다 촉각을 곤두세운 로일에게 기척도 들키지 않고 등 뒤에 선 자였다. 만약 그자가 로일의 목숨을 노린다면 어떻게 해볼 도리가 없을 지경이었다. 그러나 그 남자는 적을 모두 해치운 게 확인되자 로일 앞에 스스로 모습을 드러냈다.

로일은 안도하며 한숨을 터트렸다.

'이런 엄청난 실력을 가진 녀석이 또 있으면 안 되지.'

로일은 그 남자를 향해 손을 들어 보였다.

"던멜!"

던멜은 기운이 빠져 나무에 기대앉은 로일의 옆으로 다가왔다.

"어떻게 된 거야? 다들 노르만트에 있어야 하지 않아?"

'모두 네가 돌아오길 기다리고 있다. 원래 캡틴 카셀과 함께 오기로 되어 있었는데, 중간에 나만 빠져나와 먼저 여기로 왔다.'

오랜만에 보는 던멜의 수화를 잘 알아듣지 못해 로일은 두 번 정도 그 말을 반복해 달라고 부탁해야 했다.

"무슨 일이 있었던 거야?"

'길게 얘기할 시간이 없는 것 같군. 우리가 지금 싸운 병사들은 어느 편인가?'

"검은 사자 백작의 군대다. 여기 오면서 라틸다를 보지 못했나?"

'붉은 장미 백작의 딸 말인가? 마차에 강제로 태우는 걸 봤다. 그리고 급히 떠났다.'

"괜찮아 보이던가?"

'해를 가할 것 같지는 않았다.'

"그렇겠지."

로일은 잠깐 숨을 고르더니 말했다.

"던멜, 미안하지만 난 아직 돌아갈 수 없다."

'노르만트의 상황이 심각하다. 서둘러 돌아가야 한다.'

"오해하지 마. 내게 너희가 얼마나 소중한지 잘 알잖아. 하지만 난 지금 라틸다를 구하러 가야 해."

'내가 모르는 어떤 임무가 있는 건가?'

던멜이 악의 없이 물었다.

"임무?"

로일은 눈물을 글썽이고 있었다. 던멜은 놀라며 그의 어깨를 짚었다. 로일은 눈물을 닦고 말을 이었다.

"여왕 폐하는 내게 다른 사람을 지키는 싸움을 해야 할 거라고 말씀하셨지. 그래야 진짜 하얀 늑대의 이빨을 얻게 될 것이라고."

로일은 죄를 고백하는 기분이 들었다.

"던멜, 난 너희들과 달리 하얀 늑대들의 테스트를 받지 않았다. 세 번째 테스트 말이야. 난 그걸 통과하지 못했어. 왜냐하면 내겐 하얀 늑대의 이빨이 없으니까."

'그게 무슨 소리냐? 너는 하얀 늑대들 중 가장 강하다. 너의 이빨이 되는 그 기술을 난 알아.'

"그렇지 않아. 가장 검술이 뛰어난 자가 하얀 늑대가 되는 건 아니야. 내 기술은 그저 사람을 가장 잘 죽이는 살인 기술인 거지, 하얀 늑대의 이빨이 아니었어."

로일은 자리에서 일어나며 천천히 말했다.

"이게 바로 내 세 번째 테스트야."

던멜은 고개를 끄덕여주었다.

'너의 선택을 존중한다. 도움이 필요하면 같이 가주겠다.'

로일은 갑자기 생각나 말했다.

"아니, 같이 가주기보다 네가 여기서 해줬으면 하는 일이 있다."

로일은 긴 이야기를 최대한 줄여 덴모주와 붉은 장미 백작, 무엇보다 라틸다의 얘기를 해주었다.

던멜은 로일의 얘기가 진행될수록 경악했다.

"네가 직접 성의 지하실에 들어가 봐. 그리고 나 대신 거기에서 일어난 일을 살펴봐 줬으면 좋겠어."

'알았다.'

"참, 너랑 같이 출발한 임시 캡틴이라는 녀석은 어디로 갔다고?"

'에노아 후작의 영지 암브루. 원군을 청하러 갔다. 원래 같이 움직이고 있었는데, 중간에 이쪽으로 이동하는 붉은 장미의 군대를 발견했지. 무슨 일이 벌어졌으리라고 생각해서 나만 떨어져 지름길로 온 거야. 캡틴의 명령이었지. 난 반대했지만, 하도 고집을 부려 어쩔 수가 없었다.'

던멜은 다시 싸움을 준비하는 로일을 보고 물었다.

'그런데 설마 군대에 뛰어들어 그 여자를 구하려는 건 아니겠지?'

"안 될까?"

로일은 진지하게 되물었다. 던멜은 소리 없이 웃었다.

'무모하게 굴지 마라. 내 말은 마을 바깥 개울 쪽에 묶어뒀다. 그걸 타고 군대를 몰래 따라가라. 운이 좋으면 가는 길에 구할 기회가 있을지도 모르겠지만, 가급적 끝까지 기다렸다가 그 여자가 갇힐 때를 기다려. 가장 경비가 확실하다고 여겨지는 그 순간이 가장 경비가 허술한 순간이 될 것이다.'

"고마워. 그렇게 할게."

로일은 천천히 숲을 걸어 나갔다. 그리고 혹시 던멜이 하고 싶은 말이 더 있을지도 모른다고 생각해 돌아봤다. 던멜은 따라오지 않고 수화를 보냈다.

'끝나거든 즉시 노르만트로 와라. 우린 어느 때보다도 네 힘이 필요하다.'

"혹시 내가 늦거든, 모두에게 미안하다고 전해줘."

곧 로일의 모습은 숲에서 사라졌다.

던멜은 지금껏 저렇게 슬퍼 보이는 로일은 처음이었다.

'불길하군. 계획대로 되는 일이 하나도 없어.'

소리가 들리지 않는 던멜의 세계에서도 성 안쪽에서 벌어지는 분주한 분위기는 확실하게 느껴졌다. 공기의 진동으로, 그리고 횃불의 이동으로.

덴모주의 성 안에 머물러 있던 군대도 지금 후퇴하고 있었다. 목적을 달성했으니 더 있을 이유가 없을 것이다.

결국 던멜은 카셀과도 헤어졌고, 로일과도 헤어졌다. 어딘지 불안했다. 카셀과 로일, 둘 모두 지금 정신적으로 크게 흔들리고 있었다. 둘을 무너뜨리는 건 아마도 외부의 적이 아닐 것이다. 던멜이 불안해하는 것은 그 때문이었다.

'그런데 여군주가 어쨌다고?'

던멜은 로일이 부탁한 일을 처리하기 위해 지하실로 통하는 동굴로 향했다.

Chapter 32

암브루

암브루는 군대가 휩쓸고 지나간 듯 폐허가 되어 있었다. 마을에는 민간인과 병사들이 구분되지 않는 시체들이 곳곳에 널려 있었다. 겨우 살아남은 사람들은 겁에 질린 얼굴로 말을 타고 지나가는 카셀을 경계했다. 길을 물어볼 사람이 없어 에노아 후작의 저택을 찾아가기도 쉽지 않았다.

겨우 찾은 저택은 입구의 커다란 쇠문이 안쪽으로 휘어져 반쯤 떨어져 나가 있었다. 입구에서 시작된 돌바닥에는 몇 명이 흘렸을지 모를 핏자국이 긴 시간 동안 노출되어 흙과 구분되지 않을 정도로 검게 굳어 있었다.

하늘은 금방이라도 비가 쏟아질 것처럼 어두컴컴했고, 습기를 머금은 공기는 들이마실수록 가슴이 무거워졌다. 답답함이 기분 탓인 걸 알면서도 카셀은 가슴을 두드렸다.

'대체 무슨 일이 일어난 걸까?'

암브루는 카셀이 생각했던 것보다 훨씬 멀었다. 쉐이든은 이틀 걸릴 거라고 예상했으나, 카셀은 사흘째 아침이 되어서야 겨우 암브루로 향하는 이정표를 발견했다. 밤에도 달렸고, 중간에 금화를 다섯 개나 더 얹어주고 타던 말을 새 말로 바꾸기도 했으나 계획했던 시간 안에 도착할 수는 없었다.

던멜과 헤어진 후 혼자 밤길을 달리며 카셀은 공포에 사로잡혔다.

'암브루에 도착한다 해도 원하는 대로 일이 해결될까?'

말머리를 돌려 달아나고 싶은 충동마저 일었다. 정신이 멍해지는 밤에는 이대로 달아나 보검을 팔아 일이 년 농사 비용을 마련해 보자는 생각까지 들곤 했다. 아침이 되어 마른 빵만 우걱거리며 먹다가 목이 메어 기침을 터트렸을 때는 모든 것이 서러워 울고 싶기도 했다. 아버지가 보고 싶었고, 자신에게 따뜻하게 대해줬던 하얀 늑대들의 얼굴도 보고 싶었다.

하지만 이내 '임무에 실패하더라도 칼은 돌려주고, 코홀룬에서 약속했던 보상도 충분히 있을 것.'이라던 쉐이든의 말이 떠오르자, 카셀은 '보상 같은 거 필요 없어!'라고 하늘에 대고 소리 질렀다.

'우는 건 나중에 하자. 울어봐야 체력 낭비야.'

암브루에 도착하기 전까지 몇 번이나 되뇌던 말이었다. 그러나 에노아 후작의 저택에 도착한 지금 카셀은 그 어느 때보다 울고 싶었다. 모든 일이 극적으로 해결될 거라고는 꿈도 꾸지 않았다. 어느 정도의 난관은 각오하고 있었다. 그러나 그가 생각한 난관이란 기껏해야 마음을 돌린 에노아 후작을 설득하는 것이었다. 그런데 그는 후작을 만날 수도 없었다.

원군으로 와주길 바랐던 일천 명의 군대는커녕, 오히려 암브루 전체가 전쟁터가 된 것처럼 새까맣게 불타버렸다. 저택도 타버렸다. 처음부터 없었던 것인지 아니면 일이 터진 후에 누군가 치운 것인지 모르겠지만 시체는 없었다. 하지만 살아남은 사람도 없었다.

과거에 정원이었을 공터에 서서 두리번거리던 카셀은 용기를 내어 저택으로 다가갔다.

깨진 창문을 통해 안을 들여다보니 가구들은 모두 불타버렸고, 일부는 훔쳐갔는지 남아 있지 않았다. 혹시나 해서 저택 안까지 들어가 봤지만 남아 있는 사람은 아무도 없었다. 과거에 에노아 후작을 모셨을 병사나 기사도 없었고, 후작의 가족도 없었다. 하녀도 없고 누군가의 시체도 없었다.

저택은 텅 비어 있었다.

카셀은 언제 무너질지 모르는 저택 내부를 가로질러 뒤뜰로 나갔다. 급히 만든 게 분명한 무덤이 스무 개쯤 있었다. 사람이 죽으면 당연히 화장한다고 생각하는 카셀은 저택 뒤에 무덤을 만든 것에 깜짝 놀랐다. 무덤가에는 푯말이 하나 세워져 있었는데 거기에는 작지만 정성을 들인 글씨로 이렇게 쓰여 있었다.

시신이 훼손될 것을 염려하여, 에노아 후작의 가족들을 이곳에 매장하였다. 이후 이장할 때나 화장할 때를 대비하여 그들의 손에 이름을 대신할 물건을 쥐어 두었다. 그들에게 안식이 있기를……

                                                        쟌의 친구가

'쟌이 누구더라?'

지치고 힘들어 머리가 멍한 나머지 떠오르지 않았다. 카모르트에서 흔한 이름이기도 했다.

마을 사람들이 스스로 이곳을 찾아와 영주의 가족들을 친절히 매장했을 리는 없었다. 마을의 시체는 방치되어 그대로 남아 있으니까.

카셀은 기억이 아닌 추리로 쟌이라는 이름이 누군지 알아냈다. 쟌말로 에노아 후작. 에노아 후작을 쟌이라고 부를 정도로 친근한 누군가의 호의인 모양이었다. 하지만 에노아 후작의 무덤은 없었다.

카셀은 그 후 몇 번이나 저택의 주위를 맴돌다가 기운이 빠져 주저앉았다. 한심한 처지였다. 하얀 늑대들이 무서워, 또 캡틴이라는 자리가 무거워 도망치듯 달려온 자리에는 서 있을 곳도, 해야 할 것도 없었다.

후작이 어디 있는지 마을 사람들에게 물어볼 수도 있었다. 처음 마을에 접어들 때 카셀을 보고 겁을 집어먹기는 했지만 먼저 친절하게 대하면 그쪽에서도 친절하게 나올 수도 있었다. 그러나 카셀은 그렇게 하지 못했다. 무서웠다.

전투가 끝난 자리가 얼마나 위험한지는 경험을 통해 잘 알고 있었다. 선량한 마을 사람이 그가 차고 있는 고급스러운 보검을 보고 강도로 돌변할 수도 있었다. 아직 여길 공격한 군대가 남아있을지도 몰랐다.

한심한 처지가 절망적인 처지로 변하기까지는 오래 걸리지 않았다.

카셀은 정원의 부서진 석상 다리에 쭈그리고 앉아 머리를 감싸 쥐고 푹 숙였다. 차가운 돌 위에 닿아 있는 엉덩이가 저릴 즈음 누군가의 발소리가 들렸다. 고개를 들어보니 하늘이 붉게 물들어 가는 중이었고 저녁나절의 찬바람이 불어왔다.

카셀은 조심성 없이 뒤를 돌아보았다.

두 눈은 파랗고, 길게 기른 금발을 뒤로 묶어 허리까지 늘어뜨린, 키가 큰 중년의 남자가 서 있었다. 칼을 한 자루 차고 있었으나 바지춤에 손을 찌르고 있는 자세가 하도 느긋해서, 낯선 장소에서 만난 낯선 사람인데도 카셀은 그를 경계할 생각을 하지 못했다.

그는 친근감 있는 미소를 지으며 카셀의 옆에 앉았다. 마흔 살쯤 되어 보였지만 눈만은 아이처럼 맑았다.

"다 타버린 정원을 감상하기 위해 이 먼 곳을 일부러 찾은 건 아닐 테고, 무슨 일인가? 캡틴 울프?"

그 남자는 옆에 앉은 것만큼이나 자연스럽게 말을 걸었다.

카셀은 잠깐 할 말을 잊었다. 짧은 순간 많은 생각이 스쳐갔다. 패잔병들의 마을에서 생판 모르는 부랑자에게 자신을 하얀 늑대라고 믿게 만들었던 때가 떠올랐고, 하얀 늑대들을 상대로 쩔쩔매며 설득했던 코홀룬에서의 자신을 떠올렸고, 왕실의 대신들을 상대로 자신을 인정받기 위해 열변을 토하던 순간이 떠올랐다.

항상 카셀은 상대가 자신을 캡틴 울프로 믿게 만들기 위해 갖은 공을 들여야 했다. 그런데 이 남자는 그런 과정도 없이 보는 순간 카셀을 캡틴이라고 불렀다.

딱 한 명 그렇게 부른 사람이 있긴 했다.

'쉐이든의 경우와 같겠군. 날 알아본 게 아니라, 아란티아의 보검을 알아본 거야. 하지만 이 칼에 대해 제대로 알고 있는 진짜 울프 기사단

의 관계자라면 누군데 그 칼을 가졌냐고 묻지, 대뜸 캡틴 울프라고 부르지 않았겠지.'

카셀은 그를 떠보듯 물었다.

"날 어떻게 알아본 거요?"

예상대로 그 남자는 카셀의 허리 쪽으로 고갯짓을 했다.

"그 칼 보고."

"그러시오? 하지만 난 당신을 모르오."

카셀은 최대한 굵은 목소리로 의연하게 대꾸했다.

"그렇겠지."

남자는 다리를 꼬고 편히 앉아 말했다.

"내가 마지막으로 나디움에 다녀온 지 거의 3, 4년이 다 되어가니까."

"새로 울프 기사단이 뽑힌 건 그 전이오. 그때 난 당신을 보지 못했소."

카셀은 대담하게 거짓말을 했다. 오히려 상대가 거짓말을 하고 있다면 새로 뽑힌 자리에 카셀이라는 인물이 없었다는 걸 어떻게 설명할지 보고 싶었다.

"그때 갔을 때는 퀘이언만 보고 왔으니까. 새 울프들 중에서 얼굴을 마주치면 곤란한 녀석이 있어서 말이야."

"하지만 마스터와 친분이 있다면 내가 캡틴이 되었다는 소식쯤은 들었을 거 아니오?"

카셀은 그가 사기꾼인지 알아보려고 물었다. 하얀 늑대들은 자신이 대단한 위치에 있다고 과시하는 법이 없었다. 또, 다른 사람의 이름을 빌어 자신을 빛내려고 들지 않았다. 하지만 울프 기사단을 사칭하는 사람이라면 반드시 마스터 퀘이언의 이름을 들먹이고 싶어할 것이다.

"요새 퀘이언은 그딴 사소한 소식도 편지를 쓰고 그러나 보지?"

그가 비웃듯이 말했다.

상대가 '바빠서 소식을 못 들었다', 같은 대답을 하면 세 가지 정도의 질문을 동시에 쏟아낼 준비를 하던 카셀은 말을 멈췄다. 그리고 자신의 중대한 실수를 깨달았다.

카셀은 계속 상대가 사기꾼일 경우를 염두에 두고 떠보려는 질문을 하고 있었다. 하지만 상대가 진짜 울프 기사단이거나 그 관계자라면 사기꾼은 카셀이 된다. 지금 그가 울프 기사단의 보검을 가지고 있을 수밖에 없는 사정을 아는 사람은 전 대륙에서 딱 다섯 명뿐이니까.

그 남자는 미소를 지으며 턱을 쓰다듬었다. 그리고 한참이나 카셀을 지그시 바라보았다. 시선이 점점 부담스러워 마침내 그만하라고 말을 꺼낼 즈음, 그가 입을 열었다.

"내가 사람을 잘못 봤군."

"무슨 소리요?"

"그 칼 어디서 훔쳤나?"

"지금 뭐라는……."

카셀은 생각 없이 하던 대꾸를 멈췄다.

남자의 칼이 어느 틈엔가 카셀의 옆구리에 닿아 있었다.

'방심했다.'

처음부터 대충 대할 상대가 아니었다. 이 폐허 속에서 저렇게 말끔한 복장을 하고 있는 것만 봐도 알았어야 했다. 이제 와서 생각해 보니 그는 칼이 아닌, 칼집만 보고 즉시 보검을 알아챘다.

카셀은 그제야 심장이 쪼그라들 것 같은 불안감에 휩싸였다. 쉐이든을 만났을 때와 같은 느낌이었다. 자신이 결코 속일 수 없는 사람.

'아니야. 아직 뭔가 잘못된 건 아니야. 그리고 하얀 늑대들 다섯 명은 모두 내가 만나봤어. 거기에다 나머지 울프 기사단은 현재 나디움을 떠나지 않았다고 했다. 그럼 여기 있는 사람은 울프의 기사가 아니라, 기사단과 아주 밀접한 관련이 있는 사람이야.'

그런 생각을 한다고 해서 당장 얼어붙은 얼굴을 펼 수는 없었다. 남자 쪽이 먼저 칼을 도로 넣으며 안심시켰다.

"너무 당황하지 말게. 반응을 보고 싶어서 그랬으니까. 딱 내가 원하는 반응을 보여줘서 다행이네."

"다행이라고요?"

"펄쩍 뛰어서 달아나버렸다면 얘기를 듣고 싶어서라도 공격했을 거 아닌가? 어설프게 반격했다면 내 목숨을 지키기 위해 또 반격했겠지. 그런 반응을 보여주니 이제 좀 얘기를 나눌 수 있게 되었군. 다행이고말고."

"당신은 누굽니까?"

"너무 이른 질문이야."

"실례했군요. 그럼 제 소개부터 하자면……."

"그 역시 이른 얘기야. 별로 할 필요도 없고."

"제가 왜 이 칼을 가지고 있는지 궁금하지 않으십니까?"

"애초에 아무나 쥘 수 있는 칼이 아닐세. 자네가 가지고 있다면 그럴 만한 이유가 있어서겠지."

너무도 자연스럽고 느긋한 말이었다. 카셀은 엄청난 설득력에 그만
굴복하고 말았다.

　　"그래도 말씀드리고 싶습니다. 그리고 기어이 당신이 누군지 듣고
싶습니다."

　　남자는 카셀의 고분고분한 태도에 웃음을 터트렸다.

　　"내가 누군 줄 알고 그리 쉽게 마음을 여는 건가?"

　　"제가 아는 것 이상을 알고 있는 분이라면 누군지 이미 알 것 같습니
다. 그래서 더더욱 알아야겠습니다."

　　"알고 나면 어쩌게?"

　　"알고 싶은 걸 여쭈고 싶습니다."

　　"자네가 알고 싶은 해답을 내가 가지고 있다고 생각하나 보지?"

　　"저보다 현명한 사람이라고는 생각합니다."

　　"내가 그래 보이나?"

　　"네."

　　"단언하는군."

　　남자는 인자하게 웃었다.

　　"내 눈에는 자네가 물에 빠져 버둥거리는 것처럼 보여. 누구든 지나
가는 사람이 있다면 붙들고 싶었겠지. 그게 나고."

　　"그렇게 말씀하셔도 상관없습니다."

　　"여기서 에노아 후작을 만났다면 그 노인네에게 알고 싶은 것을 물
었겠군."

　　"그럴 생각은 없었습니다…… 만, 듣고 보니 그랬을 것 같군요."

　　남자는 또 한 번 웃었다.

"별로 궁금하지 않았는데 자네가 그리 말하니 정말 궁금해지기 시작하는군. 어디 들어볼까?"

만약 카셀이 하얀 늑대들을 동행한 캡틴의 자격으로 여기에 있었다면, 이 남자가 누구든 이런 얘기를 꺼내지 않았을 것이다. 만약 그가 눈곱만큼이라도 위협적인 자세로 비밀을 엿들으려 했다면, 카셀은 자기 목숨을 내놓을지언정 그 무엇도 이야기하지 않았을 것이다. 그러나 그는 고민을 들어주는 촌장님처럼 차분하게 카셀의 말을 들어주고 있었다.

카셀은 전쟁에 패배하여 패잔병들의 마을에서 칼을 주운 후 코홀룬에서 하얀 늑대들을 만나고 노르만트에서 겪은 일들을 간단히 줄여 이야기했다. 얘기를 하는 내내 몇 번이고 이런 비밀을 말해줘도 되나 하는 의구심이 카셀의 마음속에서 고개를 쳐들었다. 마치 지금까지 몸을 보호하고 있던 갑옷을 한 꺼풀씩 벗겨내는 기분이었다. 그럴 때마다 남자는 부드럽게 화제를 끌어내고 호응하며 망설임을 없애버렸다.

카셀은 검은 기사들이 쳐들어왔던 노르만트의 전투와 그 이후 에노아 후작을 만나러 왔더니 불타버린 저택만 발견하게 되었다는 내용으로 얘기를 마무리 지었다.

"여유가 된다면 지금보다 훨씬 자세하게 듣고 싶은 이야기군. 그 와중에 살아남다니 자네의 영혼은 보기보다 강한 모양이야. 아까의 무례를 용서하게, 캡틴 카셀."

카셀은 그 호칭이 오히려 불편하기만 했다.

"전 캡틴이 아닙니다."

"호오, 저런. 얘기 내내 느꼈는데 자네 너무 소심한 것 아닌가? 여기까지 이끌어온 힘만 보면 임시가 아니라 정말 캡틴을 시켜도 되겠는데?"

"말도 안 됩니다. 검술의 기본도 되지 않은 제가…… 혹시 아까 제게 울프 기사단의 첫 번째 테스트를 하지 않으셨습니까?"

남자는 흥미로워하며 물었다.

"검술을 모른다더니, 어찌 알았나?"

"거꾸로 유추해 봤습니다. 당신이 뭔가를 한 뒤 제가 검술을 못한다고 꿰뚫어 봤는데 정작 제가 뭘 당했는지조차 몰랐다면, 제가 모를 수준의 뭔가를 한 거라고요."

"정확하네. 그런 눈치가 있는 걸 보면 검술도 제법 하겠는데?"

그의 기분 좋은 웃음소리가 도리어 카셀의 가슴을 찔렀다.

"제게 검의 재능이 없는 건 잘 압니다! 막말로 저는 검을 제대로 배운 열다섯 살짜리 꼬마 애에게도 질 거라고요."

"아마 자네가 기회가 되어 나디움을 방문하게 된다면 열다섯 살짜리 꼬마애가 울프 기사단에 끼어 있는 걸 보게 될 걸세. 그럼 그 꼬마에게 지는 검사는 검사로서의 자격이 없나?"

"그런 수준의 이야기가 아닙니다!"

카셀은 강한 어조로 말했다. 남자는 웃으며 손을 저었다.

"흥분하지 말게. 그저 예를 든 것뿐이니까. 자자, 마음을 편히 갖게. 우린 사실 아주 긴 이야기를 나눠야 해. 나도 자네도 이런 곳에 머물러 있을 만큼 한가한 사람들은 아니네만, 이런 얘기를 위해서는 서로 부족한 시간의 상당 부분을 할애해야 한다는 게지. 자, 어디서부터 해볼까?"

그는 새삼스럽게 주변을 살피며 물었다.

"그러고 보니 검술에 재능도 없는 캡틴의 옆에 왜 호위 하나 붙어있지 않은가? 내가 현역이라면 자네 같은 캡틴을 결코 혼자 보내지 않았을 텐데."

현역이라는 말로 이미 그는 자신의 정체를 넌지시 암시했다.

"호위라면 있었습니다. 중간에 헤어졌지만요."

"무슨 일로?"

카셀은 이 긴 이야기를 또 어떻게 정리해야 할지 막막해하며 물었다.

"검은 사자 백작과 붉은 장미 백작의 전쟁이 벌어지고 있는 건 아십니까?"

"귀를 막고 다니지 않는 이상에야 어찌 모를 수 있겠나! 드마르프 평원 전투에서 붉은 장미 백작이 승리를 거두었다는 것까지 들었네."

"뒤따르는 모든 전투에서 붉은 장미 백작이 압도적입니다. 조만간 노르만트를 대대적으로 공격해올 것 같아 저는 원군을 부르러 암브루에 왔습니다."

"그런데 원군을 대줘야 할 암브루 땅은 폐허가 되었고, 에노아 후작마저 사라졌다? 몹시 당황했겠군."

카셀은 고개를 끄덕이며 설명을 이어갔다.

"하얀 늑대들 중 한 명인 던멜과 전 암브루로 향하고 있었습니다. 그런데 출발한 첫날 정오쯤에 붉은 장미 백작의 군대가 동쪽으로 이동하는 것을 발견했습니다. 덴모주에 뭔가 벌어지지 않은 이상에야 다 잡은 승기를 팽개치고 이동할 리가 없을 겁니다. 저와 던멜 둘이 생각하기에 그럴 만한 이유는 한 가지밖에 없었습니다."

"검은 사자의 군대가 본거지를 역습했나 보군."

"검은 사자 백작이 그냥 당할 사람은 아닐 거라고 전부터 생각했었습니다. 하지만 그 역습의 내용이 뭔지 몰랐습니다. 게다가 덴모주에는 또 다른 하얀 늑대인 로일 울프가 있었습니다. 왜 그가 거기에 있게 되었는지는 생략하죠. 중요한 게 아니니까요."

"로일?"

남자는 금방 아는 체했다. 카셀은 놓치지 않고 물었다.

"로일을 아십니까?"

"하얀 늑대 중에 유일하게 안면이 있는 친구지. 아마 그 친구도 날알 거야. 자네 말마따나 그건 중요한 게 아니지. 계속 얘기해보게."

카셀은 중요하지 않다고 말한 것을 후회했다. 다 제쳐두고 일단 로일과 이 남자의 관계에 대해 듣고 싶었다. 하지만 카셀은 일단 하던 얘기를 계속했다.

"던멜과 전 서로 상의했습니다. 우리가 계속 암브루로 가야 할 것인지, 덴모주로 가야 할 것인지. 둘 다 급한 일이었기에 한 군데씩 차례로 들러서는 늦는다고 생각했습니다. 그래서 저는 흩어지는 쪽을 택했죠. 비교적 안전한 암브루에는 내가 가겠다, 전쟁이 벌어졌을지도 모르는 덴모주에는 네가 가라…… 하지만 던멜은 반대했죠."

"나라도 반대할 걸세. 캡틴의 안전만큼 중요한 게 어디 있겠나?"

남자의 말에 카셀은 우울하게 한숨을 쉬었다.

"캡틴이 모두에게 보호받아야 한다니 말도 안 됩니다."

"흐음, 그건 나 없는 사이에 새로 정한 규칙인가?"

"적어도 울프 기사단의 캡틴이 외부에 얼마나 강하게 비치는지는 알고 있습니다."

"외부에 어찌 비치는지 울프 기사단은 아무도 신경 쓰지 않는다네. 전설의 기사단으로 부르든 악마의 군대라고 부르든 그건 다른 사람들이 정한 것이지."

"다른 하얀 늑대들과 똑같은 말씀을 하고 계시는군요."

그리고 그 남자 역시 그들처럼 카셀의 고민을 이해하지 못했다.

"캡틴 울프가 뭔지 하얀 늑대들이 설명하지 않던가? 아무것도 없이 책임감만 엄청 짊어지는 위치라네. 내가 울프의 기사였을 때…… 어이쿠 이런 말해버렸군."

"이미 짐작하고 있었습니다."

"눈치 빠르네? 그럼 상관없겠군. 계속 얘기하지. 그때는 하얀 늑대라는 친구들이 모두 넷이었는데, 서로 캡틴을 안 하겠다고 난리였지. 내기해도 좋아. 지금 하얀 늑대들도 캡틴 맡길 싫어했지?"

"네."

"울프 기사단의 캡틴이란 그만큼이나 맡기 까다로운 위치다. 퀘이언 역시 반강제로 캡틴을 떠맡았지."

카셀은 도저히 믿을 수 없다는 듯 고개를 저었다.

"모든 검사들의 추앙을 받는 마스터가…… 캡틴 자리를 억지로 떠맡았다고요……?"

"갖다 붙이면 되는 칭호가 마스터인데, 그런 게 다 무슨 소용인가? 하지만 당시 울프 기사단 중 거기에 불만을 가진 사람은 아무도 없었어. 어차피 기사단 내에 검술의 천재들이 넘쳐 나는데 캡틴까지 강할 필요가 있겠나? 왜 아까부터 나는 약해, 나는 약해, 이러면서 궁상을 떠는 겐가?"

남자는 놀리는 듯이 말했고, 카셀은 화가 치밀었다.

"전 그렇게까지 말하지는 않았습니다."

"뭐가 다른지 모르겠군. 어쨌든 던멜이라는 친구는 결국 자네 말을 듣던가?"

"로일을 데려오는 일도 중요했습니다. 그리고 여기까지 오는 길이 위험한 것도 아니었죠."

"운이 좋았던 걸지도 몰라. 난 여기 오는 길에 도적들을 두 번이나 만났거든. 한 놈들은 얌전히 내게 어디로 가느냐며 묻더군. 암브루로 간다니까 위험한 곳이니 가지 말라고 충고를 해주지 않겠나? 하지만 난 가봐야 하니 가야겠다고 했다네."

"음? 그게 왜 도적입니까?"

"군대가 지나가면 습격할 준비를 하고 있더군. 차림은 도적 집단인데, 하는 짓은 군대나 다를 바 없더군. 그래서 난 얌전히 충고 고맙다는 인사를 하고, 그 자리를 도망쳐 나왔지. 그런데 그 다음 산을 넘으니까 당장 돈 내놓으라고 칼을 들이대는 놈이 있더군. 이름이 레쉬랬던가, 렝상이랬던가?"

렝상? 어딘지 익숙한 이름이었다.

"뭐, 들개 떼들이 무리 지어 사람을 습격해 잡아먹는다는 소문이 도는 판국에 도적을 두 번 연속 만난 게 이상할 건 없지. 어쨌든 이번에는 오합지졸들이었고, 두 놈의 손가락을 베어버리니까 달아나더군."

그는 아무렇지도 않게 잔인한 얘기를 했다. 안 그래도 속이 울렁거리던 카셀은, 화제를 돌리려고 다른 걸 물었다.

"당신은 왜 암브루에 오셨습니까?"

"자네의 얘기에도 등장하는 놈들 때문이지. 검은 기사를 쫓아서 왔다네."

마을에는 에노아 후작의 병사들과 마을 사람들의 주검만 있었다. 습격해 온 쪽의 군대가 남긴 흔적은 찾아볼 수 없었다. 아무리 뛰어난 정예 군대가 기습했다 한들 원군을 준비하는 마을을 공격하여 사상자가 없을 수 있을까? 카셀은 붉은 장미와 검은 사자, 이 두 백작 중 어느 한쪽이라고 미루어 짐작했으나 증거가 없어 확신하지 못했었다. 그러나 아무 흔적이 없다는 것 자체가 증거가 되어주었다.

검은 기사들이다.

노르만트로 진격 중인 군대도 덮친 그들인데, 아직 준비를 끝내지 못한 군대라면 어려울 것도 없었다.

"나는 몇 해 전부터 검은 기사의 흔적을 찾아 대륙을 떠돌아다니고 있었네. 내가 아는 거라고는 그들의 갑옷이 과거 익셀런 기사단과 상당히 흡사하다는 것 정도야. 하지만 직접 만난 사람들은 누구도 익셀런을 떠올리지 못하더군."

"저도 그 얘기를 블랙풋의 암살자들에게 들었을 때 믿지 못했습니다."

"그럴 만해. 나도 그랬으니까. 어쨌든 난 이게 론타몬과 관련이 있다고 생각하고 직접 황실을 찾아가 물어봤지만, 자기들은 그 일과 관계없다고 극구 부인하더군. 사실 십 년 전 전쟁을 기억하는 사람이라면 기사도에 투철한 익셀런의 기사들이 민간 마을을 부순다거나, 일반 상인

들을 무차별적으로 살해했을 거라고는 생각지 않을 걸세. 그러던 중 일
년 전, 이로피스 왕실 기사단이 검은 갑옷을 입은 기사들과 접전을 벌
였다는 정보가 있어 찾아가 봤네."

카셀은 모르는 사이 주먹을 꽉 쥐었다.

"이로피스에 검은 기사? 처음 듣는데요."

"그럴 수밖에. 외부에는 철저히 비밀이었거든. 왕실 기사단의 캡틴
그린리히와 이런 쪽 정보를 서로 공유하기로 약속을 해뒀으니 나도 겨
우 아는 걸세. 그것들은 이로피스, 카모르트뿐 아니라 가넬로크에서도
간혹 나타난다고 하더군. 가넬로크에는 출현만 했을 뿐, 직접적인 피
해를 준 기록은 없지만."

그는 고개를 설레설레 저으며 말을 이었다.

"그 일로 이로피스 왕실 기사단의 피해가 보통이 아니었다지. 하지
만 결국 자세한 정체는 끝내 밝혀내지 못했다더군. 죽이고 나니까 갑옷
이 모두 재가 되어 사라져 버렸다나?"

카셀은 부서져도 금방 원래 형태를 회복하는 그들의 모습이 떠올라
몸서리를 쳤다.

"검은 기사들을 쫓아 여기로 오신 거군요?"

"보름쯤 전이었네. 흔적을 쫓아 카모르트까지 왔다가 세 기쯤 되는
검은 기사가 북쪽으로 이동하는 걸 발견했네. 나는 즉시 추적을 시작
했으나 내 말로는 그 괴물 같은 말을 쫓아갈 수 없었지. 하지만 방향만
보고 나는 그놈들이 여기로 향하는 걸 대강 짐작했다네."

"아마 그때라면 에노아 후작이 왕실 파티를 끝내고 돌아가던 시기였
을 겁니다."

"와보니 이미 상황이 종료되었더군. 여러 사람에게 물어봤으나, 그 일에 대해 제대로 대답해 준 건 농부 한 사람뿐이었어. 그는 아주 간단히 당시 상황을 묘사했다네. ……그것들은 서쪽 석양의 어둠을 뚫고 달려온 죽음의 사신이었다. 그렇지 않고서야, 어찌 화살을 고슴도치처럼 맞고도 죽지 않았겠는가…… 나도 젊은 시절 칼질 좀 했다고 자부하지만 절대 그런 놈들과는 마주치고 싶지 않아."

남자는 잠시 말을 멈추었다.

카셀은 받아들이기 힘든 현실이 괴로워, 하고 싶은 말이 많은데도 꺼내지 못했다. 그저 앞으로 해야 할 일에 대한 힌트라도 얻을 수 있을까 싶어 물었다.

"이제 어떻게 하실 겁니까?"

"우선 에노아 후작을 좀 더 찾아볼 생각일세."

"혹시 뒤뜰의 무덤은?"

"내가 묻었냐고? 아니. 혼자서 저 많은 일을 어떻게 하겠나? 내가 와보니 이미 저렇게 되어 있더군."

'그럼 무덤을 만들어준 사람은 누구지?'

그리 중요한 일도 아닌데 카셀은 자꾸 그게 궁금했다.

"자네는 이제 어찌할 건가?"

남자가 물었다.

"원군으로 와줄 만한 군대가 이미 당해버렸다면, 전 더 이상 여기 머무를 이유가 없습니다. 서둘러 노르만트로 돌아가야죠. 아무래도 헛걸음을 한 것 같군요."

카셀은 무거운 마음으로 자리에서 일어났다. 남자는 가만히 보고 있다가 칼을 꺼내 카셀의 목에 댔다. 그 과정이 너무나도 자연스러워 카셀은 그걸 뻔히 보면서도 피할 엄두를 내지 못했다. 아까 옆구리에 칼을 댈 때도 그렇고, 지금도 그렇고, 그는 칼을 꺼낼 때 아무 소리도 내지 않았다. 게랄드가 최고의 실력자를 묘사할 때 썼던 표현 그대로였다.

"무슨 짓입니까?"

겨우 입술을 떼고 할 수 있는 말도 기껏해야 그 정도였다. 순간 카셀은 노르만트를 떠나 암브루에 도달할 때까지 한숨도 못 잤다는 게 생각났다.

"어깨에 세상 짐이란 짐은 다 짊어지고 다니는군. 그런 정신으로 되돌아갈 거라면 보검을 내놓게나. 내가 노르만트로 돌아가 후배들에게 돌려주겠네."

"네?"

"내놓으라고, 보검!"

남자는 좀 짜증내는 목소리로 말했다.

"그…… 그럴 수는 없습니다."

"그럼 그 보검으로 뭘 할 건가? 여태까지 자네가 해왔던 대로 대충 거짓말로 버티고 버텨서, 말장난으로 사람들을 현혹시켜 가면서 뭘 얻으려고?"

그는 전혀 협박으로 들리지 않는 어조로 협박을 이어갔다.

"카모르트라도 구하려고? 내 보기에 이제 자네 할 일은 끝났어. 적어도 그렇게 어깨 축 늘어진 상태로 돌아가면 할 일도 못 할 걸세."

"아, 아무리 당신이 울프 기사단이었다고 해도 이 칼을 강탈할 권리는 없습니다."

"강탈? 말 한번 잘 했군. 좋아. 자네를 죽이고 내가 그 칼을 강탈한다 해서 여기 누구 말릴 사람이라도 있나? 어차피 임시 캡틴에다 칼도 쓸 줄 몰라 울프 기사단의 전력에도 딱히 도움이 안 되는 놈인데 그런 녀석 하나쯤 없애버리고 노르만트로 돌아가 '너희가 뽑은 임시 캡틴 녀석은 자기가 약하다고 질질 짜면서 고향으로 돌아갔다'라고 보고하면 그 순진한 녀석들, 선배님 말씀 그러려니 하고 믿겠지. 다시 한 번 말해보게나. 권리?"

그의 눈빛에 거짓이라고는 없었다. 정말로 목을 찌르고 칼을 받아갈 작정이었다. 카셀은 반쯤은 그대로 보검을 내주고 달아날 생각을 했다.

어차피 내려놓고 싶은 짐이었다. 목숨이 오고 가는 전장 속에서 버티는 건 아무렇지도 않았으나 캡틴 울프라는 무게에는 지쳤다. 이번 하얀 늑대들도, 이전 하얀 늑대들도 부담스러워 거절했던 캡틴의 무게가 뭔지 실감이 났다.

이제 더 이상 버틸 수가 없었다.

'보검을 내주자. 그리고 포기하자.'

카셀은 보검에 손을 댔다. 그 순간 눈시울이 뜨거워졌다. 어금니를 악물고 버텼지만 눈물이 조금씩 새는 것을 참을 수가 없었다.

'멍청한 자식, 울지 마! 왜 자꾸 눈물을 보이는 거냐!'

툭하면 눈물부터 나오는 자신이 창피해서 카셀은 또 눈물이 났다. 꽉 다문 그의 입술이 부들부들 떨렸다.

"못 줍니다."

카셀은 꾹 잠긴 목소리로 말했다.

"죽어도 좋다는 소리군?"

"이 칼은……."

카셀은 천천히 보검을 뽑았다. 그 칼날에 베인 손바닥이 다시금 뜨겁게 달아올랐다.

"……제 것입니다. 제가 포기하기 전까지는 제 것입니다. 그러니까 드릴 수 없습니다."

"죽여도?"

"죽여서 빼앗아 가십시오. 보검을 지키다 죽겠습니다. 제가 살아있는 동안에는 제가 이 칼의 주인입니다."

더 이상 카셀은 입을 열지 않고, 전직 울프의 기사를 향해 칼을 겨냥했다. 그것도 목에 칼이 닿아있는 상태로!

칼날이 닿은 목의 살갗에서 피가 났지만 카셀은 눈물이 흐르는 것 외에는 아무것도 느낄 수가 없었다. 그저 뽑은 칼로 상대를 겨냥하기만 했다. 그렇게 할 수밖에 없었다.

"우연이라고 생각하겠지. 그 칼이 너에게 온 것이. 우연히 보검을 주웠고 우연히 하얀 늑대들을 만나 우연히 임시 캡틴을 맡게 되어 가까스로 살아남았다…… 넌 이번 일을 얘기하면서 계속 '우연히', '어쩌다 보니', '나도 모르게'라는 표현을 쓰더군."

남자는 천천히 칼을 되돌렸다. 그리고 카셀이 내민 칼을 손바닥으로 내렸다. 카셀이 쥔 보검은 남자의 손길을 따라 힘없이 밑으로 처졌다.

"그 칼을 가장 먼저 주운 사람은 패잔병들의 마을에 있던 부랑자라고 했지? 그럼 왜 그 사람은 그 칼을 주웠을 때 하얀 늑대들의 임시 캡틴이 되지 못했을까? 너 대신 화살을 맞고 죽은 라우레라는 음유시인이 살아남았다 해도 과연 그자가 보검을 줍게 되었을까? 네가 쉐이든이라는 친구를 만나 임시 캡틴이라는 직책을 제의받을 수 있었던 게 '어쩌다 보니'라고? 아무렇지도 않게 쉐이든의 안목을 의심하는 녀석이구나, 너는."

남자는 호통 치듯 말을 이었다.

"모든 것이 운명처럼 정해졌다고는 하지 않겠다. 하지만 그 일에 따른 결과는 네가 선택하고 네가 해낸 일이다. 네 행동으로 이끌려온 모든 것이 네가 짊어질 책임이다."

남자는 잠시 말을 멈췄다. 그러나 이내 긴 한숨과 함께 자상하게 물었다.

"그게 무거우냐?"

"네. 무겁습니다."

카셀은 끝내 누군가에게 하고 싶었던 말을 토해내며, 허물어지듯 주저앉았다. 쏟아지는 눈물을 주체할 수가 없었다.

"그 짐을 덜 방법을 묻고 싶었던 게지?"

"네."

"그리고 이제 그 방법을 알겠지?"

"네."

"퀘이언은 가장 검술이 뛰어난 울프의 기사는 아니었다. 하지만 그는 누구도 부정할 수 없는 캡틴이었다. 녀석은 캡틴으로서 지게 되는 짐의 무게를 더는 방법을 아주 잘 알고 있었다. 너도 너만의 방법으로 그리 할 수 있을 것이다."

암브루

카셀은 눈물을 닦으며 고개를 끄덕였다. 남자는 카셀의 손을 잡아 일으켜 주었다. 카셀은 겨우 숨을 크게 몰아쉬며 물었다.

"그럼 저는 이제 어찌해야 합니까?"

"친구들이 있는 곳으로 돌아가라. 오지 않을 도움을 기다리는 건 캡틴이 할 일이 아니야."

"같이 가주지 않으시겠습니까? 큰 힘이 될 겁니다."

"전투는 현역들에게 맡겨야지. 나는 에노아 후작을 찾아내는 것이 더 급해. 노르만트로 돌아갈 때는 왔을 때의 운을 믿지 말고 큰길로만 다니도록 해. 나도 시간이 된다면 나중에라도 도우러 가겠다."

"네."

카셀이 뒤에 붙일 호칭을 찾을 수 없어 말을 멈추자 남자는 웃으며 말했다.

"내 이름은 루밀이라고 하네."

"네, 루밀."

루밀은 말에 훌쩍 올라타며 말했다.

"또 보자, 카셀."

루밀은 카셀의 인사도 받지 않고 말을 돌려 저택을 벗어났다. 느릿느릿 가는 것 같은데도 그의 말은 금방 시야에서 사라졌다.

암브루를 막 벗어나 산을 넘을 때, 머리 위 짙은 먹구름에서 천둥이 우르릉거렸다.

'던멜이라도 뭔가 해냈어야 하는데.'

카셀이 암브루에 온 건 헛걸음이었다. 루밀에게서 잠깐 마음의 위안은 받았을지도 모르지만 성과 하나 없이 빈손이라는 사실에는 변함이 없었다.

이틀 전 던멜과 헤어질 때, 그는 카셀에게 단검 한 자루를 내주었다. 둘은 길지 않은 얘기를 수화로 주고받았다.

'보검을 호신용으로 쓸 수는 없을 것이다. 내 칼을 써라.'

카셀은 더듬더듬 수화로 거절했다.

'받을 수 없다. 네 것이다.'

'난 이것 말고도 다섯 자루는 더 있다.'

하는 수 없이 받아보니 칼날 끝에 '르고'라는 이름이 새겨져 있었다.

'이거, 보검 만든 장인이 만든 것?'

'맞다.'

'귀한 거다. 받을 수 없다.'

'주는 게 아니다. 빌려주는 거다.'

던멜은 칼을 돌려주려는 카셀의 손길을 무시했다.

'해왔던 대로 해라. 말이 통할 상대라면 보검을 보여라. 하지만 말이 통하지 않는 상대라면 단검을 쥐어라. 애초에 위협할 수 없는 상대라면 굳이 칼날을 보여 상대를 경계하게 할 필요 없다. 거꾸로 쥐어라. 손목 쪽에 칼날을 감춰라. 이렇게…… 그렇지.'

던멜은 직접 칼 잡는 법을 가르쳐주었다.

'단검을 쓰는 요령은 간단하다. 참을성이다. 버티고 버텨서 상대가 네 범위에 들어올 때까지 참는 거다. 그리고 마지막 순간에 적의 목덜미를 찔러. 힘이 된다면, 찌른 채 당겨라. 그 단검이라면 뼈에 걸리지 않는 한 어렵지 않게 베일 것이다.'

카셀은 자신의 실력과 담력으로는 절대 그런 일을 할 수 없을 거라고 말하고 싶었으나 상황이 상황인 터라 던멜의 조언을 받아들였다.

'고맙다.'

'카셀, 나는 처음에 네가 캡틴이 되었을 때 진심으로 널 인정하지 않았다. 확신할 수 없었지. 그저 모두의 의견에 거스르지 않기 위해 내 의견을 표현하지 않은 것뿐. 하지만 지금은 생각을 바꿨다.'

카셀은 자신의 감정을 표현할 만큼 복잡한 수화를 할 수 없어 대꾸하지 않았다.

'살아 돌아와라. 다시 만나자.'

던멜도 긴 얘기를 하는 성격은 아니었던 터라 둘은 많은 얘기를 생략하고 그대로 헤어졌다.

그리고 지금 카셀은 던멜의 얘기를 떠올리며, 단검을 꽂아둔 자리를 손으로 더듬어 확인했다. 산길을 지나고 있을 때 뒤에서 쫓아오는 소리가 들렸기 때문이었다. 처음에는 동물이라고 생각했다. 하지만 소리를 죽여 달려오는 소리와 수군거리는 말소리는 분명 사람의 것이었다.

카셀은 계속 못 듣고 있는 척하다가 갑자기 오른쪽으로 고개를 휙 돌렸다. 그리고 짐승 가죽을 뒤집어쓴 남자와 눈이 딱 마주쳤다. 제 딴에는 수풀에 몸을 숨긴다고 숨겼지만 짐승 가죽을 두른 아랫도리까지 다 드러내 보이고 있었다. 얼굴에 검댕을 묻힌 남자는 뒤늦게 엎드렸다.

의외로 카셀은 놀라지 않았다. 그저 말을 재촉해 달리기 시작했다.

놀란 건 말이 달리기 시작한 후였다.

'방금 저거 뭐였어? 산적인가?'

등 뒤로 화살이 몇 개 날아왔다. 카셀은 몸을 바짝 숙이고 말을 달렸다. 대부분의 화살은 빗나갔다. 하지만 말이 크게 꿈틀해서 돌아보니, 엉덩이에 화살이 하나 박혀 있었다. 하도 많이 쏘아대다 보니 그중 하나가 우연히 적중해 버린 모양이었다.

말은 아픈 것도 모르고 계속 달렸으나 이내 속도가 점점 처졌다. 마침내 말은 걸음을 멈추더니 무거운 엉덩이를 바닥에 깔아 버렸다. 카셀은 얼른 말에서 내려 화살이 박힌 엉덩이를 살폈다. 피가 뒷발을 타고 흘러 말발굽까지 흥건하게 적시고 있었다.

"미안해. 곧 돌아와서 구해줄게."

카셀은 말을 버리고 숲속으로 달렸다. 그러나 산속에서 산적들을 따돌리는 건 불가능했다. 어느새 놈들이 길목을 막고 있었다. 따라잡힌 게 아니라, 놈들의 함정에 빠진 모양이었다. 카셀은 숨을 헐떡이며 자리에 멈췄다.

길을 막아선 도적 중 하나가 말했다.

"죽을래, 아니면 가진 걸 다 내놓을래?"

낡은 칼날이 앞으로 쑤욱 다가왔다. 지저분한 남자의 끔찍한 입 냄새가 싱그러운 풀 내음을 이겨내고 카셀의 코에 닿았다.

"당신들 두목이 누구요?"

카셀은 얼른 물었다.

살아날 수만 있다면 가지고 있는 모든 것을 내주더라도 괜찮았다. 보검은 언제든지 되찾을 수 있을 것이고 가지고 있는 금화 몇 개쯤이야

지금은 아무 가치도 없었다. 하지만 경험상 도적들은 가진 걸 다 빼앗고 나면, 자기 얼굴을 본 목격자를 없애버렸다.

"뭐라고 했냐, 너 지금? 두목이 뭐 어째?"

녀석은 한 번 더 칼을 위협적으로 들이밀었다.

카셀은 두 손을 들고 빠르게 주변을 살폈다. 네 명의 도적들이 카셀에게 활을 겨냥하고 있었고, 뒤따라온 다른 세 명은 칼등을 손바닥에 탁탁 치며 다가오고 있었다. 카셀처럼 숨을 헥헥 댔지만, 지치지 않은 척하려고 애썼다.

"저항할 생각도, 달아날 생각도 없소."

"방금까지 도망친 건 뭐야, 자식아?"

"그럼 무턱대고 활을 쏘는데 안 달아날 사람이 어디 있소?"

"어쭈, 이게 어따 대고 말대꾸야?"

카셀은 말에서 내려 산길을 달리는 순간부터 지금까지 자신이 잡혔을 경우를 가정하고 있었다. 말하는 꼬락서니나 하고 다니는 폼이 예전 라우레를 죽였던 도적들과 다를 게 없는 놈들이었다.

'이런 놈들에게는 계산된 전략이 통하지 않을 거야. 대화라는 걸 할 줄 모르고, 자기가 알아듣기 어려운 말을 쓰면 칼부터 찌르고 보겠지. 그러니 단순하게 얘기해야 해.'

카셀은 그들의 마음을 사로잡는 단순한 거래가 뭔지 알고 있었다.

"어쨌든 두목이 누군지 알고 싶소. 돈이 되는 얘기일 거요."

지금까지 살기 위해서 무슨 짓이든 해 왔고, 지금은 그런 게 필요한 순간이었다. 여기서 도적들에게 죽어버리면 하얀 늑대들은 카셀이 질질 짜면서 고향에 돌아갔다고 오해할 것이다. 죽는 것보다 그들에게 그렇게 여겨질 것이 더 두려웠다.

'살아남아야 해. 그리고 모두에게 돌아가 아무것도 못 했지만 어쨌든 약속대로 돌아왔다고 큰소리치겠어. 죽어도, 그런 다음에 죽어야 해.'

카셀은 진지한 얼굴로 말했다.

"그것도 아주 큰 돈이오! 그러니 두목이 아니면 얘기하기 어렵소. 당신들에게 말하면 그 가치를 이해하지도 못하고 날 해칠……."

"거 되게 시끄럽네."

길을 막은 남자 옆에 서 있던, 다른 남자가 말을 끊었다. 키가 굉장히 크고 갈비뼈가 올록볼록 드러난 깡마른 남자였다. 들고 있는 칼은 꽤나 길고 컸고, 칼을 쥐고 있는 손가락에 붕대를 감고 있었다.

'루밀이 손가락을 잘랐다고 한 그 녀석인가?'

큰 증거도 아니었으나, 카셀은 보자마자 연관 지어 생각할 수밖에 없었다.

"두목은 나다. 왜?"

카셀은 머릿속으로 상황을 두어 개쯤 준비하고 미리 대답할 말도 준비했다.

뒤에서 다가온 녀석들은 카셀의 등 뒤 한 걸음 정도에 멈춰 섰다.

'멍청한 놈들, 내가 진짜 하얀 늑대였으면 단칼에 다 죽었을 거리야! 물론 난 못하지만.'

두목이 말했다.

"내겐 시간이 별로 많지 않다. 내 손가락 자른 녀석에게 지금부터 복수하러 갈 거거든. 별 볼 일 없는 얘기면 중간에 끊겠다."

"내 알기로 당신은 아마 렝상일 거요."

두목은 흠칫 놀랐다. 제대로 짚은 모양이었다. 하지만 카셀은 다행이라고 생각하지 않았다. 이 정도쯤은 당연히 알고 있다는 식으로 말을 이어가야 등 뒤에 선 녀석이 돌발적으로 등을 찌르지 않는다. 도적들이 아예 행동할 시간을 주지 않기 위해 카셀은 즉시 말을 이었다.

"난 암브루의 에노아 후작을 상대로 거래하는 중계 상인이라 이 지역에서 이름을 날리고 있는 당신에 대해 잘 알고 있소. 길게 얘기하지 않겠소. 날 살려준다면, 지금 내가 가지고 있는 것보다 많은 것을 얻을 수 있소……."

"싫은데? 난 드래곤이 지키고 있는 동굴 속의 금은보화보다 지금 네놈 품에 있는 금화 두 개가 더 탐이 나는 사람이거든."

렝상은 낄낄대는 웃음을 섞어가며 말했다. 하지만 그의 눈빛은 이미 호기심이 동하고 있었다. 카셀은 진지한 표정을 잃지 않았다.

"난 싸구려 거래를 하지 않는 사람이오. 금화 두 개 따위에 내 목숨을 구할 수 있다는 생각은 애당초 하지 않소. 그리고 두 개라니?"

카셀은 두 손을 든 채로 천천히 품에 손을 넣었다. 그리고 자신이 아무런 위협적인 행동도 하지 않을 것임을 최대한 몸짓으로 보이며 돈주머니를 꺼냈다. 아직 남은 돈이 금화 열 개 정도는 되었다. 카셀은 그걸 렝상에게 던져주었다.

렝상은 즐거워하는 표정을 지으며 말했다.

"호오, 이 정도면 난 널 살려주려고 했었는데 굳이 돈을 더 내주겠다고?"

카셀은 렝상의 표정을 보며 오래전 밀값을 후려쳤던 상인의 얼굴이 떠올랐다. 아아, 밀이 워낙 좋아서 값을 이 정도나 쳐 주는 거야. 다른 가게 가봐야 별로 볼 것도 없어…… 카셀은 그 말에 속지 않았다.

"난 신용으로 먹고사는 상인이오. 그리고 나는 재래시장에서 금화 백 개짜리 물건을 은화 한 개에 파는 꼬마가 있으면 당장 꼬마에게 이렇게 말하는 사람이오. '네 아버지를 불러와라.' 그리고 나는 금화 열 개 때문에 내 목숨을 빼앗으려는 도적이 있어 이렇게 말한 거요. '당신 두목을 불러오시오.' 금화 열 개는 내게 아무것도 아니오."

렝상은 잠깐 말을 멈췄다.

'거의 왔어. 하지만 성급하게 먼저 입을 열면 신빙성이 떨어져. 참아야 해.'

카셀은 기다렸다. 마침내 렝상이 입을 열었다.

"네가 그런 엄청난 상인이라는 증거가 어디 있지?"

"내 칼을 꺼내도 되겠소?"

"허튼짓 할 생각이면……."

"난 검이라고는 모르는 사람이오. 칼을 뽑지 않고 칼집 채로 보이겠소."

카셀은 천천히 아란티아의 보검을 칼집 채로 허리에서 풀었다.

"당신이 칼을 보는 안목이 있길 바라오."

카셀은 렝상이 칼을 보는 안목이 없길 바라며 말했다. 렝상은 안목이 있는 척 놀라는 얼굴을 했다.

"대단히 좋은 칼이군. 단순히 장식용 칼이 아니야. 대체 어떻게 만들면 칼날이 검지?"

"그냥 철이 아니라 마법으로 벼린 금속이오. 가치가 어느 정도냐고?

당신들은 그 칼을 내다 팔 수조차 없을 거요. 가난한 카모르트 땅에서는 아무도 살 수 없기 때문이오. 암거래를 하자면서 어떤 미친 자식이 내게 금화 오백 개를 부르더군. 당연히 거절했소. 금화 오백은 지금 내 품에 있는 단검의 가치도 되지 않으니까."

카셀은 자신 있게 말했다. 또한 사실이었다. 무려 하얀 늑대의 던멜이 준 칼이다. 천 개라 해도 팔 생각 없었다. 하지만 그 가격을 말하면 상대가 믿지 않을 테니 오히려 낮춰 부른 것이었다.

"그래서 이 칼을 내게 준다 이건가?"

렝상은 몇 번인가 입맛을 다시고 물었다.

"당신들에게는 가치 없는 물건이오. 몇 번이나 말하지만 나는 상인이고 대장장이에게 붓을 팔거나 화가에게 망치를 파는 짓은 하지 않소. 렝상, 당신에게 정말 필요한 건 현금으로 당장 쓸 수 있는 금이 아니오?"

"너한테는 그런 돈이 없잖아. 다 알아!"

"내게 편지 한 장을 쓸 여유와 편지가 왕복할 수 있는 이틀 정도의 시간을 주시오. 그럼 당신이 당장 은퇴할 수 있을 만한 돈을 주겠소."

렝상은 못 믿겠다는 얼굴을 했다.

"이봐, 그런 엄청난 돈을 가지고 있는 놈이 왜 혼자 다녀?"

"시간이 없다면서 긴 시간 걸릴 설명을 요구하는군. 이런 간단한 거래도 못 해서야 서쪽의 팔콘, 동쪽의 렝상이라는 말이 우스워지는군. 당신 정말 렝상이라는 거물이 맞소?"

카셀은 일부러 그의 자존심을 건드린 다음, 말을 이었다.

"나는 에노아 후작과 직거래를 하는 상인이고 지금 후작을 만나러

갔다 오는 길인데, 갔더니 암브루가 엉망진창이 되어 있었소. 나는 서둘러 이 일을 알리러 노르만트로 달려가야 했고 폐하를 뵙지 않으면 안 되는 일이라 편지로 보내지 않고 직접 가는 길이었소. 그래도 내가 왜 혼자인지 이해가 안 된다면 한 시간 걸려 자세히 설명드릴 의향도 있소."

렝상은 좀 당황하는 얼굴을 했다가 짐짓 거만한 척 물었다.

"흐음, 네가 국왕 그 늙은이를 안다고?"

"늙은이? 무슨 소리를 하는 거요? 샤를 국왕은 나와 동갑내기인 젊은 분인데."

카셀은 렝상이 괜히 떠보려고 하는 말을 역으로 걷어차 주었다.

"아, 뭐, 그렇지. 살짝 깜빡했어."

렝상은 헛기침을 하고 다시 물었다.

"귀족들을 제법 아나 보군. 대상인이라니, 그럼 붉은 장미 백작이나 검은 사자 백작이랑 친분도 있고 그러겠네?"

카셀은 방심하지 않았다.

'상인은 겸손을 떨어도 안 되고, 아는 척을 해도 안 돼. 좋은 상인은 늘 솔직해야 하는 거야.'

카셀은 노르만트의 파티에서 본 귀족들의 얼굴을 차례로 그려냈다.

"귀족들과 잘 지내지는 않소. 뤼미에르 백작과도 사이가 좋지 않고 챤스테인 백작과도 한 번 파티석상에서 만나본 게 고작이오. 디에르 자작이 작위와 아내를 사들이는 짓에 이용당한 뒤로는 다른 귀족과는 거래를 끊었소."

카셀은 지금도 생각하면 분해 죽겠다는 표정으로 말을 이었다.

"딱 잘라 말해, 난 이런 곳에서 죽고 싶지 않소. 난 빈손으로 시작해 암브루를 통째로 살만한 돈을 벌었고, 앞으로 더 많은 돈을 벌 수 있소. 그런데 여기에서 당신에게 푼돈이나 뜯긴 다음에 죽으면 나나 당신이나 이 무슨 엄청난 손해요? 장담컨대 난 당신이 지금까지 본 적이 없는 엄청난 액수를 보상으로 지불해 내 목숨을 구할 것이고, 그 돈은 내게 있어 푼돈에 불과할 거요. 신고한다거나 복수를 할 필요도 없을 정도로."

마침내 렝상은 넘어왔다.

"그럼 내가 어떻게 해주길 원하지?"

"편지 한 장이면 되오."

카셀은 이제 구해달라는 암시를 섞은 편지를 써서 노르만트로 보낼 생각이었다. 만약 편지를 쓰지 못하게 할 경우에 쓸 다른 방법도 두 가지 정도 구상했다. 하지만 카셀이 준비한 방법은 써먹을 기회도 없었다.

어느 순간 또 한 무리의 궁수들이 도적들의 얼굴에 화살을 겨누고 있었던 것이다. 카셀은 물론이고 카셀의 말을 듣고 있던 도적들 모두 눈치를 채지 못할 정도로 빠르고 조용한 기습이었다.

카셀을 노리던 도적들은 일제히 활과 칼을 버리고 두 손을 들었다. 정체불명의 궁수들은 다른 명령이 떨어질 때까지 도적들을 겨냥한 채 꼼짝도 하지 않았다. 잠깐 동안 숲속에는 작은 풀벌레의 노래와 시위가 팽팽하게 당겨지는 소리만 들렸다.

카셀은 순간 궁수 중 한 명의 얼굴이 낯이 익다는 걸 발견했다.

"렝상…… 이겠지?"

궁수들의 대장으로 보이는 남자가 다가와 거부할 수 없는 강한 어조로 물었다.

"그, 그렇다."

렝상은 마지막 자존심 때문에 칼을 내려놓지 못했으나 궁수들의 대장이 다가오자 별다른 명령이 없었는데도 칼을 내려놓았다. 허리에 손을 얹고 렝상의 앞으로 다가간 그 남자는 뒷덜미를 주물럭거리며 말했다.

"떠나라고 암시를 준 기억이 나는데 아니었나?"

"다, 당신이 암브루로 구역을 정했다고 해서 좀 벗어난 곳이면 될까 싶어……."

렝상은 땀을 뻘뻘 흘리며 대꾸했다.

"구역? 떠나라는 건 내 구역에서 떠나라는 게 아니라 아예 나와 마주치지 말란 뜻이었다."

궁수들의 대장은 서두르는 감 없이 천천히 말을 이었다.

"하지만 마주쳐버렸군."

"살려주시오."

렝상은 무릎을 꿇었다.

"내가 처벌하지 않는다. 암브루의 법대로 처벌할 때까지 잠시 잡아두기로 하지. 모두 포박하라."

짧고 굵은 명령이었다. 렝상의 부하들은 순식간에 밧줄에 묶였다. 그사이 궁수들의 대장은 카셀의 앞으로 다가왔다.

"실종된 암브루의 영주를 찾아 헤매다 만나게 된 사람이 너라니 내 눈을 의심하지 않을 수가 없군, 캡틴 울프."

그는 검은 수염을 쓰다듬으며 웃어 보였다.

루밀의 말이 떠올랐다. 모든 것은 우연이나 운명이 아니라, 선택의 결과물이라고. 이번에도 그런 걸까? 그때 이 남자를 만나 살아남았기에 여기서 또 만날 수 있는 것이고 목숨을 구할 수 있게 된 거라고?

"당신이군요. 에노아 후작 저택에 무덤을 만든 쟌의 친구가."

카셀이 말했다.

"왜? 내가 쟌을 알고 있는 게 이상한가?"

"아니오. 왕실 기사단의 캡틴쯤 되면 왕실과 긴밀한 관계를 가지고 있는 에노아 후작과 어떤 식으로든 알고 지냈겠지요, 캡틴 데이릭."

"그 이름은 버린 지 오래라고 하지 않았나? 팔콘이라 불러라."

카셀은 팔콘이 악수하려고 내민 손을 잡았다가 자기도 모르게 덥석 끌어안아 버렸다.

"다시 만나 정말 반갑습니다."

팔콘은 무척 놀랐으나 이내 웃으며 카셀의 등을 두들겨 주었다. 그는 포옹을 풀고 카셀의 어깨에 손을 걸쳤다.

"왠지 긴 얘기가 있을 것 같군. 잠시 내가 머물고 있는 곳에 가지 않겠나? 제이니가 무척 좋아하겠군."

❖ Chapter 33 ❖
레앙

덴모주에서 작전을 끝낸 바딩과 그의 군대가 레앙에 돌아온 시각은 저녁 무렵이었다. 최근 며칠 동안 붉은 장미의 공격에 시달려온 레앙 사람들은 말해주지 않아도 그 공격이 멈춘 게 바딩의 성과라는 것을 알고 있었다.

수많은 사람들이 바딩의 귀환을 환호했다. 그러나 바딩은 백작의 저택에 돌아올 때까지 굳은 얼굴을 펴지 않았다. 바딩에게 그림자처럼 따라붙어 다니는 기사 비앙이 살짝 귀띔했다.

"레앙에서 웃지 않을 때면 항상 지적해 달라 하셨습니다."

"그래, 그랬지."

바딩은 자신의 웃는 얼굴이 얼마나 효과적인 무기인지 알고 있었다. 민심은 언제나 그의 편이었다. 주변의 모든 사람들이 저절로 그렇게 된 거라고 생각했지만 전부 바딩이 의도한 일이었다.

처음 레앙에 들어올 때 바딩은 비앙에게 조언을 구했다. 내가 레앙에서 정의의 사도가 되어야 하겠느냐, 사악한 독재자가 되어야 하겠느냐.

비앙은 조언했다.

'정의의 편으로 보이셔야 합니다.'

그래서 바딩은 그렇게 했다. 적어도 레앙에서 바딩은 뤼미에르 백작보다 더 인기가 많았고 더 큰 권력을 가지고 있었다.

"오늘은 정말 웃기 힘들군."

바딩이 고백했다.

"지쳐 보이는 것도 나름대로 좋은 효과를 거둘 겁니다."

비앙은 뒤따르는 마차를 돌아보았다.

"그보다 라틸다 쟌스테인의 상태가 무척 좋지 않습니다. 먹지도 마시지도 않고……."

"충격이 컸겠지. 눈앞에서 자기를 따르던 충실한 하인들의 목이 날아갔으니."

"단지 그래서가 아닌 것 같습니다."

"나중에 얘기하도록 하자."

"예."

저택의 철문이 열렸다. 바딩을 반겨주는 것은 쟈크 뤼미에르였다.

"항상 웃는 바딩은 어디 가고, 아버지만큼이나 딱딱한 얼굴이 되어 돌아왔나?"

뤼미에르 백작에게는 세 아들이 있었는데, 그 중 리제니가 막내고, 첫째는 변두리 영지에 처박혀 몇 년째 돌아오지 않았다. 바딩이 첫째의 얼굴을 본 건 한 번 정도밖에 없었다. 첫째는 학문을 좋아하고 권력에도 관심이 없으며 아버지인 뤼미에르 백작과 사이도 좋지 않았다. 여차하면 평생 레앙으로는 돌아오지 않을 모양이었다.

쟈크가 아버지의 후계자로 지목되기 위해 형을 쫓아냈다는 정보도 있었다. 그러나 바딩에게는 별로 중요한 정보가 아니라 기억해두지 않았다.

바딩은 쟈크를 보고 노골적으로 싫은 표정을 지어 보이며 물었다.

"백작님은 어디 계시고?"

쟈크는 도발하듯 말했다.

"바딩, 지난번에 내가 자넬 따르는 여자 하나 내 방에 재웠다고 아직도 화가 나 있나? 그만해 두게. 난 이제 그 여자 이름도 기억 안 난다고. 금화도 몇 개 쥐어서 돌려보냈으니 별문제 없을 걸세. 고작해야 가난한 상인의 딸인데……."

"난 모르는 여자요. 당신 말마따나 '고작해야' 가난한 상인의 딸이지. 하지만 그 가난한 상인에게는 세상에 둘도 없는 보물이었고 당신은 그 보물을……."

"아아, 그만, 그만! 한두 번 들어줬으면 됐지, 지겹게 몇 번이나 같은 잔소리를 할 셈인가?"

쟈크는 손을 내저으며 말을 이었다.

"아버님은 방에 계신다. 막내가 죽은 이후 그 녀석의 초상화가 걸려 있는 방에 박혀 있는 일이 많으시지. 심지어 레앙이 공격당할 때도 거기에 계시더군. 그 녀석이 징징 짜는 꼬락서니를 다시 보고 싶기라도 하신 모양인가?"

쟈크는 말하는 내내 마차를 힐끔거렸다. 바딩은 가급적 라틸다가 마차 안에서 늦게 나오기를 바랐다.

"환영 인사는 이만 됐소. 백작님을 뵈러 갈 생각인데 같이 가겠소?"

바딩은 강제로라도 쟈크를 끌고 가고 싶었지만 그는 슬쩍 피해 섰다.

"그보다 바딩, 역시 자네의 전술에 또 한 번 탄복했네. 설마 레앙이 공격당하고 있는 와중에 역으로 덴모주를 쳐서 그 공격을 빼다니! 적도 뒤통수를 맞은 기분일 거야. 어떻게 그리 빠른 대처를 할 수 있었나? 그 기막힌 전술을 나도 배우고 싶군."

"나는 드마르프 평원 전투에서 우리가 승리할 거라 생각했고, 본대를 무너뜨린 후 즉시 덴모주까지 점령해 전쟁을 단시간 내에 끝낼 계산이었소. 전투에서 졌기 때문에 고작 역습이라는 초라한 단어를 붙이게 된 거지, 대단한 게 아니오."

잠시 후 저택 안에서 기다리고 있던 하녀들이 우르르 몰려나왔다. 하녀장은 쟈크보다 바딩에게 먼저 인사했다가 뒤늦게 놀라 쟈크에게도 인사했다. 그래 봐야 쟈크는 본 척도 하지 않았다. 그는 마흔 넘은 여자는 항상 쓰레기 보듯 했다.

"가려 뽑은 아이들이냐?"

바딩이 하녀장에게 물었다.

"예. 모두 레이디의 시중을 들어 본 경험이 있는 아이들입니다."

"붉은 장미 백작의 따님이시다. 너희들이 생각할 수 있는 한 가장 공손하게 모시도록 해라."

하녀들은 숙일 만큼 숙인 고개를 더욱 깊이 숙여 인사한 후 마차 쪽으로 다가갔다.

라틸다는 하녀들의 시중을 받아 겨우 마차 밖으로 몸을 내밀었다. 긴 여행에 지쳤는지 그녀는 휘청거렸다. 힘 좋은 하녀들이 겨우 라틸다를 부축해 안으로 이끌었다.

"맙소사."

쟈크는 턱에 손을 올리고 라틸다의 얼굴에서 눈을 떼지 못했다.

"리제니가 죽고 못 살았던 이유가 있었군. 꾸미지도 않은 여자가 저렇게 빛이 날 수 있나? 게다가 저런 연약한 매력이라니."

쟈크는 작게 휘파람을 불었다.

'라틸다의 얼굴에 두건이라도 씌울 걸 그랬군.'

바딩은 라틸다의 당당한 면을 좋아했다. 모든 여자가 그의 앞에서 연약한 매력을 보이려 할 때 그녀만큼은 매섭게 대했다. 옳은 것을 옳다고 말하고, 논리적이었으며, 지지 않으려 감정에 호소하지도 않았다. 그런 게 좋았다.

'원래대로라면 자기를 납치한 날 호통치고 하녀들의 손길을 거부하고 혼자 걸을 여자였어.'

바딩은 만약 자신이 계획한 모든 일이 다 끝난 후에 라틸다와 리제니가 결혼한다면 그녀의 경호 기사가 되어 평생 곁을 지켜줄 생각도 있었다. 그럴 가치가 있다는 여자였다. 그런데 망가지고 말았다.

바딩이 반했던 그 강인한 여성은 이 자리에 없었다. 레이디 라틸다는 안나라는 여자가 자기 목을 벤 순간 같이 죽어버린 것이다. 여기로 납치해 온 여자는 그냥 이번 전쟁의 승리를 위한 인질에 불과했다.

"귀한 손님이오."

바딩은 힘겹게 계단을 오르는 라틸다의 치맛자락을 눅눅한 시선으로 뒤쫓는 쟈크에게 미리 경고했다.

"작전대로라면 인질인 거지? 그럼 감옥에 가둘 건가? 쇠고랑을 채워서?"

쟈크는 잔뜩 상기된 얼굴로 물었다.

"내 옆방이오."

바딩은 딱 잘라 말했다.

"적 군주의 딸을 그렇게 허술한 곳에 가두려고?"

"난 모신다고 말했지, 가둔다고 말한 적 없소. 내 옆방보다 더 안전한 곳이 저택 어디에 있소?"

"뭐, 그렇군. 알았네. 거기란 말이지?"

바딩은 가만히 허리에 손을 얹은 채 병사들과 하녀들이 전부 물러나는 것을 기다렸다가 쟈크의 멱살을 휘어잡았다. 눈을 동그랗게 뜬 쟈크의 얼굴이 확 끌려왔다. 바딩은 고생이라고는 한 적이 없는 쟈크의 하얗고 매끄러운 얼굴에 칼집을 두어 군데 내주고 싶었다.

"잘 들으시오, 쟈크 덴 뤼미에르 남작. 만약 라틸다의 몸에 손가락 하나라도 댄다면 나는 기사의 명예를 걸고 당신을 용서하지 않겠소."

쟈크는 순간적으로나마 겁먹은 표정을 보였지만 이내 웃었다. 그는 아무리 바딩이 화가 났어도 자기를 죽일 수 없다는 것을 잘 알고 있었다.

"알겠네. 그러니 이것 좀 그만 놓지그래?"

바딩은 거칠게 멱살을 놓았다.

"아무래도 아버님이 자네를 너무 키워준 것 같군."

쟈크는 목을 쓰다듬으며 경고 조로 말을 이었다.

"자네는 여길 스스로 찾아왔으며 스스로 충성을 맹세했다는 걸 잊지 말게. 그리고 아직도 자네가 샤이필드 공작을 암살했다고 믿는 사람이 많아. 나도 나름대로 조사하는 중이니 조심하게."

"원한다면 언제든 백작님께 건의 드려 나를 해고하시오."

"그래서 내가 라틸다를 건드리면 날 한 대 치기라도 할 건가?"

"죽일 거요."

바딩은 눈 한 번 깜짝하지 않고 말을 이었다.

"그리고 백작께는 있는 그대로 보고할 거요. 당신이 라틸다를 건드려 내가 죽였다고. 그럼 백작께서 날 어찌 처벌하실지 궁금하군."

"농담 좀 한 건데, 살벌하구만."

쟈크는 어깨를 으쓱하더니 가버렸다. 뒤에서 지켜보고 있던 비앙이 바딩에게 다가와 말했다.

"그런 경고를 한다고 들을 사람도 아닌데, 지나치게 흥분하셨습니다."

"알고 있다."

쟈크는 검은 사자 가문의 후계자라 하기에 조금도 부족함이 없을 정도로 머리가 좋았으나, 상황을 언제나 자기에게 유리하게 해석했다. 또한 은혜를 잊는 것만큼이나 빠르게 두려움을 잊는 자이기도 했다.

"백작님께 다녀오겠다. 너는 라틸다를 지켜라."

바딩은 비앙을 보내기 전에 퍼뜩 생각나 덧붙였다.

"라틸다의 경호를 저택의 경비에게 맡기지 마라."

"무슨 뜻인지 압니다. 이미 그리 해 두었습니다."

비앙은 단 한 번도 바딩을 실망시키지 않았다. 누구보다 일을 잘한다고는 할 수 없어도 누구보다 일을 조용히 처리했다. 지금 해야 할 일에 무엇보다 필요한 재능이었다.

바딩은 자신이 불의의 사고로 죽었을 때를 대비한 조치도 비앙에게 맡겼다. 비앙은 하기 싫어했지만 거꾸로 자기가 먼저 죽었을 경우 가족들을 지켜달라는 조건으로 수락했다. 둘은 죽음 후에 서로의 약속을 지키는 관계가 되었고, 어느 순간 죽음으로도 깰 수 없는 신뢰 관계가 되어 있었다.

검은 사자 백작은 와인 잔을 쥐고 가죽 의자에 푹 파묻혀 앉아 있었다. 아무리 기분 좋은 날에도 취하도록 마시는 일 없는 그의 얼굴이 벌겋게 달아올라 있었다.

"돌아왔나, 바딩? 라틸다를 잡아 왔다고?"

백작은 식사했냐는 정도의 어조로 물었다.

"안전하게 모셨습니다."

"잘 대해 주게. 아비를 잘못 만나 고생이 많아. 그런 걸로 치자면 리제니만큼이나 불쌍한 아이지."

백작은 마지막 와인을 잔에 따른 다음 리제니의 초상화가 걸려 있는 벽을 바라보았다. 특별히 어떤 감정을 담은 눈빛은 아니었다.

"우리 측 피해는?"

"스무 명 정도입니다."

"생각보다 많군."

"본거지의 성이라는 점을 감안하면, 많은 희생자는 아니지요."

"자네의 그 정예 기사단도 데려갔던가?"

약간 비꼬는 투로 말한 것 같아 바딩은 대답을 잠시 머뭇거렸다.

"네. 그리고 다섯 명이 죽었습니다."

"실력에 자신 있어 하더니? 쏜즈 기사단이라도 만났나?"

할 말이 없었다. 그 다섯 명은 만약을 위해 퇴로에 배치해둔 기사였다. 금방 따라올 줄 알았는데 따라오지 않았고, 지금까지 소식이 없었다. 다 끝난 마당에 벌어진 일이라 더욱 납득이 안 갔다.

"사고였습니다."

더 물었어도 할 말 없었으나, 이미 백작은 그 일에 흥미를 잃고 다른 질문을 했다.

"바르다가 대응하는데 시간이 얼마나 걸릴 것 같은가?"

"제가 덴모주에 도착했을 무렵에 이미 레앙을 공격하던 주력 군대와 노르만트를 포위하고 있던 군대가 후퇴했다고 들었습니다."

하기 싫어도 이제 그런 계산은 머릿속에서 저절로 이루어졌다.

"늦어도 일주일? 무모하게 달려든다면 사흘 정도 후에 레앙을 재침공하려 하겠지요. 그러나 그가 조금만 현명하다면 공격이 아닌 협상을 제안할 겁니다. 백작님께서는 협상에서 우위를 점하는 것만 생각하시면 됩니다."

"글쎄, 그가 정말 라틸다 하나 때문에 전쟁을 포기할 거라고 믿나?"

"라틸다 때문에 시작한 전쟁입니다. 항복 문서를 쓰라면 쓸 것입니다. 오히려 항복을 받아낸 후에 다시 일어날 수 없도록 철저하게 힘을 꺾는 걸 생각해 둬야 합니다."

"난 녀석이 자기 딸 때문에 전쟁을 시작했다고 생각하지 않아. 내가 리제니의 파혼 때문에 전쟁을 시작한 게 아니듯."

남들이 아직 모를 때도 바딩은 이미 알고 있던 사실이었다. 하지만 백작의 의미심장한 말투가 마음에 걸렸다.

"무슨 말씀이신지?"

"아닐세, 바딩. 피곤할 테니 쉬게. 역시 내게는 자네밖에 없어."

칭찬으로 말했을 테지만 바딩에게는 그렇게 들리지 않았다.

방을 나서며 바딩은 백작의 후회 섞인 한숨을 들었다.

종잡을 수가 없었다. 백작은 평소 유약한 막내를 싫어했다. 차라리 여자를 물건처럼 여기더라도 과감한 행동과 냉철한 판단이 서 있는 둘째가 후계자로 적절하다고 생각했다. 그래서 둘째의 행실을 싫어하는 첫째가 변방으로 가버린 것도 막지 않았다. 어쩌면 둘째가 자신을 가장 많이 닮았다고 생각했는지도 몰랐다.

막내 리제니는 항상 둘째 쟈크와 비교당했다. 리제니는 그런 콤플렉스 덕에 쟈크의 많은 면을 배우려 노력했으나, 정작 쟈크는 동생을 억지로 떠맡은 애완동물 정도로 취급했다.

놀랍게도 리제니가 같이 있는 동안 쟈크는 여자에게 손대지 못했다. 리제니의 여린 성격은 알게 모르게 쟈크의 추악한 성욕을 억제시키는 역할을 했다. 리제니가 죽은 후 쟈크가 감옥에서 탈옥한 성범죄자처럼 날뛰기 시작한 것만 봐도 알 수 있었다.

백작 역시 마찬가지였다. 살아있을 때는 리제니에게 큰 관심을 쏟지 않다가 죽은 다음에야 생각이 달라진 것이다.

'뒤늦게 후회라도 하는 건가? 자신이 악착같이 지켜온 레앙이란 곳을 다스릴 사람은 자기처럼 욕심이 많은 둘째가 아니라 자상하고 배려 깊은 막내라고 생각해서? 그럼 후계자를 잃어버린 셈이니 앞뒤가 맞

지. 그런 상실감에 전쟁의 열의까지 빼앗겼다면, 다 이해가 가.'

범인이 형체를 가지고 있지 않으니 복수에도 의욕을 못 느끼는 것 같았다.

'곤란하다, 뤼미에르. 여기서 이렇게 꺾이지 마라. 그래선 나의 일을 끝낼 수 없어!'

바딩은 혼잣말로 중얼거렸다.

늦은 저녁을 먹고 나니 잠이 쏟아졌다. 음식 접시에 엎어질 뻔한 걸 겨우 견딘 후 어떻게 씻었는지도 모르고 목욕을 마친 뒤 침대에 누우니, 숨 두 번 내쉴 동안에 잠들어 버렸다. 하지만 기사가 되기 전 용병 생활로 단련된 육체는 아직도 비상시가 되면 저절로 일어나 칼을 휘두를 수 있도록 준비되어 있었다. 그는 아무리 편할 때도 긴장감을 잃지 않기 위해, 침대 옆에도 항상 칼을 두었다.

'그 젊음이라는 에너지를 낭비하지 말고 내게 쓰게. 그럼 나는 자네에게 기사로서 가질 수 있는 최고의 명예를 선사하도록 하지.'

겉으로 보기에 다 늙어가는 노인에 불과한 샤이필드 공작의 강렬한 몇 마디 말 때문에 바딩은 그의 밑에서 평생 봉사할 것을 다짐했다. 공작의 약속대로 그의 명성은 단숨에 널리 알려졌다. 왕실 기사단의 캡틴 데이릭이 직접 찾아오기에 이르렀다.

'자네가 어설픈 기사였다면 내 밑에 두려고 찾아왔네. 하지만 이미 자네는 나를 능가하는 기사가 되어 있군. 공작님을 잘 모시게. 넓게 보자면 그게 나와 같이 일하는 길이겠지.'

캡틴 데이릭은 바딩이 가장 존경하는 기사 중 하나였다. 그의 부하로 일하는 것도 구미가 당겼지만 역시 바딩은 처음의 결심을 버리지 않았다.

캡틴 데이릭의 제안까지 거절했다는 소문 때문에 바딩의 명성은 더욱 드높아졌다. 마침내 카모르트 최고의 기사라는 부담스러운 호칭을 들을 무렵, 샤이필드 공작이 죽었다. 이는 국왕의 서거만큼이나 큰일이었다.

바딩은 그 후 한 달도 되지 않아 검은 사자 백작의 밑으로 들어갔다. 그를 칭송하던 수많은 기사들이 명예롭지 못한 행동이라며 나무랐고, 일부는 가장 뛰어난 기사가 가장 큰 세력가의 밑으로 들어간 게 뭐가 문제냐며 옹호했다. 하지만 바딩은 어느 쪽 말에도 개의치 않았다.

뤼미에르 백작은 바딩이 스스로 자기를 찾아온 것을 크게 기뻐하며, 줄 수 있는 모든 권한을 선사했다. 그는 순식간에 검은 사자 백작의 오른팔이 되었다. 레앙의 부와 권력이 저절로 그를 찾아왔다. 급기야 '바딩이 뤼미에르 백작을 위해 공작을 암살했다'라는 소문이 나돌기 시작했다.

바딩은 그런 소문에 대해 아무 대처도 하지 않았다. 누가 뭐라 하든 상관없었다. 자신이 이 일을 계획했을 때부터 모두 예상했던 일이었다.

라틸다의 비명 소리가 들렸을 때는 벌써 밤이었다. 바딩은 거의 반사적으로 침대 옆에 내려놓은 칼을 쥐고 뛰쳐나갔다.

라틸다를 묵게 한 옆방 문 앞에는 비앙이 선별해 둔 부하들이 서 있었다. 그들은 레이디의 방에 함부로 들어가지 말라는 명령을 들은 터라 문을 열지 않고 하녀를 부르고 있었다. 복도 끝에서 대기 중인 하녀가 걷는 모양새로 뛰어왔다.

"라틸다 아가씨, 괜찮으십니까?"

하녀가 문을 두들기며 물었다. 대답이 없었다. 바딩이 손짓을 하자 하녀가 먼저 문을 열고 들어갔다. 바딩은 다른 부하들을 잠깐 물러나게 하고 하녀를 따라 안으로 들어갔다.

라틸다는 숨을 거칠게 내쉬며 침대에 앉아있었다. 하얀 잠옷에, 목덜미가 땀으로 젖어있는 그녀는 본인이 의도하지 않은 신비함을 내보이고 있었다. 창문에서 내리쬐는 달빛에 비친 붉은 머리카락은 놀랍도록 아름다웠다. 차가운 이성으로 무장하고 방으로 들어선 바딩조차 잠깐 다른 생각이 들 정도였다.

하녀가 다가가 물수건으로 라틸다의 얼굴을 닦는 사이 바딩이 말을 걸었다.

"괜찮으시오?"

"다가오지 마!"

라틸다는 갈라진 목소리로 소리 질렀다. 바딩은 즉시 걸음을 멈추었다.

"악몽이라도 꾸셨소?"

"당신도 악몽만큼 끔찍해…… 치워!"

라틸다는 이마를 닦는 하녀의 물수건을 손으로 쳐냈다. 하녀는 당황하지 않고 고개를 숙이고 뒤로 한 걸음 물러났다.

"나가. 다 나가."

다 죽어가는 사람처럼 퀭한 눈인데도 묘한 힘이 느껴졌다. 바딩은 마녀의 명령이라도 들은 것처럼 불쾌했다.

이런 미움은 예상했으나, 의도한 바는 아니었다. 바딩은 라틸다의 눈앞에는 피 한 방울 보이지 않게 납치 계획을 끝낼 셈이었다. 그래서 안나가 자신의 목을 벨 때 누구보다 놀란 사람은 바딩이었다.

'어째서?'

일 년 전 안나가 띄운 편지에 적힌 조건은 아주 간단했다.

'나는 라틸다를 모시고 있고 덴모주의 지형과 비밀 통로도 다 알고 있다. 원하는 모든 정보를 알려주고 내주겠다. 그리고 가장 결정적인 순간에 나를 라틸다 앞에 설 수만 있게 해 달라.'

편지를 확인했을 때만 하더라도 바딩은 안나의 복수를 단순하게 생각했다.

조사해보니 안나의 어머니는 죽었다. 그에 대한 복수일 것이다. 그게 아니면 안나가 사랑한 남자를 빼앗겼을 수도 있다. 라틸다는 자기가 원치 않아도 그렇게 할 수 있는 미모를 지녔으니까. 단순히 라틸다가 식사할 때 접시를 집어 던지는 괴팍한 성격이었을 수도 있었다. 모시는 아가씨에게 계란을 얻어맞던 하녀가 복수를 결심하는 것도 있을 수 없는 일은 아니었다. 그러나 그 어떤 것도 상대의 눈앞에서 자기의 목을 베어 죽어가는 모습을 보여서 복수할 정도는 아니었다.

안나라는 여자를 얕본 꼴이었다. 어리석은 여자의 복수심을 이용해 적을 물리치는 아주 간단한 작전이라고 생각했다. 그런데 아니었다. 단순한 건 바딩이었다.

'게다가 그 말, 모든 것은 여군주님의 뜻대로? 그게 무슨 뜻이지?'

바딩은 어딘지 섬뜩하기조차 했다. 라틸다가 이렇게 되어버린 것이 모두 자신의 탓인 것 같았다.

"날 보시오, 라틸다."

바딩은 오기로 그녀의 어깨를 붙들었다. 라틸다는 야생동물처럼 저항하며 비명을 질렀다.

"정신을 차리시오. 당신은 라틸다 쟌스테인이오! 나를 탓하고 비난하고 호통치시오. 당신은 그런 여자요."

"싫어!"

라틸다는 미친 듯이 고개를 저으며 저항했다. 손톱으로 바딩의 팔뚝을 할퀴고 얼굴을 그었다. 하지만 바딩은 놓지 않았다.

"비켜! 저리 가!"

라틸다는 거의 정신을 잃은 듯이 뒤로 고개를 꺾은 채로 비명을 질렀다. 바딩은 하는 수 없이 손을 놓아주었다. 라틸다는 침대 머리맡에 몸을 웅크린 채 잔뜩 겁에 질려 부들부들 떨었다.

"미안하오."

바딩은 무엇에 대해서인지도 모르고 사과했다. 뭐에 대해 미안하냐고 물으면 멍청한 대답밖에 해줄 게 없었다. 베네를 죽여서 미안하다, 안나를 이용해서 미안하다, 납치해서 미안하다…… 다행히 라틸다는 그런 질문을 할 정신이 아니었다.

"잘 보살펴드려라."

바딩은 하녀에게 말하고 방 밖으로 나갔다.

"괜찮으십니까? 얼굴에 피가……."

경비병이 묻자 바딩은 손등으로 뺨을 스윽 문지르며 말했다.

"방을 지켜라. 특히…… 아니다."

바딩은 쟈크라는 이름을 언급하려다 말았다.

정말 위험한 건 어쩌면 쟈크가 아닐지도 몰랐다. 바딩은 아직 자신의 수하 병사들이 돌아오지 않은 점이 마음에 걸렸다. 궁수들 역시 돌아오지 않았다. 대신 라틸다를 호위해 레앙까지 데려오는 동안 자신을 따라오는 시선이 느껴졌다.

'누가 있는 건가?'

그 누구라도 일만의 군대가 들이닥쳤어도 무너지지 않았던 레앙의 경비를 뚫고 이백 명이 지키고 있는 이 저택에 몰래 잠입해서 라틸다를 구하러 올 수는 없었다. 만약 바딩이었다면 여기까지 호송되어 오고 있는 도중을 노렸을 것이다. 그래서 그때를 가장 주의해서 지켰다. 하지만 아무도 나타나지 않았다.

바딩은 방으로 돌아와 침대에 앉았지만 다시 잠들지 못했다. 그는 불길한 기운이 감도는 밤하늘을 바라보며 새벽이 올 때까지 창가에 앉아 있기만 했다. 짧지 않은 시간 동안 냉정을 찾아보려고 노력했으나, 자꾸 라틸다의 겁먹은 눈동자만 떠올랐다. 그리고 밤만 되면 떠오르는 샤이필드 공작의 죽기 직전의 눈빛이 그 눈동자와 엇갈려 보였다.

공작은 노환에 따른 병으로 죽었다고 외부에 알려져 있었다. 그러나 그는 독살 당했다. 먼저 식사를 하던 공작은 훈련 때문에 늦은 바딩이 식당으로 들어오는 순간 의자에서 떨어졌다. 공작은 마지막 유언 한 마디 남기지 못하고 바딩의 품에서 숨을 거두었다.

음식을 만든 주방장은 이미 달아났다. 그러나 암살에 쓰인 독약은 아주 독특했고, 그걸 구할 수 있는 곳은 그다지 많지 않았다. 그는 결국 주방장을 잡았고, 그 주방장을 고용한 이를 잡았다. 거기서 다시 엄청난 인력과 돈을 소비해 최종 의뢰인이 블랙풋이라는 암살 집단임을 알아냈다.

블랙풋은 결코 의뢰인의 이름을 말하지 않는 암살 집단이었다. 그래서 그는 블랙풋을 공격해 알아내기보다 오히려 의뢰의 편지를 썼다.

'지난번에 쓰였던 독약을 다시 구하고 싶다.'

얼마 후 어둠 속에서 나타난 블랙풋의 요원 중 하나가 조용히 바딩에게 독약을 넘겨주고 사라졌다. 공작을 죽인 바로 그 독약이었다.

그걸로 바딩은 샤이필드 공작을 죽인 범인을 알아냈다.

이제 복수의 날이 얼마 남지 않았다. 두 백작의 전쟁이 끝나는 순간, 그는 자신이 생각할 수 있는 가장 잔인한 복수를 저지를 생각이었다.

바딩은 다시 잠을 청하기 위해 창문의 커튼을 내리려 했다. 마을 가까운 곳 하늘이 붉게 물들고 있었다. 하도 조용해서 그쪽이 동쪽이었다면 태양이 뜨고 있다고 착각할 뻔했다. 그러나 아니었다. 마을이 불타고 있었다. 하지만 바딩이 놀란 건 화재가 발생했기 때문이 아니었다.

"저건 뭐야?"

바딩은 화재 너머로 보이는 광경에 외마디처럼 내질렀다.

날개를 퍼덕이는 검은 물체가 그 불길 위로 날아오르고 있었다.

검은 기사였다.

쟈크는 신중하게 작전을 세웠다. 그는 라틸다의 방을 지킬 병사들의 신상 명세를 꿰고 바딩의 일정을 모두 살폈다. 쟈크는 이렇게 필요한 순간 모든 것이 금방 계산되는 자신의 명석함을 사랑해 마지않았다. 결행 시간은 내일, 오후 세 시 정도. 상황을 봐서 다음 날도, 그 다음 날도 몇 번이고 즐길 시간은 충분했다.

자존심 강한 귀족 여자를 무너뜨리는 건 어렵지 않았다. 남자를 잘 아는 여자가 어려운 거지, 남자를 모르는 처녀는 간단했다. 쟈크는 바딩의 협박 같은 건 잊은 지 오래였다.

쟈크가 생각했던 것보다 기회가 너무 빨리, 그리고 쉽게 찾아왔다. 무슨 비상사태인지 모르겠지만 바딩은 자기 방을 나가버렸다. 급한 나머지 자신의 수하들도 다 끌고서.

라틸다의 방 앞에는 경비를 서는 병사 하나와 졸고 있는 하녀 하나뿐이었다. 둘을 기절시키는 건 일도 아니었다. 이제 라틸다의 방 앞에는 쟈크 자신이 따로 고용한 경비병 두 명만 있었다. 이제 그 경비병은 라틸다를 지키는 임무가 아니라, 방해하는 사람을 못 들어오게 막는 역할을 해줄 것이다.

들어오는 것도 쉬웠지만 라틸다에게 접근하는 것은 더 쉬웠다. 그녀는 침대 구석에서 흐느끼고 있었다. 어깨에 손을 대니 흠칫 놀라며 고개를 들었다. 너무 울어서 빨갛게 달아오른 눈동자는 무서울 정도로 아름다웠다.

'아아, 신이시여 감사합니다. 리제니가 결혼해서 이 집으로 데려오면 그때나 맛볼 줄 알았는데.'

라틸다가 쥐어 짜낸 목소리로 물었다.

"누, 누구?"

쟈크는 먼저 미소를 보여 라틸다를 안심시켜 주었다. 달빛에 비친 자신의 미소가 얼마나 멋진지 그는 잘 알고 있었다. 그리고 최대한 시간을 끌며 벽에 손을 짚은 채로 쭈그리고 앉아 있는 라틸다를 내려다보았다.

'궁금하겠지. 내가 누구인지. 그리고 무서움에 떨겠지. 비명을 질러도 좋고 달아나도 좋아. 내가 원하는 건 그거야.'

쟈크는 이 다음 순간에 벌어질 일 하나하나가 흥분되어 미칠 지경이었다. 그럴 때일수록 그는 천천히, 부드럽게 움직였다.

쟈크는 그녀의 찰랑거리는 붉은 머리를 친근하게 쓰다듬으며 옆에 앉았다. 뜻밖에도 라틸다는 전혀 피하는 몸짓을 보이지 않았다.

"외롭게 혼자 우는 고운 장미를 어떻게 쓰다듬어야 가시에 다치지 않을까 오래 고민했지. 하지만 의외로 쉽게 받아들일 준비가 되어 있는 것 같군. 내 이름은 쟈크다. 검은 사자 백작의 아들이자 그 모든 권력을 이어받을 후계자다. 내 동생이 그대 때문에 가슴앓이를 했지. 내가 그 고통을 이어받아 그대를 위로해 줄까 하는데, 어떤가?"

처음 라틸다가 마차에서 내릴 때부터 생각해 둔 대사였다. 라틸다는 그저 멍한 눈으로 듣기만 했다.

'비웃거나 화를 낼 차례인데?'

이를테면 그녀가 바딩을 부르겠다고 말했다면, 적의 손에서 벗어나기 위해 적의 손을 빌리다니 추하지도 않냐고 비아냥거릴 생각이었다. 소리를 지르며 구해달라고 말하면, 바깥의 모든 사람들이 내 편이라고 말해 두려움을 키워줄 생각이었다.

뭐든 반응을 해줘야 준비한 계획대로 진행할 텐데 라틸다는 아무 반응도 보이지 않았다. 쟈크는 되는 대로 말을 꺼냈다.

"미리 말해두지만, 레이디 라틸다. 소리를 질러 봐야 소용없소. 들어줄 사람도 하나 없고, 도와줄 사람도 없소. 그러니……."

쟈크는 라틸다의 잠옷 속으로 손을 넣어 가슴을 움켜쥐었다. 여전히 라틸다는 저항 없이 멍청히 눈만 깜빡거렸다.

"이러면 너무 싱거운데."

쟈크는 라틸다를 침대에 쓰러뜨리고 잠옷을 벗겼다. 그는 라틸다의 벌거벗은 상체를 내려다보며 감탄했다.

"아니면 고마워 해야 하나?"

쟈크는 마음껏 라틸다의 몸을 즐길 준비가 되어 있었다. 자신의 옷을 벗는 것도 천천히, 그녀의 옷을 벗기는 것도 천천히. 그런데 그때 라틸다가 흐느끼며 말했다.

"아아, 안 돼, 오지 마, 안 돼……."

이제야 저항을 하는 건가 싶었다. 하지만 라틸다는 얼굴만 감싸 쥐고 혼자 괴로워하고 있을 뿐, 쟈크를 상대로 저항하는 게 아니었다.

쟈크가 예상했던 상황이 아니라 의아했지만 여기까지 온 이상 멈출 이유가 없었다. 그는 군살 하나 없는 그녀의 허벅지에서부터 다리 사이를 지나, 허리와 가슴까지 차근차근 어루만졌다. 방문을 열기 전까지만 해도 쟈크는 그녀의 몸을 밤새도록 탐할 생각이었지만 직접 가슴에 손이 닿자 견딜 수 없게 되었고, 지금 당장 시작하지 않고는 견딜 수가 없게 되었다. 라틸다가 먼저 원하게 만들 셈이었으나, 결국 그가 먼저 불타올라 참지 못했다.

쟈크는 팔뚝으로 얼굴을 가리고 있는 라틸다의 손을 잡아 머리 위로 올렸다. 그러자 얼굴을 감싸고 울고 있던 그녀가 묘한 시선으로 쟈크를 올려다보았다. 그리고 움찔거리던 입술이 거꾸로 걸린 그믐달처럼 곡선을 그렸다. 마치 유혹하는 미소처럼.

"······누군가 했더니 너였구나. 쟈크 뤼미에르."

그녀는 두려움 하나 없는 눈빛으로 쟈크의 얼굴과 벗은 가슴과 아랫도리의 성난 남성을 차근차근 훑어보았다.

"그런데 지금 이게 무슨 짓이지? 아, 네가 벌인 짓이야 소문으로 이미 많이 들었는데, 하나 마나 한 질문이었구나."

몇 초 전만 해도 자기 몸에 무슨 일이 벌어지는지도 모르고 당하는 어린 소녀 같던 여자의 입에서, 세상만사 다 겪은 노파가 어린 남자의 과시 어린 성욕을 바라보는 듯한 조소가 흘러나왔다.

"그럼 어디 하려던 걸 해보아라, 쟈크. 대신 네가 무슨 짓을 하고 있는지 기억해라. 나도 내 위에서 헐떡거릴 네 얼굴만 기억해 두겠다. 난 붉은 장미 백작의 딸이자, 그의 후계자다."

쟈크는 자기도 모르게 그녀의 시선을 피했다. 그리고 일부러 그녀의 아름다운 가슴을 내려다보았다.

"내 눈 피하지 마."

라틸다가 말했다.

"닥쳐!"

쟈크는 거센 손길로 그녀의 다리 사이를 헤집어 놓으려 했다. 그러자 그녀가 쟈크의 목을 움켜잡았다.

쟈크는 흠칫 놀라며 몸을 뒤로 빼려했다. 하지만 이번에는 라틸다가 잡고 놔주지 않았다. 강한 힘으로 억누르는 게 아니었는데도 이상하게 그 손길에서 벗어날 수가 없었다.

"눈 피하지 말라고 했지, 쟈크! 네놈이 검은 사자의 후계자라면 네 앞의 내가 누군지 똑똑히 봐라! 나는 붉은 장미의 여백작이다!"

그녀는 천천히 쟈크를 얼굴로 끌어당겼다. 붉은 입술이 쟈크의 귓가에 다가왔다. 도저히 저항할 수 없는 매혹적인 미소에, 쟈크는 그대로 얼어붙었다.

라틸다는 들릴 듯 말 듯 작은 목소리로 그의 귀에 대고 말했다.

"모든 것이 나의 뜻대로 될 것이다."

쟈크는 비명을 지르며 라틸다를 밀쳐냈다.

힘없이 쓰러지는 모습에서 쟈크는 다시 한 번 상대가 아무 위협도 되지 않는 여자라는 것을 떠올려 용기를 얻었다.

"오, 오냐, 네가 원한다면 더 한 굴욕을 준비해 두지. 오늘 넌 차라리 내게 얌전히 몸을 바쳤어야 했어. 아니, 앞으로 평생 네가 먼저 내게 자비를 베풀어 달라고 애원하게 만들어 주겠다. 평생 오늘 밤을 후회하게 해 주마!"

쟈크는 쓰러진 라틸다의 배를 걷어찼다. 그녀는 비명도 내지 못하고 몸을 동그랗게 감쌌다. 쟈크는 그녀의 머리를 짓밟고 한 번 더 배를 걷어찼다. 라틸다의 입에서 터져 나온 피가 침대보에 튀었다.

쟈크가 문을 세게 닫고 나간 후 라틸다는 터져 나오는 것이 웃음인지 신음인지 구별할 수가 없었다. 그녀는 웃었다. 지쳐서 웃을 수 없을 때까지 웃었다. 창문에는 아직도 촛불에 반사된 그녀가 누워 있었다.

'잘 됐군. 더 이상 잠들지 않을 수 있을 것 같아.'

바딩에게 잡혀 온 뒤로 지쳐 잠들면, 또다시 악몽 속에서 검은 기사가 나타났다.

항상 똑같은 꿈, 항상 똑같은 장소에서, 또 검은 기사가 나타나 시커먼 손을 내밀었다. 이번에는 털빛 하얀 늑대가 나타나 구해주지 않았다. 그리고 하얀 빛줄기에 찔려 죽는 악몽에서 깨어나도 다정하게 안아줄 안나도 없었다.

'미안해, 안나…… 미안해.'

지금도 안나의 목소리가 쩌렁쩌렁 울렸다. 모든 것은 여군주님의 뜻대로!

귀를 틀어막아도 머릿속의 울림은 막을 수 없었다. 아무리 머리를 흔들어도 사라지지 않았다. 잠을 자지 않으려고 버티면, 비몽사몽간에 자신을 향해 기도하는 사람들의 목소리가 들리고, 괴상한 형상의 그림자가 보였다. 나체로 몸을 늘어뜨린 자신에게 바가지에 담긴 피를 쏟는 모습도 보였다.

조금이라도 뭔가를 먹으면 곧 토했다. 당당해야 해, 버텨야 해, 레이디로서의 자존심이 나의 유일한 방패가 되어줄 거야, 이렇게 몇백 번을 소리쳤지만 되지 않았다.

세상에 홀로 남겨진 듯한 외로움이 엄습했다. 라틸다는 가슴을 끌어안았다.

'느껴지지 않아, 로일. 당신이 말한 물웅덩이가 말라버렸어.'

울지 않으려고 몇 번이나 손등을 깨물었다. 울면 더 큰 두려움이 달라붙었다.

쟈크가 나타나 그녀를 겁탈하려는 순간에도 그녀는 두려움이 아닌 외로움을 느꼈다. 누군가 창문을 깨고 뛰어들어 와 구해주는 기적은 일어나지 않았다.

이런 순간인데도 또 졸음이 밀려왔다.

'잠들면 안 돼.'

아까도 어김없이 나타난 악몽 속의 기사는 라틸다를 쫓아와 말했다. 뒤늦게 그 악몽이 전과 다르다는 걸 알았다. 예전에도 악몽 속의 기사가 말을 했었던가? 항상 같은 부분에서 죽음을 맞이했으므로 듣고서 잊어버렸을지도 모르지만 이번에는 달랐다. 기사가 하는 말이 들렸다.

'모든 것은 여군주님의 뜻대로.'

얼마 전부터 로일은 자꾸 라틸다의 기억을 들추었고 새삼스럽게 악몽을 꾸었던 시기를 다시 재 보려 했다. 많은 기억들이 떠오른 지금에야 그 시기를 정확히 알게 되었다. 아버지가 병에 걸렸을 때가 아니라, 나았을 때였다. 악몽의 시작은 그때부터였다. 다시 꾸게 된 건 1년 전.

'모든 것은 여군주님의 뜻대로!'

그렇게 외치는 안나의 목소리에는 원망이 가득 했다.

'날 절대로 지하실로 들여보내지 마라!'

라틸다는 소리 없는 비명을 질렀다.

'진실에서 눈을 돌리지 마십시오.'

로일의 목소리가 아른거렸다.

진실을 알아내는 걸 두려워하지 말라는 소리가 아니었다. 이미 알고 있는 것에서 달아나지 말라는 뜻이었다.

라틸다는 다 알고 있었다.

아버지는 병 때문에 스쿨라를 썼다. 그러나 그걸로 병은 호전되지 않았다. 고통에서 일시적으로 벗어났다가 더 큰 고통이 찾아오는 일만 반복됐을 뿐이었다.

그러던 어느 순간, 그간의 병세가 거짓이었던 것처럼 아버지의 몸은 갑자기 나았다. 그때까지도 라틸다는 악몽을 꾸지 않았다. 아버지의 병 수발로 지친 나머지 악몽을 꾸게 되었다는 기억은 스스로 조작해 버린 가짜였다.

병이 낫고 즈쿨라도 사용하지 않게 되었으나, 아버지는 지하실로 자주 내려갔다. 라틸다는 호기심에 몰래 따라갔다. 아직 지하실로 향하는 계단도 제대로 만들어지지 않았던 시절이었다. 아버지는 딸이 따라온 것을 보고도 그다지 놀라지 않았다. 언제고 그렇게 될 걸 알고 있다는 듯 라틸다를 끌어안고 조용히 읊조렸다.

'때가 되었다.'

라틸다는 아버지 뒤에 있는 거대한 뭔가를 보았다. 본능적으로 그것이 보지 말아야 할 것이라고 생각했다.

'내 딸, 나의 여군주시여.'

아버지는 라틸다 앞에 무릎 꿇었다.

그것이 악몽의 시작이었다. 라틸다는 그대로 정신을 잃었고 기억을 송두리째 잃어버렸다. 그리고 무의식중에 묻어 버렸다. 하지만 즈쿨라에 취할 때마다 지하실의 성지로 내려갔고, 똑같이 즈쿨라에 취한 신도들 앞에서 그녀는 여신이 되어 있었다.

황홀한 밤의 시간.

모두 그녀의 명령대로 움직였고 모든 것은 그녀의 뜻대로 되었다.

피로 목욕을 할 때면 황홀경에 빠졌다.

자신의 아름다움에 취해, 라틸다는 춤을 추었다. 절대복종을 다짐한 신도들은 절을 올리며 기쁨에 울었다.

피를 더 가져오라.

한 늙은 여인이 벌거벗은 채로 대령 되었다.

라틸다는 그 여자가 누군지 알고 있었다. 그녀는 안나의 어머니였다. 그러나 라틸다는 명령을 거두지 않았다.

피를 더 가져오라. 나를 더 따뜻하게 하라.

즈쿨라에 취한 여인은 기꺼이 말했다.

모든 것은 여군주님의 뜻대로.

안나의 어머니는 그녀 앞에 무릎을 꿇었다. 다른 이가 다가와 그녀의 목을 쳤다.

바가지에 담긴 붉은 피를 라틸다의 머리에 퍼붓자 모여 있는 모든 이가 입을 모아 말했다. 모든 것은 여군주님의 뜻대로! 그래서 라틸다도 말했다.

"모든 것이 나의 뜻대로 되게 하라."

라틸다는 천천히 일어나 벗은 몸으로 침대 밑에 내려섰다. 그녀의 손에 딸려온 이불이 어깨에 걸쳐 날개처럼 팔락거렸다. 달빛을 반사하는 그녀의 하얀 육체를 따라 이불이 흘러내렸지만 그녀는 계속 춤을 추었다.

어디선가 음악 소리가 들려오는 듯했다. 즈쿨라를 마셨을 때처럼 황홀했다.

라틸다는 너무 느려 정지해 있는 것 같은 춤을 추었고, 자신의 피가 묻은 침대를 내려다보았다.

만약 쟈크가 남아서 그녀의 춤을 보았다면 그녀는 쟈크에게 명령을 내렸을 것이다. 너의 피를 바쳐라. 그러면 쟈크는 자신의 칼로 자신의 목을 베어 피를 바쳤을 것이다. 그녀가 원한다면 그대로 무릎을 꿇고 그녀에게 복종하고 그녀의 종이 되었을 것이다.

하지만 라틸다는 아무것도 하지 않았다. 외로웠다. 쟈크를 쫓아내고 여길 벗어나 봐야 아무도 그녀의 곁에 없을 거라는 사실이 두려웠다.

'어둠의 여군주.'

점차 과거가 선명해지면서 미래까지 내다보이는 것 같았다. 레앙이 불타고 있었다. 덴모주의 성이 무너지고 노르만트가 파괴되었다. 라틸다의 머릿속에서 모든 것이 정해진 수순대로 차근차근 이어졌다.

그 다음 환영은 라틸다가 생전 처음 보는 도시였다. 절벽에서 물이 쏟아져 성 안으로 떨어졌고 정원이 숲처럼 펼쳐진 곳이었다. 그곳으로 검은 갑옷의 기사가 들어서자, 모든 것이 시커멓게 물들었다. 하얀 성벽도, 하얀 성문도. 그리고 하얀 옷을 입은 흰 머리의 여인도 검게 물들었다.

여인은 라틸다를 돌아보며 말했다.

'모든 것이 그대의 뜻대로 되리라.'

견딜 수 없는 고통이 찾아와 라틸다는 머리를 감싸 쥐었다. 머리뿐 아니라, 온몸에 송곳이 박힌 것처럼 아팠다.

"아아, 우으……."

우거진 숲으로 둘러싸인 신비로운 도시가 괴상한 괴물에게 파괴되어갔다.

까마득히 높은 탑 위에 놓여 도시를 밝히던 하얀 보석이 깨졌다.

로브를 깊게 눌러쓴 마법사가 슬픈 미소를 드러내 보이며 라틸다에게 말했다.

'모든 것이 당신의 뜻대로.'

라틸다는 비틀거리며 일어섰다가 얼굴부터 넘어졌다. 입안이 찢어지며 피가 터져 나왔지만 그런 건 전혀 아프지 않았다.

검은 드래곤이 날개를 펼치며 포효하더니 자신을 바라보며 무시무시한 목소리로 말했다.

'너의 뜻대로 세상이 파괴되리라!'

생전 처음 보는 괴물들이 입을 모아 라틸다에게 소리쳤다.

'죽음을 지배하는 여군주시여! 모든 것이 당신 뜻대로!'

수없이 쏟아지는 환영 속에서 허우적거리며 라틸다는 기어갔다. 과거처럼 보이는 미래의 환영이 폭포처럼 그녀의 머리로 쏟아졌다.

창문을 열자 바깥에서 불어오는 찬 바람이 커튼을 확 밀어냈다. 그곳은 3층이었고, 머리부터 떨어진다면 어떻게 죽는지도 모른 채 죽을 수 있을 만큼 충분히 높았다.

'미안해, 안나.'

안나의 어머니가 라틸다에게 마지막으로 피를 선사해 준 여인이었다. 1년 전, 그 모습을 보고 멀리서 비명을 지르던 안나의 목소리에 라틸다는 퍼뜩 현실로 돌아왔다. 그리고 목 없는 여자의 시체 앞에서 피를 뒤집어쓰고 황홀경에 빠져 있었던 자신을 발견했다.

라틸다는 안나처럼 비명을 질렀다. 그리고 지하실을 달려 올라갔다. 몇 번이나 굴러떨어질 뻔하면서 계단을 달려 올라갔다. 피투성이가 된 채 로비로 올라선 라틸다는 자신을 부축하러 온 하인들에게 소리쳤다.

'날 절대로 지하실로 내려보내지 마라!'

그리고 라틸다는 그날의 모든 기억을 잃었다. 그녀가 원하던 대로 이루어졌다.

지금 라틸다가 원하는 것은 이 고통에서 벗어나는 것이었다. 하지만 그녀는 커튼을 젖히고, 달빛을 맞으며 서 있기만 했다. 열린 창문 너머에 선 한 남자가 라틸다의 결심을 막고 있었다.

라틸다는 숨을 토하며 그대로 주저앉아 버렸다. 가슴까지 늘어진 붉은 머리카락만이 그녀의 몸을 가려 주었다. 남자는 즉시 달려와 자신이 입고 있던 검은 로브를 벗어 그녀의 몸을 감싸 주었다.

"괜찮으십니까?"

라틸다는 그의 목소리를 들었음에도 아직 현실감을 찾지 못했고, 조금만 늦었더라면 그가 발견하게 될 것은 멍청하게 눈물을 흘리고 있는 바보 같은 여자가 아닌 목뼈가 부러진 시체였을 거라는 걸 말해 주지도 못했다. 그저 손을 내밀어 얼굴을 만져보며 조금이라도 그의 존재를 느껴 보려고 애를 썼다.

"로일. 왜 이제 왔어요?"

라틸다는 떨리는 목소리로 책망하는 소리만 했다. 하지만 로일은 책망마저 기쁜 얼굴로 받아 주었다.

"늦어서 죄송합니다, 라틸다."

◈Chapter 34◈

모든 것은 그분의 뜻대로

깨어나 보니 짙은 어둠 속이라, 아무것도 보이지 않았다. 카셀은 눈이 어둠에 적응되기를 기다리며 잠들기 전까지 뭘 했는지 차근차근 되짚어 보았다. 제이니가 반가워하며 포옹을 해 주었던 것과 그를 반기는 팔콘의 부하들과 함께 식사를 했던 기억은 선명했다. 하지만 잠깐 쉰다며 의자에 앉아 등받이에 머리를 기댄 뒤로는 아무 기억도 안 났다.

막사의 문틈으로 차가운 공기가 들어왔다. 카셀은 멍한 정신으로 비틀거리며 막사 밖으로 나섰다.

팔콘과 그의 부하들이 새로 만드는 마을은 커다란 막사가 반, 만들다 만 통나무 집 반으로 이루어져 있었다. 이곳이 지난번 마을에 이은 다음 마을인 모양이었다. 이 위대한 도적은 굴하지 않고 여전히 자신의 뜻을 펼쳐 나가고 있었다.

아직 동틀 기색도 없는 이른 새벽이라 그런지 사람은 보이지 않았다. 카셀은 말이 묶여 있는 곳으로 갔다. 선 채 잠들어 있는 말들 중 몇 마리가 인기척에 눈을 떴다. 그중 한 마리가 카셀을 알아보고 앞발로 땅을 갈았다.

"화살 맞은 곳은 괜찮니?"

카셀은 말의 콧잔등을 긁어주었다. 아직 뒤뚱거리는 걸 보니 카셀을 태우고 달릴 정도는 못 되는 것 같았다.

"말 도둑인가 했소. 이른 새벽부터 여긴 어인 일이오, 캡틴 울프?"

생소한 목소리가 그를 맞았다.

"뉘시오?"

카셀은 쌀쌀함을 느끼고 바지춤에 손을 집어넣었다.

"내 소개를 하기도 전에 잠들어 버렸더군. 피오렌디노. 에노아 후작의 기사요."

그가 친근하게 웃으며 손을 내밀자, 카셀도 자기소개를 하며 악수했다.

"카셀. 울프 기사단의 캡틴이오."

카셀은 그 말을 내뱉는 순간, 모래를 씹는 기분이었다.

"파티장에서 잠깐 뵈었던 것도 같군. 그때 계속 후작님의 뒤에 계셨었지 않소?"

"맞소. 기억력이 좋군."

피오렌디노는 부드럽게 웃으며 말했다.

"혹시 내가 얼마나 잠들었는지 아시오?"

"저녁에 잠들었다고 들었소."

카셀은 안도했다. 저녁부터 새벽까지…… 라면, 예닐곱 시간 정도니, 그렇게 많이 잔 건 아니었다. 그때 피오렌디노가 덧붙여 말했다.

"그게 그저께였던 모양이오. 내가 어제 아침에 여기 왔을 때도 자고 있었으니까. 그러니까 만 하루하고 반나절을 잠들어 있던 셈이군. 그렇게 자기도 힘들지 않소? 난 열두 시간 이상은 배고파서라도 못 자거든."

카셀은 눈을 동그랗게 떴다.

"방금 뭐라 했소? 그저께?"

"뭐 잘못된 거라도 있소?"

가슴이 철렁 내려앉는 것 같았다. 자느라 늦게 도착했다고 쉐이든에게 변명하는 모습에서 헤어나려고 카셀은 머리 위로 손을 휘휘 저었다.

"나, 난 가봐야겠소. 팔콘은 아직 자고 있소?"

"팔콘은 원래 새벽잠이 없소. 그런데 가다니 어딜? 난 아직 하고 싶은 얘기가 많은데…… 팔콘도 그렇고."

"미안하지만 난 시간이 없소. 작별 인사도 해야 하고, 말도 한 마리 빌려야 하니, 팔콘이 있는 곳을 안내해 주시겠소?"

카셀은 그가 에노아 후작의 기사라는 사실도 잊고 오직 시간이 없다는 초조한 심정에 그를 앞세워 팔콘에게 갔다. 예의를 따질 때가 아니었다.

팔콘은 제이니와 함께 자신의 막사에서 수프를 먹고 있었다. 둘은 카셀이 안으로 들어오자 깜짝 놀랐다. 팔콘은 수프를 옆으로 밀어놓고 멋쩍게 웃었다.

"혼자 먹다 들킨 것만큼 창피한 것도 없지. 같이 들겠나?"

"난 아침 식사 시간이 항상 해가 뜬 다음인 줄 알았는데, 아니었소?"

피오렌디노는 장난스럽게 말하며, 그의 옆자리에 앉았다. 제이니는 웃으며 벌써 새 그릇에 수프를 뜨고 있었다.

"피오렌디노님께서 드실 음식을 가져오죠."

"아, 워터스라고 좀 불러주시오. 항상 그 긴 이름 발음하기 귀찮지도 않소?"

"그런가요? 전 어감이 좋아 괜찮은 걸요."

제이니는 처음 만났을 때처럼 상냥하고 부드러우면서도 자기주장이 강한 여자였다. 왕실을 오고 갔던 몇몇 귀족 여인을 본 후에야, 카셀은 제이니만큼 귀족적인 여자도 없다는 걸 새삼 느끼고 있었다. 그녀는 아직 막사 입구에 서 있는 카셀을 부드럽게 안으로 이끌었다.

"기사님도 어서 와서 드세요."

"전 괜찮습니다."

"아니에요. 뭔가 드셔야 할 거예요."

여전히 제이니의 손길은 거부하기가 힘들었다.

"오래 주무시더군요. 혹시 죽은 게 아닌가 싶어 중간중간 숨소리도 확인해 본 거 아세요?"

"확인한 김에 깨워주셨더라면 좋았을 텐데요."

카셀은 의자에 앉으면서 원망하듯 말했다.

"밥이라도 먹고 자라고 깨웠더니만, 눈만 한 번 떴다가 도로 곯아떨어진 사람이 누구더라? 얼마나 몸을 혹사했기에, 영혼을 잠시 서랍 속에 넣어놓은 것 마냥 안 일어날 수 있나요?"

제이니는 카셀의 수프도 새 그릇에 담아냈다. 카셀은 그릇을 받아들고 나란히 앉아있는 워터스 피오렌디노와 팔콘을 번갈아 보며 말했다.

"도적 두목과 후작의 기사가 같은 자리에 있다니, 제가 모르는 일이 있었나 보군요."

"유쾌한 일은 아니었지."

워터스는 피식 웃었다. 팔콘이 수프를 한 스푼 떠먹으며 말했다.

"그때 카셀 네가 떠난 후 우린 새로운 마을을 만들어야 했다. 원래 밑천 없이 시작했던 마을인지라 다시 시작하는 게 그리 어렵지는 않았지. 하지만 좀 더 안전한 곳이 필요한 건 사실이었다. 그래서 에노아 후작에게 힘을 빌릴까 하고 여길 찾아온 거다. 그런데 우리가 도착했을 때는 정체를 알 수 없는 적들에게 공격당해 마을이 엉망이 된 후였고 에노아 후작은 실종되었다고 그러더군."

팔콘은 검은 수염에 묻은 수프 자국을 닦아냈다. 카셀은 저도 모르게 수염을 깎지 않은 턱을 더듬었다. 조금 더 나이 들어 보이게 하려고 억지로 깎지 않았지만 팔콘처럼 멋들어지게 어울리는 수염은 아니었다.

'이제 별 걸 다 부러워하는군.'

카셀이 물었다.

"그럼 팔콘도 얼마 전에야 온 거군요?"

"막사에 살고 있는 걸 보면 모르겠나? 하지만 너무 먼 길을 와서 또 다른 곳을 찾아 떠나기도 힘들어, 그냥 여기에 정착할 생각이다. 그러다 카셀 널 만났고 어제 이 친구가 여길 알아서 찾아오더군."

워터스가 팔콘의 말을 받았다.

"재미있는 일이었소. 우리를 찾아온 루밀이라는 사람은……."

"루밀?"

카셀은 그 이름을 듣고 수프를 먹으려던 스푼을 내려놓았다.

"알고 있소?"

"아, 조금…… 그래서요? 계속 얘기해 주세요."

"팔콘에게 했던 얘기를 또 해야겠군."

친절하게도 피오렌디노는 암브루에서 벌어진 일을 전부 얘기해주었다.

피오렌디노가 기억하기로 검은 기사의 숫자는 모두 둘이었다. 더 있었을지도 몰랐다. 하지만 그가 본 것은 어쨌든 둘이었다. 그의 말대로라면 단 두 명의 기사가 암브루를 짓밟은 것이었다.

암브루의 모든 병사들이 나서서 막았지만 역부족이었다. 피오렌디노가 할 수 있는 일은 늙은 후작과 손자들을 데리고 자리를 피하는 게 고작이었다. 두 아들과 며느리도 죽고 막내아들과 딸 둘만 겨우 살아남았다. 도대체 무슨 일인지 알기 전까지 피오렌디노는 움직일 수가 없었다. 검은 기사의 존재가 다른 두 백작이 사주한 것인지, 아니면 왕실에서 벌어진 어떤 일에 대한 여파인지.

수많은 비극으로 단련된 후작도 견디기 어려워하며 결국 병을 앓았다. 그러던 중 이틀 전 말쑥하게 차려입은 남자가 찾아왔다. 후작은 그를 잘 알고 있었는지 보자마자 반겼다. 그의 이름이 루밀이었다. 어떻게 후작과 아는 사이인지까지는 피오렌디노도 알지 못했다.

"……그래서 나는 잠시 그에게 후작님의 경호를 맡기고 여기로 와볼 수 있었던 거요. 물론 팔콘이란 사람이 여기 있다는 것도 루밀이 가르쳐주었고. 루밀이란 사람을 아시오?"

피오렌디노가 물었다. 팔콘도 눈빛으로 묻고 있었다.

"네. 누군지 말씀드릴 수는 없으나 믿을 수 있는 사람인 건 분명합니다."

카셀은 어쩐지 들뜬 목소리로 말했다.

'우연이 우연을 불렀다면 그것은 우연인가? 루밀은 이것도 선택이 낳은 결과라고 할까?'

팔콘은 카셀에게 시선을 돌려 물었다.

"캡틴 울프가 암브루에 직접 찾아온 건 원군을 요청하기 위해서지?"

"맞습니다."

카셀은 별생각 없이 대꾸했다가 흠칫 놀랐다.

'난 팔콘한테 이미 캡틴 울프가 아니라고 말하지 않았던가? 아니면 옆에 있는 피오렌디노 때문에 일부러 캡틴이라고 부르는 건가?'

"실망했겠군."

팔콘의 말에 카셀은 고개만 끄덕거렸다.

"원군 문제는 나나 후작님도 절망적이다 못해 황당할 지경이오. 설마하니 그런 괴물들에게 공격당할 줄은……."

피오렌디노가 말했다.

"노르만트 역시 검은 기사들에게 공격당했습니다."

카셀은 짧게 요약해서 노르만트에서 벌어진 일을 설명했다.

"믿을 수가 없군."

검은 기사의 공격이 양쪽 도시 모두에 가해졌다는 것을 믿기 어렵다고 말하는 줄 알았지만, 피오렌디노는 다른 부분에서 놀라고 있었다.

"고작 하얀 늑대들 다섯 명이 그 괴물들을 막은 거요?"

"꼭 그렇다고 볼 수는 없지만……."

카셀은 피오렌디노가 하얀 늑대들 중 하나인 자신을 존경스러운 눈길로 바라보는 걸 깨닫고 슬그머니 얘기를 돌렸다.

"그러나 대규모 군대마저 막을 수는 없습니다. 검은 기사들이 군대를 무너뜨릴 수 있었던 건 어디까지나 죽여도 죽지 않는 그 불가사의한 힘 때문인 거요. 하얀 늑대들은 그들보다 강할지 모르나 불사의 육체는 아니지요. 노르만트를 지키려면 군대가 필요합니다."

팔콘이 스푼과 그릇을 내려놓고 말했다.

"국왕 폐하께서 힘들어하시겠군. 두 백작에 이어 검은 갑옷을 입은 괴물들이라니. 생각 같아서는 나라도 힘이 되어드리고 싶지만……."

팔콘이 가진 군대로는 마을 하나 지키기에도 벅찼다. 그걸 알기에 카셀은 아무 말도 하지 않았다.

침묵이 이어지는 동안 카셀은 다시 수프를 한 입 떴다. 그러자 금방 식욕이 살아나 그는 순식간에 빵과 함께 수프 한 그릇을 비워 버렸다. 앉아서 듣고만 있던 제이니가 물었다.

"새벽이긴 하지만 어제 종일 굶은 걸 생각하면 고기라도 굽는 게 좋겠는데요?"

카셀은 손을 내저었다.

"그냥 수프나 한 그릇 더 주십시오. 곧 떠나야 합니다."

"떠나다니 어딜?"

제이니가 빈 그릇을 넘겨받아 다시 채우며 물었다.

"노르만트로. 원군은 얻지 못했으나, 저의 자리로 돌아가야죠."

제이니는 무척 아쉬워하며 그릇을 가득 채워 다시 내주었다. 카셀은 금방 또 수프를 비워 버렸다.

"혹시 쟌스테인 백작이 노르만트를 에워싼 다음에 내건 조건이 있나?"

팔콘이 카셀에게 물었다.

"샤이필드 공작이 죽은 후 비어 있는 왕실의 수호 가문으로 자신을 임명해 주고, 뤼미에르 백작을 왕실의 적으로 지목할 것. 이 두 가지입니다."

팔콘은 뭔가 생각에 빠져 탁자를 손가락으로 탁탁 두들기더니 말했다.

"에노아 후작의 군대가 성에 머물러 있다면 감히 제안하지 못했을 요구군."

"만약 그랬다면 국왕 폐하는 그 자리에서 에노아 후작에게 수호 가문의 자리를 줘 버렸을 겁니다. 지금까지 샤이필드 공작과의 친분 관계 때문에 거절해 왔던 후작도 그런 상황이었다면 받아들였겠지요. 아무리 쟌스테인 백작이 힘을 가졌어도 에노아 후작까지 적으로 두고 싶지는 않았을 겁니다."

"그거 이상한 일이군."

팔콘은 여전히 뭔가 생각하는 날카로운 눈동자로 말했다.

"뭐가요?"

"너무 적절하지 않은가? 에노아 후작이 원군을 약속한 시점에서 검은 기사가 나타나 암브루를 공격했다? 적당한 구실이 없어 노르만트를 침공하지 못했었는데 검은 기사가 알아서 왕실을 공격해 줬다? 하얀 늑대들이 막지 못했다면 폐하를 지켜야 한다는 명목을 내세워 쟌스테인 백작이 노르만트로 진입했을 것 아닌가?"

카셀은 자신의 일에 신경 쓰느라 그렇게까지는 생각해보지 못했다. 이 모든 일의 중심에 존재한 바로 그 검은 기사들. 그들의 정체를 밝히는 것은 블랙풋의 의뢰인을 밝혀내는 것보다 더 중요했다.

"팔콘, 과거 익셀런의 기사였던 분이셨으니 여쭙고 싶습니다."

"내가 아는 거라면 뭐든지."

"익셀런은 무엇을 위한 기사단이었습니까? 대륙 정벌 전쟁이었나요?"

옆에서 피오렌디노가 무슨 바보 같은 질문이냐는 듯 피식 웃었다. 제이니도 당연한 걸 묻는 카셀을 보고 의아해하며 고개를 갸웃했다.

익셀런 기사단은 대적할 상대가 없을 정도로 대륙을 휩쓸어 버린 전쟁신의 군대와 같은 존재였다. 기사도나 익히려고 만든 론타몬 황실 기사단과는 질적으로 달랐다. 당연히 전쟁을 위한 기사단일 것이다. 하지만 팔콘은 카셀의 단순한 질문을 깊이 생각했다.

"아니다."

그 대답에 피오렌디노는 무척 놀랐고, 카셀은 예상했다는 듯 이어지는 그의 얘기를 듣기만 했다.

"익셀런 기사단은 인간과의 전투를 대비해서 준비한 기사단이 아니었다. 다들 익셀런 기사단이 무패의 행진을 거두었다는 것에 집중한 나머지 그들이 이룬 또 다른 전적을 간과하곤 하지."

"……드래곤."

카셀이 중얼거렸다.

"그건 무슨 엉뚱한 소리요?"

피오렌디노는 인상을 찌푸렸다.

"맞다. 가넬로크의 드래곤 기사단."

이어지는 팔콘의 대답에 피오렌디노의 얼굴은 다른 각도로 구겨졌다.

카셀은 책에서 페이지가 닳도록 읽은 역사상 최대 규모였던 두 기사단의 격돌을 떠올렸다. 이로피스의 왕실 기사단을 꺾었다고는 해도 드래곤이 수호해주는 가넬로크의 기사단마저 익셀런이 이길 거라고는 어느 누구도 상상하지 못했다.

"드래곤 사냥이 바로 익셀런 기사단의 존재 목적이었지."

팔콘이 말했다.

던멜은 붉은 장미 백작의 성, 제일 높은 곳에 올라가 있었다. 푸른 밀이 펼쳐져 있는 덴모주는 나디움을 연상시킬 정도로 풍요롭고 아름다웠다. 도저히 방금 적의 공습이 끝난 후의 마을로 보이지 않았다.

로일이 부탁한 일은 첫날 끝냈다. 쟌스테인 가문의 비밀, 즈쿨라라는 마약, 성지와 관련된 마을 사람들의 괴이한 종교 의식. 물론 그걸 다 알아내는 동안 어느 누구도 던멜의 존재를 발견하지 못했다. 그러니 그냥 이대로 떠나면 끝일 테지만…… 또한 노르만트의 일과 카셀이 걱정되었지만, 그는 아직 덴모주를 떠나지 않았다.

던멜은 기다렸다.

로일은 단순히 사실 확인을 위해서 남아달라는 게 아니었다. 자기

감정을 어떻게 표현할 줄도 모르는 친구가 상황 설명인들 제대로 했을까. 던멜은 로일이 설명하지 못한 어떤 일이 여기에 남아 있을 거라고 생각했다.

'하루만 더 기다려 보자.'

던멜은 그렇게 결정하고 초조하게 아침이 오기를 기다렸다.

그런데 새벽빛이 아직 밝아오기도 전에 마을 사람들이 움직였다. 전쟁의 공포로 잠시 숨어 있던 마을 사람들이 회관 밖으로, 집 밖으로 나와 살아남은 사람들과 얘기를 나누었다. 말소리는 들리지 않았지만 그들의 불안한 마음이 멀리 탑에 있는 던멜에게까지 전해졌다.

마을 사람들은 횃불과 등불을 들고 성으로 다가와 성문 앞에서 무릎을 꿇었다. 기도 같은 걸 올리는 모습이었지만 입 모양을 읽을 수 없었다.

'이번 전투에서 죽은 병사들의 죽음을 애도하는 건가? 그럴 수 있지. 이웃집 젊은이거나 자기 아들일 테니까. 아니면 영주의 성이 함락된 게 슬픈 걸지도 모르고. 쟌스테인 백작은 여기서 인기가 많다고 했으니까. 로일의 얘기대로라면 라틸다의 무사 귀환을 기도하는 것일지도 모르지.'

기도가 끝난 후 마을 사람들 중 절반은 마을로 돌아가고 절반은 성의 뒤쪽 숲으로 몰려갔다. 장례식처럼 가라앉은 공기를 몰고 그들은 즈쿨라를 키우는 동굴 안으로 들어갔다. 동굴 근처를 순찰하는 병사들은 그들의 행렬을 막지 않았다.

백작의 군대는 전날 이미 덴모주에 도착했다. 습격을 당한 시각을 생각해 보면 그들의 대처는 굉장히 빠른 것이었다. 자신의 본거지가 공격당하는 와중에 적의 본거지를 습격하는 검은 사자 백작이나, 습격당한 지 이틀 만에 영지로 되돌아온 붉은 장미 백작이나 양쪽 모두 기동력 하나는 어느 나라의 군대 못지않았다. 만약 이 두 백작이 싸우지 않고 손을 잡는다면 현재 약소국으로 취급되는 카모르트가 백 년 전 이름을 떨쳤던 시절처럼 강대국으로 거듭나는 데는 많은 시간이 필요하지 않을 것이다.

돌아온 군대는 즉시 공격당해 어지러운 성을 재정비했다. 시체는 성의 하인들이 모두 치웠지만 그 외의 부서진 부분은 군인들이 직접 처리했다. 부서진 성문은 마을 사람들이 자진해 나서서 고쳤다. 인명 피해 외에 물질적 피해는 거의 없는 편이었다.

검은 사자의 군대는 자신들의 목적만 완수하고 깔끔하게 돌아갔다. 밀밭을 태우거나 마을을 파괴하지도 않았다. 누가 지휘했는지 모르나 그자는 승리를 위한 가장 쉬운 방법을 포기했다. 대단한 자제력이었다. 던멜은 진심으로 그 지휘관을 존경할 수밖에 없었다.

검은 사자 백작은 붉은 장미 백작의 군대를 지금의 전력으로 이기지 못할 거라고 계산한 것이다. 그래서 딸을 잡아 항복을 요구할 것이다. 밀밭을 태우지 않은 것은 복수심에 불탄 쟌스테인 백작이 앞뒤 가리지 않고 총공세로 나오는 게 두려웠기 때문이지, 단순한 기사도 때문만은 아니었다. 또 애초에 밀밭을 태울 각오로 쳐들어온 것이라면, 백작의 딸도 죽이고 전면전을 펼쳤을 것이다. 다 장기전을 위한 전략이었다.

그런 세세한 부분까지 전부 계산한 책략가가 검은 사자 백작에게 있다면 장기전으로 갈 경우 붉은 장미 백작이 불리해진다. 드마르프 평원의 전투도 장미 기사단의 질적인 막강함으로 승리하긴 했으나 전략은 검은 사자 군대 쪽이 위였다. 이제 그들도 장미 기사단의 힘을 알았고 향후 작전을 세울 때 그 부분까지 염두에 둘 테니, 어느 한 쪽이 힘에서 밀리는 싸움은 벌어지지 않을 것이다.

그렇게 장기전이 되면 하얀 늑대들은 노르만트에 머물 명분이 없다. 떠나야 한다. 그리고 카모르트의 국왕은 두 백작 중 어느 한쪽을 선택해야 할 때가 오고 만다.

'우리가 상관할 일이 아니야. 하지만 우린 계속 지켜봐야 해. 이건 단순히 두 귀족의 전쟁으로 끝나지 않을 거야.'

던멜은 탑에서 내려와 동굴 속으로 들어가는 두 번째 행렬을 따라갔다. 기척을 죽이고 자연스럽게 그 인파에 묻히니 아무도 그를 알아보지 못했다.

던멜은 그들이 서로 주고받는 말을 입 모양을 통해 보았다. 어둠 속이라 중간 중간에 알아볼 수 없는 말이 조금 있었다.

"……군주께서…… 됐다는군. 큰일이 아……."

"그보다 우리가 한 일 때…… 문제가 된 거라면 아직……."

"몰라. 안나를…… 우리 잘못이 아니…… 안나가 정말 그랬다면 이건 아주 큰 사건이야. 백작님께서도…… 않을 거야."

"그건 걱정하지 않아도 돼. 만약 여군주님의 몸에 흠이라도 생긴다면……."

곧 다른 사람이 그만하라는 듯 두 사람에게 눈짓을 주어 대화를 막았다. 둘은 입을 다물었다. 동굴에 들어선 후 던멜은 어둠 속에 완전히 몸을 숨기고, 소리 없이 이동했다.

동굴 안에는 즈쿨라에 중독된 사람들이 널려 있는 방이 있었다. 마을 사람들은 그들에게 다가가 몸은 괜찮으냐고 묻기도 하고 안아주기도 했으나, 중독자들은 상대방을 알아보지 못하는 것 같았다. 곧 마을 사람들은 동굴 안의 커다란 돌문 안으로 들어갔다. 문에는 핏줄이 툭 불거져 있는 커다란 심장에 칼을 꽂아 놓은 조각이 새겨져 있었다. 그 상징을 단순화시킨 작은 은목걸이를 마을 사람들 거의 대부분이 착용하고 있었다.

그들은 문을 열고 안으로 질서 있게 들어갔다. 던멜은 마지막까지 기다렸다가 문이 닫힐 무렵 미끄러지듯 쓸려 들어갔다. 아무도 그의 동행을 눈치채지 못했다.

안은 생각보다 그렇게 어둡지 않았다.

"그럼 익셀런 기사단의 최종 목표는 가넬로크였습니까?"

카셀이 날카로운 어조로 물었다. 팔콘은 고개를 저었다.

"설명이 지저분해질 것 같지만 그래도 이 부분은 짚고 넘어가지 않을 수가 없군."

팔콘은 제이니가 내준 물을 한 모금 마신 다음 말을 이었다.

"익셀런 기사단은 서른 명씩 열 개의 기사단으로 구성되어 있다고 알려져 있지."

"압니다."

"그건 가짜야."

"네?"

카셀은 미간을 찌푸렸다.

"가짜. 상부에서 부르기 편하라고 대충대충 만들어 놓은 가짜 지휘 체계."

팔콘은 손가락을 세 개를 펼치며 말을 이었다.

"익셀런 기사단은 사실 셋으로 나눠져 있다. 나처럼 기사가 될 실력은 되지만 연줄이 없어서 황실 기사단에 들지 못하는 기사들로 짠 팀. 그리고 웰치가 캡틴이 되기 이전의 캡틴이 죄인들 중에서 실력이 있는 녀석들로 만든 일종의 갱생 팀."

"죄인들이요?"

"놀랐나?"

"처음 듣는 얘기예요."

"자랑스럽게 떠들 얘기는 아니지. 나도 별로 자랑스러운 젊은 시절을 보낸 건 아니지만 그놈들은 정말 쓰레기들이었지. 살인에 강간, 방화. 녀석들은 이름도 없었어. 이전 캡틴은 그놈들을 항상 죄인 취급했고 훈련 중에 죽는 것도 신경 쓰지 않을 정도로 가혹하게 다스렸다고들 하더군."

"그럼 캡틴 웰치 이전의 캡틴은 다른 사람이었나 보군요?"

"빅터. 나처럼 익셀런 기사가 아니었던 사람은 이름도 알지 못하는 기사다. 나도 몇 번 만나보지 못했어. 그리고 그는 어느 날 갑자기 웰치에게 모든 권한을 넘겨주더니 자기 스스로 제1기사단이란 것을 만들어 웰치 밑으로 들어갔지. 아마도 팔 하나를 잃는 큰 부상을 입어서라고 들었다만, 뭐, 그건 나도 자세히 모른다."

팔콘은 그 부분은 중요한 게 아니라는 듯 손사래를 치더니 다시 말을 이었다.

"어쨌든 익셀런 기사단의 목표가 가넬로크라고 하기에는 진행 상황이 너무 빨랐지. 최종 목표라는 느낌이 전혀 들지 않았어. 나야 카모르트에서 멈췄기에 그 이후 상황은 겪지 않았으나, 어쨌든 익셀런 기사단은 가넬로크를 정복한 후 아란티아를 향하지 않았나?"

아란티아 울프 기사단이 익셀런 기사단을 꺾은 것은 너무나도 극적인 전개여서 음유 시인들 사이에서는 전설처럼 회자되었다. 그러나 역사가들을 오히려 드래곤 기사단과의 격돌을 더 수준 높은 전투로 평가했다. 그 전투에서 가넬로크를 수호하던 드래곤들이 모두 죽었고, 익셀런도 커다란 피해를 보았다. 그 피해를 회복하지 못한 탓에 울프 기사단에게 패했다고 적는 역사가도 많았다.

카셀이 잠깐 그런 생각에 빠져 있을 때, 피오렌디노가 참견했다.

"그럼 론타몬이 전쟁을 일으킨 목적이 아크랜드 정복이 아니었단 말이오?"

"론타몬의 목적은 아크랜드 정복이 맞지. 단순히 론타몬이 모든 나라에 제국으로 인정받기 위한 자존심 싸움이었다가 발전한 거니 틀린 건 아니오. 하지만 익셀런 기사단의 일원으로 지내면서 내가 느낀 건 다르오. 론타몬의 군대와 별개로 익셀런은 그 이후를 대비하고 있었소. 뭣보다 제 1기사단은 가넬로크 전투가 끝난 후 어디론가 증발해 버리지 않았소? 소문에 하늘 산맥에 올랐다고들 하는데, 거야 나도 확인할 길은 없지. 잠깐, 그리고 또 이상한 점이 하나 있군."

팔콘은 상자에서 가죽 주머니를 하나 꺼냈다.

"어디 보자, 버리진 않았는데…… 그게 어디 있더라?"

그는 오래된 액세서리가 잔뜩 들어있는 가죽 주머니를 들어 안에 든 걸 모두 꺼냈다. 그리고 그중 목걸이 한 개를 집어 들었다.

"여기 있군. 무슨 이유에서인지 모르나, 당시 우리는 의무적으로 이 목걸이를 차야 했다."

카셀은 그가 내준 은목걸이를 들어보고 고개를 갸웃했다.

"이건 그냥, 십자가에 구슬을 박아 놓았군요. 론타몬이나 익셀런의 상징은 이게 아니지 않나요?"

"맞아. 하지만 목걸이는 그걸 차게 했다."

"종교 같은 건가요?"

"그렇다고들 하더군. 워낙 오래전 일이라 잘 기억 안 나지만 아마 당시 유행하던 종교였던 것 같아."

"무슨 종교였는지도 기억 안 나고요?"

카셀이 물었다. 팔콘은 어깨를 으쓱했다.

"그 당시는 워낙 사회가 혼란스러워 수십 가지 종교가 난립하던 시기였다. 내가 들은 신의 이름만 해도 백 개는 넘었을걸? 병사들은 칼의 신, 창의 신, 방패의 신을 따로 믿었을 정도였는데, 그런 걸 일일이 기억할 정도로 내 머리가 좋진 않다."

피오렌디노가 카셀에게 받아 살펴보다가 제이니에게 넘겼다. 그녀는 금방 알아보았다.

"이거 본 적 있어요. 마을 사람 중 한 명이 이 종교의 신자예요. 요새 믿는 사람이 꽤 많다더군요. 왜, 그 패잔병들의 마을에도 있었어요. 제가 이상한 종교 아니냐고 물으니까 버럭 화를 내며 다른 나라에도 신도가 많은 훌륭한 종교라며 당장 사과를 요구할 정도였죠."

"무슨 종교인지는 아십니까?"

카셀이 물었다.

제이니는 목걸이를 내려놓으며 어깨를 으쓱했다.

"원래 종교란 건 신자 자신이 그 본질을 제일 모르는 법이잖아요. 막상 거기에 대해 물어보면 아는 게 없어요. 단지 그 사람이 자랑스럽게 말하길, 이 종교는 죽지 않는 자들을 지배하는 신께서 돌보시기 때문에 믿는 자는 영생을 얻는다는 게 교리라더군요."

"영생을 얻는다? 별로 특별한 게 없는 교리 아닌가요?"

카셀이 묻자, 제이니는 어색하게 웃으며 설명했다.

"죽음 후에 신의 품으로 돌아간다, 영혼의 안식을 얻는다, 같은 게 아니라 아예 죽지 않는 게 목적이라는 거죠."

"무척 단순하면서도 과격하군요."

피오렌디노가 허허 웃으며 말했다. 카셀은 혼잣말처럼 중얼거렸다.

"죽지 않는 자…… 죽여도 죽지 않는 자……."

"딱히 죽여도 죽지 않는다는 말은 없었는데요?"

제이니가 지적했지만, 카셀은 계속 중얼거렸다.

"갑옷을 부숴도 다시 합쳐지는 기사……."

카셀은 검은 기사가 나타났던 시기를 하나씩 짚어 보았다. 따로 떼어 놓고 보면 그들이 모습을 드러냈던 순간은 불규칙적이고 개연성이 없었다. 그러나 전체적인 관점에서 내려다보면 그 모든 출현 시기와 일치하는 사람이 딱 한 명 있었다.

"아까 그 종교를 믿는다는 사람 어느 마을 출신이죠? 패잔병들의 마을?"

카셀은 설마 하는 심정으로 물었다. 제이니는 고개를 저으며 대답했다.

"아뇨, 덴모주에서 왔어요."

✦

던멜은 덴모주의 성 지하로 내려가는 입구의 문이 닫힌 후, 눈이 어둠에 익을 때까지 잠시 기다렸다. 그곳은 인공적으로 만들어진 공간이 아니라 다듬어지지 않은 바위를 그대로 벽으로 쓰고 있는 천연 동굴이었다. 입구만 높이에 맞춰 문을 적당히 달아 놓은 것뿐, 밑으로 내려가는 길은 가파르고 험했다. 중간중간 계단이 만들어져 있기도 했으나, 험하긴 매한가지였다. 그들은 횃불 하나에 의존하여 조심조심 내려갔다.

아무도 없을 때 이미 살펴본 곳이지만 사람들이 들어차 있으니 전혀 다른 공간으로 느껴졌다. 동굴 안은 넓고 깊었으나, 이상하게 후끈한 바람이 내부를 맴돌고 있었다. 던멜은 벽에 붙어 들키지 않게 마을 사람들을 따라갔다.

마을 사람들은 동굴 중앙에 잔뜩 모여 있었다. 하지만 둥근 바위가 여기저기에 솟아 있는 데다, 바닥에 발목까지 차오르는 작은 개울이 흐르고 개울의 끝에는 바닥이 보이지 않는 시커먼 연못이 있는 등, 이렇게 많은 사람들이 한꺼번에 모임을 갖기에 적당한 공간은 아니었다.

마을 사람들 거의 대부분이 축축한 돌바닥 위에 모여 있었고, 백작의 병사들도 몇 명 섞여 있었다. 동굴의 한쪽 벽에는 아까 문에서 봤던 것과 같은 모양의 조각이 새겨져 있었다. 공기 중에는 뭔가를 태운 역겨운 냄새와 피 냄새가 섞여 있었다.

소매가 긴 하얀 옷을 입은 대머리 노인이 편평한 돌 앞에 섰다. 아무래도 제단처럼 보였다. 제단 뒤의 돌 벽에 그림이 새겨져 있었다. 노인은 벽의 조각을 바라보고 크게 절한 후 마을 사람들을 향해 말했다.

"우리는 패배한 게 아닙니다. 여군주님께서는 돌아오십니다. 우리가 할 일은 믿음을 잃지 않고 이곳을 지키는 것입니다. 우리의 선택은 틀린 게 아닙니다. 여러분, 죄책감을 가지지 마십시오. 어쩌면 더 큰 일이 일어날 수도 있었는데 우리의 믿음 덕에 이 정도 피해로 끝난 것입니다."

던멜은 소리를 들을 수 없지만 노인의 목소리가 동굴 안을 울리고 있음을 피부로 느꼈다.

"여기 여군주님과 함께 했던 하녀가 있습니다. 리자, 오늘 이 아이의 희생이 우리의 믿음을 지켜줄 것이며 여군주님의 무사 귀환을 앞당길 것입니다."

대머리 노인은 지팡이로 다가오라고 명령했고, 실오라기 하나 걸치지 않은 젊은 여자가 수많은 마을 사람들 앞에 섰다. 벌거벗었지만 수치심 하나 느끼지 않는 것처럼 보였다. 여자는 술에 취한 듯 휘청거리며 노인 앞에 무릎 꿇었다. 노인은 뭐라고 말하며 그녀의 머리 위에 지팡이를 댔다가 떼었다. 마을 사람들은 숨을 죽이고 목걸이를 손에 꽉 쥐고 기도했다.

던멜은 이 의식이 조용히 진행된다는 것을 느낄 수 있었다. 절규하는 광신도도 없었고, 사람을 홀리기 위한 음악도 없었다. 그 대신 동굴 전체를 감싸는 신비한 분위기에 던멜조차도 몽롱한 기분이 들었다.

'즈쿨라의 연기야. 너무 오래 있으면 나도 위험하겠군.'

리자라는 이름의 발가벗은 여인이 재단 위에 눕자, 마을 사람들도 무릎을 꿇었다. 대머리 노인이 다시 입을 열었다. 던멜은 그의 말 하나라도 놓칠세라 더 가까이 접근했다.

"이전의 집회가 실패한 건 안나가 죽지 않는 자들의 군주님을 뵐 마음이 없었기 때문이었고, 중간에 믿음을 잃고 달아나버렸기 때문이었습니다. 그러나 이 신앙심 가득한 아이는 오늘 믿음의 증거로서 자신을 희생한다 하였습니다. 그래서 오늘은 돼지의 피와 돼지의 심장을 쓰지 않겠습니다."

마을 사람들은 몇 번이고 그 말에 머리를 숙였고, 울음을 터트리는 이도 있었다. 하얀 헝겊에 싸인 은빛 칼이 노인 앞에 대령 되었다. 벌거벗은 채 돌 위에 누운 여인은 더없이 평온한 얼굴로 눈을 감고 있었다. 공포심이라고는 찾아볼 수 없었다. 도리어 의식을 진행하려는 노인이 더 겁에 질린 듯했다.

뾰족한 칼날이 작게 부푼 여자의 가슴을 겨냥했다. 노인은 눈을 감고 동굴 천장을 올려다보며 뭐라 중얼거렸다. 주문을 외우는 건지, 기도를 하는 건지 알 수 없었다.

여기까지 지켜보았을 때 던멜은 그저 무지한 마을 사람들이 잘못된 신앙을 위해 무시무시한 희생을 저지르려 한다고 생각했다. 그런데 그 순간에 뭔가가 동굴 안으로 들어왔다.

던멜은 흠칫 놀라며 천장을 바라보았다. 보이는 것은 없었다. 다들 기도하느라 바쁜지, 아니면 그런 게 들어오는 걸 당연하게 여기는지,

아니면 던멜만 느끼고 다른 사람은 느끼지 못했는지 알 수 없었다. 의식이 끊기지 않는 걸 보니, 아무래도 그 노인은 자기가 뭔가를 불러들였다는 사실을 모르는 것 같았다.

던멜은 단검을 꽉 쥐었다. 그는 벨 수 있는 상대를 두려워한 적이 없었다. 하지만 이번 것은 벨 수 있는 존재가 아닐 것 같았다. 소리가 들리지 않는 그의 세상에서 보이지 않는 존재만큼 무서운 건 없었다.

던멜은 몸을 움츠린 채로 움직이지 않았다. 존재감만으로 몸서리치게 불쾌한 기분은 처음이었다.

'아니, 처음은 아니지. 노르만트에서 같은 기운을 가진 존재를 만났잖아.'

던멜은 눈을 가늘게 뜨고 노인의 행동을 끝까지 지켜보았다.

'로일, 네가 말하고 싶은 게 이거였구나?'

노인은 누워있는 여인의 가슴에 닿아있는 칼끝을 바라보며 소리쳤다.

"모든 것은 여군주님의 뜻대로!"

노인은 마침내 칼을 밑으로 내리꽂았다.

Chapter 35

악몽의 도시

라틸다는 로일을 끌어안은 채 울먹이며 말했다.

"로일, 모든 것이 다 기억이 났어요. 지하실에 뭐가 있는지, 안나에게 무슨 일이 일어났는지 모두 알았어요. 그래서 죽으려고 했어요."

로일은 자제력을 잃고 흔들리는 그녀의 등을 쓰다듬었다.

"알고 있습니다, 라틸다."

"다요?"

로일은 고개를 끄덕였다. 평소와 다름없는 그의 미소가 그에게 매달리고 싶은 마음을 싹 씻어 버렸다.

"옷 입어요."

로일은 라틸다가 어째서 벗고 있는지 묻지 않았다. 쟈크가 벗긴 옷가지를 보고도 말없이 다른 옷을 찾아 내줄 따름이었다.

"서두르세요. 순찰병이 금방 돌아올 겁니다."

로일은 사무적으로 말했다.

"알았어요."

라틸다는 작게 대답하고 서둘러 옷을 입었다. 하지만 손이 후들후들 떨려 단추를 제대로 잠글 수가 없었다.

그녀는 생각을 정리하려고 애썼다. 과거를 기억하며 떠오른 혐오스러운 자신의 모습, 자신이 살아 있게 됨으로 인해 벌어질 미래의 모습을 로일에게 말해 주고 싶었다. 그에게 위로받건 욕을 먹건, 그가 이대로 떠나버리건 간에 모든 사실을 말하고 싶었다. 어린애처럼 매달리고픈 바람과 가차 없이 버림받고 싶은 마음이 끊임없이 교차했다.

무슨 말이든 하려고 입을 여는 순간, 로일이 라틸다를 뒤에서 끌어안았다.

"죽는다는 생각은 하지 말아요."

귓가에 닿은 로일의 숨길이 뜨거웠다. 얼마나 급하게 여기까지 왔는지 단박에 알 수 있었다. 힘들지 않은 척하고 있었지만 몸은 땀으로 젖어 있었다.

로일은 그녀를 위로하지 않았다. 오히려 라틸다에게 어린아이처럼 매달려 부탁하고 있었다.

"살아야 합니다, 라틸다. 이젠 제가 부탁드리고 싶습니다. 제 옆에 있어 주세요."

많은 말이 떠올랐지만 라틸다는 한마디도 하지 못했다. 그냥 돌아서서 로일의 입술에 키스하고 고개만 끄덕거렸다. 땀으로 젖은 그의 앞머리를 쓸어 넘겨주며 라틸다는 미소를 지었다. 그게 로일을 안심시켜 줄지 더 불안하게 만들지는 알 수 없었다.

잠깐 라틸다의 얼굴을 바라보던 로일은 손을 잡고 창가로 이끌었다.

"가요."

"어디로 가야 하죠?"

"제가 들어왔던 곳으로 가면 됩니다. 성 뒤쪽 하수도 밑이라 조금 더러울 거예요."

"상관없어요. 도망쳐 나가는 길목에 지옥이 있다 해도."

라틸다는 겁 없이 창문 쪽으로 걸어가다가 삐끗하고 넘어졌다. 로일이 겨우 잡아 주긴 했으나, 일어나는 데는 한참이나 걸렸다.

"아직도 다리에 힘이 안 들어가는군요."

"걸을 수 없으면 차라리 조금 쉬었다가 이동하는 게 좋겠습니다. 일단 창문을 나가면 쉬지 않고 움직여야 하니까."

"아니에요. 긴장 때문에 이러는 거예요. 움직이기 시작하면 차라리나을 거예요. 잠깐만요."

라틸다는 입으로 물어 치마 끝을 뜯어낸 다음, 흠이 난 자리를 중심으로 손으로 찢었다. 양쪽 허벅지가 다 드러났지만 상관없었다. 여길벗어나기 위해서라면 벗고라도 뛸 수 있었다.

라틸다가 다시 로일의 손에 의지해 일어날 때 바깥에서 소란스러운 소리가 들렸다.

누군가의 고함 소리, 개가 짖는 소리, 사람들의 발소리…….

로일이 신중하게 창문 옆에 붙어 밖을 보니 저택의 경비들이 분주하게 뛰어다니고 있었다. 뭐라고 고함을 치는지는 들리지 않았지만, 뭣때문인지는 금방 알았다. 화재였다.

"로일이 불을 지른 건가요?"

"제가 한 게 아니에요."

로일은 눈을 가늘게 뜨고 경비들이 다른 곳으로 이동하길 기다리며 말했다.

"무슨 일인지는 모르겠지만 덕분에 빠져나가는 길이 어렵지는 않겠 군요."

로일은 베란다로 몸을 내밀었다. 불타는 도시가 소란스러워진 덕에 저택 정원에는 사람들이 모두 빠져나가 조용해졌다. 로일은 먼저 창문 밖으로 몸을 내밀어 난간을 붙잡고 섰다. 그리고 라틸다에게 말했다.

"여기서 뛰어내려야 해요."

"3층에서요? 난 방금 전에 죽기 위해 여기서 뛰어내리려고 했는데 요."

농담이라고 한 말이지만 로일은 진지한 얼굴로 말했다.

"잘 보세요. 제가 저쪽 나무에 손을 잡고 매달릴 겁니다. 그리고 라 틸다는 그쪽 창문에서 제 손을 잡고 뛰세요. 하지만 제가 손을 잡고 있 으니 떨어지지 않고 대롱대롱 매달리게 되겠죠. 제 팔 길이와 라틸다의 팔 길이, 그리고 키를 생각하면 라틸다의 발은 땅에서 1층 높이도 되지 않는 곳에 위치하게 되지요. 그 정도 높이에서 뛰면 다치지 않을 거예 요."

"말이야 쉽지만 어쨌든 3층 높이에서 뛰어야 하는 사실에는 변함이 없군요."

"그게 어렵다면 나무를 타서……."

"알았어요. 로일이 시키는 대로 할게요."

라틸다는 이러쿵저러쿵할 시간이 없다는 걸 알고 대답했다.

로일은 먼저 베란다 난간 위로 올라가더니 창문 쪽으로 뻗어 있는 나뭇가지를 향해 손을 뻗었다. 살짝 닿지 않는 거리였지만 로일은 과감하게 뛰어 가지를 붙잡았다. 나뭇잎이 파스스 소리를 내며 몇 개 바닥에 떨어졌다. 로일은 잠시 가지에 매달려 있다가 몸에 반동을 주어 큰 가지에 다리를 고정시켰다. 비스듬한 자세로 왼손으로만 몸의 무게를 버티면서 로일은 아래를 살폈다. 그리고 아무도 없는 것을 확인하고 라틸다에게 오른손을 내밀었다.

"자요."

라틸다도 망설이지 않고 난간을 넘어갔다. 하지만 막상 난간을 넘어가며 3층을 내려다보니 너무 높았다. 뒤를 돌아야 하는데, 돌 수가 없었다. 로일은 아무 말 않고 기다려 주었다.

라틸다는 몸을 돌렸다. 현기증이 일었다. 자신의 몸을 지탱하는 것이라고는 등 뒤로 난간을 잡고 있는 후들거리는 두 손과 한 뼘도 안 되는 공간에 걸치고 있는 발뒤꿈치가 고작이라고 생각하니 더 어지러웠다.

"밑을 보지 말아요. 제 눈만 봐요."

오른손을 내민 채로 로일은 침착하게 말했다.

라틸다는 왼손으로 난간을 붙들고 오른손을 길게 뻗었다. 닿을 듯 닿지 않았다. 라틸다는 몸을 더 앞으로 수그리는 게 무서워 도로 난간에 등을 붙였다.

"안 닿아요."

"좀 더 내밀어 봐요."

로일은 땀을 뚝뚝 흘리는 얼굴로 천천히 말했다.

"절대 놓치지 않을 테니까요."

라틸다는 고개를 여러 번 끄덕이고 다시 손을 뻗었다. 난간을 붙잡고 있는 왼손은 이제 거의 손가락 몇 개로만 버티고 있었고 발뒤꿈치는 거의 떨어진 거나 다름없었다. 라틸다는 눈을 질끈 감고 힘껏 손을 뻗었다.

난간에서 발이 떨어지고 왼손도 허공으로 떨어져 나왔다. 몸이 밑으로 뚝 떨어지는 느낌이 들었다. 동시에 오른손을 꽉 잡는 로일의 손길이 느껴졌다.

"눈을 떠요."

여전히 로일의 목소리는 침착했다. 올려다보니 자신을 지탱하는 로일의 손과 힘을 잔뜩 주고 있는 그의 얼굴이 보였다.

"이제 아래를 봐요."

생각보다 훨씬 높았다. 1층 높이라고는 했지만 도저히 뛸 엄두가 나지 않았다. 하지만 라틸다는 못 하겠다는 소리를 낼 수 없었다.

"준비되면 말해요. 셋까지 세고 손을 놓을게요."

라틸다는 시간을 끌면 더 무서워질 것 같아서 바로 말했다.

"준비됐어요."

심호흡은 로일이 먼저 했다.

"하나, 둘, 셋."

약간 빠른 박자로 셋을 센 후 로일은 손을 놨다. 라틸다는 반사적으로 손을 놓지 않으려고 꽉 쥐었지만 버틸 수가 없었다. 라틸다는 밑으로 뚝 떨어져 푹신한 풀밭을 굴렀다. 충격은 거의 없었지만 정신적으로 기진한 라틸다는 잠깐 동안 일어나지 못했다.

뒤따라 로일이 뛰어내려 라틸다 옆으로 다가왔다.

"괜찮아요? 날 봐요."

로일은 걱정스러운 얼굴로 라틸다의 양 볼을 감싸고 한참 동안 살폈다. 라틸다는 웃으며 말했다.

"괜찮아요. 재미있었는데요, 뭘."

로일도 굳은 표정을 풀고 웃어 보였다.

"걸을 수 있겠어요?"

라틸다는 일어나 다리를 털어 보았다.

"방금 충격으로 오히려 걷기는 편해졌군요. 가요."

로일은 라틸다의 손을 잡고 몸을 낮춘 채 빠르게 걸었다. 아무도 없는 정원이었지만 로일은 가급적 담장 쪽에 붙어서 뛰었다. 소문에 듣자니 이 담장에는 원래 화려한 장미가 자라고 있었는데, 붉은 장미 백작과 전쟁을 시작하면서 모조리 태워버렸다고 했다.

"어떻게 여길 빠져나가죠?"

라틸다는 사람 키 둘을 넘는 높은 담장이 계속 이어지는 걸 보면서 물었다.

"들어올 때는 담을 타 넘었는데, 둘 다 나가려면 뒷문으로 가야겠습니다."

"거기에는 경비가 많을 거예요."

"들어올 때 보니 동쪽 문에는 경비가 네 명밖에 없었습니다."

라틸다는 네 명도 많지 않으냐고 따지지도 못하고 그의 손에 이끌려 뛰어갔다.

동쪽 문에는 다행히 경비가 네 명이 아니라 두 명만 남아 있었다. 로일은 뭔가를 생각하더니 갑자기 칼을 뽑아 라틸다에게 내밀었다.

"제가 먼저 뛰어가면 이걸 가지고 즉시 따라오십시오. 뒤도 돌아보지 말고."

"나보고 같이 싸우자는 뜻이에요?"

라틸다는 진지하게 물은 것이었으나, 로일은 농담이라고 생각했는지 웃었다.

"자, 갑니다."

로일은 라틸다에게 칼을 줘 버리고 남은 빈 칼집을 들더니 입구 쪽으로 달려갔다.

"웬 놈이냐?"

그들은 달려오는 로일을 향해 즉시 창을 찔렀다. 로일은 칼집으로 창을 쳐내고 그들의 머리를 후려쳤다. 그것만으로 죽은 게 아닐까 싶을 정도로 커다란 소리와 함께 둘은 바닥에 픽 쓰러졌다.

라틸다는 로일의 뒤를 따라오며 감탄하는 목소리로 말했다.

"이것이 그 대단하다는 울프 기사단의 검술인가요?"

로일은 그게 무슨 소린가 하는 얼굴로 대꾸했다.

"이건 그냥 때린 겁니다."

로일은 라틸다가 다시 내주는 칼을 칼집에 집어넣고 철문을 열었다.

"누구냐?"

먼 곳에서 누군가 소리쳤다.

"들켰군요. 서두릅시다."

로일은 라틸다를 떠밀다시피 문밖으로 내보내고, 바닥에 떨어진 창을 한 자루 집어 들었다.

"침입자다!"

순식간에 열 명 가까이 되는 경비병들이 로일에게 달려왔다. 로일은 창을 거꾸로 쥐고 크게 소리쳤다.

"제일 선두에 있는 녀석부터 죽이겠다."

경비병들이 그런 경고를 듣고 멈출 리는 없었다. 로일은 잠깐 기다렸다가 창을 집어 던졌다. 정원 풀밭을 가로지르며 한 자루의 창이 정확히 경비병의 얼굴에 박히더니 서너 걸음쯤 날아가 내동댕이쳐졌다. 로일은 즉시 창을 하나 더 집어 들고 소리쳤다.

"두 번째 선두는 누구냐?"

경비들은 일제히 걸음을 멈추고 은폐물을 찾아 흩어졌다. 로일은 창을 든 채로 밖으로 나갔다. 그리고 변명처럼 말했다.

"이렇게 하면 한 명만 죽이고 끝낼 수 있어요."

라틸다는 긴장된 얼굴로 고개를 끄덕이며 물었다.

"이제 어디로 가죠?"

"불이 난 반대쪽으로 갑시다."

로일은 라틸다의 손을 잡고 계속 달렸다. 다행히 경고가 효과를 봤는지, 아무도 따라오지 않았다.

쟈크는 진짜로 겁을 먹었다. 생전 처음 맛보는 굴욕이었다. 라틸다의 방을 도망쳐 나온 지금도 그의 손은 떨리고 있었다. 그는 엄지를 입에 넣어 씹었다.

어떤 여자도 처음에는 저항하다가도 마지막에는 그에게 굴복했다. 아니면 울거나 애걸했다. 라틸다도 마찬가지라고 생각했다. 지금까지 본 적 없는 미의 절정이 자신에게 꺾이거나 아니면 자신을 두려워하거나 둘 중 어느 한 쪽을 보게 될 거라고 기대했던 쟈크였다. 어느 쪽 반응이든 만족될 거라고 믿어 의심치 않았다. 그런데 어느 쪽도 일어나지 않았다.

벽에 붙은 거울이 쟈크의 모습을 비추고 있었다. 식은땀에 젖어 엄지를 빠는 모습이 그 어느 때보다 추해 보였다. 그는 거울을 떼서 바닥에 내던졌다. 유리가 박살났다.

라틸다의 방을 나온 지 한참이나 지났지만 두려움은 가시지 않았다. 오히려 그의 안에서 공포가 커지고 있었다. 손이 떨리고 땀 때문에 눈이 침침했다. 그는 계속 엄지손가락을 빨고 씹었다.

'이러면 안 돼. 안 좋은 기억이 나잖아.'

어렸을 때부터 쟈크는 여자에게 거절당하는 게 무서웠다. 싫은 게 아니라, 무서웠다. 그래서 더욱 여자를 거칠게 대해 여자 쪽이 자기를 무서워하게 만들었다. 그럴 때면 육체의 쾌감과는 전혀 다른 쾌감이 느껴졌다.

그래서 그는 검은 사자라 불리는 아버지의 모습을 사랑할 수밖에 없었다. 카모르트의 어느 누가 뤼미에르를 두려워하지 않겠는가. 쟈크는 검은 사자의 이름을 물려받고 싶었다. 누구든 자신을 무서워하게 만들고 어느 여자든 자기 발아래 무릎 꿇게 만들고 싶었다.

쟈크는 얼굴을 감싸 쥐고 바닥에 깨진 거울 파편을 노려보았다.

'그년이 내 진짜 모습을 봐버렸어. 내가 여자를 무서워한다는 걸 안

거야.'

자신의 거친 모습을 어린애의 장난처럼 바라보는 눈길에서, 쟈크는 라틸다가 자신의 두려움을 읽었다는 걸 알 수 있었다. 그가 뭘 두려워하고 뭘 무서워하는지 밑바닥까지 관통하는 눈빛이었다.

그녀는 안 그래도 뤼미에르라는 이름을 두려워하지 않는 유일한 귀족인 쟌스테인의 딸이었다. 만약 그녀가 이대로 살아서 자기 말처럼 여백작으로 성장해 버린다면 앞으로 어찌 될지 상상조차 할 수 없었다.

'마녀였어. 어둠의 여군주! 분명 오늘을 기억하고 날 죽일 거야. 이보다 더한 굴욕을 주며 날 짓누르고 으깨고, 가지고 놀다가 죽일 거야.'

손톱으로 긁힌 그의 이마와 뺨에 피가 흘렀다.

'그 전에 죽여야 돼. 내가 먼저 죽여 버려야 돼!'

쟈크는 어느 순간 칼을 들고 라틸다의 방으로 달려가고 있었다. 여전히 한쪽 엄지를 입에 물고 있었지만, 그는 의식하지 못했다.

쟈크가 라틸다의 방에 도착했을 때는 이미 그녀가 보이지 않았다. 그는 열린 창문을 내려다보았다. 라틸다가 어떤 남자의 손을 잡고 정원을 빠져나가는 모습이 보였다. 쟈크는 경비병을 부르려다 입을 다물었다.

'여기서 라틸다를 붙잡으면 다시 그녀의 경멸하는 눈빛과 마주하게 될 거야. 그리고 라틸다는 오늘 밤 벌어진 일을 바딩에게 말하겠지. 아버지에게 말할 수도 있고.'

쟈크는 창문 너머로 두 사람의 도주로를 살폈다. 그때 라틸다를 데리고 가는 남자가 창을 던져 경비병 하나를 날려버렸다. 놀란 경비병들은 수풀에 몸을 숨겼다. 얼굴에 창이 꽂힌 경비병이 꿈틀대고 있었으나 아무도 달려가 동료의 생사를 살피지 못했다. 창 한 자루는 단순히 사람 한 명을 죽인 게 아니라, 모두를 얼어붙게 만들었다.

'저놈은 뭐지? 여기까지 따라온 덴모주의 병사인가?'

쟈크는 엄지손톱을 잘근잘근 깨물었다. 그리고 머리를 굴렸다.

'경비를 부르면 안 돼. 라틸다가 달아났다는 사실을 알면 아무리 서쪽에 불이 났다고 해도 바딩이 달려올 거야. 그리고 녀석은 그놈의 기사도인지 뭔지 때문에 절대로 라틸다를 죽이지 않겠지. 그렇게 되면 저년은 내 잘못이라고 고자질할 거고, 바딩은 당연히 저년 편을 들 거야.'

쟈크는 이내 엄지손가락을 입에서 빼고 1층으로 달려가며 소리쳤다.

"누구 없느냐?"

집사와 하녀 둘, 그리고 저택의 경비 대장이 달려왔다. 녀석도 방금 보고를 들었는지 어느새 무기를 갖추고 있었다. 아직 허리띠를 묶지 못해 허둥댔지만 손 하나는 빠른 녀석이었다. 무엇보다 그는 쟈크가 명령한다면 바딩을 암살할 수 있을 정도로 충실한 수하였다.

"활을 쓸 줄 아는 자들을 최대한 모아라."

쟈크의 즉흥적이고 급한 성격을 아는 경비대장은 즉각 대답했지만 얼굴에 의문이 가득했다. 쟈크는 그 전에 아무것도 묻지 말라는 단호한 어조로 말했다.

"설명은 나중에 하지. 내가 직접 지휘하겠다."

라틸다와 로일은 저택을 한참 벗어나 레앙의 시내로 접어들었다.

시내 한가운데 들어서서는 그리 조심할 것도 없었다. 사람들이 모두 불 난 곳으로 몰려가, 화재가 없는 곳은 조용했다. 경비병들도 쫓아오지 않았다.

아직 동이 트지 않은 새벽이었으나 멀리서 타오르는 불길 덕분에 주변은 그다지 어둡지 않았다. 오히려 등 뒤에서 일렁이는 붉은 빛이 점점 강해지며 그들이 달려가는 동쪽 길을 밝혀 주고 있었다.

"아!"

라틸다는 주위를 돌아보다가 흠칫 놀라며 걸음을 늦추었다. 로일은 그녀가 지친 거라고 생각하고 같이 속력을 줄였다.

"따라오는 것 같지는 않군요. 조금 천천히 가도 될 것 같습니다."

라틸다는 로일의 말을 귀담아듣지 않고, 지금까지 달려온 시내의 골목을 돌아보고 있었다. 로일은 그녀를 안심시켰다.

"저기로 가면 제가 숨어들어 왔던 하수도가 나와요. 거기까지만 가면 추적을 완전히 따돌릴 수 있을 거예요."

라틸다는 시선을 돌려 하늘을 보았다가 다시 걸어가야 할 방향을 보았다. 그리고 마지막으로 불타오르고 있는 레앙의 서쪽을 바라보았다.

"라틸다?"

로일은 손을 끌어도 따라오지 않는 라틸다를 불렀다.

"똑같아……."

그 말을 내뱉는 라틸다의 목소리가 떨리고 있었다.

"똑같아…… 똑같아요, 로일. 맙소사, 이럴 수는 없어……."

"왜 그래요? 뭐가 똑같다는 거예요?"

라틸다는 들릴 듯 말 듯 작은 목소리로 중얼거리며 서쪽을 가리켰다.

"불타고 있어. 꿈이랑 똑같이……."

당연하겠지만 레앙이 불타고 있다는 소식이 아직 서쪽 지역까지 전달되지 않은 덕에 두 사람이 서 있는 자리는 아직 조용했다.

"악몽의 도입부야. 불이 났는데도 조용한 거리!"

라틸다는 이해할 수 없는 말을 했다.

"로일, 내가 말했던 그 악몽이 시작되고 있어요. 아아…… 이게 대체 어떻게 된 일이죠? 로일, 나 지금 자고 있는 건가요? 이제 악몽이 현실로 파고들어 로일까지 끌어들인 건가요?"

라틸다는 또 한 번 공포에 사로잡혀 어둠 속으로 끌려 내려가고 있었다. 로일은 그녀의 어깨를 잡았다.

"라틸다, 이건 꿈이 아닙니다."

"아니에요, 이건 악몽이에요. 이건 정해져 있는 순서예요. 여긴 악몽을 꾸었던 그 도시 한가운데였어요. 아아, 왜 몰랐을까? 그 악몽의 도시가 레앙이라는 걸 진작 알았어야 했는데……."

라틸다는 그대로 주저앉아 어린 소녀처럼 울었다.

"이제 곧 검은 기사의 말발굽 소리가 들릴 거예요. 나는 달아나겠지만, 금방 잡힐 테죠. 그리고 하얀 빛에 맞아 죽을 거예요. 이제 알겠어요. 그건 단순한 꿈이 아니었어요. 예지였어요."

"일어나요. 라틸다. 이건 꿈이 아닙니다."

라틸다는 듣지 않았다. 로일은 강한 어조로 소리쳤다.

"아니, 설사 꿈이라도 상관없습니다. 지금까지 그 꿈속에 제가 있었습니까? 당신이 검은 기사에게 쫓겨 다닐 때 도와주는 사람이 있었습니까?"

"하, 하지만…… 악몽 속의 기사는 아, 아무도 이길 수 없어요. 그건…… 세상 저편에서 기어 올라온 악마…… 라고요."

라틸다는 흐느끼며 말했다.

로일은 얼굴을 바짝 들이대고 말했다.

"상대가 누구든……."

로일은 태어나 이렇게까지 투지가 타오른 건 처음이었다.

"……하얀 늑대의 이빨을 보고 살아남을 수 있는 건 하얀 늑대뿐입니다."

로일은 라틸다의 어깨를 잡아 강제로 일으켰다.

"라틸다, 아까도 말했지요? 당신이 살고자 하는 의지만 있다면 전 절대 당신이 죽게 내버려 두지 않습니다."

라틸다는 떨리는 입술로 입을 열었다.

"그래요."

라틸다는 두 손을 내밀어 로일의 얼굴을 쓰다듬었다.

"내 꿈속의 하얀 늑대. 그게 당신이었군요."

말발굽 소리가 들렸다. 그것은 어디에서 들려온다고 할 수 없을 정도로 여러 곳에서 중첩되어 울렸다. 라틸다는 흠칫 놀라며 로일에게 매달렸다. 로일은 칼을 꺼내 어둠 속을 겨냥했다.

로일은 청각에 집중했다. 소리는 점점 가까워지며, 주변이 더 깊은 어둠에 잠기기 시작했다. 그것은 단순한 눈의 착각이 아니었다. 안개처럼 실체를 가진 어둠이 둘의 발등을 덮고 있었다.

라틸다는 한겨울에 얼음물을 뒤집어쓴 사람처럼 온몸을 부들부들 떨었다. 하지만 로일의 곁을 떠나지도, 비명을 지르지도 않았다.

로일은 점점 소리가 커지는 골목 쪽으로 고개를 돌렸다. 그의 앞으로 검은 갑옷을 입은 기사가 검은 말을 타고 다가왔다.

그것은 라틸다가 그린 그림 그대로의 모습이었다. 그러나 로일 역시 그자의 모습을 보는 순간 익셀런의 기사를 떠올릴 수가 없었다.

라틸다의 표현 그대로였다. 이건 살아 있는 존재가 아니었다. 죽음의 저편에서 기어 올라온 악마였다. 그러나 로일은 그가 누군지 알 수 있었다.

"어째서……."

로일이 말했다.

"어째서 그런 모습으로 나타난 거요?"

·—◆—·

검은 말은 크게 날개를 한 번 펼쳤다가 로일의 앞에 멈춘 후 도로 접었다.

로일은 칼을 내민 자세로 라틸다를 등 뒤에 세웠다. 말은 위협적으로 콧김을 내뱉으며 한 걸음 더 다가왔다.

검은 기사의 입에서 알아들을 수 없는 기묘한 소리가 새 나왔다. 곧 그것은 인간의 목소리로 변했다.

"물러나라."

조용한 집들의 벽을 타고 울린 그의 목소리는 귀를 찢는 듯 날카로웠다.

"당신이 물러나시오. 그 모습으로 라틸다를 데려갈 수는 없소."

로일은 차갑게 대꾸했다. 라틸다는 두 남자의 대화를 듣기만 했다.

'로일은 이 검은 기사의 정체를 알고 있어!'

라틸다는 한 걸음 앞으로 다가갔다. 그러자 로일이 손을 내밀어 그녀를 저지했다.

"안돼요, 라틸다!"

마치 로일이 방해라도 된다는 듯 검은 기사가 커다란 손을 내밀었다. 그러자 주위의 어둠이 그의 손바닥 앞으로 밀집되기 시작했다.

로일은 갑자기 옆으로 뛰었다. 검은 기사와 라틸다 사이에서 벽이 되어 주었던 로일이 사라져버렸다. 검은 기사의 손이 로일을 따라갔다.

라틸다는 둘 사이에 무슨 싸움이 벌어졌는지 알 수 없었다. 어둠 속에서 너무 빨리 벌어진 일이었다.

로일의 칼이 허공을 날아 바닥에 떨어졌다. 로일은 뒤로 한참을 나가떨어져 둔탁한 소리를 내며 굴렀다. 그리고 일어나지 못했다.

검은 말이 라틸다를 향해 한 걸음 더 가까이 다가왔다. 의외로 라틸다는 검은 기사를 똑바로 올려다볼 수 있었다. 꿈속에서는 말발굽 소리를 듣는 것만으로도 두려워 사시나무처럼 몸을 떨었지만 지금은 떨리지 않았다.

"그렇군요."

라틸다는 허탈한 목소리로 말을 이었다.

"제가 이곳에 잡혀 있다는 것을 알면, 가장 먼저 달려올 사람은 로일이 아니었어요."

덴모주의 마을 사람들이 자신을 여신처럼 떠받들 때면 환각 속에서 열에 들뜬 라틸다의 눈에는 모든 것이 아름답게만 보였다. 하지만 스쿨라의 효력이 다 하고 환각이 사라진 후엔 곧 자신의 주위를 감싸고 있는 것이 뭔지 보였다.

그것은 죽음을 머금은 검은 연기였다.

검은 기사를 에워싼 검은 연기가 사라지고 난 자리에는 아버지가 서 있었다. 죽어가던 아버지를 젊은 시절처럼 살려 버린 힘. 검은 기사의 모습으로 동굴 한가운데에 서 있던 아버지의 모습. 그것이 바로 악몽의 정체였다.

그때부터 라틸다는 악몽을 꿨다.

악몽 속 검은 기사는 아버지였다.

검은 기사는 손을 내밀었다. 해치기 위한 손길이 아니었다. 말은 하지 않았으나, 무슨 말을 하고 싶은 건지 그녀는 알고 있었다.

'가자, 라틸다.'

라틸다는 손을 조금 내밀었다가 도로 접었다.

"아버지께서 그때 절 공격하셨군요. 그리고 전쟁의 명분을 위해 저를 제외한 모두를 희생시킨 거군요. 그 검은 기사의 탈을 쓰고 얼마나 많은 사람을 죽인 건가요?"

라틸다는 흐르는 눈물을 닦지 않았다. 로일이 말했던 물웅덩이, 그것은 라틸다가 잃어버린 것이 아니었다. 버린 것이었다. 스스로 이 진실을 외면하기 위해서 마음을 단절시킨 것이었다.

두려움이 사라지자, 라틸다는 모든 것이 슬퍼졌다.

"제 진짜 아버지는 육 년 전 병에 걸렸을 때 돌아가신 거군요. 다른 것의 힘을 빌려 살아 있는 척하지만, 당신은 아버지가 아니었어요."

그녀의 말에, 검은 기사는 공격이라도 당한 듯 흠칫 놀라며 내밀었던 손을 도로 접었다.

라틸다의 마음속에 말라 있던 웅덩이가 홍수가 난 것처럼 가득 차더니, 눈물이 되어 흘러넘쳤다.

라틸다는 울었다. 6년 동안 갇혀 있던 진짜 눈물이 쏟아졌다.

"당신은 누구예요?"

장미를 꺾어 라틸다에게 내밀던 연약하고 슬픈 미소를 지닌 아버지의 모습이 스쳐 갔다.

침대에 누워 핼쑥한 얼굴을 하고도 라틸다를 볼 때마다 사랑한다고 말했던, 죽어가는 아버지의 모습이 떠올랐다. 라틸다는 주저앉아 울부짖었다.

"우리 아빠 어디 있어요?"

라틸다의 눈물 앞에서 검은 기사는 말고삐만 잡고 움직이지 않았다. 라틸다를 둘러싼 어둠이 점점 옅어져 갔다.

라틸다는 검은 투구 너머로 슬픈 미소를 한 아버지의 얼굴을 보았다. 악몽과는 달랐다. 악몽에서처럼 무서운 일은 벌어지지 않았다. 그래서 기사의 어깨너머로 날아드는 하얀 빛을 보고도 그게 자신을 향한 거라고는 생각하지 못했다.

악몽이 예지가 되어 실현되었다는 것을 깨닫지 못했다.

빛은 라틸다의 가슴을 뚫고 들어갔다.

그것은 화살이었다.

골목과 골목 사이에 스무 명 가까운 궁수들이 소리 없이 검은 기사와 라틸다를 겨냥하고 있었다.

"라틸다!"

로일은 몸이 움직이지 않아 먼저 소리쳤다. 뼈가 부서져라 이를 악물자, 가까스로 무릎이 펴졌다. 하지만 로일이 달려들 때는 이미 화살이 시위를 떠난 뒤였다.

로일은 거의 도박이라도 하는 심정으로 라틸다와 궁수들 사이를 막아서서 어둠 속을 날아드는 화살을 쳐냈다. 한차례 소나기처럼 화살이 지나갔다. 못 쳐낸 화살들이 너무 많았다. 설사 자신의 머리로 날아들었어도 막지 못했을 정도였다.

로일은 고개를 돌려 뒤를 살폈다. 검은 기사도 화살이 날아오는 순간 망토를 펼쳐 막아냈다. 네 개나 되는 화살이 검은 말에 박혔고 몇 개는 그의 갑옷에 튕겨 나갔다.

하지만 로일과 검은 기사라는 두 개의 방벽을 통과한 단 하나의 화살이 기어이 라틸다의 가슴에 박혔다.

로일은 놀라 눈을 돌리지 못했다. 그때 검은 기사가 말에서 내리더니 로일을 향해 손을 뻗었다. 그리고 멍청히 있는 로일의 목을 보이지 않는 힘으로 움켜잡았다. 로일은 아무 저항도 못하고 허공에 떠올라 한쪽으로 나가떨어졌다.

로일은 벽에 머리를 부딪치며 쓰러졌다. 환한 빛이 보였다. 그는 다시 한 번 움직일 수가 없게 되었다.

"화재를 낸 곳 반대편일 거라 생각했지."

누군가 말했다. 로일이 모르는 얼굴이었다. 그의 주변에 있는 궁수들이 화살을 재장전하고 검은 기사를 겨냥했다. 그 남자의 목소리에는 힘이 넘쳤다.

"저년이 먼저 죽을 짓을 한 거야. 감히 쟈크 덴 뤼미에르, 레앙의 후계자인 내게 그런 모욕을 주다니!"

쟈크는 검은 기사를 향해 손을 내밀었다.

"그리고 네 놈의 소문도 많이 들었지. 이곳에서 너까지 해치우면 내 업적은 이루 말할 수 없이 높아지리라. 쏴라!"

궁수들은 일제히 시위를 놓았다. 화살이 검은 기사를 향해 쏟아졌다.

화살이 갑옷에 박히거나 튕겨 나갔다. 그게 다였다. 아무 일도 벌어지지 않았다.

이번엔 검은 기사가 손을 내밀었다. 다음 순간 쟈크는 자기 눈을 움켜쥐고 비명을 질렀다.

차분히 가라앉은 새벽 공기가 들끓으며 검은 기사의 망토가 펄럭였다. 병사들이 들고 있는 횃불이 동시에 꺼졌다. 다음 화살을 재던 궁수들도 일제히 자신의 눈을 움켜쥐고 소리를 내지르며 시위를 당기던 손을 놓아버렸다. 다시 한 번 스무 개에 가까운 화살들이 아무 방향으로나 쏟아졌고, 일부는 다시 라틸다와 검은 기사 쪽으로 날아왔다. 그러나 이번에는 검은 기사에게 닿지도 못하고 바닥에 떨어졌다.

검은 기사가 말했다.

"내가 네 아비를 살려두었던 것은 오직 녀석을 내 밑에 두어 활용하기 위해서였다."

실타래에서 풀려나가는 실처럼 가늘게 뿜어져 나가는 검은 연기가 병사들을 모조리 하나로 묶었다. 병사들은 저항했지만, 손에 잡히지도 않는 연기를 상대로는 아무것도 할 수 없었다.

검은 기사는 쟈크 만큼은 자기 쪽으로 끌어당겼다. 검은 기사는 그의 얼굴을 한 손에 잡고 용암이 끓어오르는 듯한 목소리로 말했다.

"내 실수였노라."

검은 기사는 쟈크의 머리를 움켜쥐었다. 쟈크의 머리가 산산이 조각 났다. 뒤이어 검은 연기에 묶인 다른 병사들 역시 팔다리가 으스러지며 허공에서 부서졌다. 그 자리에는 방금 도축을 마친 고깃덩어리 같은 살점만 굴러다녔다.

검은 기사는 돌아서서 라틸다에게 다가가 한쪽 무릎을 꿇고 앉았다. 심장 고동에 맞춰 라틸다의 가슴에 박힌 화살이 고동치고 있었다.

로일은 천천히 자리에서 일어났다. 겨우 균형 감각이 잡혀 일어날 수 있는 수준에 불과했지만 계속 쓰러져 있을 수만은 없었다.

"걱정하지 마라, 라틸다. 너는 죽지 않을 것이다. 나의 힘으로⋯⋯."

검은 기사가 말하며 화살을 뽑으려 했다. 하지만 라틸다가 손을 내밀어 검은 기사의 철 장갑을 잡았다.

라틸다는 작은 손으로 검은 기사의 차가운 장갑을 어루만지며 미소 지었다.

"모, 모든 것이⋯⋯."

라틸다가 말했다.

"……나의 뜻대로 되게 하라."

검은 기사는 순간 손을 멈췄다. 로일도 그녀의 목소리를 듣고 걸음을 멈췄다.

라틸다는 검은 기사의 품에서 천천히 눈을 감으며 말을 이었다.

"나를…… 이대로…… 죽게 하라."

그리고 그녀는 숨을 멈췄다. 박동하던 화살도 멈췄다. 가슴을 타고 흐르는 피가 천천히 등을 받친 검은 기사의 팔을 물들였다.

검은 기사는 한동안 그렇게 있었다. 표정을 읽을 수 없는 투구에서조차 한없는 상실감이 묻어나고 있었다. 산이라도 부서뜨릴 것 같았던 육중한 몸이었건만 라틸다를 안아 올리는 검은 기사의 몸은 약해 보였고 곧 쓰러질 것 같았다.

"라틸다."

로일은 검은 기사의 등 뒤로 다가가며 그녀의 이름을 불렀다. 라틸다는 대답하지 않았다.

"내려놓으시오."

로일은 검은 기사를 향해 말했다.

"라틸다를 내려놓으시오."

검은 기사는 반복된 로일의 명령에도 돌아보지 않았다.

"날 죽일 수 있다면 죽여라. 허나 네 힘으로는 날 죽일 수 없다."

검은 기사는 차갑고 무서운 목소리로 말을 이었다.

"또한 그런다고 뭐가 달라지겠는가? 너나 나나 이 아이를 지키지 못했다. 모든 것이 이 아이를 위한 일이었는데, 아무 소용이 없게 됐구나."

로일은 칼을 늘어뜨리고 물었다.

"라틸다를 어찌할 셈이오?"

"너라면 어찌하겠느냐?"

검은 기사는 대답할 수 없는 질문을 남겼다. 그리고 라틸다를 품에 안고 말 위에 올랐다.

"노르만트로 가라, 로일."

그리고 여전히 영문을 알 수 없는 말을 남겼다.

"하얀 늑대들이 아니면 막을 수 없는 일이 벌어질 것이다."

검은 말은 힘차게 날개를 펴더니 몇 미터 높이의 지붕 위로 뛰어 올라갔다. 검은 기사는 죽은 라틸다의 붉은 머리를 한 번 쓰다듬었다. 검은 말은 맹수처럼 크게 포효하고, 하늘로 날아올랐다.

검은 기사의 모습은 어두운 밤하늘에 녹아들어 금방 사라졌다.

◆ Chapter 36 ◆

바딩

바딩이 현장에 도착한 건 화재가 진압되고 아침 해가 뜰 무렵이었다. 이상한 물체가 레앙 동쪽 하늘을 날아가는 것을 본 직후, 바딩은 즉시 저택에서 온 병사 하나를 붙잡고 물었다.

"레이디 라틸다는 어찌 되었나?"

"그 말씀을 드리러 왔습니다."

병사는 혼날 준비를 덜 마친 어린아이처럼 말하길 망설였다.

"탈출했습니다. 그리고 남작께서 직접 병사들을 이끌고 출동하셨습니다."

"누가 탈출했다고?"

불을 끄느라 정신없던 마음이 수습되기도 전이라, 바딩은 머리가 지끈거렸다.

"어떻게? 경비병들은 뭘 하고?"

바딩의 머릿속에 라틸다가 '난 이제 떠날 거야.'라며 나서자 경비병들이 '네, 그러십시오.'하고 길을 열어주는 장면이 그려졌다.

"듣기로는 누군가 같이 있었다고 합니다. 그자의 칼에 경비병들이 여럿 죽었다고 합니다."

바딩은 생각할 시간을 더 갖지 못하고 일단 움직였다.

"백작님께 가서 화재를 진압했다고 전해드려라. 아직도 화재의 이유는 모르겠다고 하고. 굳이 이유를 물으면 마법으로 보인다고 해라."

"예? 정말 그렇게요?"

병사는 바딩이 농담이라도 한 줄 알고 되물었다.

'집 다섯 채가 통째로 무너지고 근처가 쑥대밭이 됐어! 목격자 한 명 없이! 너라면 뭐라고 설명할 거냐?'

바딩은 그렇게 쏘아붙이려다 말고 짧게 명령했다.

"그냥 그렇게 전해."

"네. 알겠습니다."

병사는 저택 쪽으로 말을 몰았다. 바딩은 비앙을 포함한 수하 기사 세 명을 대동하고 레앙의 동쪽으로 말을 달렸다.

바딩은 현장에 도착했을 때 지나치게 조용하다는 것에 놀랐다. 산산조각 난 시체 스무 구가 사방에 널려 있었는데도, 누구 하나 내다보지 않고 있었다. 보통은 나와서 구경을 하든 비명을 지르든 해야 할 텐데, 너무도 조용한 것이 아예 비어 있는 마을 같았다.

찢어진 갑옷과 조각 난 활의 파편 등으로 미루어 시체들은 저택의 경비병들임이 틀림없었다. 아까 보고한 병사의 말을 종합해보면 이 시체들 중 하나는 쟈크였다. 그러나 바딩은 굳이 확인하지 않았다. 확인할 수도 없었다.

"생존자가 있나 살펴라. 레이디 라틸다의 시체나…… 옷 조각이라도 있나 찾아보도록."

바딩은 수많은 전투 현장을 지켜보았으나, 이런 광경은 본 적이 없었다. 굳이 비슷한 광경을 떠올려보자면 용병 시절 봤던 마법사가 낀 전투에서였다. 그때 최고라고 칭송받던 기사들도 마법사의 지팡이 앞에서는 파도 앞의 모래성일 따름이었다. 수십 년 동안 갈고 닦은 검술도 마법 앞에서는 의미가 없었다.

아무리 전투에 무지한 쟈크가 이끌었다고는 하나 활잡이가 스무 명이었다. 더군다나 상대는 라틸다라는 짐을 안고 있었다. 그런데도 역으로 이렇게 당했다면 이건 마법사의 소행이라고밖에 볼 수 없었다.

"캡틴 바딩, 여기 생존자가 있습니다."

비앙이 발견하고 소리쳤다.

"생존자의 신원은?"

바딩은 그쪽으로 다가가며 물었다. 비앙이 가리킨 남자는 벽에 등을 기대고 고개를 숙이고 있었다.

"우리 측 병사가 아닙니다."

비앙은 신중하게 칼을 꺼내 남자를 겨누고 있었다. 남자는 칼날이 목에 닿아있는데도 움직일 줄을 몰랐다.

비앙이 칼로 그의 어깨를 툭툭 쳤다.

"고개를 들고, 누군지 밝혀라."

죽은 것도 아니고, 기절해 있는 것도 아니고, 살아있는 것 같지도 않았다. 곧 멍한 시선으로 남자가 고개를 들었다. 바딩은 즉시 그의 정체를 알아보았다.

"라틸다의 마부군."

남자는 시선만 옮겨 바딩을 바라보았다.

"난 마부가 아니다."

"그럼 경호원쯤 되나? 아무래도 상관없다. 네가 이 모든 일을 저지른 마법사는 아닌 줄로 안다. 누구 짓이냐?"

그 남자는 눈을 깜박이며 하늘만 보다가 몸을 일으켰다. 비앙은 즉시 칼을 그의 목에 들이댔다. 그러나 그 남자는 천천히 일어나 먼지를 털기만 했다. 출혈이 있었는지 어깨와 허벅지의 상처를 묶은 헝겊이 보였다. 일어날 때도 다리를 꽉 움켜쥐었으나 입으로 고통을 표현하지는 않았다. 바딩은 칼을 바닥에 늘어뜨리고 물었다.

"레이디 라틸다는?"

"죽었다."

무미건조한 대답이었지만 바딩은 샤이필드 공작의 죽음을 접했을 때처럼 놀랐다. 수습 안 되는 충격에 빠지지 않은 것은 참으로 다행이었다. 바딩은 자신과 아무 연관성 없는 사람의 죽음을 접한 사람처럼 짧게 물었다.

"누가 죽였나?"

"저기 죽어 있는 녀석들이. 활로."

"그럼 내 부하들을 저 꼴로 만든 네 쪽 마법사는 누구냐?"

"마법사 따윈 없다. 라틸다를 구하러 온 또 다른……."

그는 바딩이 생각하는 마법사를 뭐라고 지칭할지 혼란스러워하는 것 같았다.

"같이 가줘야겠다. 묻고 싶은 게 많군."

"그럴 시간 없다. 난 가야 할 곳이 있다."

"어딜 가겠다는 거냐?"

바딩은 습관처럼 물었다. 남자는 바딩의 질문에 혼란스러워하며 말했다.

"어디로 가야 하지? 노르만트?"

그는 고개를 저으며 혼자 중얼거렸다.

"아니면 라틸다의 안식을 확인하러 덴모주로 돌아가야 하나?"

그는 해답을 내리지 못하고 고개를 저으며 앞으로 걸었다. 그러자 비앙이 목에 댄 칼을 거칠게 들어 올리며 말했다.

"이놈, 캡틴께서 말씀하시는데……."

순간 그의 손이 어디에서 어디로 움직였는지 모를 정도로 빠르게 교차했다. 비앙이 겨누고 있던 칼이 어느새 그 남자의 손에 들어가 있었고, 곧 비앙을 겨누고 있었다.

비앙은 놀라 손을 들고 물러섰다. 하지만 남자는 무관심한 표정으로 비앙의 칼을 등 뒤로 던져버렸다.

비앙은 상대가 무기를 버렸음에도 여전히 위협 당하고 있는 것처럼 움직이지 못했다. 남자는 어수선하게 고개를 여기저기로 돌리며 뭔가를 찾았다. 그리고 바닥에서 칼을 한 자루 집어 들었다. 그저 들기만 할 뿐, 위협적인 행동은 없었다. 술에서 깬 취객이 자기 보따리를 챙기는 꼴로 보였다.

바딩은 손을 들어 남자를 향해 달려들려는 부하들을 저지했다. 굳이 부하들을 써서 놈의 역량을 확인할 필요가 없었다.

'라틸다가 아무리 검을 볼 줄 모르는 여자라 할지라도 어설픈 실력자를 경호기사로 쓸 리가 없지. 왜 내가 그걸 몰랐을까?'

바딩은 칼을 들고 직접 그의 앞길을 막았다.

"보내줄 수 없다."

"할 얘기는 끝났다. 난 가야 한다."

남자는 부탁하는 어조로 말했다. 하지만 바딩은 거부했다.

"보내줄 수 없다."

"비켜라."

남자는 무섭게 노려보며 말했다.

바딩은 칼을 내밀었다.

"비키게 해 봐라."

말이 끝나자마자, 남자의 칼이 바딩의 목으로 날아들었다.

바딩은 세상 모든 검술은 다 봤다고 생각했다. 그러나 그 칼을 막는 순간, 바딩은 아직 봐야 할 검술이 더 있다는 것을 깨달았다.

딱 한 번 자신이 이길 수 없겠구나 싶었던 기사가 있었다. 익셀런 기사단의 한 어린 녀석이었다. 바딩은 그를 상대로 도전할 의욕조차 내지 못했다. 비슷한 나이에 비슷한 체격이었지만 녀석의 엄청난 힘 앞에서 바딩은 칼을 뽑지도 못했다.

'어떠냐, 얘야? 여기서 싸울 만한 놈이 있느냐?'

그 익셀런 기사의 대장으로 보이는 남자가 말했다. 캡틴 웰치는 아니었다. 그 남자의 이름은 빅터였다. 그가 그 어린놈의 스승으로 보였다. 아들이나 동생일지도 몰랐다. 놈은 바딩을 휙 돌아보며 말했다.

'없습니다.'

바딩은 그의 말에 아무 대꾸도 하지 못했다. 익셀런 기사단 중에서 아는 이름이라고는 웰치밖에 없는 바딩은 끝내 두 남자의 정체를 알아내지 못했다. 빅터라는 기사가 익셀런 기사단 중에서 어떤 위치를 차지하고 있는지, 빅터가 데리고 있던 어린 기사가 누구였는지도 끝내 알아내지 못했다. 오직 하나, 그 두 사람의 소속만 알았다.

익셀런 제1기사단.

바딩은 그 이후로 줄곧 두 사람을 만난 그 날을 잊지 못했다.

'내 이름은 바딩이다. 카모르트 땅에서 나 바딩을 이길 자는 존재하지 않는다.'

그날 그 말을 두 사람에게 하지 못했던 것이 십 년 동안 마음의 응어리로 남아 있었다. 하지만 이제는 아니었다. 만약 그때 그 녀석이 성장하여 그때보다 더욱 강한 힘을 보인다 해도 바딩은 그 말을 할 수 있었다. 그렇게 생각했다. 하지만 라틸다의 마부였던 이 남자의 칼을 받아내는 순간, 그 자신감이 또 한 번 꺾였다.

'어찌 내 위에 설 자가 이토록 많은 것이냐?'

바딩은 그의 칼을 밀어내고 검을 횡으로 그었다. 상대는 물러나며 칼을 휘둘렀고 바딩은 뒤로 고개를 젖히며 피했다.

바딩은 잠깐 거리를 둔 상태에서 목을 짚었다. 옅게 피가 배어 나왔다. 첫 번째 공격은 칼이 부러질 정도로 강렬했다. 엄청난 공격, 십 년 전 자신의 자신감을 모두 꺾어 버렸던 그 어린 녀석의 검술 같았다. 그러나 정작 자신의 목숨을 거의 빼앗을 뻔했던 것은 별거 아닌 듯 휘둘렀던 두 번째 공격이었다. 소름이 끼칠 정도로 매끄러운 공격이었다.

놈은 뒤로 한 걸음 물러났다가 다시 되돌아와 칼을 휘둘렀다. 바딩은 피하면서 반격했으나, 반격은 실패했고 오히려 뺨이 서걱 하고 베였다.

"캡틴!"

바딩의 옆으로 비앙이 섰다.

"지금은 결투를 할 때가 아니라, 범죄자를 체포해야 할 시점입니다."

충성스러운 그의 부하들도 나섰다.

"돕겠습니다, 캡틴."

바딩은 잠깐 상대를 바라보며 숨을 골랐다. 상대는 바딩이 편을 짜서 달려들어도 상관없다는 듯 기다려주고 있었다.

'신이 내게 다시 한 번 기회를 내려주셨군.'

바딩은 묘한 흥분에 사로잡혔다.

"비앙. 내가 전에 말한 적 있지? 언제고 최고의 검사를 만나 최고의 시합을 한 후 죽는 게 내 소원이라고."

비앙은 무슨 명청한 소리냐는 듯 말했다.

"캡틴, 아무리 그게 소원이라고 해도 지금은 그때가 아닙니다."

"그럼 그때가 어느 때냐? 인생의 정점은 지나간 후에야 깨닫는 법! 그런데 난 얼마나 운이 좋으냐? 그 순간을 바로 그 시점에 깨닫다니! 난 지금 이 순간을 놓칠 수 없다!"

"그, 그렇다고는 해도 저자가 최고라는 건 말도 안 됩니다. 저런 허술한······."

"최고의 검사라는 게 어디 마법의 검을 쥐고 수염을 가슴까지 기르고 있다고 하더냐?"

바딩은 이제 두려움도 잊고 희열을 느끼고 있었다. 그는 우렁차게 소리쳤다.

"나의 부하들을 납득시키기 위한 질문이다. 이 싸움이 끝나면 내가 죽더라도 그대를 최고의 예우로서 보내주겠다. 그걸 약속하기 위해 묻는다. 그대는 누구인가? 전쟁터에서 떨어져 나온 용병이라 하여도 좋다. 이름 모를 작은 가문의 기사라 하여도 좋다. 솔직하게만 대답해 달라."

바딩은 즐거운 마음으로 대답을 기다리며 한 번 더 큰 소리로 물었다.

"나는 샤이필드 공작의 흑기사이며, 카모르트 최고의 검사인 바딩이다. 그대는 누구인가?"

"나는……."

남자는 짧은 침묵 후에 대답했다.

"나는 아란티아 울프 기사단의 하얀 늑대다. 그것까지밖에 말해줄 수 없다."

비앙을 비롯한 검은 사자의 기사들은 기겁하며 놀랐으나, 바딩은 그럴 줄 알았다는 듯 미소 지었다.

"그 캡틴이 가짜일 거라고는 생각했지. 이제야 다 알겠군. 여기 진짜 하얀 늑대들의 캡틴이 있었어. 그렇지 않나, 캡틴 울프?"

"캡틴의 자리를 벗어난 지 오래다. 나를 그 호칭으로 부르지 마라."

남자는 씁쓸한 어조로 말했다. 바딩은 고개를 끄덕였다.

"알았다. 내 그 마음 알지. 이름이 무슨 소용 있겠나? 이 싸움에 서로의 이름값 같은 건 필요 없다."

바딩은 모두에게 명령했다.

"다들 들어라. 나 혼자 싸우겠다. 나서지 마라. 기사 간의 정식 결투다. 그러니 내가 지더라도 저자를 공격하지 마라. 그리고 비앙."

그는 비앙을 따로 불러 속삭였다.

"약속을 잊지 마라. 만약 내가 죽거든…… 약속대로 해주겠지?"

비앙은 화난 어조로 대꾸했다.

"싸움에나 집중하십시오."

"고맙다, 비앙."

인사를 끝낸 바딩은 긴 시간을 뜸 들이지 않고 곧장 남자를 공격했다. 그자는 검을 피하고 막는 데 주력하다가 곧 반격에 나섰다. 그러나 바딩은 순식간에 그것들을 막고 칼을 내밀었다. 묵직한 검이 오고 가고, 칼날이 닿을 때마다 불꽃이 튀었다.

"잠깐 기다려라."

바딩은 갑자기 싸우다 멈추고, 가슴을 보호하는 갑옷을 던져 버렸다. 그리고 자세를 달리하더니 아까와는 비교도 할 수 없을 정도로 빠른 속력으로 돌격했다.

둘의 칼날이 부딪치는 속도는 더욱 빨라졌다. 칼날이 춤을 추었고, 둘이 밟고 지나가는 자리마다 부서진 돌 조각들이 사방으로 튀었다. 가라앉은 새벽의 공기가 크게 흔들렸다. 그러나 언제 반격이 튀어나올지 모르는 하얀 늑대의 빠른 검을 상대로 바딩의 집중력은 오래 가지 못했다. 정신적으로 지쳐버린 바딩이 성급하게 승부를 내려고 양손에 쥔 칼을 휘두르려는 것을 울프의 기사는 놓치지 않았다. 손목을 얻어맞은 바딩은 칼을 놓쳤다.

그는 바딩의 목에 칼을 겨냥했고, 바딩은 두 손을 늘어뜨렸다. 그러나 아직도 눈빛만은 형형하게 살아서 울프의 기사를 올려다보았다. 그는 그 순간 바딩을 얼마든지 죽일 수 있었으나 그렇게 하지 않았다. 울프의 기사는 뒤로 물러나며 말했다.

"최선을 다하지 못했다. 다시 한다."

"봐줄 필요 없다."

바딩은 화난 목소리로 말했다. 그러자 그 남자 역시 화가 난 목소리로 대꾸했다.

"네 놈이 이 정도 공격에 죽으면 하얀 늑대의 실력이 고작 이 정도라고 생각할 것 아닌가? 다시 칼을 들어라. 너도 이 정도가 한계가 아닐 것이다."

바딩은 웃음을 터트렸다.

"그거 고맙군. 이제 새벽에 몸이 덜 풀려서 졌다는 변명도 못 하겠어."

다시 둘의 칼이 어둠 속에서 어우러졌다. 둘의 공격은 단 한 번도 허투루 날아가는 경우가 없었다.

모든 공격이 상대의 허점을 노렸다.

모든 공격이 눈에 보이지 않을 정도로 빨랐다.

그걸 지켜보고 있는 비앙은 이 위대한 두 기사 간의 엄청난 결투가 고작 세 명의 목격자를 두고 일어난다는 것이 안타깝기 그지없었다. 비앙은 저도 모르게 눈물을 흘렸다. 그러나 단 한 순간도 놓치지 않기 위해 눈 한 번 깜빡이지 않았다. 그리고 승부는 한순간에 벌어졌다.

하얀 늑대의 칼날이 바딩의 배를 뚫고 나왔다. 바딩은 칼을 떨어뜨리고 무릎을 꿇었다.

차가운 새벽 공기는 다시 가라앉았다. 울프의 기사는 바딩의 배를 뚫은 칼을 놓고 뒤로 물러났다. 싸움은 끝났고 침묵은 오래갔다.

칼에 찔린 바딩이 먼저 입을 열었다.

"내 말을 타고 나의 이름을 빌려라. 레앙을 빠져나갈 때까지 누구도 막지 않을 것이다."

바딩은 배에 꽂힌 칼끝을 잡고 자기 힘으로 뽑아냈다. 입에서 가는 신음이 터져 나왔으나, 그걸로 끝이었다. 바딩은 짧은 신음으로 고통을 표하고 자신의 피가 묻은 칼을 상대에게 선물처럼 내주었다.

"보기에 어땠나, 나의 검술이?"

바딩이 물었다.

"손톱 한 마디가 모자랐다."

울프의 기사가 대답했다.

"그게 어느 정도인지 모르겠군."

바딩은 빙그레 웃었다. 울프의 기사는 여전히 무뚝뚝하게 대꾸했다.

"나도 잘 모르겠다."

"뭐, 아무렴 어떤가? 이제 됐다. 떠나라, 울프의 기사여."

그는 바딩에게 고개를 끄덕여 보이고 뒤로 물러섰다. 그리고 카모르트에서 가장 빠르다는 바딩의 검은 말에 올라탔다. 처음에는 낯선 남자의 명령을 듣지 않던 말은, 바딩의 부드러운 명령에 금방 진정했다.

하얀 늑대를 태운 말은 천천히 성문을 향해 걸어갔다. 바딩은 쓸쓸히 그 뒷모습을 바라보다가 뒤로 쓰러졌다. 비앙이 달려왔다.

"캡틴 바딩!"

바딩은 자기 주위를 둘러싸며 무릎 꿇은 부하들을 올려다보았다.

"비앙, 너무 감상적인 유언이 아니라면 부탁 하나 하겠다. 살아 계실 때 지켜드리지 못한 죄를 죽어서 지킬 수 있겠냐마는, 샤이필드 공작을 화장하여 재를 뿌린 호수에 나의 재를 뿌려다오."

"예, 캡틴 바딩."

"너무 슬퍼 마라. 하얀 늑대들 중 가장 강한 이와 겨루었거늘, 어찌 후회가 있겠느냐?"

비앙은 어금니를 꽉 깨물고 말했다.

"하얀 늑대가 뭐든 간에 제 안의 진정한 기사는 오직 캡틴 바딩뿐입니다."

비앙은 칼을 꺼내 그의 앞에 무릎을 꿇었다. 다른 기사들도 모두 칼을 꺼내 바딩 앞에 무릎 꿇었다. 다시 고개를 들었을 때 바딩은 이미 숨을 거두고 난 후였다.

비앙의 숨죽인 울음이 터져 나왔다.

뤼미에르 백작이 군대를 이끌고 도착했을 때는 이미 아침이 밝았다.

처음에 백작은 살점이 널려있는 거리를 보고 기겁을 했다. 뒤늦게 그 끔찍한 현장에 자신의 둘째 아들이 섞여 있다는 말을 듣고는 더욱 놀랐다. 막내에 이어 둘째까지! 뤼미에르는 정신을 차릴 수가 없을 지경이었다. 그러나 정작 백작이 분노한 것은 바딩의 시체를 보고 난 다음이었다.

"바딩이 죽다니, 이게 대체 무슨 일이냐?"

"기사의 명예를 건 시합에서 패했습니다."

비앙은 잠긴 목소리로 말했다. 그러나 백작은 이해하지 못했다.

"누가 감히 레앙에서 바딩에게 시합을 청할 수 있단 말이냐? 그 사이 너희들은 뭘 했고?"

처음에는 울먹이던 비앙은 이내 냉정을 찾고 말했다.

"캡틴 바딩의 유언이었습니다. 저희들은 캡틴의 명령대로 시합을 지켜볼 수밖에 없었습니다."

"말도 안 되는 소리! 누구냐? 누가 바딩을 죽였느냐?"

"하얀 늑대들 중 한 명이었습니다."

"누구라 하더냐?"

"이름을 말하지는 않았습니다. 단지……."

비앙은 흥분해 있는 백작에게 둘 사이에 있었던 대화 전부를 설명할 자신이 없었다.

"캡틴 바딩은 그가 하얀 늑대들의 캡틴이라고 말했습니다."

뤼미에르 백작은 주먹을 불끈 쥐고 손을 떨었다.

"그랬군."

뒤에서 보고하러 온 이가 말했다.

"레앙에 불을 지르고 붉은 장미 백작의 딸을 납치해 간 이도 그자와 동일 인물인 것 같습니다. 그리고 쟈크 남작께서도……."

피투성이 된 시체들 중 쟈크의 시체를 찾아냈다는 소리가 들려왔다. 물론 얼굴을 보고 알아낸 것은 아니었다. 하지만 정작 백작은 그 소식이 귀에 들리지도 않았다.

"노르만트에 있어야 할 캡틴 울프가 어떻게 여기에 있단 말인가?"

뒤늦게 레앙의 외곽을 지키는 지휘관 중 하나가 다가와 대답했다.

"지금 상황에서 이런 말씀을 드려도 될지 모르겠습니다만, 지금 노르만트에는 캡틴 울프가 없습니다."

"뭐라고?"

"우리 측 첩자의 정보에 따르면 나흘쯤 전부터 캡틴 울프는 노르만트에서 모습을 감추었다고 합니다. 어제 까마귀가 편지를 보내주었습니다. 발견된 시점이 나흘이니 그 전에 이미 떠났을 수도 있습니다."

뤼미에르 백작은 분노로 가득 찬 눈길로 바딩의 시체를 내려다보다가 저택 쪽으로 걸어갔다.

"지휘관, 지금 우리 쪽 남은 군대가 얼마인가?"

"살아남은 병력 중 5천은 지금 레앙에 있고, 또 다른 5천은 현재 드마르프 평원에 재집결하고 있습니다. 캡틴 바딩께서는 이후 노르만트를 점령하는 작전을 구상 중이라 이미……."

"그렇겠지. 라틸다를 쥐고 있는 이상 바르다가 함부로 나서지 못할 때 국왕을 보호한다…… 훌륭한 작전이다."

뤼미에르는 점점 흥분해 자신의 목소리가 격해지고 있다는 사실도 깨닫지 못했다. 그래서 비앙이 조용히 그 자리를 뜨는 걸 발견하지도 못했다. 사실 관심도 없었다.

"전 병력을 노르만트로 진격시켜라."

백작의 명령에 지휘관이 깜짝 놀라 물었다.

"전 병력이라 하심은 레앙의 수비 병력까지 말입니까?"

"상관없다. 만약 역습을 당해 레앙을 빼앗긴다면 나 뤼미에르 백작의 다음 영지는 노르만트가 될 것이다."

백작은 명령에 따르지 않으면 목을 치겠다는 눈빛으로 말했다. 지휘관은 즉시 고개를 숙였다.

"예, 백작님."

모든 지휘관과 기사들, 병사들이 물러났다. 쓸쓸히 저택으로 돌아온 백작은 아무도 없는 주변에 대고 중얼거렸다.

"그래. 원래 이런 게 내 모습이었다. 아들 하나 잃었다고 쓸쓸해하는 건 검은 사자라 할 수 없지!"

끓어오르는 목소리에 거친 숨소리가 더해졌다.

"캡틴 카셀, 아란티아와 전쟁을 하는 한이 있어도 너를 내 앞에 무릎 꿇려 목을 치리라."

Chapter 37

귀환

동굴 속 의식이 완전히 끝나기까지는 몇 시간이 더 걸렸다. 희생된 여인의 피가 제단 위를 따라 흐르는 동안 긴 기도 시간이 있었다. 던멜은 모두가 다 나갈 때를 끈질기게 기다렸다. 동굴이 완전히 비고 횃불이 꺼져 완전한 어둠이 찾아오자, 비로소 던멜은 움직였다.

아직 이 동굴에 대해 풀어야 할 숙제는 남아 있었다. 그러나 던멜은 섣불리 건드리지 않기로 했다.

'지금은 아니다. 나중에 다시 오자. 나 혼자서 해결할 수 없는 문제야.'

던멜이 빈 동굴을 벗어나려 할 때 뭔가가 동굴 안으로 들어왔다. 던멜은 다시 숨어 있던 곳으로 돌아가 납작 엎드렸다.

불이 모두 꺼져서 보이는 것은 없었다. 던멜은 시각도 청각도 아닌 감각으로 동굴 안으로 들어온 사람의 움직임을 살폈다.

'누구지? 여길 정리하러 온 사람일까?'

그자는 아무것도 보이지 않는 어둠속을 마치 대낮의 광장처럼 자유로이 활보하고 있었다. 어딘지 모르게 그자에게서 익숙한 느낌을 받았다. 던멜은 얼굴도 보이지 않는 그가 누군지 기억해 내려고 안간힘을 썼다.

분명 혼자인데 혼자가 아닌 것 같은 느낌이 던멜의 감각을 방해했다. 그래서 보통은 몇 초면 충분할 것을, 몇 분의 공을 들여 상대의 정체를 알아냈다.

'붉은 장미 백작이다.'

그 순간 뭔가가 부서졌다. 귀가 들렸다면 동굴 안을 쩌렁쩌렁 울려 귀를 막아야 했을 정도의 굉음이었다. 살갗의 잔털이 모두 일어설 정도로 소름 끼치는 힘이 느껴졌다.

'바위라도 부순 건가? 무엇으로?'

갑자기 동굴 안에 불빛이 생겼다. 던멜은 반사적으로 몸을 움츠렸다. 하지만 들킨 것 같지는 않았다. 던멜은 조심스럽게 바위 뒤로 머리를 내밀었다.

쟌스테인 백작의 모습이 보였다. 붉은 수염에, 왕실의 파티장에서 검은 사자 백작을 호령하던 붉은 갑옷의 중년 남자와 정확히 일치되는 외모였는데도 던멜은 이상하게 같은 인물인지 확신이 들지 않았다.

백작의 양손에서 푸른 불꽃이 타오르고 있었다. 그가 불타오르는 손으로 벽에 매달린 횃대를 가리키자, 푸른빛이 옮겨붙었다. 그런 식으로 벽에 매달린 모든 횃대에 불이 붙었다. 음산한 푸른빛이 동굴 안을 가득 채웠다.

아까 들렸던 커다란 진동은 백작이 벽을 후려쳐서 생긴 모양이었다. 뭔지 모르지만 그는 굉장히 화가 나 있었고 또 한 번 벽을 주먹으로 치자 동굴이 무너질 것처럼 커다란 진동이 쩌렁쩌렁 울렸다. 암석에 금이 쩌억 가면서 반나절 동안 망치로 두들겨야 겨우 만들어질 구멍이 생겼다.

던멜은 맨손으로 인간이 힘을 낼 수 있는 한계점을 보아왔고 이제 자신이 거의 그 경지에 도달했다고 생각했다. 하지만 저런 건 처음 봤다.

혼자였지만 혼자가 아닌 것 같은 느낌은 백작이 안고 온 여자 때문이었다. 제물을 바치는 편평한 바위 위에 눕힌 붉은 머리카락의 여자는 백작의 딸, 라틸다였다. 푸른 불빛 아래에서 봐서 그런지 굉장히 창백해 보였다. 파티장에서 봤을 때처럼 화사한 분위기는 조금도 없었다. 시체였다.

'라틸다가 죽었구나.'

던멜은 그녀를 구하기 위해 레앙으로 떠난 로일이 먼저 걱정되었다.

붉은 장미 백작은 자신의 딸 앞에 무릎을 꿇고 눈물을 터트렸다. 그리고 일어나 서성거리다가 팔을 신경질적으로 휘두르기도 하고, 발로 바닥을 걷어차기도 했다. 그의 손길이 닿는 곳에는 뜨거운 바람이 일어났고, 발이 닿는 곳은 박살나기도 했다.

던멜은 최대한 기척을 죽이고 지켜보기만 했다. 그가 뭘 할지 지켜봐야 한다는 의무감 때문이 아니라 정말로 무서워서 움직이지 못했다.

백작은 뭔가를 고민하고 있었다. 가끔 허공에 대고 소리를 지르기도 하고 갑자기 고개를 저으며 울기도 했다. 한편으로는 서글픈 모습이기도 했다. 순수하게 딸을 잃은 아버지의 모습이라고 해도 그다지 이상할 게 없었다.

마침내 백작은 뭔가 결심하고 양팔을 펼쳤다. 삽시간에 그의 몸이 횃대에 옮겨붙은 푸른 불길처럼 타오르기 시작했다. 그리고 이내 그 불길은 검게 변했다.

내 힘을 포기한다.

갑자기 누군가의 목소리가 들렸다. 귀가 들리지 않는 던멜에게 소리가 들린다는 감각 자체가 충격이었다.

내 힘을 포기한다. 들리는가? 내 힘을 포기한다!

던멜은 이마를 짚고 비틀거리며 주저앉았다.

'이건 소리가 아니야. 머릿속에 의미 그 자체가 전달되는 거지. 내가 소리를 듣는다고 의미를 이해할 수 있을 리가 없으니까.'

던멜의 의지와 상관없이 동굴 안에서 울리는 소리는 계속 그의 머릿속으로 흘러들어왔다.

피로서 내 딸의 죽음을 막을 수 있다 하지 않았는가? 원하는 대로 했다. 필요하다면 카모르트를 모두 피로 물들일 각오로 실행했다. 그러나 내 힘이 닿지 않았다. 그러니 이 힘은 필요 없다.

백작의 목소리가 메아리치는 가운데, 제단 위로 검은 연기가 나타났다.

'리자를 제물로 바칠 때 나타났던 연기군. 대체 저건 뭐지?'

연기가 만들어낸 희미한 형상은 던멜이 알아볼 수 없는 모습이었다. 잠시 후, 또 다른 목소리가 방금 들린 목소리에게 대답했다.

포기하면, 너는 영원히 죽지 않는 위대한 육체를 버리게 되노라.

'연기가 말하고 있는 건가? 아니면 단순히 내가 즈쿨라 연기를 너무 많이 마셔서 헛것이 보이는 건가?'

백작이 그 목소리에 대꾸했다.

내가 원한 것은 내 영생이 아닌, 내 딸의 삶이었다. 6년 전 그대가 예고했던 라틸다의 죽음을 막을 힘이었다.

야비한 웃음소리가 커졌다.

무슨 소리냐, 어둠의 기사여? 죽지 않는 자들의 군주를 따르는 충실한 수하여. 충분히 막을 수 있지 않는가? 모든 것은 여군주의 뜻대로.

그래. 내 딸의 뜻대로 그리 하리라.

백작의 강한 목소리가 연기 속의 음산한 목소리를 이겨냈다.

내 힘을 포기한다. 내 목숨을 포기하겠노라. 네 계획에 동참하지 않겠다.

어떤 죽은 자도 내 뜻을 거스를 수는 없다. 지금 네가 그 힘을 포기하면 너는 한낱 차가운 고깃덩어리가 될 것이다. 네 영혼은 또 다른 희생자를 찾아 어슬렁 거릴 것이고 너보다 더한 야망을 가진 사람의 육신을 빌어 또 한 번 부활할 것이다. 끝없이 죽지 못하고 영원히 이 땅을 방황하리라.

네 힘 역시 영원하지 않을 것이다.

이번에는 백작이 웃음을 터트리더니, 거세게 말을 이었다.

나는 네놈을 파멸시킬 힘을 보았다. 나약한 나의 정신으로는 흉내조차 낼 수 없었던 용기의 결정체를 두 번이나 보았다.

백작의 몸은 어느 순간 검은 갑옷을 입은 기사의 모습이 되어 있었다. 그리고 갑옷은 하나씩 바닥으로 떨어졌다. 마치 육체가 부서지는 것처럼 갑옷이 부서져 떨어진 자리에는 아무것도 남지 않았다.

그 용기가 그대를 파멸시키리라.

던멜은 가슴이 답답해졌다. 눈앞의 상황이 언젠가 겪었던 일처럼 기시감이 들었다.

그 힘이 내 영혼을 죽음으로 인도하리라.

이제 검은 갑옷은 모두 바닥에 떨어졌고 붉은 장미 백작의 형상을 한 검은 연기는 조금씩 흐트러졌다.

내 딸이 내 얼마 남지 않은 목숨을 이어가리라.
그리하면 네 딸 역시 나의 수하가 될 것이다. 곧 자신의 의지를 포기하고 내 품으로 들어올 것이다. 그때가 되면 카모르트에 진정한 암흑의 여군주가 일어나리라. 내가 예고했던 세상의 멸망이 네 딸의 힘과 함께 드러나리라.

흐트러지는 붉은 장미 백작의 검은 연기가 어째서인지 미소를 짓고 있는 것 같다고 던멜은 생각했다.

그대가 뭘 예고하든, 모든 것은 라틸다의 뜻대로 되리라.

갑자기 동굴 전체가 흔들리기 시작했다. 불안정하게 유지되고 있던 동굴의 일부가 무너져 천장에서 돌멩이가 후두둑 후두둑 떨어졌다.
'피해야겠다.'
검은 연기는 사라졌다. 목소리도 사라졌다. 남은 것은 누군가 벗어 놓은 듯 바닥에 흩어져 있는 검은 갑옷과 라틸다의 시체뿐이었다.
던멜은 동굴 입구로 달아나려다 멈칫했다.
'두고 가도 될까? 하지만 저건 그냥 시체야. 저걸 구하려고 위험을 감수할 수는 없어.'

던멜의 이성이 내린 판단과 달리, 그의 몸은 이미 제단으로 달려가고 있었다.

라틸다는 얼굴이 창백한 것 빼고는 살아있는 사람과 다를 것 없이 생생해 보였다. 그저 깊이 잠든 것처럼. 던멜은 그녀의 몸을 안아 올렸다.

라틸다가 누워있던 제단 위로 집채만 한 바위가 뚝 떨어졌다. 던멜은 가까스로 옆으로 피했다. 뒤이어 다른 돌무더기가 여기저기로 쏟아졌다. 큰 건 피했지만 자잘한 것까지 다 피할 수는 없었다. 머리에 날카로운 돌멩이를 얻어맞으면서도 던멜은 악착같이 달렸다. 벽에 걸린 푸른 불꽃은 점점 시들해졌고 던멜이 동굴을 채 빠져나가기도 전에 완전히 꺼져 버렸다.

침묵과 어둠이 던멜을 공격했다. 이제 천장에서 떨어지는 바위가 보이지 않아 피할 수도 없었다. 여자를 버리고 달아나기에도 너무 늦었다. 아니, 그 괴이한 목소리를 처음 들었을 때 출발했더라도 아마 늦었을 것이다.

지진은 더욱 심해졌고 이제 꼼짝없이 생매장될지도 모른다고 생각하던 순간이었다. 또 한 번 목소리가 들렸다. 하지만 이번에는 검은 연기가 내는 음산한 목소리도 아니고 붉은 장미 백작처럼 근엄한 목소리도 아니었다. 따뜻하고 다정한 여자의 목소리였다.

오른쪽으로.

던멜은 그것이 악마의 속삭임일지도 모른다고 생각하면서도 그 지시에 따랐다. 다른 도리가 없었다.

그대로 앞으로.

던멜은 여자를 안은 채로 계속 계단을 올랐다.

여기서 잠시 멈춰요.

천장이 무너져 내리는 와중에 멈추라니! 그러나 던멜은 시키는 대로 했다. 아무것도 보이지도 않는 상황에서 의지할 거라고는 그 목소리뿐이었다.

그가 멈추는 순간, 가려고 했던 방향으로 엄청난 것이 떨어졌다. 뭐가 떨어졌는지는 어두워서 보이지 않았다. 떨어진 후의 떨리는 공기의 진동으로 미루어보면, 적어도 깔렸을 때 내장도 추스릴 수 없게 만들 무게인 건 분명했다.

다시 가요. 오른쪽으로 피해서.

던멜은 앞에 떨어진 바위를 피해 다시 위로 올라갔다. 곧 입구가 나왔고 희미한 불빛이 보였다. 사물의 형상이 구분된다는 것이 그렇게 반가울 수가 없었다.

그 다음부터는 아무 목소리도 들리지 않았다. 던멜은 동굴의 뒷문으로 나가 숲을 달렸다.

진동은 동굴에만 일었던 게 아니었다. 성 전체가 크게 흔들리고 있었다. 하늘은 금방이라도 폭우가 쏟아질 것 같은 두꺼운 구름으로 얼룩져 있었는데, 소용돌이치는 모양새를 보니 자연적인 구름이 아니었다.

성 안에 있는 사람들이 밖으로 달아나고 있었다. 공사 중이던 부분이 부서져 쓰러졌다. 성 좌우로 올라와 있는 탑 위로 벼락이 떨어지더니, 두 개의 탑에 하얀 불꽃이 타올랐다. 아직 공사가 끝나지 않아 탑이 없는 두 곳에도 번개가 연이어 떨어졌다. 놀랍게도 먼저 타오르기 시작한 두 개의 탑과 똑같은 높이의 하얀 불빛이 허공에 타오르며 탑의 형상을 만들어냈다.

네 개의 하얀 불기둥이 타오르자 땅의 진동이 더욱 심해졌고, 마침내 성의 일부가 무너져 내렸다.

던멜은 먼 곳에서 성이 무너지는 모든 과정을 지켜보았다. 그리고 무너진 성벽 위로 분명 부서져 사라졌던 검은 갑옷의 기사가 날개 달린 말을 타고 하늘로 뛰어오르는 것을 발견했다. 그것은 북쪽으로 날아갔다.

지진이 멈추고 검은 구름은 거짓말처럼 사라졌다. 던멜은 영문을 알지 못해 한참이나 무너진 성을 바라보며 서 있었다. 뒤늦게 성벽이 무너지거나 다른 구조물들이 부서졌지만 그건 마법의 힘 때문이 아니라 지반이 약해진 탓이었다.

던멜이 어찌할 바를 몰라 그렇게 있는 사이, 옆에 누워 있던 시체가 갑자기 숨을 크게 들이마셨다. 던멜은 깜짝 놀라 옆으로 물러났다. 그녀는 천천히 상체를 일으키더니 고개를 돌려 멍한 눈동자로 던멜을 바라보았다.

던멜은 있을 수 없는 일을 보고 눈만 크게 떴다. 라틸다가 살아 있었다. 처음부터 죽지 않았던 것처럼.

┅ ◈ ┅

팔콘과 제이니 둘 다 새벽부터 떠나려는 카셀을 막았다.

"굳이 이렇게 급히 떠나야겠소?"

"당신에게는 휴식이 필요해요."

카셀은 부드럽게 거절했다.

"가야 합니다. 이미 너무 지체됐어요."

제이니는 해라도 뜨면 가라고 몇 번이고 말렸으나, 카셀은 끝내 고개를 저었다. 하는 수 없이 제이니는 그날 먹을 도시락과 다음날 먹을 질 좋은 빵을 내주었고, 팔콘은 자신이 가진 말 중에서 가장 튼튼한 말을 주었다.

카셀은 산을 내려가다가 뭔가를 두고 온 것처럼 말을 돌려 뒤를 돌아보았다. 제이니는 마지막으로 손을 한 번 흔들었다. 하지만 카셀은 보지 못한 듯 말머리를 돌려 시야에서 사라졌다.

피오렌디노는 카셀이 사라지는 지평선을 바라보며 걱정스러운 듯 말했다.

"저런 몸 상태로 노르만트까지 갈 수나 있을지 모르겠소."

"쉽게 무너질 녀석은 아니니, 걱정 마시오."

팔콘의 말에 피오렌디노는 인상을 구기며 팔콘을 노려보았다.

"당신 성격이 원래 그렇다고는 알고 있었고 캡틴 카셀의 나이가 좀 어리긴 해도 어째 대하는 태도가 영 거슬리오만? 그래도 명색이 한 나라를 대표하는 기사단의 캡틴이오! 당신은 한때 이 나라의 왕실 기사단 캡틴이었고."

"지금은 도적단 두목이지. 그런 놈이 예를 따져 뭐 하나? 그리고 녀석이 진짜 캡틴도 아닌데, 뭘."

"그게 뭔 소리요?"

피오렌디노는 눈을 동그랗게 떴다.

"자네도 그리 생각했나, 데이릭?"

등 뒤에서 들리는 목소리에 둘은 뒤로 돌아섰다. 에노아 후작이 지팡이를 짚고 다가오고 있었다. 피오렌디노는 얼른 자신의 주인 옆으로 다가가 모셨다.

"아직 그렇게 걸어 다닐 정도로 완쾌되신 게 아닙니다."

에노아 후작은 껄껄대고 웃었다.

"마침내 자네가 날 구박할 지경에 이르렀군. 늙고 다치니 이제 권위도 없어지는 모양이야. 뭐, 어쨌든 데이릭."

"팔콘이라고 부르쇼. 노인네가 새벽잠 없으면 와서 얘기나 거들 것이지 이제야 기어 나와 잔소리라도 하시려는 게요?"

팔콘이 내뱉듯 말했다.

"이놈이 이제 못하는 소리가 없구나."

에노아 후작은 지팡이로 팔콘의 등을 치며 소리쳤다.

"당신 말마따나 늙고 병든 노인네 상대로 뭐가 무섭다고 말을 가리겠소, 쟌?"

"오냐, 이제 막 잡아먹어라. 도둑놈 주제에 후작의 이름을 함부로 부르다니 왕실의 대신들이 알면 기절할 일이야. 그나저나 늑대들의 우두머리는 내가 원군을 보내지 않아 실망하던가?"

"실망하는 빛을 보이지 않기 위해 애쓰더군. 그런데 왜 여기 있다는 걸 숨기라고 그러셨소? 당신이 살아있는 걸 알면 그나마 걱정이라도 덜 텐데."

"도움도 안 되는 늙은이가 살아있는 모습을 보여 봐야 무슨 소용인가? 저리 비켜라, 워터스 이놈. 이게 부축하는 거냐? 팔을 쥐어짜는 거지! 제이니가 부축해다오. 이 두 젊은것들은 늙은이를 모실 줄도 몰라."

제이니는 웃으며 옆에 서서 팔을 내밀었고, 후작은 거기에 팔을 얹었다.

"두 분 다 에노아 후작님을 너무 좋아해서 힘이 더 들어가는 거라고요. 원래 남자들이란 이상한 것에 자존심을 세우는 법이거든요."

"팔콘, 자네는 좀 더 제이니에게 관심을 쏟는 게 좋아. 도둑놈으로 끝날 놈이 그나마 이 아이 때문에 의적이라는 딱지를 붙이고 다니는 거니까."

팔콘은 굳이 부정하지도 않고 어깨를 으쓱했다. 에노아 후작은 제이니의 팔에 의지해 발걸음을 옮겼고, 두 남자는 천천히 그의 뒤를 따랐다.

"자네도 카셀이라는 아이가 캡틴 울프가 아니라고 생각하나?"

"아니라고 생각한 정도가 아니라 본인 입으로 아니라고 했었소. 하지만……."

팔콘은 이미 사라져버린 카셀의 뒷모습을 상상이라도 하듯 말을 이었다.

"……과거에는 아니었다, 라고 말하는 편이 좋겠군."

"호오, 과거에는? 그럼 지금은?"

"나더러 녀석을 평가하라는 거요? 관두리다."

"그럼 다른 걸 묻지. 자네라면 캡틴 울프를 돕겠나?"

팔콘은 고개를 저었다.

"한때 익셀런 기사단이었던 나요. 무슨 정이 있다고 아란티아의 기사단 따위를 돕겠소? 하지만……."

"하지만?"

"카셀은 도울 거요."

"그거참 유쾌한 대답이군."

일찍 일어난 팔콘의 부하들이 그들의 산책을 보며 고개를 깊이 숙여 인사했다. 팔콘은 일일이 손으로 답례하며 물었다.

"그런데 그런 건 왜 묻소? 내가 가진 힘으로 노르만트에 벌어진 큰일을 막을 수도 없는데? 뭐, 쟌 당신도 쥐뿔 아무것도 없게 됐잖소?"

후작은 또 지팡이로 팔콘을 쳤다. 하지만 튼튼한 근육에 막혀 팔콘은 끄덕도 하지 않았다. 그래서 후작은 제이니에게 지팡이를 빌려주었고 제이니는 주저 없이 팔콘의 등을 후려쳤다. 팔콘은 윽, 소리를 내며 닿지도 않는 등에 손을 대려고 비틀거렸다.

제이니는 잽싸게 후작에게 지팡이를 돌려주었고, 후작은 자기가 때린 양 의기양양하게 지팡이를 휘저으며 말했다.

"기사의 힘이 검에 있다면 귀족의 힘은 땅에 있지. 암브루는 어디 가지 않았네. 난 다시 시작할 수 있어. 그리고 자네 역시 검을 놓지는 않았지."

"나더러 다시 기사가 되란 뜻이오?"

팔콘은 제이니를 노려보며 물었다. 제이니는 새침하게 고개를 돌리고 쳐다봐주지 않았다.

"자네, 변했군."

"당연하지 않소? 이제 한낱 도적이 되었을 뿐인데."

"그게 아니야. 예전의 자네라면 자기 힘이 부족하다고 해서 도움이 필요한 사람을 모른척하진 않았을 걸세."

팔콘은 그만 말문이 막혔다.

"얼마 전 파티장에서 봤을 때 카셀이라는 친구는 자신을 내보이려고 안간힘을 쓰는 어린아이였지. 재미있는 경험이었어. 나와 말싸움을 하면서도 눈빛이 흔들리지 않는 젊은이라니. 하지만 그때는 두려움을 모르고 나서는 쪽이었지. 그런데 지금은 두려움을 알고도 물러서지 않는 쪽이 되어 있어."

팔콘은 문득 먼 하늘을 바라보며 중얼거렸다.

"어쩐지 떠나는 모습이 메오릭스 같다 했어."

제이니는 그 이름을 듣고 슬픈 눈으로 뒤를 돌아보았다.

"하지만 우리가 할 수 있는 일이란 게 뭐가 있겠소?"

팔콘이 물었다.

"무슨 일을 하느냐가 중요한 건 아니지. 무슨 일이든 하겠다는 의지가 중요하지."

에노아 후작은 빙그레 웃으며 피오렌디노에게 말했다.

"다녀와야 할 곳이 있다. 노르만트로 가기 직전 스몰레이크라는 작은 마을이 있다."

"네, 압니다."

워터스는 즉시 대답했다.

"그곳 와인 상점에 고디머 백작이 있을 거다. 사실 처음부터 캡틴 울프를 적극적으로 도와달라고 부탁한 사람이 그였다네. 지금쯤 스몰레이크에 머물러 내 연락을 기다리기로 했으니 만날 수 있을 게다. 편지를 하나 써 줄 테니 가지고 가거라."

"준비하겠습니다."

워터스는 즉시 자신의 막사로 뛰어갔다.

"그리고 캡틴 데이릭, 아니 팔콘. 자네에게도 할 일을 주겠네."

팔콘이 마음의 결정을 내리지 못하고 아무 말 하지 않자 제이니가 버럭 화를 냈다.

"왜 말을 못 해요, 팔콘? 지금까지 항상 국왕 폐하를 생각하며 이 나라를 위해 싸워온 사람이 막상 기회가 주어지니 피하는 건가요?"

팔콘은 또 후작의 지팡이를 빌리려는 제이니의 기세에 밀려 손을 내저었다.

"그런 게 아니오. 내가 이 마을을 떠나면 당신이 혼자 남게 되니 그게 좀……."

제이니가 버럭 소리쳤다.

"내가 내 앞가림도 못할 줄 알아요?"

팔콘은 입맛을 다시며 후작에게 말했다.

"좋소, 쟌. 하겠소. 할 일이 뭐요?"

"자네가 키운 군사력을 좀 써야겠네. 같이 노르만트에 가세."

"노르만트 같은 격전지에 정말 우리가 할 일이 있긴 있는 거요? 잘 훈련시켰지만, 정규군에 비할 수준은 아닌데."

"할 일이 있을 걸세. 만약 없다면 정말 큰일이 벌어지는 거니까."

후작은 걱정스레 말했다.

말을 타고 덴모주를 벗어나면서도 던멜은 몇 번이나 뒤를 돌아보았다. 마치 누가 쫓아오기라도 하는 것처럼.

머릿속으로 직접 울리는 목소리를 들은 것은 이번이 처음이 아니었다. 아란티아의 여왕을 처음 만나 칼을 들이댔을 때도 들었다.

마스터 칼스텐은 퀘이언의 검에 쓰러졌지만 던멜은 새나디엘의 목소리에 쓰러졌다. 그녀의 온화한 목소리는 던멜의 싸울 의지를 깨끗이 지워버렸다.

그러나 그 역시 첫 번째 경험은 아니었다. 던멜은 그 전에 이미 같은 마법을 경험했다.

'해야 할 일이 너무 많아. 하지만 그걸 다 할 수는 없어.'

카셸을 안전하게 데려오는 것이 제일 급했다. 하지만 지금 암브루로 달려간다고 카셸을 만날 수 있을지는 미지수였다.

로일에게 백작과 백작의 딸에게 무슨 일이 일어났는지 알려주는 일도 중요했다. 하지만 지금 레앙에 간다고 로일을 만날 수 있는가 하면 그 역시 알 수 없었다.

그렇다면 남은 선택지는 노르만트였지만, 던멜은 그 역시 선택하지 않았다.

그는 자신의 머릿속에 남은 의문을 먼저 풀어야 했다. 그렇지 않으면 앞으로도 아무것도 할 수 없을 것 같았다.

던멜은 세 도시 중 한 곳이 아닌, 블랙풋을 찾아가기로 결정했다.

덴모주를 벗어난 던멜은 말에서 내려, 끼고 있던 반지를 빼내 들었다. 블랙풋의 암살자 헤더가 노르만트에서 헤어지기 전 준 선물이었다.

'반지가 길을 인도한다.'

던멜은 반지의 사용법을 잘 알고 있었다. 반지를 돌 위에 내리치니 보석 부분이 유리처럼 조각조각 깨졌다. 안에서 주먹만 한 크기의 빛 뭉치가 떠올라, 빠른 속력으로 어디론가 날아가기 시작했다.

던멜은 즉시 말 위에 올라 빛을 쫓아갔다. 말을 타고 반나절을 달려가니 빛이 사라졌다.

어느새 던멜의 말은 험준한 산속에 들어가 있었다. 그리고 금방 수많은 암살자들에게 포위당했다. 빛을 놓친 게 아니라 목적지에 도착했다는 의미였다.

던멜은 말에서 내려 손을 들었다. 한 명이 다가와 누구냐고 물었다. 그는 나뭇가지를 들어 바닥에 '헤더'라는 이름을 썼다.

"감히 네가 누군데 그분을 뵙는다는 거냐?"

던멜은 헤더의 옆에 자신의 이름을 썼다.

'테마르.'

이름을 물었던 남자는 흠칫 놀랐다.

"증거는?"

던멜은 고개를 저었다.

"그럼 죽어야겠군."

남자는 칼을 들이밀었다. 그리고 그 남자가 깨닫지도 못하는 사이 그 칼은 던멜의 손에 들려 있었다.

포위하고 있던 암살자들이 일제히 무기를 뽑아 들었다.

"멈춰라."

한 남자가 명령했다. 발락이었다. 던멜은 빼앗은 칼을 발락에게 휙 던져 주었다.

"결국 나타났군."

발락은 칼을 빼앗겨 당황한 암살자에게 던져 준 칼을 돌려주고 던멜의 앞에 섰다. 입 모양을 보여주기 위해 친절히 앞에 선 게 아니었다.

"내 경고 따위는 들을 가치가 없었나?"

던멜은 나뭇가지로 바닥에 글씨를 쓰려 했으나, 발락이 발로 글씨를 지워 버렸다.

"대화는 필요 없다. 네가 여길 제 발로 나타났다면 할 말이 있어서겠지. 하지만 내가 원하는 얘기가 아닐 경우에는 살아 돌아가지 못할 것이다."

던멜은 나뭇가지를 뒤로 휙 던졌다. 그리고 자신의 무기를 꺼내 바닥에 모조리 꽂았다. 마지막으로 발목에 있는 한 뼘 길이의 단검을 발락에게 내주고, 두 손을 들어 보였다. 발락은 옆에 있는 부하에게 바닥의 무기를 챙기라고 명령하고 던멜에게 고갯짓을 했다.

"따라와라. 마스터 제라르께서 기다리신다."

나무가 우거진 산속 가장 깊은 곳에 거의 보이지도 않는 동굴이 하나 있었다. 던멜은 이제 동굴이라면 지긋지긋했지만 별수 없이 발락을 따라 안으로 들어갔다.

동굴 깊이 들어갈수록 점점 그들 뒤를 따라오는 사람의 숫자가 늘었다. 모두 암살자들이었고 깊은 곳으로 갈수록 실력자들이 늘었다. 만약 싸우게 되면 감당해 내기는커녕 무사히 달아날 수조차 없는 인원이었다.

동굴의 가장 깊은 곳에는 네 개의 석실이 있었다. 예전 론타몬에 있을 당시의 근거지와 비슷한 구조였다. 발락은 석실 중 하나로 던멜을 안내했다.

안에는 늙어서 눈도 보이지 않는 노인이 앉아 있었다. 노인의 왼쪽에는 마법사 메첼이 서 있었고 오른쪽에는 헤더가 있었다. 잔뜩 상기된 표정의 헤더는 던멜을 보고 인사도 하지 못했다. 석실 안의 공기는 무겁다 못해 숨이 막혔는데, 한술 더 떠 문까지 닫혔다. 이제 방 안에 움직이는 거라곤 횃불의 미세한 흔들림이 만들어 낸 그림자뿐이었다.

"테마르가 돌아왔다고?"

블랙풋의 길드 마스터 제라르가 천천히 입을 열었다. 마지막 떠나기 전 봤던 모습에 비하면 지금은 거의 시체나 다름없는 모습이었다. 헝클어진 수염과 거의 숱도 남지 않은 머리카락을 보고 있자니 절로 눈물이 맺혔다. 석실의 어둠이 감춰주길 기대하며 던멜은 굳이 눈물을 닦지 않았다.

던멜은 짧은 수화를 헤더에게 보였다. 제라르의 눈이 보이지 않으니 그의 수화를 본 헤더가 귓속말로 전달했다.

"테마르가, 거래를 제안 드리고 싶다고 합니다."

제라르는 나직이 웃음을 터트렸다.

"언제부터 테마르가 거래라는 걸 할 줄 알게 됐지? 들어보자꾸나."

던멜은 다시 수화로 말했고, 헤더는 흠칫 놀라며 말로 옮겼다.

"하얀 늑대들의 암살을 사주한 의뢰인이 누군지 묻습니다."

"우리의 규칙을 알면서 그러는 거겠지. 내가 만약 의뢰인을 누설한다면 블랙풋은 영원히 끝난다."

던멜은 또 수화로 말했다.

"테마르가 그 거래에 상응하는 대가를 치르겠다고 합니다."

"블랙풋의 미래와 맞바꿀 가치가 있다고 생각하는가, 그 대가가?"

헤더는 당황해하며 던멜의 행동을 말로 옮겼다.

"테마르가, 고개를 끄덕였습니다."

"그랬단 말이지. 그 정도 대가라면 둘 중 하나겠구나. 하나는 테마르 네가 블랙풋으로 돌아오는 것. 하지만 그건 아니겠지. 그럼 다른 하나를 해야겠구나. 그럴 수 있겠느냐?"

"테마르가, 고개를 끄덕였습니다."

헤더의 불안한 목소리가 울렸다. 잠시 생각에 잠겼던 제라르는 곧 명령했다.

"발락, 무기를 들어라."

"네."

발락은 기다렸다는 듯이 앞으로 나섰다. 헤더가 놀라 물었다.

"제, 제라르? 무슨 말씀이십니까? 두 번째 대가가 뭔데요?"

"헤더, 너는 물러가 있거라. 테마르가 스스로 결정한 일이다."

제라르는 천천히 일어나 마치 눈이 보이기라도 하듯 정확히 던멜을 가리키며 말했다.

"명령이다, 발락. 이 자리에서 테마르를 죽여라."

❖

헤더는 발락을 말리고 싶어 한 걸음 앞으로 나섰다. 그러자 제라르가 뼈만 남은 손으로 그녀의 손목을 붙들었다.

"국왕 납치 의뢰에 실패한 후 발락이 내게 그러더구나. 자신이 마스터 칼스텐의 후계자가 되어 모든 기술을 전수받고 싶다고. 나는 발락에게 후계자가 될 수 없다고 말했다. 테마르 정도가 아니면 안 된다고……."

헤더가 원망하며 말했다.

"어떻게 그런 잔인한 말씀을 하실 수 있어요?"

"미안하구나. 하지만 나도 어쩔 수 없어. 그 까다로운 칼스텐이 바보처럼 흐뭇해하며 인정한 어린 천재의 모습이 내겐 너무 강렬했거든. 그러자 발락은 내게 간청했지. 만약 테마르가 돌아왔을 때 그를 죽이면 그때 자기에게 블랙풋의 모든 기술을 가르쳐줄 수 있냐고."

"그 청을 받아들이셨나요?"

"그렇다. 그러니 테마르에게 내 뜻을 전해라. 만약 발락을 꺾으면 내가 아는 모든 것을 말해 주겠노라고."

"테마르! 정말 이게 거래예요?"

헤더는 제라르의 말이 진짜인지 믿지 못해, 던멜에게 직접 물었다. 던멜은 헤더에게 자신의 뜻을 수화로 전했다. 헤더는 수화를 즉시 말로 옮기지 못하고 눈을 질끈 감았다.

"테마르가 뭐라 하느냐?"

제라르가 재촉했다.

"하겠다고 합니다."

"잘됐군. 자, 헤더. 내게 이 싸움의 중요한 부분을 설명해다오."

발락은 조금 야위어 있었다. 국왕을 납치하려다 실패했던 그때부터 제대로 먹지도, 자지도 못했다. 하지만 지금 그의 눈빛은 그 어느 때보다 불타오르고 있었다.

"처음에는 화가 났으나 이제 당신에게 따로 원망은 없소, 테마르. 나는 그저 칼스텐의 뒤를 따르고 싶었을 뿐이오. 최강의 적이라 생각하고 최선을 다하겠소. 그러니 당신도 전심전력을 다하여 상대해 주시오."

발락은 크로우를 거꾸로 세우고 바닥에 한 손을 짚었다. 마치 전력 질주를 하기 직전의 자세 같았다.

'이 아이의 훈련 경력은 어찌 되느냐?'

던멜이 헤더에게 수화로 물었다. 그러자 발락이 대답했다.

"열여섯 살 때부터 5년간."

던멜이 놀라는 모습을 보고, 발락이 말했다.

"당신의 수화는 헤더에게 조금 배웠소. 규칙만 알면 그리 어렵지도 않더군."

발락은 웃어 보였고 헤더가 추가로 설명했다.

"그는 5년 동안의 훈련으로 저를 뛰어넘은 자입니다. 정말로 전력을 다하셔야 합니다, 테마르."

던멜은 고개를 끄덕인 후 단검을 거꾸로 쥐었다. 발락은 이제 더 이상 그에게 입 모양을 보여 줄 필요가 없어 고개를 숙였다. 그리고 바닥만 보고 있다가 던멜을 향해 튕겨 나갔다.

크로우의 긴 칼날이 던멜의 얼굴로 날아들었다. 던멜은 가까스로 피해 옆으로 비틀거렸다.

발락이 다시 비슷한 공격을 다른 각도로 시도해 들어왔다. 던멜은 그의 크로우를 막았지만, 그가 걷어차는 발길질을 피하지는 못했다.

"헤더, 설명해 줘야지."

제라르가 말했다. 헤더는 싸움에 정신이 팔려 아무 말도 못 하다가 겨우 입을 열었다.

"테마르가 밀리고 있습니다. 약간이긴 하지만 크로우에 베이기까지 했습니다. 발락은 가장 기초적인 암살 기술을 하나씩 쓰고 있는데 아주 정확하군요."

"칼에 독을 발랐다면 이미 발락이 이겼겠군. 그런데 테마르는 어떻게 대응하고 있는가?"

"방어에 급급합니다. 쉽게 반격하지 못하네요."

"그래?"

제라르는 무슨 의미에서인지 빙그레 웃었다.

"울프 기사단이 되었다더니 설마 테마르가 갑옷 입은 기사들이나 쓰는 검술만 쓰느라, 둔해진 건 아니겠지?"

발락의 공격은 계속 이어졌다. 짧고 간결하게 급소만 이어 치는 것은 옆에서 지켜보기에도 숨이 막혔다.

"내가 기억하는 테마르는 언제나 한 번의 공격으로 적의 숨통을 끊었지. 헤더, 테마르와 발락의 모습을 잘 봐 두어라. 아마도 저것이 테마르의 마지막 선물이 될 것이다."

제라르는 어딘지 슬픈 표정으로 말했다.

던멜은 노르만트에서 첫 대결을 할 때와 달리 봐준다 어쩐다 할 수 없는 상황까지 밀렸고, 발락은 오히려 한숨 돌릴 기회를 주며 물러났다.

"이게 당신의 최선이 아닌 줄 알고 있소. 내가 각오한 것 이상의 실력을 내주지 않으면 곤란하오."

발락은 차갑게 말했다. 던멜은 뭔가 생각하다가 단검을 거꾸로 쥐고 간단히 수화를 했다.

'배운 게 5년이라 했는데, 그럼 직접적으로 칼스텐의 가르침을 받은 적은 없다는 뜻이구나. 그런데 왜 스스로 칼스텐의 제자인 것처럼 행동하느냐?'

"그는 내게 세상을 보여 주었소. 단지 부자의 아들이라는 이유만으로 날 죽이려 들었던 다른 조직의 암살자들로부터 구해 주셨고 복수를 하고 싶다면 블랙풋으로 오라고 하셨소. 그리고 정식은 아니지만 기술도 가르쳐 줬고……."

던멜은 희미하게 미소 지으며 머리를 손으로 쓸어 넘겼다. 이미 땀에 젖은 발락과 달리 그의 머리카락은 아직 물기 하나 없이 찰랑거리고 있었다. 던멜은 다시 수화를 이어갔다.

'그럼 넌 아직 칼스텐의 제자가 아니구나.'

발락은 눈살을 찌푸렸다.

"기술의 상당 부분은 이미 보았고 따로 헤더와 함께 연구하여 알고 있소. 마스터 제라르께서 아직 블랙풋의 최고 암살 기술을 전수해 주지 않았을 뿐."

'모르는군. 제라르는 블랙풋의 암살 기술을 알지 못한다.'

"뭐요?"

'칼스텐과 나. 이 세상에 블랙풋의 비기를 아는 사람은 단 두 사람뿐이었다. 그리고 이제 한 사람 남았군.'

그 이후 던멜은 수화로 말하지 않았다. 뭔가를 시작하려 한다고 눈빛으로 대신 말했다. 헤더의 전달로 둘의 대화를 모두 들은 제라르가 약간은 즐거운 목소리로 말했다.

"발락, 이제부터 잘 보아라. 네가 신처럼 떠받들었던 마스터 칼스텐의 모든 기술을 열여덟 살 때 모조리 익혀 버린 천재의 모습을."

던멜은 잠깐 숨을 들이마시더니 뒤로 몇 걸음 물러났다. 천장 높은 곳에서 떨어지는 햇빛 때문에 석실은 조금도 어둡지 않았으나, 그 밝은 빛 덕분에 벽 쪽은 짙은 그림자가 져 있었다. 던멜은 그 그림자 안으로 사라졌다.

헤더도 그의 모습을 놓쳐 주변을 살폈다. 석실 안, 어디에도 보이지 않았다. 던멜은 발락의 등 뒤에서 나타났다. 그리고 칼등으로 발락의 목덜미를 툭 쳤다. 칼날이었다면 동맥을 끊어 버렸을 공격이었다.

발락은 몸을 회전하며 크로우를 휘둘렀다. 그러나 어느 순간 또 던멜은 그의 등 뒤에 있었고 이번에는 옆구리를 단검으로 툭 쳤다. 그 이후 완전히 벌거벗은 아이의 몸을 쓰다듬듯 단검이 그의 다리, 가슴, 배를 훑고 지나갔다. 그러나 진짜 공격은 없었다. 옷만 베어졌을 뿐이었다.

"봐주는 거요?"

발락은 흥분하여 소리쳤다. 제라르가 대신 말을 받았다.

"흥분하지 마라, 발락. 네가 생각하는 칼스텐의 모습과 지금 테마르의 모습을 비교하여라. 어느 쪽이 우위인 것 같으냐?"

던멜은 무표정하게 헤더 쪽으로 걸어가 손을 내밀었다. 헤더는 끼고 있는 크로우를 빼서 던멜에게 내주었다. 던멜은 크로우를 끼고 헤더에게 뭔가를 간단히 설명해 주었다. 그녀는 그제야 제라르와 테마르가 발락에게 무슨 짓을 하려는지 알았다.

"발락, 테마르는 이제부터 크로우를 사용하실 겁니다."

이미 잔뜩 무시당했다고 생각한 발락은 그녀의 말을 새겨들으려 하지 않았다.

"그래서?"

발락은 던멜이 아직 돌아서지도 않았는데, 등 뒤를 공격했다.

던멜은 보지도 않고 그의 공격을 피한 후 크로우로 그의 등과 목을 툭툭 치고 지나갔다. 그것은 헤더가 지금까지 생각도 해 본 적이 없는 각도와 속도였다. 엄청나게 빨라서가 아니라, 엄청나게 느려서였다.

헤더가 지금까지 크로우라는 무기를 고집하는 이유는, 그게 칼스텐이 주로 쓰는 무기였기 때문이었다. 발락도 같은 이유였다.

그녀는 칼스텐의 크로우가 무적이었던 이유가 어떤 특별한 기술 때문이라고 믿어 왔다. 그러나 던멜이 보이는 크로우의 동선이나 힘은 특별할 게 없었다. 그저 조금 더 예측하지 못한 각도에서 예측하지 못한 속도로 칼날이 들어올 따름이었다. 위라고 생각하면 아래였고, 빠르다고 생각하면 터무니없이 느리게 공격이 들어갔다.

헤더는 바쁘게 던멜의 공격을 눈으로 좇으며 제라르에게 말했다.

"발락이 알까요? 방금 테마르는 다섯 가지 공격을 동시에 썼습니다."

"그걸 모를 정도로 둔한 애는 아니지. 그리고 이제 발락은 자존심을 버릴 때가 왔단다. 여기에서 자존심을 세워 악착같이 이기려 든다면 블랙풋을 이끌어 갈 마스터의 자격이 없지."

"처음부터 발락을 후계자로 키울 생각이셨군요, 제라르."

"그래. 하지만 나는 이미 늙었고 블랙풋의 암살 기술을 내 몸으로 보여 주지도 못해. 그리고 테마르가 말했다시피 마지막 기술은 나 역시 알지 못한다. 가르치지 않은 게 아니라 가르치지 못한 거란다. 칼스텐이 죽었다는 것은 어렴풋이 짐작하고 있었다. 그는 아란티아에 죽으러 간 것이었으니까. 하지만 딱 한 사람 그의 기술을 전부 알고 있는 이가 있었다. 테마르…… 맞아. 난 테마르가 돌아오길 누구보다 간절히 기다리고 있었다."

제라르는 힘없이 말을 이었다.

"테마르에게 후계자 자리를 물려주기 위해서가 아니야. 블랙풋의 마스터가 될 발락의 스승이 되어 주길 바라서다. 그리고 테마르는 여기 오자마자 내가 바라는 바를 알고 거래를 제안한 거지."

발락은 던멜이 보여준 칼날의 감옥을 벗어나지 못하고 결국 넘어졌다. 던멜은 발락의 오른손을 밟아 크로우의 칼날을 모조리 부러뜨려 버렸다. 던멜은 잠깐 동안 발락의 목에 크로우를 들이대고 있다가 곧 뒤로 물러섰다.

던멜은 자신의 크로우를 벗어 헤더에게 던져 주더니 다시 발락에게 손짓했다. 수화는 아니었으나 충분히 의사 전달은 되었다.

발락은 부러진 크로우를 벗어 버리고 맨손으로 던멜 앞에 섰다. 둘은 무기 없이 서로를 마주 보고 서 있다가 동시에 자세를 잡았다.

"맨손 격투는 제대로 배워 본 적이 없소. 그러니……."

발락은 뒷말을 흐렸으나 던멜은 알아듣고 고개를 끄덕였다. 둘의 공방이 시작되었다. 던멜은 몇 번 공격을 받아 주다가 반격으로 그를 쓰러뜨렸고, 발락은 그때마다 즉시 일어나 다시 달려들었다.

제라르도, 헤더도, 누구 하나 둘의 진지한 싸움에 끼어들지 않았다. 서로 주고받는 공격이 허공을 가르며 바람 소리를 일으켰고 뼈끼리 부딪치는 둔탁한 소리가 석실을 채웠다.

헤더는 제라르의 손을 꽉 쥐고 모든 광경을 눈으로 새겨 두었다.

발락이 마침내 일어나지도 못할 정도로 지친 뒤에야 싸움은 끝났다. 물론 발락은 마지막 순간까지 일어나 더 싸우려 했지만 끝내 일어서지 못하고 정신을 잃어버렸다. 블랙풋의 요원들이 응급 치료를 위해 서둘러 발락에게 달려왔다.

던멜은 지친 숨을 몰아쉬면서 제라르 앞에 섰다. 제라르는 가만히 손을 내밀었고 던멜이 그의 손을 잡았다.

"테마르, 칼스텐은 후회 없는 싸움 끝에 죽었느냐?"

던멜은 대꾸 없이 그의 손등을 가볍게 툭툭 쳤다. 제라르는 만족한 듯 고개를 끄덕였다.

"무리한 부탁을 들어주어서 고맙다. 아니, 아니지. 너는 이걸 위해 돌아온 거겠지? 그럼 말을 달리 해야겠구나."

제라르는 말을 이었다.

"와 줘서 고맙구나."

던멜은 다시 대답 대신 그의 손등을 두들겼다. 제라르는 보이지 않는 눈으로 헤더 쪽을 향해 말했다.

"자, 테마르, 이제 내가 약속을 지킬 차례로군. 블랙풋에 하얀 늑대들을 암살하라고 의뢰한 자에 대해 물었지? 넌 누구라고 생각하느냐?"

던멜은 그의 손등에 생각하는 사람의 이름을 썼다.

"그럼 네가 생각하고 있는 그자가 맞다."

제라르는 웃으며 말했다.

"그리고 사실 우리는 그의 의뢰를 받아들인 게 두 번째다. 그의 첫 번째 의뢰는 샤이필드 공작을 독살하는 것이었어. 앞뒤를 맞춰보면 아주 쉽게 결론이 나지."

제라르를 뺀 나머지 사람들은 눈에 검은 발을 새기고 있으니, 던멜은 굳이 그 이름을 언급하지 않고 자리에서 일어나려 했다. 그런데 오히려 제라르가 던멜의 손을 놔주지 않았다.

"테마르, 블랙풋을 파멸시킨 8년 전의 의뢰, 어떻게 결말이 났느냐?"

던멜은 순간 그 말뜻을 이해하지 못했다. 제라르는 좀 전에 칼스텐이 후회 없이 죽었는지 물었고 던멜은 그 질문에 대답했다. 그럼 8년 전 의뢰에 대한 결말을 알려준 게 아닌가? 던멜은 제라르가 오해해서 중복된 질문을 했다고는 생각되지 않았다.

'제라르는 칼스텐의 죽음과 8년 전 의뢰를 별개의 사건으로 치부하고 있구나.'

던멜은 여기가 아닌 로일이 있는 레앙에 갈 수도 있었고 카셀을 위해 암브루에 갈 수도 있었다. 하지만 결국 여기로 왔다. 그때는 몰랐지만, 바로 이 말을 듣기 위해서였던 것이다.

던멜은 라틸다를 살려낸 덴모주 동굴 속의 검은 연기를 떠올리며 헤더에게 수화로 말했다.

'아직 결말이 나지 않았습니다.'

헤더가 수화를 전달하자, 제라르는 짐작했다는 듯 고개를 끄덕였다.

"그럼 네 싸움은 아직 끝나지 않았겠구나."

돌아가는 길은 헤더가 직접 배웅했다. 던멜이 발락을 쓰러뜨렸다고 오해한 암살자들이 노려보고 있었으나 둘은 개의치 않았다.

"도울 일이 있다면 언제든 말씀하십시오."

던멜은 수화로 말했다.

'영원한 이별은 아닐 것이다. 언젠가 더욱 성장한 널 보고 싶구나.'

"물론이죠. 저는 블랙풋의 요원이기 이전에, 테마르의 딸입니다."

헤더는 눈물을 참기 위해 애쓰며 웃어 보였다. 던멜은 희미하게 웃으며 그녀의 머리를 쓰다듬었다. 그리고 천천히 뒤로 물러났다.

"부디 몸조심하시길."

헤더가 정중히 작별 인사를 했고 던멜도 짧게 손을 흔들어 답례했다. 던멜은 바위산을 빠져나와 말을 놔둔 곳까지 달려왔다.

'검은 사자 백작이 이 나라를 차지하려고 마음먹은 건 이미 샤이필드 공작이 죽었을 때부터였군. 자기가 수호 가문이 되려면 먼저 수호 가문을 차지하고 있는 사람이 죽어야 했을 테니까. 그럼 우리를 암살하려고 든 목적도 간단하지. 왕을 고립시키려 했던 거야. 붉은 장미 백작의 전쟁을 받아준 것도 그 때문이었어.'

던멜은 어이가 없어 고개를 저었다.

'혹시 라틸다와 리제니의 약혼까지 의도한 건가? 일부러 커다란 약혼 선물을 안겨주고 파혼을 핑계로 싸움을 걸었다고? 내가 너무 앞서 가고 있는 건가?'

던멜은 노르만트를 향해 달려가며 점차 화가 끓어올랐다. 이제 그따위 증거는 아무렴 어떠냐 싶었다.

'검은 사자 백작, 당신은 하얀 늑대들을 건드린 거다. 가만두지 않겠어!'

팔콘과 헤어진 후, 카셀은 한 번도 쉬지 않고 말을 달렸다.

'잠 따위 안 자도 돼! 제시간에만 도착한다면 2박 3일 동안 내리 자면 되지, 뭐.'

카셀은 오기로 멈추지 않았다. 하지만 체력이 약해질 대로 약해진 탓에 저녁 무렵 말에서 내리는 순간, 그는 낮에 먹은 걸 모조리 토해냈다. 개울물에 얼굴을 씻고 입을 헹궜지만 속은 나아지지 않았다.

'쉴까? 아냐, 됐어.'

고민할 것도 없이 카셀은 다시 말을 몰았다. 하지만 한밤중이 되었을 즈음 그는 생각을 바꿨다.

'이러다가 노르만트에 도착하기도 전에 쓰러지겠어.'

팔콘은 정말 좋은 말을 주었으나, 쉼 없는 이동에 많이 지친 상태였다. 녀석에게도 휴식은 필요했다.

'그런데 내가 이렇게 죽을힘을 다해 움직일 필요가 있을까? 원군을 이끌고 가는 것도 아닌데.'

카셀은 풀밭에 누워 검은 구름 사이로 힐끗힐끗 보이는 별들을 바라보며 생각했다.

'캡틴이니까? 지휘하는 자리에 있어야 하니까? 그래서 가는 건가?'

생각해보면 하얀 늑대들 중 누구든 캡틴이 될 수 있었다. 아즈윈은 동료들을 부드럽게 이끌 줄 알았고, 캡틴 게랄드 하면 유쾌한 하얀 늑대들이 바로 떠올랐다. 쉐이든은 말할 것도 없고, 말을 할 수 없는 던멜도 묵묵히 모두를 리드할 수 있는 캡틴 감이었다.

누구든 카셀보다는 나았다. 카셀은 그들의 대변인일 뿐이었다.

'자책하지 마. 자신을 과소평가하지 마. 난 나름대로 가치가 있어.'

카셀은 루밀의 말투로 자신을 질책하며, 우울함에 빠지지 않으려고 발악했다. 그는 그런 고민들로 밤을 지새우다 새벽에 겨우 잠들었다.

아침 햇살에 눈을 뜬 후 카셀은 짧게 중얼거렸다.

"가자."

카셀은 무거운 팔다리를 질질 끌고 말에 올랐다.

중간에 마을을 몇 개 지나쳤지만 들르지 않았다. 몇 번 토하고 나니 음식을 먹을 엄두도 나지 않았다. 가끔 물 대신 와인만 들이켰는데, 덕분에 공복감은 면했지만 속은 더 울렁거렸다.

저녁이 되자 하늘에서 시커먼 구름이 몰려왔고, 해가 떨어짐과 동시에 비가 쏟아졌다. 처음부터 거센 빗줄기로 시작하더니 밤이 되어도 그칠 기미를 보이지 않았다.

카셀은 결국 커다란 나무 밑에서 밤을 보내기로 했다. 하지만 바람이 심해 좌우로 쏟아지는 굵은 빗줄기를 고스란히 맞아야 했다. 카셀은 모포를 두르고 몸을 떨며 밤이 지나가길 기다렸다.

비를 맞으면서 깜빡 졸았는데, 뭔가 이상한 소리가 들려 눈을 떴다.

비는 그쳤지만 바람은 여전히 차고 거셌다. 카셀은 몸을 부들부들 떨며 자리에서 일어났다. 어두워서 한순간 아무것도 보이지 않다가 점차 눈에 불을 밝힌 짐승들이 주변에 가득 보였다. 팔콘의 말은 겁에 질려 몇 번이나 앞발을 쳐들며 울부짖었다. 들개들이었다.

카셀은 아직 잠이 덜 깨 개들이 왜 자기를 포위했는지 쉽사리 이해가 되지 않았다. 그의 머릿속에서 개라는 동물은 항상 사람에게 충직했다. 하지만 이빨을 드러내고 으르렁거리는 소리에 생각을 달리했다. 전쟁 통에 주인을 잃은 개들이 야성을 되찾아 이리떼처럼 무리를 지어 생활하는 건 조금도 이상한 일이 아니었다. 카셀은 허리를 더듬거려 단검을 찾았다.

'내가 아니야. 말을 노리는 거야.'

여기서 말을 내주고 달아나면 그만이었지만, 카셀은 말을 포기하지 않았다. 이제 노르만트는 말을 타고 반나절만 가면 된다. 여기에서 말을 잃고 싶지 않았다.

"물러나라. 그렇지 않으면……."

카셀은 개들을 협박하려 입을 다물었다. 웃음이 나왔다.

"이 멍청아, 알아듣지도 못할 놈들한테 주둥이만 앞세워서 뭘 어쩌

캡틴 카셀

316

려고? 오냐. 캡틴 카셀께서 실력 발휘 한 번 해 보자. 나도 칼 들었다. 피를 흘리며 싸운다는 게 어떤 의미인지 알 기회 아니겠어? 덤벼, 이 개새끼들아!"

개들이 말에게 달려들었다. 말은 크게 놀라 앞다리를 치켜세웠다.

카셀은 고함을 지르며 개에게 달려들었다. 옆구리에 단검을 찔린 개는 몸부림치며 옆으로 굴렀고, 카셀도 같이 진흙탕을 굴렀다. 바닥에 고인 빗물이 입과 눈으로 들어왔고 차가운 물이 단숨에 온몸을 적셨다.

'찌른 다음에 당겨라.'

무의식중에 카셀은 던멜이 해준 충고를 그대로 실현했다. 손을 따라 종이가 찢어지는 것과 흡사한 느낌이 짜릿하게 전해지며 뜨거운 내장이 카셀의 얼굴로 쏟아졌다.

그 다음부터는 잘 기억이 나지 않았다. 팔을 물리고 다리를 물리고 하는 와중에 카셀은 미친 듯이 칼을 휘둘러 대기만 했다. 처음에는 피가 튀고 살점이 튀는 느낌이 징그러웠으나, 나중에는 기분이 좋다는 생각까지 들었다.

정신을 차리고 보니 주위에 개들이 예닐곱 마리가 죽어 있었고, 말의 뒷다리에 채인 개가 나뭇가지에 걸려 있었다. 말도 허벅지와 다리에서 피를 흘리고 있었다.

카셀은 허벅지 근육이 당겨 다리를 펼 수가 없었다. 왜인가 하고 내려다봤더니, 그의 허벅지를 문 채로 숨이 끊어진 개 한 마리가 매달려 있었다. 그는 개의 턱을 벌려 박힌 이빨을 빼내곤 옆으로 던졌다.

차라리 피를 흘리자 그동안의 피로가 함께 흘러나간 듯 기분이 좋았다. 카셀은 의미 없는 웃음을 터트리며 뒤로 발라당 쓰러졌다.

"봐, 이겼지? 내가 이겼어! 늑대가 개한테 질 리가 없잖아."

카셀은 소리를 지르며 계속 웃었다. 흥분이 가라앉자 무서울 정도로 빠르게 졸음이 쏟아졌다. 카셀은 나무쪽으로 기어가 물에 젖은 모포를 끌어안았다.

"봐. 나도 칼 들면 싸울 수 있어. 그렇지? 나도 싸울 수 있어. 나도 싸울 수……."

카셀은 눈을 감았다. 그리고 아침이 될 때까지 잠들었다.

일어나 보니 머리가 띵 하고 어지러운데다 앞이 잘 보이지 않았다. 몸은 전날보다 훨씬 더 무거웠고, 근육은 딱딱하게 뭉쳐 있었으며 안 아픈 관절이 없었다. 말에 오르는 간단한 동작마저 험준한 절벽을 등정하는 기분이었다.

다행히도 영리한 말은 방향을 지시하지도 않았으나 스스로 자기 갈 길을 찾아 갔다.

'잘 가고 있니? 설마 네 주인한테 돌아가고 있는 건 아니지? 노르만 트로 가야 해. 왔던 길로 되돌아가면 안 돼.'

겨우 조금 정신을 차리고 고개를 들어보니 너른 평야가 보였다. 카셀은 뒤늦게 길을 잘못 든 건 아닌지 걱정했다. 갈림길에 쓰여 있는 푯말은 전날 온 비 때문에 진흙으로 더럽혀져 읽기 어려웠다.

카셀은 말에서 내려 푯말에 묻은 흙을 닦아 보았다. '노르만트'라고 쓰여 있었다.

'다행이다. 제대로 왔어. 조금만 더 가면 될 거야.'

카셀은 마지막 힘을 짜내어 말을 몰았다. 저녁이 되어 산마루에 도달하자, 노르만트가 보였다. 익숙한 성의 전경을 보는 순간 카셀은 절망적으로 신음을 터트렸다.

'울지 마. 울면 안 돼. 캡틴 울프는 울어선 안 돼.'

노르만트는 이미 공격 당하고 있었다. 붉은 장미의 깃발을 휘날리는 군대가 노르만트로 진입해 들어갔고 성벽의 망루는 불타고 있었다. 성문은 안쪽으로 부서졌고, 병사들의 시체가 여기저기 늘어져 있었다.

카셀은 말의 목을 끌어안고 끝내 울음을 터트렸다.

"너무 늦었어. 멍청아, 늦은 거야."

Chapter 38

노르만트 함락

붉은 장미 백작의 군대가 노르만트 앞에 집결했다.

처음에는 이천 명 정도였다가 곧 삼천으로 늘었다가 마지막에는 오천이 되었다. 덴모주 침공 이후 뿔뿔이 흩어진 군대에 제대로 명령이 닿지 않았다는 점을 감안해 보면, 모일 수 있는 군대는 모두 모였다고 해도 좋았다. 당장 다른 나라로 쳐들어가도 될 규모의 군대였다. 그러나 최종 명령을 내릴 사람이 없었다.

"검은 사자의 군대가 현재 드마르프 평원 쪽에 집결 중입니다."

붉은 장미군 중심에 임시 막사로 지어진 작전 회의실에는 열 명의 지휘관들이 모여 있었다. 드마르프 평원 전투를 빼고 열 명 모두가 모인 적은 처음이었다. 하지만 낡은 탁자에 놓인 작전판에는 아무것도 표시되어 있지 않았다.

보고하러 들어온 병사는 열 명 중 누구에게 답변을 들어야 할지 몰라 쩔쩔매고 있었다. 멀뚱히 쳐다보고 있기는 장수들도 마찬가지였다.

그러다 마침내 한 명이 입을 열었다.

"숫자는?"

"삼천입니다. 하지만 정찰병들의 소식을 종합하면 숫자가 더 늘 것으로 보입니다. 저녁 무렵에는 금방 아군 측과 비슷한 병력이 될 것으로 예상됩니다."

"알았다. 물러가 있거라."

다른 장수가 보고하러 들어온 병사를 내보내고 모두를 돌아보며 물었다.

"어찌하면 좋겠소? 우리 쪽 숫자가 많을 때 선공을 하는 게……?"

장수들은 서로 자기가 더 자신 없다는 걸 보여주고 싶기라도 한듯 작은 목소리로 의견을 말했다.

"굳이 드마르프 평원에 모이고 있지 않소? 자기들이 한 번 패배했던 자리에 말이오. 뭔가 수가 있어 보이는데, 위험하지 않겠소?"

"그렇다고 이렇게 멍청히 있다가 먼저 기습을 당할 수는 없지 않습니까? 선공을 날리는 게 좋습니다."

"백작께서 안 계실 때 우리 판단으로 섣불리 움직여 당하기라도 하면 그 책임은 져주시겠소?"

"그건 아닙니다만……."

"지금 여기 있는 부대가 주력이오. 우리가 무너지면 모든 게 끝장이오. 적들도 함부로 공격해오지 않을 테니 일단 상황을 주시하는 게 좋소."

잠시 회의가 소강상태가 되었을 때 말없이 있던 장수가 입을 열었다.

"장미 기사단은 어쩌고 있소?"

"대기 중이긴 하나 마찬가지로 캡틴 링케가 부재중이라 움직이지 못하고 있소."

지휘 막사 안에 또다시 무거운 침묵이 내려앉았다. 그때 팔짱을 끼고 있던 젊은 장수, 루치가 탁자 쪽으로 몸을 수그려 말을 꺼냈다.

"노르만트로 진격하는 건 어떻소?"

루치는 얼마 전 노르만트 전투에서 낙마하여 실려 간 프레드릭 대신 장군이 되어 있었다. 그의 말에 귀족 출신 장수가 소리쳤다.

"거 무슨 엉뚱한 소린가? 왕국 전체를 적으로 돌리기라도 하겠다는 건가?"

루치는 별거 아니라는 듯 어깨를 으쓱했다.

"전에도 한 번 그렇게 하려 했으니, 이번에 해도 괜찮을 것 같아서 말해 본 거요."

"당시 백작께서 그런 작전을 지시했던 건 전략상의 협박 정도였지, 정말 노르만트를 함락시킬 생각은 없으셨을 거요."

루치는 괜한 논쟁으로 힘을 빼지 않고 포기했다. 계급상으로는 동등했으나, 아무래도 귀족 출신 장수의 목소리를 이겨내지는 못했다. 어차피 그들도 실력이 아닌 인맥으로 장수가 된 것이지만 루치는 평민 출신인 자신의 목소리가 회의석상에서 힘을 발휘할 수 없다는 걸 잘 알고 있었다. 이럴 때는 대세에 거슬러선 안 된다는 것도.

회의는 지루하게 길어졌고 루치는 잠시 쉬겠다며 밖으로 나왔다.

멀지 않은 곳에 노르만트의 성이 보였다. 막강한 군사력을 지니고 있는 두 백작도 차마 건드리지 못하는 수백 년 역사를 가진 카모르트의 수도…… 그러나 루치의 눈에는 정복해야 할 땅으로밖에 보이지 않았다.

루치는 붉은 장미 백작에게서 직접 작전 지시를 받은 적이 있었다. 그래 봐야 들은 내용을 프레드릭 장군에게 전달하는 입장에 불과했으나, 적어도 한 번은 여기 있는 모든 군대가 그의 목소리 하나에 움직였던 순간이 있었다. 그는 그때의 짧지만 강렬한 쾌감을 잊을 수가 없었다.

'한 번만 더 그럴 기회가 있다면 좋겠는데.'

루치는 노르만트에 병력이 거의 없다는 것을 알고 있었다. 코앞에 함성 한 번이면 차지할 땅이 있고, 뒤통수에서는 적군이 막강한 병력을 준비하고 있었다. 이런 상황에서 뭘 더 생각하고 언제까지 망설이고 있으란 말인가? 루치는 저 겁 많은 장수들의 목을 모조리 베어버리고 당장 오천의 군대를 진군시키고 싶었다.

'해버릴까? 열 명이라곤 해도 나보다 칼솜씨도 없고, 딱히 경비병도 없는데? 실패해서 죽는다 해도 역사에 루치라는 이름 한 줄이 시원하게 남겠지.'

전날 내린 비로 공기는 차고 습했다. 루치는 깊게 숨을 들이쉬며 잠시 군대를 홀로 지휘하는 자신을 상상하며 기분 전환을 했다.

그때 멀리 벌판을 가로질러 쏜즈의 기사 한 명이 달려왔다. 루치는 망설이지 않고 그를 향해 달려갔다.

"지휘관 루치입니다. 기다리고 있었습니다."

등에 은빛 창을 짊어지고 있는 붉은 갑옷의 기사는 말을 멈추고 주위를 돌아보았다. 급하게 온 모양인지 무척 숨이 거칠었다.

"지휘관인가?"

"그렇습니다. 제 이름은 루……."

"나는 쏜즈의 기사 네프다."

그는 루치의 말도 끝까지 듣지 않고 말을 이었다.

"캡틴 링케의 명령을 전달하기 위해 왔다. 현재 이곳에 몇 명의 군대가 집결되어 있는가?"

"대략 오천이며 이백오십 여명의 장미 기사단도 함께 있습니다."

"충분한 병력이군. 오늘 해가 지기 전에 노르만트를 함락시킨다. 지휘관들에게 알려라."

"지금 당장 말입니까?"

루치는 머리 위에 있는 태양의 위치를 확인하며 난감한 미소를 지어 보였다. 시간이 너무 촉박했으나, 네프는 긴 논쟁을 하지 않았다.

"빠를수록 좋다. 반드시 해가 지기 전이어야 한다."

루치는 알았다고 하려다 갑자기 다른 생각이 들었다.

'난 없는 기회도 만들어서 챙겨 먹었어. 이렇게 제 발로 찾아온 기회를 놓치는 바보가 아니지.'

루치는 일부러 난처한 목소리를 꾸며내어 네프에게 말했다.

"총지휘관이 없는데다가 각 부대의 지휘관들만 모두 열 명입니다. 오천의 군대를 이동시키는데, 서로 의견 조율을 하고 작전을 논의하는 데만 반나절은 걸릴 것입니다."

루치는 일분일초가 급하다는 걸 알면서도 느릿느릿 말을 이었다. 네프가 일부러 더 초조해하길 기대했다.

"그리고 말입니다. 제가, 글쎄요…… 감히 이런 말씀 드려도 예의에 어긋나지 않을지 모르겠습니다만, 어, 그러니까…… 제가 지휘관들에게 이 말을 전달한다고 한들 지휘관들이 믿겠습니까? 전 평민 출신에, 이제 막 한 부대의 지휘관을 맡은 하급 장수에 불과한데요."

"빨리 말해라!"

"제 말은, 그러니까 방금 전 이미 노르만트로 진격하자는 의견을 내놓고 나오던 길입니다. 그리고 반대를 당해 이렇게 막사를 나오고 말았죠. 그런데 제가 가서 말한다 한들 믿겠습니까? 저들은 저와는 달리 지금 가지고 있는 장수라는 직책을 잃고 싶어하지 않습니다. 그런데 모든 것을 잃을 수도 있는 노르만트 진격을 받아들이겠습니까? 오히려 저더러 그게 진짜 캡틴 링케의 명령인지 확인하자고 할 겁니다. 설사 확인이 된다 해도 그 뒤엔 또 찬반 투표를 하자고 달려들 걸요?"

루치는 말을 탄 네프에게 정중히 손을 들어 막사 쪽을 가리켰다.

"그러니 기사 네프께서 직접 가서 지휘하셔야 합니다. 말씀드렸다시피 전 발언권이 약해서요. 자, 이리로 오시지요."

네프는 루치의 말에 이를 부득 갈았다.

'내가 당신 말을 전달하나, 당신이 직접 가서 말하나 내가 얻을 게 없다는 건 매한가지야. 난 내가 얻을 게 있을 때만 움직일 거야. 지금 바쁘지, 네프? 그러니까 얼른 내게 권한을 주고 급한 일 하러 떠나라고.'

네프는 허리에 차고 있는 검을 뽑았다. 루치는 순간 겁이 덜컥 났다. 그를 너무 화나게 만든 줄 알았다. 그러나 네프는 그 칼을 루치에게 던져 주었다.

"쏜즈의 이름으로 권한을 줄 터이니, 아무나 총지휘관을 맡아라. 그리고 오늘 해가 지기 전에 반드시 노르만트를 함락시켜라. 만약 그렇게 못할 시에는 내가 직접 너희 지휘관들을 모조리 목 베어버리겠다."

루치는 그 정도 협박은 아무렇지도 않게 들어 넘기고 대꾸했다.

"아무나…… 라는 거 확실합니까?"

"두 번 묻지 마라!"

"알겠습니다. 그런데 백작님께서는 무사하신지요? 안 좋은 소문이 있……."

"네가 신경 쓸 부분이 아니다."

네프는 다시 왔던 길로 급히 되돌아갔다.

루치는 칼을 들어 이리저리 돌려보았다. 의심할 여지 없는 쏜즈의 검이었다. 루치는 잠시 여운을 즐기기 위해 하늘을 올려다보았다.

'봤나? 루우룬 깡촌에 묻혀있던 드래곤이 드디어 날아오를 날개를 얻었다.'

루치는 지휘관들이 모여 있는 막사로 돌아갔다. 그들은 후퇴할 것인지, 전투를 시작할 것인지에 대해 아직도 지겹게 같은 논쟁을 반복하고 있었다. 루치는 탁자를 두 손으로 내려치며 큰 소리로 말했다.

"방금 쏜즈의 기사가 명령을 하달하고 갔다. 모든 군대는 노르만트로 진격한다."

지휘관들은 어이가 없다는 듯 한 마디 하려고 했다. 그러나 그 전에 먼저 루치는 쏜즈의 문장이 박힌 네프의 칼을 탁자에 꽂았다.

"그리고 모든 지휘권한은 내게 있다. 이제부터 내가 총사령관이다."

네프의 검은 루치의 말보다 몇 배는 설득력이 강했다. 어제 창잡이에 불과했던 병사가 오늘 부대장이 되는 느닷없는 승진 조치가 줄곧 있어 온 붉은 장미의 군대에서, 원래 지휘관이었던 이가 총사령관이 되는 건 조금도 이상할 게 없었다. 따지고 싶어 입이 근질근질한 장수들이 쏜즈의 검 앞에서 아무 말도 못 하는 건 당연했다. 게다가 루치는 미리 반발을 없앨 협박을 더했다.

"명령 불복종은 즉결 심판하겠다. 전군 전투 준비. 해가 지기 전까지 노르만트를 함락시킨다."

노르만트 왕실에는 비상이 걸려 있었다. 모든 대신들이 호출되었고, 세이게이 장군과 하얀 늑대들의 대표로 쉐이든이 작전 회의실에 참석했다. 회의실에서 울리는 목소리는 긴박했고 위기감으로 가득 차 있었다.

"붉은 장미 군의 배치는?"

"서쪽에 오백, 북쪽에 천, 남쪽에 오백 정도의 군대가 몰려 있으며 동쪽에는 약 삼천 명 정도의 군대가 포진되어 있습니다."

"최종 진격 명령만 기다리고 있는 것 같습니다."

"폐하, 결단을 내려야 할 시기입니다. 저들은 선전 포고도 하지 않을 것이고, 항복을 권유할 생각도 없는 게 분명합니다."

국왕은 머리를 짚은 채 고개를 숙이고 있다가 힘없이 쉐이든을 바라보았다.

"캡틴 울프에게서는 연락이 없소? 원군을 데리러 갔다 하지 않았소?"

"오지 않았습니다."

쉐이든의 짧은 대답은 지금의 절망적인 상황보다 더 국왕을 실망시켰다.

"제너럴 세이게이, 우리 병력으로 저 군대를 막을 수 있겠소?"

지금까지 항상 상황을 낙관하며 국왕에게 힘을 주었던 세이게이도 이번만큼은 고개를 저었다.

"지금 병력으로는 한 시간도 막아낼 수 없습니다."

말 많던 대신들도 침묵했고, 국왕은 한숨만 길게 내쉬었다. 자신의 뜻을 말하길 계속 주저하던 두나단이 조심스럽게 입을 열었다.

"도시를 포기하시는 건 어떻습니까?"

"그게 무슨 소린가?"

다른 대신들이 말도 안 된다며 당장 소리를 질렀으나, 세이게이 장군이 말렸다.

"나도 비슷한 생각을 하던 차요. 계속 말씀해 보시오, 두나단."

"정보로는 검은 사자 백작의 군대가 이쪽으로 이동하고 있다고 했습니다. 내일, 어쩌면 오늘 도착할 것으로 보입니다. 계속 승기를 잡고 있었던 붉은 장미 백작군이 굳이 서둘러 노르만트를 공격하려는 이유가 뭐겠습니까? 그들은 지금 우리가 모르는 어떤 계기로 인해 쫓기고 있는 상황이 되었고, 전쟁에서 승리할 마지막 수단으로……."

두나단은 마지막까지 망설이던 말을 했다.

"……국왕 폐하를 사로잡는 방법을 택한 겁니다. 그럼 검은 사자 백작도 함부로 노르만트와 붉은 장미 백작의 군대를 공격할 수 없게 되니까요."

과격한 발언이었으나 다들 수긍했다. 국왕도 계속하라는 뜻에서 손을 내밀었다.

"그들이 노리는 바가 폐하라면, 반대로 폐하만 안전하면 되지 않겠습니까? 노르만트를 포기하십시오, 폐하. 그리고 왕성만을 지키는 겁니다. 우리에게는 노르만트 전체를 지킬 병력은 없습니다. 하지만 왕성 하나는 며칠 정도 버틸 수 있을 겁니다."

대신들의 얼굴이 밝아졌다. 위급한 상황이라 그런지 금방 이 그럴싸한 의견이 통과되는 분위기였다.

"어떻소, 제너럴? 가능하오?"

국왕은 진지한 얼굴로 세이게이에게 물었다.

"방어 위주로 지어진 성은 아니지만, 하루나 이틀 정도는 확실하게 막을 수 있을 겁니다."

루오르가 세이게이에 이어 말했다.

"그리고 검은 사자 백작에게 정식으로 도움을 요청하면 그는 기꺼이 폐하의 신변을 보장할 겁니다. 이번 전쟁으로 왕실의 적이 누구인지는 명백해지지 않았습니까? 또한 검은 사자 백작은 분명 샤이필드 공작의 뒤를 잇는 수호 가문의 자격을 얻기에 충분합니다."

대신들이 검은 사자 백작의 편을 든 적은 많았지만, 지금만큼 다수의 동의를 얻은 건 처음이었다.

"검은 사자 백작에게 노르만트를 지켰다는 영광을 준다면 더욱 왕실에 충성을 다할 것입니다."

"이번만큼은 그의 도움을 받아야 합니다."

계속 듣고만 있던 쉐이든은 따로 세이게이를 불러냈다.

"우리끼리 수성 계획을 논의해보는 게 어떻습니까?"

"그러지."

세이게이도 동의하며, 국왕에게 인사한 후 회의실을 나섰다.

늙은 장수는 방을 나서자마자 한숨을 내쉬었다.

"이제 적이 누구인지도 모호해졌군. 검은 사자 백작에게 도움을 받는다고? 고양이를 잡으려 사자를 끌어들이는 격이 되지 않을까 걱정이군."

"그건 어디까지나 오늘 하루 동안 이 성을 지켰을 때의 얘기입니다, 제너럴. 목전에 있는 적에게만 신경 쓰도록 합시다."

"왕성만을 지킨다라…… 당신 생각은 어떻소?"

"화살은 넉넉히 있습니까?"

세이게이는 아픈 곳을 찔린 사람처럼 움찔했다. 쉐이든은 냉정하게 얘기를 이어갔다.

"배후를 압박당하면 붉은 장미군도 필사적이 될 수밖에 없습니다. 게다가 그들은 레앙을 공격하며 성을 무너뜨리는 법을 경험해 본 자들입니다. 열 대가 족히 넘는 공성 무기를 가지고 있더군요. 반면 우리에게는 화살뿐 아니라, 활을 쏠 사람도 모자랍니다."

세이게이는 왔던 복도를 되돌아보며 중얼거렸다.

"저 희망 가득한 회의실에 들어가, 생각해보니 어렵겠다고 말해야 하는 건가?"

"그럴 필요까지는 없습니다. 전 일단 상황을 최대한 객관적으로 보자는 뜻에서 화살 얘기를 해 봤습니다. 우선 왕성에 수비력을 집중시키자는 의견에는 동의합니다."

"모든 병사들을 이곳에 집결시키고, 노르만트 시민들을 성의 지하실로 대피시키겠소. 상대의 목적이 왕을 빼앗는 것 하나라 해도, 흥분한 병사들이 시민들을 건드리지 않길 기대할 수는 없을 테니. 그 다음은?"

"그 다음은……."

쉐이든은 창가에 서서 먼 곳에 까마득히 깔려 있는 적병들의 움직임을 살폈다. 그러다 이내 씁쓸한 표정으로 말을 이었다.

"친구들과 얘기해보고 결정을 내리겠습니다."

장군은 말을 하다 말고 가버리는 쉐이든의 등 뒤에 대고 소리쳤다.

"결정을 내리고 말을 한 게 아니었소?"

"결정 내리지 못했습니다."

쉐이든은 돌아보지도 않고 말을 이었다.

"우리는 여기에 사람을 죽이러 온 게 아니니까."

게랄드, 아즈윈, 쉐이든, 셋은 한 방에 모여 서로에게 의견을 물었다.

"결국 카셀은 오지 않았군. 던멜도, 로일도. 누구 하나 오지 않았어."

아즈윈은 심드렁하니 말했다. 쉐이든은 후회 섞인 한숨을 내뱉었다.

"내 잘못이다. 카셀을 내보내는 게 아니었어."

게랄드는 귀찮은 파리 쫓듯 손을 휘저으며 말했다.

"이 와중에 무슨 잘잘못을 가리냐? 우린 최선의 선택을 했는데 맞아 떨어지지 않은 것뿐이야. 그거 알아? 사실 가장 큰 문제는 너희들이 나랑 같이 있다는 것에 있어. 나랑 같이 있어 잘 된 놈들이 없었거든."

게랄드가 혼자 말하고, 혼자 웃었다. 하지만 둘 다 미소조차 짓지 않으니 게랄드도 무안해져서 웃음을 멈췄다.

"어어, 그보다 아즈윈의 부상이 아직 낫지 않았는데 어쩌지?"

"난 움직일 수 있어."

아즈윈이 자신 있게 대답했다. 그러자 게랄드가 갑작스레 그녀의 등을 손바닥으로 쳤다. 아즈윈은 비명도 못 지를 만큼 괴로운 나머지, 침대에 엎어져 버둥거렸다. 그리고 겨우 아픔이 가시자 버럭 소리 질렀다.

"야! 게리 너 뒤질래?"

게랄드는 코가 닿을 정도로 다가와 있는 아즈윈의 얼굴에 대고 표정 하나 바꾸지 않고 말했다.

"움직일 수만 있는 비전투원은 성안의 시녀들로 충분해. 너까지 그 대열에 합류하지 말고, 얌전히 엎어져 있도록 해."

"엎어져 있다가 적이 쳐들어오면 그대로 죽으라굽쇼? 차라리 끙끙대며 버둥거려도 싸우다 죽는 게 낫겠다."

"죽긴 네가 왜 죽어? 네가 나보다 빨리 죽는 일은 절대 없을 거니까 걱정하지 마."

"이 자식이 프러포즈 같은 소리 하고 있네!"

아즈윈은 신경질적으로 소리쳤다.

게랄드가 자리에서 일어나 도끼를 들었다.

"오오, 그렇게 되는 건가? 뭐, 그렇게 들려도 상관은 없지만. 그보다 제너럴의 작전은 뭐냐?"

쉐이든이 짧게 설명했다.

"왕성으로 모든 전투력 집중. 그 후 방어에 전념."

"뭘로 방어할거래? 돌? 화살? 이 성에는 공성에 대비한 게 아무것도 없잖아."

"그게 문제지. 하지만 우리가 나선다면 방법이 없는 건 아니야."

쉐이든도 자리에서 일어나 옆에 걸어놓은 철창을 쥐었다. 게랄드는 그의 생각을 읽고 머리를 긁적거렸다.

"우리가 나서면 사람을 많이 죽이게 될 거야. 나는 그렇다 치더라도 너는 그럴 수 있겠냐?"

쉐이든은 묵묵히 고개만 끄덕거렸다. 게랄드는 어깨를 으쓱하며 말을 이었다.

"그럼 죽일 수 있다 치고, 이게 그 정도의 가치가 있는 일이냐?"

"사람의 목숨을 두고 가치 운운할 건 아니지. 난 그저 세 사람이 돌아올 때까지 지키겠다는 생각밖에 없어."

"그 세 사람에 카셀 포함시킨 거지? 쫓아낼 때는 언제고 변덕 하고는……."

게랄드가 투덜거리며 말했다.

"기다리기 위해 내보낸 거다."

"변명이 구려, 자식아."

게랄드는 씨익 웃었다. 아즈윈은 아직도 게랄드가 후려친 등이 아파 인상을 구긴 채로 말했다.

"이런 곳에서 엄하게들 죽지 마."

"에이, 설마 우리가 이런 곳에서 죽을라고? 우리 아즈윈 미망인으로 만들었다가 나중에 무슨……."

농담처럼 말하던 게랄드는 아즈원의 눈가에 눈물이 맺혀 있는 걸 보고 입을 다물었다. 아즈원은 다가와 두 남자를 동시에 껴안고 목멘 목소리로 말했다.

"절대 죽으면 안 돼. 너희들 없으면 나도 죽어."

셋은 잠시 서서 서로의 체온을 나눠 가졌다. 쉐이든이 먼저 몸을 떼며 입을 열었다.

"우리가 죽을 곳은 아란티아의 여왕님 앞이다. 그러니 이 싸움도 결국 그분을 위한 거라고 생각하자."

"그래, 난 정말 이 말을 한번 해보고 싶었는데, 이런 상황에다 써도 되나 모르겠다? 해도 돼? 아무나 허락 좀 해 줘 봐."

게랄드가 도끼를 내밀며 부탁하자, 쉐이든이 빙그레 웃으며 고개를 끄덕였다.

"허락한다. 해. 나도 하고 싶었어."

"그럼 창 들어. 아즈원 너도 칼 들어."

둘은 게랄드가 시키는 대로 했다. 게랄드는 웃으며 둘의 무기에 자신의 도끼를 부딪치며 외쳤다.

"여왕 폐하를 위하여."

아즈원이 웃음을 터트렸다.

"재미있네. 나도 해보자. 여왕 폐하를 위하여."

쉐이든도 거기에 합세했다.

"여왕 폐하를 위하여."

셋의 무기가 하나가 되어 좁은 방의 천장에 닿았다.

붉은 물결이 노르만트의 성문으로 몰려들었다. 화살 세례를 예상하고 제1선에 방패병들이 포진해 있었으나 공격은 없었다. 덕분에 붉은 장미군은 어렵지 않게 성문을 부수고 들어올 수 있었다.

마침내 노르만트로 진입한 붉은 장미의 병사들은 엄청난 공세를 예상하고 방패로 무장하고 달려왔으나, 역시나 저항은 없었다. 기껏 사다리를 걸치고 힘들게 성벽에 기어오른 병사들은 지키는 병력이 전혀 없는 것에 기운이 빠질 지경이었다. 어떤 저항도 없이 노르만트에 진입한 선발대는 오히려 진군을 멈추었다.

"장군을 불러라!"

선발대를 맡은 장미 기사단의 한 명이 목청껏 외쳤다. 같은 현상이 노르만트의 성문마다 벌어지고 있었다. 후방에 안전하게 있던 루치는 아무런 수비 병력이 없다는 말을 듣고 즉시 말을 달려왔다.

기사는 루치에게 달려와 예상 밖의 상황에 대해 보고했다.

"뭔가 이상합니다. 일단 후퇴해서 상황을 살피심이 좋겠습니다."

'일리 있어. 이건 좀 이상해.'

루치는 서쪽으로 저물어 가는 태양을 보고 고개를 저었다.

'몸 사린답시고 물러서 봐야 네프에게 목이나 베이겠지. 저질러 놓고 만약 잘못되면 달아나는 편이 나아. 어차피 난 지금 시키는 대로 하는 거잖아. 책임 없어.'

루치는 결정을 내렸다.

"적은 외곽 성벽 방어를 포기한 것뿐이다. 아마 모든 병력은 왕성에 집결되어 있을 것이다."

"그럼 어떻게 할까요…… 장군?"

방금까지만 해도 같은 직급의 지휘관이었으나, 이제 루치는 완벽하게 상관 대접을 받고 있었다. 지금까지의 출세 중 가장 기분이 좋았다.

"어떻게 하긴? 빤한 작전이지 않나? 오히려 쉬워진 거다. 왕성 하나만 무너뜨리면 돼. 이대로 진격한다. 도시 내의 가옥들은 어느 것 하나 부수지 말고 약탈도 하지 말라고 일러라."

루치는 이미 내렸던 명령을 한 번 더 강조했다. 어쩌면 이 집들이 모두 자기의 것이 될지도 모르는데 부수기에는 너무 아까웠다. 경험상 이런 명령을 내린다고 약탈이 아예 없을 수는 없겠지만, 줄일 수는 있었다.

붉은 장미의 군대는 단숨에 노르만트의 대로를 가로질러 국왕의 성으로 향했다. 왕성은 겉보기에 탑이 높아 위압감 있어 보였으나, 실상은 성벽도 그리 높지 않고 외부의 공격에 버틸 수 있도록 튼튼하게 지어진 것도 아니었다.

멀리 서쪽에서 불길이 솟아올랐다. 루치는 그 불길의 의미가 뭔지 금방 알았다. 이미 노르만트는 살육과 파괴의 현장으로 변하기 시작하고 있었다. 대다수 시민들은 이미 대피한 것 같았으나, 짧은 시간 안에 모든 이가 달아날 수는 없었다. 그리고 붉은 장미군의 병사라는 건 애초에 정규군 보다는 여자와 돈에 굶주려 있는 용병들이 대부분이었다. 텐모주에서 지켜지던 군기가 점령지에서까지 지켜지길 바라는 건 무리였다.

서쪽에 이어 북쪽에서도 약탈을 시작하는 소음과 불길이 올라오기 시작했다. 이제 와서 일일이 군을 제어하기는 불가능했다. 책임자 처벌은 나중으로 미뤄두고, 지금은 왕성을 점령하는 것이 더 급했다. 점령이 끝나면 약탈은 금방 중지시킬 수 있으니까.

몇 개 안 되는 망루 위에 왕의 병사들이 창과 활로 무장하고 서 있었다. 그러나 그들은 활시위에 화살을 재지도 않고 조용히 바깥 상황을 주시하고만 있었다. 루치는 앞으로 나가 크게 소리 질렀다.

"노르만트는 이미 함락되었다. 성문을 열고 붉은 장미 백작의 군대를 맞으라."

그때 성문 위쪽에서 나이 든 장수가 우렁찬 목소리로 대꾸했다.

"국왕 폐하께서 계신 곳이다. 예의를 갖추라. 그리고 이 만행에 대해 붉은 장미 백작과 직접 대화하고 싶다. 나는 왕실의 장군, 세이게이다."

루치는 다 진 상황에서도 예의 따지는 멍청한 늙은이를 상대로 긴 대화를 나누고 싶지 않았다.

"붉은 장미 백작의 군대 총지휘관 루치다."

루치는 어렸을 때부터 또래 친구들보다 덩치도 크고 힘도 셌다. 그의 앞에서 아이들은 항상 두 손을 비비며 자비를 구했다. 언제나 루치는 괴롭히는 입장에 서서 약한 자와 강한 자를 나누는 기준이 뭔지를 보았다. 바로 어느 쪽이 먼저 심적으로 굴복되느냐였다.

"지금 나는 백작의 모든 뜻을 대신하고 있다. 성문을 열어라. 내가할 말은 오직 그것밖에 없다."

상대를 굴복시키는 방법은 간단했다. 힘을 보이는 것이다.

"다른 협상의 여지를 내비친다면 나 역시 선택의 여지가 없다. 너희들은 열 개의 공성기가 쏟아내는 바위 그늘에 가려 싸우게 될 것이다. 일천의 궁수가 쏟아내는 화살이 하늘을 가리는 광경을 구경하게 될 것이다. 그리고 이천의 병사가 성벽을 기어오르는 장관을 지켜보게 될 것이다."

불리한 자가 제시하는 협상이란 대체로 그 위기를 모면하기 위해 꾸며내는 거짓말인 경우가 많았다. 지금 성벽의 노인이 그랬다. 그는 루치를 설득시킬 만한 어떤 조건도 제시할 수 없었다. 루치는 상대가 무슨 말을 하건 간에, 총공격을 명할 생각이었다. 단 한 마디만 내뱉으면 루치는 즉시 '전군 진격'이라는 말을 내지를 준비를 했다.

"성문을 열겠다."

장군은 손을 내저어 명령했다. 잠시 후 진짜로 도개교가 밑으로 내려왔다.

'뭐야? 정말로 열어 버린 건가? 그럼 나야 좋지만.'

루치는 진격 명령을 내리려던 손을 접었다

도개교 입구를 통해 한 남자가 걸어 나왔다. 그는 오른손에는 두 자루의 도끼창을 한꺼번에 쥐고, 왼손에는 커다란 방패를 들고 있었다. 항복하려고 나온 차림은 아니었다. 수천 명의 병사들이 그의 행동을 지켜보았다.

남자는 도개교의 중간쯤에서 멈춰 서더니 등에 매고 있던 묵직한 창을 바닥에 힘껏 박아 놓았다. 또 두 자루 도끼창 중 한 자루는 철창을 꽂은 반대편에 소리 나게 내리꽂았다. 두 자루의 긴 무기가 남자의 등 쪽에 엑스 자를 그리며 장식물처럼 서 있었고, 남자는 방패와 도끼창을 양손에 든 채로 움직이지 않았다. 다리 위에 뜨거운 바람이 잠시 불고 지나갔다.

'뭐야, 저 자식은?'

루치는 성벽 위를 올려다보았다. 세이게이 장군의 모습은 보이지 않았다.

"이게 대답이라 이건가?"

루치는 '다리를 지키고 비켜주지 않는 영웅들 이야기'를 수없이 들어보았으나, 그런 것에 진짜로 환상을 품을 정도로 순진하지 않았다. 현실적으로 보면 저건 군의 사기 문제일 뿐, 전략상 대단할 것도 없는 작전이었다. 성문을 뚫기 위해 희생할 병력이 천 명이라면, 열린 다리로 뛰어드는데 필요한 병력은 열 명이었다. 설사 저기 서 있는 기사가 바로 그 전설 속의 영웅이라 해도 오십 명이면 끝날 일이었다.

"장미 기사단!"

루치가 부르자, 당장 여섯 명의 기사들이 말을 몰아 루치의 옆에 섰다. 한 달 전만 해도 그가 굽실거려야 했던 기사들이 손짓 하나에 달려왔다는 점에서 그는 쾌감을 느꼈다.

'오래 앉아 있고 싶은 지위군.'

루치는 이 전투 이후의 계획을 세웠다. 노르만트를 최대한 피해 없이 빠른 시간 안에 함락시키고, 쟌스테인 백작이 올 때까지 국왕을 자신의 보호 아래 둔다. 자신의 명령에도 불구하고 노르만트의 집을 불태우고 약탈을 일삼은 병사들을 모조리 처형하거나 복구 작업에 투입시킨다. 그런 식으로 왕의 환심과 두려움을 동시에 산다…….

루치는 서둘러 왕의 옆자리에 서고 싶었다. 도개교 앞에서 어물거리고 싶은 생각은 추호도 없었다.

"저자가 기사도를 가르쳐 줄 생각인가 보다. 가서 저자를 쓰러뜨리고 노르만트의 왕성을 접수할 용감한 기사가 있느냐?"

기사들은 서로 하겠다고 나섰다. 루치는 제일 왼쪽에 있는 기사를 지목했다.

"이름이 무엇이냐?"

"자이에르입니다."

"그대가 녀석의 목을 치면 자이에르라는 이름을 모든 병사들이 연호하게 해주겠다."

"네, 장군."

기사는 힘차게 대답하고, 말머리를 돌려 도개교로 돌진했다.

루치는 노르만트의 왕을 굴복시킨 다음 할 일을 떠올리는 망상으로 다시 돌아갔다. 왕족의 여자와 결혼해 아이를 낳게 하고, 귀족들과 연을 맺어…….

루치의 상상 놀이는 장미의 기사가 도개교 밑으로 굴러떨어지면서 끝났다. 도끼창을 휘두른 기사는 아무 일도 없었다는 듯 우뚝 서서 다음을 기다렸다. 응원을 하려는 아군의 북소리가 채 울리기도 전에 일어난 일이었다.

"제가 가겠습니다."

두 번째 기사가 달려갔다. 그러나 이번에는 더 쉽게 결말이 났다. 두 번째 기사의 잘려나간 목이 도개교 밑에 흐르는 작은 개울로 퐁 빠졌다. 주인 잃은 두 마리 말이 도개교 위에서 서성대다가 한 마리는 왕성의 입구 안으로 들어갔고, 한 마리는 장미 기사단 쪽으로 되돌아왔다.

"이번에는 제가……."

한 명이 또 나서자, 루치가 저지했다.

"놈들은 이런 식으로 우리에게 정면 대결을 하게 해서 시간을 끌 셈인 것 같군. 끌려다닐 필요 없다. 전원이 한꺼번에 가라."

장미 기사 넷은 내키지 않는 얼굴이었다. 그런 식으로 비겁하게 이기고 싶지 않다는 뜻이었다. 하지만 루치의 명을 거역하지 못하고, 도개교를 향해 달려갔다. 아군 병사들은 그동안 보아온 장미 기사단의 용맹을 다시 한 번 보길 기대하며 함성을 질렀다. 그러나 그 함성은 또한 번 순식간에 잦아들었다.

네 명의 기사들은, 멀리서 보기에 뒤에서 줄을 묶어 잡아당긴 것처럼 한꺼번에 말에서 떨어졌다. 기사들의 동강난 목에서 터져 오른 핏방울을 뒤집어쓴 남자는 여전히 큰 움직임을 보이고 있지 않았다. 주인을 잃은 말 네 마리만 방황할 뿐이었다.

루치는 믿을 수 없는 광경에 입을 다물 줄 몰랐다. 병사들의 수군대는 소리가 그의 귀에까지 들렸다.

"하얀 늑대다."

"아란티아의 하얀 늑대다……."

그 소리는 점점 퍼져 모두의 입에서 입으로, 귀에서 귀로 전달되었다.

"울프 기사단이래……."

"하얀 늑대들이 이 전쟁에 개입한 거야."

그 이름 하나만으로 병사들 사이에 커다란 공포가 내려앉았다. 그건 루치도 마찬가지였다. 링케와의 결투를 단 한 방에 끝내 버린 그 모습은 아직도 눈에 선했다.

'왜 불리한 건 줄 알면서도 도개교를 내렸는지 알겠군. 저런 엄청난 인물이 다리에 떡 하니 버티고 있으면 감히 누가 달려들겠어?'

옆에서 다른 지휘관이 말했다.

"후퇴해서 좀 더 상황을 지켜보는 게 어떻습니까? 눈앞의 적도 적이지만, 뭔가 다른 게 있지 않을까 두렵군요."

그 말을 듣고 나니 루치는 갑자기 엉뚱한 생각이 들었다. 그는 지금까지 너무나도 빠른 출세 가도를 달려왔다. 그런데 어쩌면 지금까지 챙겨온 그 수많은 기회보다 지금 당면한 기회가 더 큰 걸지도 몰랐다.

'난 품 안으로 날아든 기회를 놓치는 멍청이가 아니야.'

지휘관이 재촉하듯 물었다.

"장군, 결단을?"

"드래곤을 죽인 자를 드래곤 슬레이어라고 따로 칭하는 이유가 뭔가? 왕을 죽인 자를 킹 슬레이어라고 부르는 이유가 뭔가? 그건 그만큼 그 대상이 죽이기 어렵기 때문이 아닌가? 그럼 하얀 늑대를 죽인 자는 뭐라고 불릴까? 울프 슬레이어?"

루치는 웃으며 손을 들었다. 그러자 궁수들이 일제히 활시위에 화살을 재고 중무장 보병 부대가 전진했다.

"나는 저 하얀 늑대라는 기사에게 군대 하나를 상대하며 장렬히 전사했다는 영웅의 이름을 선물하겠다. 수많은 음유시인이 그를 찬양하는 시를 읊을 것이고, 카모르트 역사서에는 그를 기리는 문장이 한 페이지 남을 것이다. 그리고 나는 위대한 영웅을 죽인 사악한 장수로 이름을 남길 것이다. 기꺼이 감수해 주지."

루치는 큰 소리로 명령했다.

"전군, 돌격하라. 다리 위의 하얀 늑대를 죽이는 자에게 지휘관의 자리와 노르만트에 필적하는 영지를 선물하겠다!"

Chapter 39

하얀 늑대의 이빨

쉐이든이 성의 앞을 막는 동안 게랄드는 성의 뒷문을 맡았다. 쉐이든이 앞에서 도발하면 자연히 병력이 성의 뒷문으로 몰릴 것이고 적절한 순간에 문을 확 열어 버리면 지금 정문에서 벌어지고 있을 일이 똑같이 재현될 것이다. 적들은 크게 당황할 것이고 운이 좋으면 후퇴할 수도 있었다.

터무니없이 무모한 짓이었다. 그러나 해볼 만한 일이라고 생각했다.

하지만 게랄드는 성의 뒷문까지 가지도 못하고 거기까지 가는 길목에 있는 넓은 뜰에 멈췄다. 그곳에는 여기에 있지 말아야 할, 아니 있다는 것 자체가 불가능한 이들이 '열두 명' 이나 그의 길목을 막고 있었다. 공교롭게도 그 열두 명 역시 게랄드가 자기들의 앞을 막고 있다는 것에 당황한 표정이었다.

"나, 이거 원."

게랄드는 도끼를 낀 채 팔짱을 끼었다.

"물어봤자 네놈들이 대답해 줄 것 같지 않으니 어떻게 들어올 수 있었는지는 묻지 않으마. 근데 뭐 하러 들어 왔는지는 묻자, 링케. 실례가 안 된다면!"

붉은 갑옷의 기사들은 무표정한 얼굴로 게랄드를 노려보고만 있었다. 그리고 언제든 자기들의 캡틴이 명령을 내리면 달려들 준비를 하고 있었다. 제일 앞에 선 링케는 허리에 찬 칼의 손잡이를 손가락으로 톡톡 두들기며 말했다.

"비밀로 하겠다고 약속하면 말해 주지, 내 소중한 친구."

"우와아, 듣고 죽으란 소리로 들리는 건 그냥 착각인 거지? 뭐, 비밀로 해줄게. 내 주둥이가 그걸 따라 줄지는 모르겠다만."

"국왕을 죽이러 왔다."

"납치가 아니라?"

"죽이러 왔다."

"암살치고 열두 명이면 너무 요란한 거 아니냐?"

"요란한 편이 좋으니까."

"에, 그건 뭐시냐…… 붉은 장미 백작의 뜻이냐?"

"아니, 이건 우리 뜻이다. 그는 죽었으니까."

게랄드는 뜻밖의 새로운 뉴스에 고개를 갸웃했다.

"그럼 밖에 있는 저 군대는 뭐야? 누구 명령을 듣고 있는 거야?"

"누구의 명령도 아니다. 굳이 말하자면 백작의 망령이 내린 명령을 따르고 있는 거지."

"그 망령이 너희들이고?"

링케는 부정하지도 않았고, 대꾸하지도 않았다.

"너 되게 웃긴다?"

게랄드는 전혀 웃지 않는 얼굴로 말을 이었다.

"그렇게 해서 얻는 게 뭐가 있다고 왕 하나 암살하는데 군대를 총동원해? 암살의 정의라도 내려주랴?"

"암살이라고 한 적 없다. 죽이러 왔다고 했지."

"뭐가 달라?"

링케는 대화를 이어가지 않고 손을 내밀었다. 그러자 링케 뒤에 선 열한 명의 기사들이 일제히 검과 창, 방패를 들었다. 게랄드는 팔짱을 풀고 뒤로 몇 걸음 물러나며 신음소리를 냈다.

"어지간하면 사정 좀 봐주지? 너희 정도가 다섯 이상이면 좀⋯⋯."

"좀 뭐? 비겁하다고?"

어째서인지 링케는 씁쓸한 웃음을 흘렸다. 게랄드는 도끼를 양손에 쥐고 자세를 낮추었다.

"상황 골라가면서 싸운 적은 없으니까 됐어. 잠깐, 근데 너 전에 나한테 당한 얼굴의 상처는 왜 없어졌냐?"

링케는 또 한 번 대화를 무시하고, 부하들에게 명령했다.

"희생 없이 이길 수 있는 상대가 아니다. 넷 정도는 도끼에 맞아줘라. 그때 빈틈이 생길 거다."

게랄드는 눈을 동그랗게 떴다. 링케는 여전히 차가운 어조로 말했다.

"이 정도 작전을 노출 시켜 줬으면 어느 정도 공평해졌지?"

링케가 칼을 뽑으며 신호하자, 열한 명의 기사가 동시에 달려들었다. 한 명 한 명이 카모르트를 대표해도 좋을 정도로 막강한 실력의 기사들이었다.

그들은 순식간에 게랄드를 에워쌌고, 게랄드는 포위당하지 않기 위해 물러났다. 그러자 그들은 성급하게 공격하기보다 게랄드의 움직임에 맞춰 계속 포위를 이어갔다.

'이 자식들 보게? 한 명을 집중 공격하는 훈련을 해본 거잖아.'

이런 건 용병들이나 하는 짓이었다. 정식 절차를 밟아 지위를 얻은 기사들은 일대일, 다수 대 다수의 싸움은 훈련해도 일 대 다수의 싸움은 하는 법이 거의 없었다. 하지만 이 녀석들은 게랄드를 민첩하게 포위하면서도 서로의 검에 방해받지 않을 정도의 간격을 유지하는 요령에 익숙했다.

그들은 마치 스물두 개의 팔과 열한 개의 분열된 몸을 가진 한 명처럼 움직였다. 동시에 움직이는 수준이 이 정도까지 되면, 단순히 여러 명과의 대결이라 할 수가 없었다.

도끼와 창이 교차하면 좌우에서 칼이 날아들었고, 칼을 방어하고 나면 뒤통수를 노리고 또 다른 무기가 찌르고 들어왔다. 그럴 때마다 게랄드는 과감한 도끼질로 상대의 방어를 무너뜨리며 물러섰다.

링케는 그 포위망 안에 섞여 있지도 않았다. 게랄드는 처음부터 링케를 첫 번째 대상으로 생각했는데, 정작 그는 한참 뒤쪽에 물러나 있었다.

게랄드는 갑자기 정지하며 일순 싸움의 흐름을 끊었다. 쏜즈의 기사들이 잠깐 머뭇거렸지만 금방 회복했다. 그러나 게랄드에게는 그 잠깐이면 충분했다. 게랄드는 화살처럼 튕겨 나가 정면에 있는 녀석에게 도끼를 휘둘렀다. 부채꼴로 둘러싼 좌우에서 동시에 창을 찔러 넣었지만 이미 게랄드가 지나쳐간 후였다. 한 명의 목이 날아가며 게랄드는 둥근 포위망에서 벗어났다.

기사들은 당황하지 않고 흩어졌다가 금방 포위망을 만들었다. 게랄드는 포위되지 않으려고 뒷걸음질 쳤다. 하지만 그의 움직임을 예측한 쏜즈 한 명이 등 뒤를 노리고 달려들었고 게랄드는 발걸음 소리로만 상대의 위치를 파악하고 도끼를 휘둘러 목을 쳤다. 하지만 잠깐 멈춰선 대가로 가슴을 칼에 베이고 어깨를 창에 스쳤다.

게랄드는 뒤로 점프하듯 피했다. 등이 벽에 부딪혔고, 그 순간 또 포위당하고 말았지만 게랄드는 기세 좋게 말했다.

"둘."

링케가 비웃듯이 대꾸했다.

"어디까지 셀 수 있을까?"

"물론 열둘까지지."

"벌써 지쳐 보이는데?"

게랄드는 도끼를 세워 들고 크게 숨을 들이마셨다. 심지어 눈을 감기까지 했다. 한순간 빈틈이 너무 많이 드러나 보여 그를 둘러싼 아홉 명은 도리어 섣불리 공격을 해오지 못했다. 그리고 그들 입장에서는 이미 완벽하게 포위한 상태인데, 굳이 선제공격을 날릴 이유가 없었다. 그걸 알고 게랄드도 먼저 움직이지 않았다.

"링케, 내가 저번에 너한테 그동안 실력이 하나도 안 늘었다고 말했지?"

"그랬었나?"

링케의 대꾸가 신호가 되어, 동시에 아홉 명이 칼을 내질렀다.

게랄드는 크게 두 걸음 내디디며 달려나갔다. 부채꼴로 감싼 포위망의 중앙이 뚫리며 두 명이 옆구리를 감싸며 고꾸라졌다.

순식간에 포위를 뚫은 게랄드는 어느새 링케의 앞에 서 있었다. 링케는 무표정한 얼굴로 게랄드의 얼굴 쪽으로 천천히 칼을 내밀었다.

"뭘 말하고 싶은 거냐, 하란?"

"그 말 실수였어. 네가 실력이 늘지 않은 게 아니라, 내 실력이 너무 많이 는 거야."

게랄드는 도끼를 한 손으로 빙글 돌리며 말을 이었다.

"난 네가 알던 게랄드 하란이 아니야. 하얀 늑대들 중 한 명인 게랄드 울프다."

일곱 명의 기사들은 동료 네 명이 당한 후에도 조금도 물러서는 기색이 없었다.

게랄드는 다른 기사들을 무시하고 링케를 향해 도끼를 내질렀다. 링케는 첫 번째 공격은 막았으나, 두 번째는 막지 못했다. 링케의 오른쪽 팔이 피를 흩뿌리며 허공을 날았다. 게랄드는 그를 걷어차며 뒤로 돌자마자 도끼를 수직으로 쳐올렸다. 그의 등을 노리던 세 자루 창이 부러졌다.

포위망이 좁혀져 왔지만 게랄드는 피하지 않았다. 다섯 번째 기사의 목이 날아갔고, 여섯 번째 기사는 오른쪽 다리를 잃었다. 게랄드의 손에서 마치 채찍처럼 휘어진 도끼는 공격 범위를 측정할 수 없을 정도로 사방으로 길게 뻗어 나갔다. 일곱 번째 기사는 가슴에 박힌 도끼를 손으로 움켜쥐고 반격을 시도했으나, 게랄드가 내지른 주먹에 코가 깨지며 나가떨어졌다.

푸른 정원은 순식간에 피로 범벅이 됐고, 벽에는 목이 잘리며 뿜어져 나간 붉은 핏자국이 추상적인 예술 작품처럼 얼룩졌다. 여덟 번째 기사가 그 벽에 등을 부딪쳤다. 그는 빼앗긴 자신의 창에 배를 찔렸다.

아홉 번째 기사는 거대한 칼을 휘두르고 있었다. 서로 부르는 이름을 통해 게랄드는 그의 이름이 크라브지크라는 걸 알았다. 완력으로만 본다면 링케보다 위였다. 녀석의 무거운 공격을 계속 받아내느라 게랄드는 팔의 근육에 경련이 일어날 지경이었다. 그러나 결국 크라브지크의 검은 두 동강이 났고, 열 번째 기사와 함께 목이 잘려 쓰러졌다.

게랄드는 숨을 몰아쉬며 열한 번째 기사를 노려보았다. 동료들이 전멸했는데도 열한 번째 녀석은 묵묵히 칼을 앞으로 내밀고 게랄드를 노려보고 있었다. 두려움이라고는 보이지 않았다.

'이상하네?'

게랄드는 주변을 살폈다. 서 있는 사람은 열한 번째 쏜즈와 잘린 팔을 움켜쥐고 있는 링케뿐이었다. 아직 숨이 붙어있는 녀석들도 몇 있었으나, 싸움을 이어가기는커녕 당장 치료를 받지 못하면 죽을 정도로 치명상이었다.

"비겁하다고?"

고개를 푹 숙인 링케의 몸이 부들부들 떨리고 있었다.

"망할 자식, 아까 우리더러 비겁하다고 말했나? 이런 짓을 해놓고 우리에게 비겁하다고?"

링케의 반만 뜬 눈에는 고통이 섞인 쓴웃음이 넘쳐났다.

"비겁한 건 너다! 죽을힘을 다해 훈련해봐야 언제나 앞서나가는 널 보고 얼마나 많은 용병들이 좌절했는지 아는가? 하지만 나는 적어도 너를 꺾을 위치에 있다고 생각했다. 널 벗어나 다른 곳에서 더욱 철저한 훈련을 쌓으면 된다고 생각했다."

링케는 피 섞인 기침을 터트리며 힘겹게 소리 질렀다.

"어렸을 때 봤던 괴물 같은 놈들을 능가하는 그런 전사가 되어 돌아오고 싶었다. 모두가 깜짝 놀랄 그런……."

이마를 타고 흐르는 피가 눈으로 들어가 게랄드는 잠깐 한쪽 눈을 비볐다. 그것은 게랄드의 피가 아니었다. 아까 목을 베면서 뿜어져 나온 피를 머리에 맞은 것뿐이었다. 팔과 가슴에 상처를 입어 피가 흐르긴 했지만 몸을 흠뻑 적신 붉은 피는 모두 게랄드의 것이 아니었다. 그런데도 잔뜩 출혈을 일으킨 것처럼 시야가 어두워졌다.

'어? 왜 이러지?'

게랄드는 피가 눈에 들어갔나 싶어 비볐지만 어두침침한 시야가 회복되지 않았다. 죽어가는 링케의 음산한 목소리가 이어졌다.

"그 최종 목표가 너였다. 너만 꺾으면 그리 되는 거라고 생각해왔다. 그런데 난 가넬로크에서 또 다른 괴물을 만나버렸다."

"웃기지 마, 자식아. 세상에는 나보다 강한 사람도 얼마든지 있다. 또 나는 네놈이 훈련하는 것보다 몇 배는 더 노력해서 얻은 결과로……."

"시끄러!"

링케는 입에서 피 기침을 토하며 외쳤다.

"너는 모른다. 그 괴물은, 고작 마을 여자 하나 죽였다는 이유로 현상금 붙은 나를 쫓아와 사냥했다. 아, 아느냐? 겨, 결투나 전투 같은 게 아니라, 사, 사냥당하는 기분을? 정식으로 붙어 정식으로 싸웠다면…… 분명 나와 비슷하거나 어, 어쩌면 나보다 약했을 놈에게…… 나는 겁에 질려 달아났다."

링케는 잘린 팔에서 물처럼 흘러 떨어지는 피를 내려다보았다. 이어지는 그의 목소리는 거의 울먹임에 가까웠다.

"스무 살도 안 되는 그 어린 사냥꾼 놈에게 나는 팔이 잘리고 배를 찔린 채로 달아났다. 추하게…… 말을 타고 반나절이나 달려, 다…… 달아나기만 했다."

링케는 힘줄이 너덜거리는 팔을 움켜쥐며, 소름 끼치는 목소리로 웃었다. 손가락 틈으로 붉은 피가 주루룩 흘러나왔다.

"무슨 뜻인지 알겠나, 게랄드 하란? 천하의 하얀 늑대에게도 아직 도전할 각오를 하고 있는 내가 수년 전 날 추한 꼴로 만든 그 어린놈에게는 아직도 감히 싸울 용기를 내지 못하고 있다. 그런 게 바로 좌절이라고 하는 거다. 그런 게 바로 나란 놈의 한계라는 것이다."

링케는 어느 순간부터 말을 더듬지 않았다. 오히려 목소리에 힘이 실렸다.

"그런 날 도와주신 분이 붉은 장미 백작이다. 그는 내게 팔을 주었고, 힘을 주었다. 그 힘이면 드래곤 기사단이든 울프 기사단이든 문제없다고 생각했지. 그런데 그것도 아니었다. 그 힘으로도 네 동료를 이기지 못했으니까."

"내 동료라니? 누구?"

"창을 들고 있는 그놈에게, 노르만트의 성당 앞에서."

게랄드는 어금니를 꽉 깨물었다.

여전히 회복되지 않는 어두운 시야 너머로, 목 없는 녀석과 다리가 없는 녀석이 휘청거리며 일어나는 것이 보였다. 지금도 목에서 잘려나간 굵은 핏줄에서 피를 벌컥벌컥 뿜으며 시체들이 몸을 일으키고 있었다.

링케는 살아 움직이기 시작한 시체들 쪽으로 눈을 돌린 게랄드의 시선을 끌어오듯 말했다.

"저놈한테 하고 싶은 말이 있다고 했지, 드뤼포?"

아직 게랄드가 마지막으로 남겨놓은 열한 번째 기사가 자신의 오른손을 내보이며 말했다.

"이 팔…… 전에 당신에게 한 번 빼앗겼지만, 당신의 캡틴이 돌려주었지. 고맙다고 전해 주시오."

정원 여기저기에 쓰러져 있는 쏜즈의 기사들이 모두 일어났다. 링케는 은목걸이를 들어 입을 맞추며 말했다.

"언제고 백작은 우리에게 자기가 죽은 후에는 자신의 딸을 수호하는 열두 사제가 되라고 했지. 하지만 공교롭게도 둘 다 죽어버린 지금, 우리가 섬길 건 아무것도 없게 되었다. 우리를 얽매는 족쇄가 사라졌다는 소리지."

링케는 허리에 차고 있는 뿔 나팔을 길게 불었다. 처음에는 평범한 나팔 소리였으나 점점 귀청을 찢는 기분 나쁜 소리로 변질되었다.

검은 안개가 주위를 가득 메우기 시작했다. 풀빛이 가득해야 할 정원은 순식간에 밤처럼 어두워졌고, 나무들은 생기를 잃고 축 늘어졌다.

제일 먼저 드뤼포의 갑옷이 물감에 담근 하얀 천처럼 어둠을 빨아들였다. 잃어버린 머리가 공처럼 통통 튀어 목 없는 기사의 몸통에 돌아가 붙었다. 한 번 봤던 광경이었다. 어떻게 이곳으로 들어왔나 했더니, 저놈들이라면 성벽쯤은 간단히 넘을 수 있었을 것이다.

"링케, 이게 네가 생각한 강해지는 방식이냐?"

게랄드가 물었다.

"너 같은 놈은 이해할 수 없는 방법이겠지."

링케의 몸도 점점 어둠으로 물들어가더니 검은 기사의 형상으로 변했다.

"자, 와라, 게랄드. 다시 한 번 열둘이다."

링케의 말은 뒤로 갈수록 이상하게 변해, 더 이상 발음도 구별할 수 없는 괴이한 소음으로 변했다. 부서졌던 자신의 몸을 모조리 원래대로 붙인 열두 명의 검은 기사가 게랄드의 주위로 다가왔다.

아즈윈은 성 전체를 흔드는 적들의 함성 소리를 듣는 순간, 도저히 참지 못하고 침대에서 일어났다. 몸을 똑바로 세우는 것만으로 눈물이 찔끔 날 정도로 아팠다.

아즈윈은 잠옷을 벗어 던지고 걸어놓은 옷을 하나씩 입었다. 가죽으로 만든 조끼를 걸치고 칼이 걸려 있는 두툼한 허리띠를 매니 무릎이 휘청거릴 정도로 무겁게 느껴졌다.

원래대로라면 어깨와 손목을 감싸는 보호 장비까지 차야 했지만 도저히 다 입을 수 없었다. 너무 무거웠다. 방패의 끈을 늘려 등에 매는 것도 가까스로 할 수 있었다. 평소에는 의식하지도 못하고 해냈던 동작 하나하나가 힘들었다. 붕대를 댄 자리가 옷에 스칠 때마다 자기도 모르게 신음이 새어 나왔다.

"부상자 좋아하시네."

아즈윈은 기운차게 외치며 복도를 나섰으나 몇 걸음 걷지 못하고 벽에 손을 짚었다.

"괜찮아. 이 정도로는 잘못되지 않아."

그녀는 숨을 헐떡이며 중얼거렸다.

그때, 듣는 것만으로 등의 상처가 또 찢어지는 것 같은 끔찍한 뿔 나팔 소리가 들려왔다. 떠올리기 싫은 끔찍한 기억이 되살아났다.

'피하면 안 돼. 난 하얀 늑대야. 세상의 모든 공포를 힘으로 날려버리는 전설의 기사여야 해.'

아즈윈은 소리가 나는 방향으로 걸어갔다. 성의 뒷문 쪽에 있는 정원이었다.

다리에 힘이 풀린 나머지 넘어졌다가 일어나길 몇 번이나 반복하면서 아즈윈은 계속 걸어갔다. 입안에 피가 고였다. 찢어진 상처에서 흐르는 피가 허리를 따라 흘렀다. 발뒤꿈치가 바닥에 닿으면서 철퍽 하는 소리가 들렸다. 돌아보니 언제부터인가 피로 그려진 발자국을 찍어가며 걷고 있었다.

"에이, 상처가 또 찢어졌나 보네?"

아즈윈은 별거 아닌 것처럼 중얼거리며 걸음을 멈췄다. 하지만 막상 시뻘건 핏덩어리를 보자 모든 용기가 한번에 꺾였다. 결국 그녀는 정원으로 통하는 문 앞에서 멈춰 버렸다.

'무서운 거야? 고작 이런 게?'

아즈윈은 상대가 강하다고 용기를 잃는 법이 없었다. 패하면 오히려 투지를 불살랐다. 어린 시절 스승이었던 외팔이 무사가 진짜 공포가 무엇인지 가르쳐 준 후로는 검을 쓰는 일에 있어 두려워해 본 적이 없었다. 언제나 이겼으니까, 그리고 자신이 언제나 이길 걸 아니까.

'난 무서운 게 없는 여자야!'

아즈윈은 문고리에 손을 올린 채로 입술을 지그시 깨물었다.

'아니, 그렇지 않아.'

그녀를 공포에 몰아넣었던 존재는 있었다. 현상금 사냥꾼으로서 첫 번째로 해치운 살인자. 놈은 잘린 여자의 목을 아즈윈에게 굴리며 낄낄대고 웃었다. 놈은 꿈속까지 따라와 그녀를 겁탈하고 목을 베었다.

악몽 속에서 아즈윈은 검술도 뭣도 모르는 열 살짜리 꼬마가 되어 있었고 남자의 손에 아무렇게나 농락당했다.

'그러고 보니 언제부터 그 악몽을 안 꾸게 되었지?'

남자의 손만 닿으면 끔찍하게 몸을 떨던 그녀였지만, 언젠가부터 악몽은 사라졌다. 잃어버렸던 공포가 검은 기사를 만나 되살아났지만 악몽은 살아나지 않았다.

'아, 그렇구나.'

떨리는 손이 멈췄다.

'지는 게 무서운 게 아니었어. 그 악몽을 무서워하는 게 아니었어. 다시 예전처럼 나약해지고 무언가를 두려워하게 될지도 모른다는 상상이 무서운 거였지.'

아즈윈은 문고리를 당겼다. 그 순간 뒤에서 남자의 목소리가 들렸다.

"그대로 나가면 죽을 거다."

금발의 긴 머리를 말끔하게 뒤로 묶은 중년의 남자가 복도를 걸어왔다. 큼직한 배낭을 짊어지고 허름한 옷을 입은 여행자였다. 그는 느긋하게 웃으며 배낭을 고쳐 멨다.

"당신 누구야?"

아즈윈은 눈을 부릅떴다.

"어제 몰래 성 안으로 잠입했다가 오늘 아침까지 부엌에 숨어 있던 사람. 그리고 지금은 이상한 나팔 소리를 추격해서 달려온 사람. 난 지금 몇 달, 아니 몇 년째 저 검은 기사를 추적해왔는데 노르만트에서 또 발견하게 되었군. 자네 이름은?"

"아즈윈이다."

아즈윈은 뜨끔거리고 아픈 등을 벽 쪽으로 대고 섰다. 여차하면 싸우게 될 것을 가정한 자세였는데 이상하게 상대가 싸움을 걸면 이기지 못할 것 같은 불길한 예감이 들었다.

"그렇군, 아즈윈 울프. 맞지? 그럼 지금 성문을 막고 있는 기사는 쉐이든이고, 문 밖에서 검은 기사들과 맞서고 있는 기사는 게랄드인가?"

왕실에 들어와 조금만 귀를 세우면 그 정도 이름은 금방 들을 수 있을 테니 그녀는 놀라지 않았다.

"당신이 누군데 참견하는지 몰라도 난 내 소개나 하고 있을 시간 없어."

"하지만 죽을 텐데?"

무슨 의도였든 아즈윈의 귀에는 놀리는 투로 들렸다. 홧김에 허리에 찬 검에 손을 가져가려는 순간, 그가 더 빨리 칼을 뽑아 아즈윈의 목에 댔다. 표정 하나 바꾸지 않고, 살기 하나 드러내지 않은 그의 공격에 아즈윈은 그만 얼어붙었다.

"이것 보게. 내 이런 간단한 공격에도 대응하지 못할 거면서 나가 뭘 하겠나? 방패 노릇 하려고? 아서라. 그건 개죽음이지."

아즈윈은 아무 말도 못 했다. 남자는 목에 걸고 있는 목걸이를 옷 밖으로 꺼냈다. 도토리 하나 들어가면 빵빵해질 것 같은 작은 주머니가 줄 끝에 매달려 있었다.

"여기, 죽은 사람도 발딱 일으킬 수 있는 마법의 가루가 있다네. 난 이걸 정말정말 귀중한 순간에 쓰기 위해 십 년이나 아껴뒀지. 그러나 자네가 내 질문에 제대로 대답하면 이 가루의 절반을 주겠다."

"그걸 쓰면 내가 일어나 싸울 수 있어?"

"응."

남자는 말해놓고 입맛을 다셨다.

"솔직히 말하면 '아마도' 높은 확률로 그렇게 될 것 같다는 소리야. 써본 적이 없어서 말이지."

"그럼 한 번 써보게 이리 내놔."

아즈윈은 손을 내밀어 빼앗으려 했다. 그러나 그는 슬쩍 손을 뒤로 빼면서 물러났다.

"아니, 아니. 서둘지 마. 난 네가 십 년이나 아껴온 이걸 쓸 가치가 있는 녀석인지 알고 싶다. 대답해봐라, 아즈윈."

남자는 어딘지 시험하는 눈으로 물었다.

"너의 이빨이 무엇이냐?"

아즈윈은 질문을 받자마자 반사적으로 오십 개쯤 되는 자신의 검술을 떠올렸다. 그중에는 로일이 전수받았다고 잘난 척하는 마스터 퀘이언의 기술을 능가하는 것도 있었다. 하지만 막상 그 질문에 대답할 수 있는 검술은 떠오르지 않았다.

남자는 목에 건 주머니를 만지작거리며 말했다.

"너의 이빨을 보고도 살아남을 수 있는 건 누구냐? 지금 이 순간에는 바깥에 있는 검은 기사 열두 명 전부 다군. 나를 포함해서! 그럼 안되지. 하얀 늑대의 이빨을 보고 살아남을 수 있는 건 하얀 늑대뿐이어야 해."

그의 눈빛에 깃든 살기는 스승으로 모셨던 외팔이 무사 같았다. 어쩌면 다른 모습으로 변한 스승님일지도 모른다는 생각까지 들었다.

"말해 봐. 네 이빨은 무엇이냐, 아즈윈?"

"내 이빨은……."

'어째서 난 악몽을 꾸지 않았지? 노르만트에 오기 전 검은 기사를 만나면서 기억나버린 끔찍한 괴물이 어째서 계속 날 겁주지 못했지? 난 왜 항상 그대로일 수 있지?'

"내 이빨은……."

'방금도 침대에서 뛰쳐나왔어. 아픈데도 싸우려 했어. 두려움에 지고 싶지 않아서. 그리고 밖에서 홀로 싸우는 친구들을 위해서!'

아즈윈은 주머니를 쥐고 있는 남자의 손목을 확 움켜잡았다.

"대답하지 않겠어."

그가 쥔 칼도 이미 그녀의 손에 붙잡혀 있었다.

"내가 대답하는 순간 살아 있을 수 있는 건 내 친구들뿐이니까. 안 그래? 이름 모를 아저씨 울프!"

아즈윈은 남자를 뒤로 확 밀쳤다. 남자는 비틀거리며 뒤로 물러났다. 아즈윈은 눈을 가늘게 뜨며 미소를 지었다.

"그리고 그딴 마법의 가루도 필요 없어."

"하지만 죽는다니까 그래."

남자는 무안해하며 말했다.

"안 죽어. 난 방금 전까지 무의식중에 몸을 아끼려고 했어. 하지만 막상 싸울 때는 모르는 법이지. 그리고 난 모를 수 있어."

"으응? 모를 수 있다니, 그게 뭔 소리야?"

"모르면 아프지 않아. 죽지도 않을 거고."

"뭐냐, 그런 멍청한 논리는?"

"난 원래 싸울 때 멍청해."

그가 말릴 새도 없이 아즈윈은 정원으로 나갔다.

남자는 어깨를 으쓱하며 말했다.

"흐음, 그래도 아까보다는 가벼워 보이네."

'피를 싫어하나? 아니면 사람을 죽여 본 게 처음인가?'

캡틴 그린리히가 한 시간 째 피를 씻고 있는 쉐이든에게 다가와 물었다.

'둘 다요.'

쉐이든이 무뚝뚝하게 대꾸했다. 그린리히는 침울한 표정으로 물을 끼얹는 그의 어깨에 손을 둘렀다.

'자네, 신을 믿나?'

'아마도. 어머님께서 독실한 신자라 저절로 그리됐소.'

'그럼 신께 기도하게.'

'사람을 죽이는 건 무슨 이유를 갖다 붙여도 용서받을 수 없는 거요. 난 그래서 신에게 기도할 수 없소.'

'그럼 자네의 종교관이 달라져야겠군. 기도를 바꿔봐. 신은 인간처럼 속 좁은 분이 아니잖나? 오늘 내가 저지른 죄를 용서하지 마옵소서. 이런 말은 어떤가?'

쉐이든은 눈살을 찌푸렸다.

'우리 어머니께서 그 기도를 들었다면 당장 당신 엉덩이를 걷어찼을 거요.'

그린리히는 목청껏 웃어댔다.

'쉐이든, 난 그동안 자네를 지켜보았네. 그 뛰어난 실력하며 그 잠재력…… 자네는 제대로 배운 지 1년도 안 되는 실력으로 이미 왕실 기사단의 정식 기사들을 뛰어넘어 버렸지.'

'하지만 난 항상 당신에게 지는데?'

'미안하지만 난 최고거든.'

그린리히는 껄껄대고 웃었다.

'중요한 건 자네의 발전 방향이야. 자네는 더 높이 올라갈 수 있어. 하지만 여기서는 절대 그렇게 되지 못해. 기사도를 배워야 하고 궁중 예절을 익혀야 하고 검술 외의 다른 경험을 쌓아야 하지. 아무리 빨라

도 3년이야. 배워서 나쁠 것 없는 교육이긴 하지만, 자네에게는 시간 낭비로 보이네.'

'그럼 어찌해야 하오?'

'아란티아로 가게. 피를 싫어한다면, 전쟁이 없는 곳으로 가면 되는 거야!'

그렇게 떠나 도달한 곳이 아란티아였는데, 아란티아를 벗어난 쉐이든은 다시금 피를 뒤집어쓰고 있었다.

쉐이든의 창, 그리고 창을 든 그의 팔은 핏갔다 빼낸 것처럼 젖어 있었다. 그의 방패에는 화살이 고슴도치처럼 박혀 있었다. 다리의 좌우에는 베이고 찔린 시체가 쌓였고, 도개교 밑의 해자에도 수십 명이나 되는 병사의 시체가 산을 이루었다.

적병의 지휘관은 계속 진군을 명령했고, 쉐이든은 범위 안에 들어오는 모든 적을 베었다. 때론 화살이 날아오고, 때론 말을 탄 기사가 달려들었다. 적들은 쉐이든이 지쳤다고 생각했는지 시간이 지날수록 더 거세게 몰아붙였다.

허벅지와 팔뚝이 욱신거렸고, 온몸의 관절이 삐걱거렸다. 창을 휘두른 이후로 이렇게 힘든 건 로일과의 시합에서 처음 승리를 거두었던 때를 제외하곤 처음이었다. 하지만 그는 여전히 여력을 남겨두고 있었다. 아직 전력을 다할 때는 아니었다.

쉐이든은 하늘을 올려다보고 중얼거렸다.

"오늘 제가 죽이는 사람 숫자만큼 절 용서치 마옵소서."

게랄드는 몇 분 전까지만 해도 크라브지크였던 검은 기사의 부러진 칼을 도끼로 막고 뒤로 몇 걸음이나 나가떨어졌다. 숫자는 아까와 같았지만 그때와 지금을 비교할 수는 없었다. 온몸에 상처를 입는 공격을 감당하면서 한 명의 검은 기사를 해치운 게 다였다. 아직도 열한 놈이 남아 있었다.

게랄드는 줄곧 방어에 전념하며 쓰러뜨린 한 놈을 계속 살펴보았다. 그나마 검은 연기가 갑옷 바깥으로 새나간 후에 또 일어나는 일은 벌어지지 않았다.

'다행이네. 저 상태에서 또 살아나진 않는 모양이야.'

게랄드는 도끼에 기댄 채로 물었다.

"이봐, 링케. 말할 수 있냐? 적어도 알아들을 수는 있으면 좋겠는데."

잠시 검은 기사들의 움직임이 멈췄다. 그들은 일제히 링케 쪽을 바라보았다.

'알아듣긴 하는군.'

곧 링케는 손을 내밀며 쇠를 긁는 소리로 말했다.

"즈누이브."

게랄드는 대충 그게 말하라는 뜻이라 생각하고 말했다.

"아까 왕을 죽이는데 요란한 편이 좋다고 말했지? 아무리 생각해도 무슨 소린지 이해가 안 가는데? 게다가 붉은 장미 백작도 죽었다며? 뭘 위해 이곳을 공격하는 건데? 그렇게 해서 얻는 게 뭐야? 붉은 장미 백작과의 의리 때문? 명예?"

거친 발음이긴 하지만, 링케의 입에서 그의 이름이 나왔다.

"게랄드."

그 이상한 목소리와 원래 링케의 목소리가 중첩되어 울렸다.

"투 유위 보몸코브 우드라?"

"우드라를 기억하고 있나?"

"기억하다마다."

게랄드는 대답하며 조금이나마 체력이 회복되길 기다렸다. 하지만 잘 되지 않았다. 그리고 체력이 온전히 돌아온다 해서 그들 전부를 상대할 자신은 없었다.

"있는 대로 나쁜 짓을 저지른 다음에 나중에 그것을 해치운 게 바로 자기들이라고 선전하고 다닐 요량으로 만든 조직이었지."

곧 그의 목소리에서 괴물의 것은 사라지고 링케의 것만 남았다. 메아리처럼 음산하게 울리는 것은 변하지 않았다.

"그런데 그 핵심이 될 네가 나가버리자 모아놓은 녀석들도 모두 떠나버려 시작도 못 했었지."

"이름이 유치하다고 둘러대긴 했지만, 내가 미쳤냐? 아무 죄도 없는 사람을 죽이고 다니게."

"이게 그 연장선이다. 이미 검은 기사라는 존재는 카모르트 전체에 널리 알려졌지. 이제 하얀 늑대를 죽이고 카모르트 국왕까지 해치운 유명한 악당이 될 차례다. 다음 이름은 레드 바이퍼라고 해두지."

링케는 철갑옷의 가슴께를 쾅 하고 한 번 쳤다.

"뭘 위한 공격이냐고? 거추장스럽게 이유 갖다 붙일 생각 없다. 돈 때문이다. 붉은 장미 백작에게 붙어 있었던 이유도 그가 이 세상을 지배할 힘을 얻었기 때문이었고, 이제 그가 사라졌기 때문에 나 혼자서라도 그걸 얻으려 한다."

"······쿠시에주르 리파즈루트."

링케의 말은 마지막에 가서 다시 괴물의 목소리로 변해 버렸다. 게랄드도 잠깐의 휴식을 끝내며 일어났다. 그의 시선은 링케가 아니라 정원 위쪽에 있는 계단이었다.

'도와줄 사람이 올 때까지 시간은 번 셈이군.'

"링케, 네 놈이 항상 내게 지는 이유를 가르쳐줄까? 난 항상 여력을 남겨두는데, 넌 그걸 눈치를 못 채. 나한테도 동료가 있다는 거 잊었지? 그리고 늑대가 정말 강한 건 무리를 지었을 때다."

게랄드는 도끼를 치켜들고 말했고, 이어 여자의 목소리가 뒤따랐다.

"특히, 무리에 암컷이 끼어 있을 때 가장 강하지."

검은 기사들은 그 목소리가 들리는 곳으로 일제히 고개를 돌렸다. 정원이 내려다보이는 2층의 복도에 아즈윈이 난간에 팔을 걸치고 있었다. 그녀는 가벼운 몸놀림으로 정원으로 뛰어내렸다. 그녀는 떨어지는 충격에 짧은 신음을 냈다.

'저런, 그 사이에 등의 상처가 나은 것도 아닐 텐데 너무 기뻐했나?'

게랄드는 걱정했다. 하지만 아즈윈은 금방 웃는 얼굴로 칼과 방패를 양손에 쥐며 자세를 잡았다.

"아즈윈, 창피한 말이지만 너 오길 정말 애타게 기다렸다."

게랄드는 도끼를 들어 보였고, 아즈윈은 방패를 들었다.

"지친 건 아니지, 게리?"

"너 오면 쓰려고 힘을 조금 아껴뒀다. 부상은?"

"나중에 생각하면 돼."

"좋지. 나도 이 싸움 끝나면 확 은퇴해 버리고 싶을 정도로 다쳤거든."

"거 좋네. 칼도 못 쓰는 부상자들끼리 초가 하나 지어놓고 오순도순 살아볼까?"

아즈윈이 제안했고 게랄드는 빙그레 웃었다.

"그건 뭐야? 천국?"

"천국 좋지. 자, 간다. 세 번째 포메이션으로."

"그건 로일이 있어야 하잖아."

"그동안 쉰 대가를 치러야지. 내가 로일의 역할까지 맡는다."

아즈윈은 검은 기사들 한가운데로 뛰어들었다. 게랄드도 반대편에서 그녀를 향해 마주 보고 뛰어왔다. 둘이 서로 만나는 지점까지 검은 기사들의 공격이 무섭게 이어졌다. 도끼창이 정원 바닥을 긁어 올리고 칼은 아즈윈의 머리카락을 스치고 지나갔다. 지친 게랄드가 조금 뒤쳐졌으나, 아즈윈도 약간 걸음이 늦은 덕에 오히려 타이밍이 딱 맞아 들어갔다. 둘은 서로에게 등을 맞댄 후 원을 그리며 무기를 휘둘렀다.

검과 창이 둘을 찔렀으나 모든 공격은 아즈윈의 방패가 막았다. 그리고 방패가 공격을 튕겨낸 직후의 빈틈을 이용해 게랄드의 도끼가 두 기사를 베었다. 둘은 즉시 서로에게서 떨어져 크게 반원을 그리며 달렸다. 계속 게랄드 한 명에 맞춰 싸우던 탓에 갑자기 두 명으로 늘어난 움직임을 검은 기사들은 따라잡지 못했다.

게랄드는 검을 휘두르는 검은 기사의 품 안에 파고들어 갑옷까지 통째로 허리를 베어버린 후 말했다.

"아즈윈, 내가 이놈들한테 네가 있는 하얀 늑대들이 어느 정도인지 보여주고 싶어서 얼마나 안달이 나 있었는지 아냐?"

아즈윈은 발로 걷어찬 검은 기사의 투구를 밟고 허공에 뛰어오르더니 검을 좌우로 크게 휘둘러 베며 착지했다. 빙글 도는 그녀의 머리카락을 따라 튀어 오른 핏방울이 곡선을 그리며 떨어졌다. 그리고 허공에 있는 아즈윈을 공격하기 위해 창을 교차하여 찌른 두 검은 기사는 목이 날아가 비틀거렸다. 검은 연기가 사방으로 흩어졌다.

"너 등에 부상이……."

게랄드가 놀라 말했다.

"전투 중 잡담 금지! 7번 포메이션으로 변경."

아즈윈은 명령을 내리고 게랄드와 나란히 서서 링케를 공격했다. 링케는 괴성을 내지르며 둘의 공격을 동시에 막아내더니 검을 좌로 그었다. 그러나 이미 아즈윈이 그의 왼쪽 다리를 베고, 게랄드가 그의 옆구리를 반 토막 내고 지나간 후였다.

"12번 포메이션!"

아즈윈이 또 한 번 소리쳤다.

둘은 마치 어지럽게 엉킨 두 마리 뱀처럼 예측할 수 없는 움직임으로 검은 기사들 사이를 헤집었다. 심지어 혼란을 일으킨 기사가 자기편을 공격하기까지 했다. 팔이 베이고 목을 반 치 이상 잘렸어도 움직이는 기사들이었으나, 갑옷까지 부숴버리는 게랄드의 도끼 앞에서는 그들의 불사에 가까운 신체도 의미가 없었다.

"몇 놈 남았지?"

아즈윈이 눈을 길게 감았다 뜨면서 물었다.

"하나."

황혼이 지기 시작하는 왕실의 정원에는 이제 세 개의 그림자만 서 있었다.

"그럼 포메이션 끝."

마지막 하나는 링케였다. 아직도 그를 링케라고 부를 수 있는지는 모르겠지만.

링케는 다리와 옆구리에서 검은 연기를 피처럼 흘리며 무릎 꿇고 있었다. 게랄드가 그의 앞으로 성큼성큼 다가섰다. 링케는 고개를 숙이고 있다가 갑자기 일어나며 칼을 크게 휘둘렀다.

이미 예측하고 있던 게랄드는 옆으로 슬쩍 피한 다음 도끼로 그의 머리를 내리쳤다. 검은 연기가 빠져나간 빈 갑옷은 쇳소리를 내며 옆으로 무너졌다.

"아무리 르고가 만든 칼이라 해도 이런 괴물들이랑 싸우고 나니 날이 엉망이 되어 버렸군."

아즈윈은 칼날을 살핀 후 집어넣었다. 게랄드도 도끼날을 살폈다. 나중에는 거의 날로 베는 게 아니라 쇳덩이로 치는 느낌이 들었는데, 이제 보니 도끼날이 뭉툭해졌을 지경이었다.

"쉐이든이랑 같이 싸울 정도는 남겨놔야 하는데?"

"이놈들 안 살아날까? 그때처럼."

아즈윈이 물었다.

"그럴 일은 없을 거야. 붉은 장미 백작이 죽었으니까."

"응? 그 백작이 여기서 왜 나와?"

"아, 넌 모르겠구나? 애들 12쏜즈였어. 자세한 건 나중에 얘기하자. 지금은 쉐이든에게 합류해야지."

게랄드는 아즈윈에게 손을 내밀었다. 아즈윈은 웃으며 게랄드에게 손을 내밀었다.

"난 안 갈래."

"왜?"

"다리가 안 움직여."

아즈윈은 게랄드의 손도 잡지 못하고 그대로 무릎을 꿇었다. 게랄드는 황급히 달려와 쓰러지는 그녀를 끌어안았다. 하지만 게랄드도 아즈윈의 몸무게를 감당하지 못하고 주저앉았다.

"음, 나도 그러네."

아즈윈은 게랄드의 목에 기댄 채로 추욱 늘어져 거친 숨만 내뱉었다.

"이제 등은 안 아파. 그런데 이거 안 좋은 신호지?"

아즈윈은 눈을 감고 천천히 말했다.

"아마 그럴걸. 나도 마지막에는 왼팔이 안 움직이더라. 근육이 끊어진 것 같아. 그 상황에서 7번 포메이션을 하라니 네가 미쳤나 싶더라. 물론 나니까 해냈지만."

"너라서 하라고 한 거야."

게랄드는 도끼를 놓은 손으로 아즈윈의 피 묻은 등을 쓸어안았다.

"난 그렇다 쳐도 넌 너무 무리했어, 아즈윈. 이러다 너 다시는 못 서는 거 아니야?"

"괜찮아. 그렇게 되면 네가 평생 돌봐 줄 거잖아. 약속, 기억해 뒀다? 너 죽기 전에 내가 죽을 일 없다고 했지?"

아즈윈은 웃으며 말했다. 게랄드도 따라 웃었다.

"그걸 믿냐? 믿어주니 감격스럽긴 하네."

아즈윈은 천천히 멀어지는 의식 속에서 힘없이 물었다.

"게리, 궁금한 게 있는데, 네 이빨은 뭐야?"

"내 이빨? 그거야……."

"난 있지……."

게랄드와 아즈윈은 서로 끌어안은 채로 동시에 대답했다. 하지만 둘 다 서로의 대답을 듣지 못하고 정신을 잃었다.

정작 그 대답을 들은 사람은 싸움을 돕기 위해 정원에 들어왔던 남자였다. 하지만 그는 칼을 뽑기만 하고 끼어들지 못했다.

"우리 때는 이런 협력 공격 같은 거 없었는데? 대단하군. 내가 끼어들 틈도 없을 정도라니!"

그는 목에 건 주머니를 열어 게랄드와 아즈윈의 머리에 뿌렸다. 다이아몬드를 잘게 부순 것 같은 하얀 가루가 반짝이며 둘의 머리와 어깨로 떨어졌다. 곧 눈부신 하얀 빛이 둘을 감쌌다.

"이 애들이 우리보다 한 수 위야. 그렇지, 퀘이언?"

그는 흐뭇하게 웃으며 잠든 두 하얀 늑대를 지켜 주었다.

카모르트의 국왕은 대신들의 만류에도 불구하고 탑 위에 서서 전장을 내려다보고 있었다.

'이럴 수가 있는가.'

한 명의 기사가 도개교에 서서 몰려오는 보병들을 모조리 쳐 내고 있었다. 그의 주위에는 시체가 쌓여 움직이기 힘들 정도였고, 다리는 피로 물들었다. 도개교 밑에 떨어진 시체는 수십에 이르렀다. 선두의 보병들은 더 이상 달려들 엄두도 내지 못했다.

그것은 다가오는 병력을 빨아들이는 개미지옥 같았다. 적의 지휘관은 혼자 다리를 지키는 쉐이든에게 눈곱만큼의 경외심도 갖지 않고 끝없이 화살 공격을 명령했다. 심지어 아군이 공격하고 있을 때를 노리기도 했다. 하지만 화살에 맞아 쓰러지는 건 아군 병사들뿐, 쉐이든은 꼿꼿이 서 있었다.

한 부대의 보병이 공격을 끝내자 또 다른 중무장 보병 부대가 전진해왔다. 그러나 그들은 처음 공격해온 부대보다 훨씬 기가 죽은 모습이었다. 군대와 군대가 싸울 때는 패하더라도 운이 좋으면 살아남을 수 있다. 그러나 이번 경우에는 공격해 들어가면 반드시 죽는 상황이 되어버렸다.

더구나 좀 전에 화살 공격이 아군을 덮치는 광경을 본 뒤라 사기는 급격히 떨어졌다. 그런 상태에서 병사들은 명령에 따라 억지로 움직였다. 다시 한 명 대 오십 명의 전투가 일어났다.

"제너럴 세이게이. 내가 지금 여기서 무얼 하고 있는 겐가?"

젊은 국왕은 목이 멘 목소리로 말했다. 장군도 난간을 손으로 꾸욱 쥐기만 할 뿐 아무 말도 못 했다.

익셀런 기사단 삼백이 카모르트의 보병 이천을 무너뜨리면서 론타몬의 대륙 정벌 전쟁이 시작되었다. 세이게이로서는 들추고 싶지 않은 쓰라린 기억이었다. 그리고 익셀런 기사단 삼백을 울프 기사단 오십이 꺾었다. 그걸 숫자만 두고 이리저리 저울질하는 놈들을 보면 세이게이 장군은 술병으로 후려치고 싶었다.

그런데 지금, 그 숫자 놀음을 실현시키고 있는 하얀 늑대의 기사가 눈앞에 있었다.

"부끄럽고 또 부끄럽도다. 나는 왕의 지위를 가졌다 해도 전장의 선두에 선 기사가 되고 싶었다. 십 년 전 메오릭스라는 기사가 홀로 저 다리 위에서 익셀런 기사단과 싸웠을 때도 나는 이곳에 숨어 있었고, 이제는 다른 나라에서 온 기사가 카모르트의 병사들과 싸우는데도 이곳에 숨어 있군."

세이게이는 차마 입을 떼지 못했다.

"어찌 이리 나약하단 말인가?"

국왕은 눈물을 흘리며 한탄했다. 그러나 곧 그는 한탄을 멈추고 어금니를 악물었다. 적어도 이 싸움을 가벼이 여기지 않기 위해서 굳은 마음으로 모든 것을 지켜보아야만 했다.

그때 세이게이 장군은 성을 지키는 병사들의 기이한 변화를 발견했다. 그들은 하얀 늑대의 힘에 놀란 것도 아니고, 그렇게 죽였어도 줄지 않는 적병의 숫자를 겁내는 것도 아니었다.

공포의 기사들이 침략해온 얼마 전에도, 그들은 하얀 늑대들의 등 뒤에 숨어 응원만 했다. 이번에는 또 이 엄청난 대군에 묵묵히 혼자서 맞서고 있는 하얀 늑대에게 보호받고 있었다. 그들도 왕실을 지키는 병사들이었고 국왕처럼 전장의 선두를 지키는 영웅을 꿈꿔왔으며, 그에 어울리는 훈련을 받아왔다. 그런데도 지금 아무 것도 못 하는 처지에 분노하고 있었다.

그들은 이제 저 많은 병사를 해치울 화살도, 무기도 없다는 것을 잊고 있었다. 병력 차이가 열 배가 넘는다는 사실도 잊고 있었다. 수치심이 분노를 끌어냈고, 분노는 용기를 일궈내었다.

누가 먼저 시작했는지는 알 수 없었다. 한 명이 창으로 바닥을 세게 쿵 쳤다. 그러자 옆에 있던 병사가 거기에 맞춰 바닥을 울렸다. 쿵. 쿵. 쿵.

함성은 없었다.

묵묵히 바닥만 쳤다.

쿵!

쿵!

쿵!

곧 왕성 전체에 규칙적인 소리가 반복되어 울렸다. 그 모습을 보고 공포에 질린 것은 붉은 장미 백작의 일반 병사들만이 아니었다. 지휘관들, 특히 총지휘관인 루치가 그랬다.

"처음부터 저 다리는 무시하고 총공격을 감행했었어야 했는데……."

이제 그럴 타이밍도 아니었다. 이미 아군의 사기는 바닥을 기고 있었다. 왕실 병사들의 끓어오르는 기운이 피부에 전해지는 것 같았다.

"눈앞의 현상에 현혹되지 마라."

루치는 자기를 타이르는 말로 병사들을 다그쳤다.

"적은 하나다. 보라. 이제 지쳐 있다. 적들은 공격할 힘이 없기 때문에 성벽 뒤에 숨어 있는 것이다. 속임수에 불과하다. 우리는 자랑스러운 붉은 장미의……."

루치의 기운찬 연설은 병사들의 술렁임에 끊겼다. 그가 무슨 일인가 하고 다리 쪽을 돌아보니, 창과 방패로 지금까지 이백여 명의 병사들을 다리 밑으로 떨어뜨린 하얀 늑대의 옆으로 도끼를 어깨에 짊어진 남자와 땋은 머리를 등 뒤로 넘기는 여자가 다가가고 있었다.

도끼를 든 쪽이 캡틴 링케를 쓰러뜨린 하얀 늑대니, 방패를 든 여자도 하얀 늑대가 틀림없었다. 그 두 사람은 아무 말도 않고 다리에 서 있기만 했다. 말 한 마디, 고함 한 번 없었는데도 그들의 위압감은 보통이 아니었다.

"……겁먹지 마라. 세 명으로 할 수 있는 건 아무것도 없다. 이건 전쟁이다. 우리 쪽 군세는 오천이라는 사실을 잊지 마라."

루치는 크게 소리 질렀다.

"전원 성벽을 돌파한다. 다리를 포기하라. 성을 무너뜨려라. 일직선 상이 아니라면 저런 터무니없는 작전은 먹혀들지 않는다. 붉은 장미 백작의 용맹한 전사들이여, 우리는 이곳에서 물러나지 않는다. 우리는 오늘 승리하기 위해 왔다."

이곳에서 물러나면 루치에게 남는 건 아무것도 없었다. 그는 엄청나게 빠른 속도로 이 자리에 올랐다. 때문에 패배하면 떨어지는 속도 또한 빠를 것이다. 루치는 거의 본능적으로 그 사실을 직감하고 있었다. 여기 있는 모든 병사를 희생시켜서라도 그는 승리해야만 했다.

"모두 창과 칼을 들어라. 그리고……."

"시끄러."

난데없이 옆에서 들리는 목소리에, 루치는 입을 다물었다. 누군가 휘적거리며 병사들을 헤집고 나와 그의 옆에 선 것이었다.

몰골이 며칠은 씻지 않은 지저분한 용병 같았다. 루치는 순간 웬 정신 나간 병졸이 이성을 잃고 튀어나온 줄 알았다.

"뭐냐, 네놈은?"

검은 머리에 키 큰 남자는 말에 올라 있는 루치를 힐끔 올려다보더니 나직이 대꾸했다.

"이 전투를 끝내러 왔다. 총지휘관이 누구냐?"

"뭐, 뭐라고?"

루치가 어이가 없어 잠깐 옆에 있는 다른 지휘관들을 보았다. 그들도 이 엉뚱한 상황에 황당하긴 매한가지라 말문이 막혔다. 루치는 자신을 총사령관 자리에 올려준 쏜즈의 검을 뽑아 들었다.

"네 이놈! 감히 내게 그딴 말을 하다니, 즉결이다!"

루치는 그에게 칼을 힘껏 내리쳤다. 하지만 남자가 내민 칼에 가볍게 막혔다. 칼날이 떨리는 충격 때문에 손이 아파 루치는 칼을 놓치고 말았다. 다른 지휘관들과 옆에 있는 병사들이 일제히 총지휘관을 지키기 위해 칼을 들었다. 하지만 그 남자가 칼을 휘두르자, 모두의 칼이 마법처럼 허공을 날아 후두둑 떨어졌다.

어느새 남자의 칼은 루치의 목을 겨냥하고 있었다.

"너구나, 총지휘관이?"

"너, 넌 누구냐?"

루치가 눈을 동그랗게 뜨고 물었다.

"저기 세 명이 있군. 네 번째다."

루치는 순간 비명을 지르며 말을 뒤로 물리려 했다. 그러나 남자는 말고삐를 쥔 루치의 팔을 베어 떨어뜨렸다.

피 묻은 총사령관의 팔뚝이 병사들의 머리 위를 날아 빗물 고인 물웅덩이로 떨어졌다. 루치는 비명을 지르며 몸부림치다가 말에서 굴러

떨어졌다. 그 남자는 루치의 뒷덜미를 잡더니 뒤늦게 지휘관을 지키려는 병사들을 돌아보며 소리쳤다.

"나는 하얀 늑대의 기사, 로일 울프다! 너희들이 싸울 상대가 누구인지 똑똑히 봐라!"

그 기백에 놀란 병사들이 뒤로 와르르 물러났다. 선두에서 밀리니, 뒤쪽에서 커다란 혼란이 일어났다. 로일은 팔이 잘린 고통에 비명을 지르는 루치의 뒷덜미를 잡아 질질 끌고 갔다. 아무도 그걸 보고 막기 위해 달려들지 못했다. 오히려 로일이 지나가려는 방향에 서 있던 병사들이 좌우로 물러나는 바람에 길이 만들어졌다.

로일은 도개교와 붉은 장미 군대의 중간쯤 되는 위치에 루치를 던져두었다. 그리고 그는 고통에 몸부림치는 루치를 뒤로 하고 도개교 중간에 있는 다른 세 명에게 걸어갔다.

아즈윈이 그를 보더니 피식 웃었다.

"저 자식, 늦어놓고 큰 소리네?"

"미안하다. 많이 다쳤어?"

로일은 피로 더럽혀진 아즈윈과 게랄드를 번갈아 살피며 물었다.

"죽을 만큼 다쳤는데 어떤 아저씨가 잘난 척하면서 구해줬어."

"어떤 아저씨?"

"그게 있지……."

아즈윈은 어깨를 으쓱하며 말하는데, 어디선가 긴 나팔 소리가 퍼졌다. 노르만트 북쪽에서 들리는 소리였다. 탑에 있는 병사가 큰 소리로 외쳤다.

"검은 사자의 군대다. 검은 사자 기사단이 노르만트로 진군한다!"

붉은 장미 백작의 병사들은 크게 술렁이더니, 군대 전체가 뒤로 물러나기 시작했다. 멀리서 다가오는 군대의 함성 소리가 점차 노르만트를 조여오자, 기어이 군을 이탈하는 병사들이 생기면서 큰 혼란이 일어났다.

그 순간 참고 참았던 노장 세이게이의 고함소리가 울려 퍼졌다.

"전군 진군하라!"

성루에 버티고 있던 왕실의 병사들이 일제히 화살을 쏟아냈다. 도개교 뒤에 버티고 있던 병사들이 파도처럼 쓸려나갔다. 쉐이든, 게랄드, 아즈윈, 그리고 로일은 병사들이 달려갈 수 있도록 옆으로 피해 주는 것밖에 할 일이 없었다.

붉은 장미 백작의 군대는 뒤도 돌아보지 않고 달아나기 시작했다.

길어질 것 같던 전투는 그날 저녁 극적으로 끝이 나 버렸다.

다리 옆으로 물러난 로일은 주위를 두리번거리며 물었다.

"던멜은? 아직 안 왔어?"

"아직이라고 말하는 걸 보니 던멜을 만난 모양이지?"

쉐이든이 되물었다.

"덴모주에서. 그 뒤에 사정상 곧장 헤어졌어."

"던멜은 아직 안 왔다. 너는 언제 도착한 거냐?"

"방금. 도착하자마자 깜짝 놀랐어. 이렇게 일이 커진 줄 몰랐거든."

그들은 그 자리에 주저앉아 그동안 있었던 일을 서로 얘기했다.

저녁 해가 지며 금방 어둑어둑해졌다. 넷은 왕성으로 들어오는 검은 사자 백작의 마차와 검은 사자 기사단의 행군을 바라보았다.

"흥, 개선장군이라도 된 것처럼 등장하네."

아즈윈이 비꼬는 소리로 말했다.

"개선장군 맞지 뭐. 결국 결정을 지은 건 저 사람의 군대니까 공은 전부 다 자기가……."

게랄드가 같이 맞받아치다가 그대로 굳어졌다. 그들의 앞으로 검은 사자 기사단이 죄인을 호송하는 나무 창살로 이루어진 마차를 끌고 가고 있었다.

창살 틈으로 게랄드가 익히 아는 얼굴이 보였다. 쉐이든도 알아보고 당장 검은 사자 기사단을 막아 세웠다. 기사들은 창을 들이밀었으나 쉐이든은 상관하지 않고 물었다.

"저 안에 갇힌 자가 누구요?"

"접근하지 마시오. 쟈크 덴 뤼미에르 남작의 살해 혐의와 검은 사자 백작의 암살 미수 혐의로 체포한 중죄인이오."

게랄드가 당장 도끼를 집어 던질 기세로 물었다.

"똑바로 얘기해. 누가 중죄인이라고?"

그 기사는 일순 겁에 질렸으나, 대답은 꿋꿋이 했다.

"캡틴 울프요."

✦Chapter 40✦
폭로

임시 감옥에 갇힌 채로 카셀은 노르만트에서 벌어지는 전쟁이 끝날 때를 기다렸다. 간밤에 맞은 비 때문인지 온몸에서 열이 나기 시작했고 머리가 어지러웠다. 전쟁의 함성 속에서 카셀은 몸을 부들부들 떨었다.

"뤼미에르 백작과 만나게 해주시오. 할 말이 있소."

몇 번이나 같은 말을 하며 부탁했지만 카셀을 지키는 기사들은 꼼짝도 하지 않았다. 카셀은 그들이 입고 있는 옷과 망토, 칼을 보고 깨달았다.

'이 사람들 그냥 감옥 간수나 일반 경비병이 아니야. 검은 사자 기사단의 정식 기사들이야.'

그들은 카셀이 무슨 말을 해도 아예 귀를 막은 것처럼 듣는 척도 하지 않았다. 카셀은 그들 중 한 명이 교대하려는 때에 맞춰 애원하는 투로 말을 걸었다.

"모포라도 한 장 주시오. 감기에 걸린 것 같소."

"미안하지만 당신에게는 스푼 하나도 주지 말라는 명이 있었소. 당신처럼 위험한 사람에게는 특히나!"

"갇혀 있는 내가 뭐가 어떻게 위험하다는 거요?"

"당신은 하얀 늑대들의 캡틴이니까!"

카셀은 답답해 말했다.

"하얀 늑대들에 대한 괴이한 환상이라도 품고 있는 게요? 모포 한 장으로 내가 무슨 마법이라도 부릴까 봐?"

농담처럼 말했지만 역효과였다. 카셀을 지키고 선 기사들은 일제히 그를 노려보았고 말을 하는 기사는 바짝 긴장했다.

"마법?"

기사는 카셀에게 다가왔다. 그러나 나무 창살 밖으로 카셀의 손이 닿지 않는 자리까지만 접근했다.

"오늘 붉은 장미 백작의 군대 오천이 고작 한 명의 하얀 늑대 때문에 성으로 진입하지 못했다고 그러더군. 당신 부하의 실력이 그 정도면 당신은 오죽할까? 난 지금 이렇게 당신을 지키고 있는 것만으로도 무서워 죽을 지경이오. 마법? 내가 묻고 싶군. 대체 당신들은 무슨 마법을 쓰는 거요?"

카셀은 나무 창살 가까이 다가갔다. 그러자 기사들은 일제히 들고 있던 창을 치켜들었다. 기사들의 날선 반응을 의식한 카셀은 그 이상 접근하지 않은 채로 조심스럽게 물었다.

"그 막았다는 한 명이 누구요?"

"나도 모르오. 그런 사람이 있다고 듣기만 했소."

"그럼 무엇으로 싸웠다 하오? 남자였소? 무슨 무기를 썼소?"

"남자였고, 무기는 창이라고 했소."

카셀은 고개를 끄덕이고 물었다.

"지금 전황은 어떻소?"

"검은 사자 군이 적의 잔당을 소탕하고 있소. 전쟁은 승리했소."

교대하려던 기사는 그 말만 하고 떠났다. 이제 다시 카셀에게 말을 걸어주는 사람은 아무도 없게 되었다.

'승리했구나. 죽을힘을 다해 시간 맞춰 올 필요도 없었어. 애초에 내가 없어도 될 전쟁이었다는 증거야.'

카셀은 승리의 기쁨을 갖지도 못하고 허탈한 마음에 한숨만 내쉬었다.

'좋게 생각하자. 오해야 풀리겠지. 여기서도 금방 풀려날 거야. 여차하면 게랄드가 나타나 이 낡은 나무 창살을 발로 걷어차 부숴 버리고 구해줄 거야. 그러니까 얌전히 기다리자.'

카셀은 포기하고 좁은 임시 감옥 구석에서 쭈그리고 앉아 있었다. 그러다 퍼뜩 떠올랐다.

'아니야! 내가 본 걸 말해야 해. 아직 모든 일이 끝난 게 아니야.'

여기에 갇히기 전 카셀은 괴이한 광경을 보았다. 자신이 붙잡힌 순간이 너무 극적이라 잠시 잊고 있었지만 입을 다물고 있을 일은 아니었다.

카셀은 반나절 전, 노르만트가 공격당하고 있을 때 도착했다. 하지만 붉은 장미의 군대가 시내를 장악하고 있어 안으로 들어갈 수가 없었다. 블랙풋이 이용했던 비밀 통로를 이용해 볼까도 했지만 정확한 경로도 기억나지 않았고 머뭇거리는 동안 입구 근방까지 격전이 확산되고 말았다.

카셀은 노르만트 외곽에 서서 발만 동동 굴리다가 포기했다. 생각해 보니 자신이 돌아왔다는 게 딱히 대단한 소식도 아니었다.

갑자기 보검이 뜨거워진 것은, 지금 생각해보면 어떤 신호였을 지도 몰랐다. 왜 칼이 저 혼자 달궈졌는지 생각할 겨를도 없이 멀리 검은 갑옷을 입은 기사가 다가오는 것을 발견했다. 카셀은 나무 뒤로 몸을 숨겼다.

검은 말은 며칠째 여기까지 달려오며 비까지 맞은 카셀의 말보다 더 힘이 없어 보였다. 또 그 위에 타고 있는 검은 기사는 감기 기운으로 콧김이 뜨거운 카셀보다 더 뜨거운 하얀 입김을 풋풋 내뱉고 있었다.

노르만트를 공포로 물들였던 검은 기사에, 날개 달린 말이었다. 하지만 기사의 어깨도, 말의 날개도 축 처져 있었다. 갑옷이야 여전히 육중했지만, 보는 것만으로 사지를 떨게 만들었던 예전의 분위기는 없었다.

'놈들의 우두머리야. 아마 쟌스테인 백작이겠지.'

카셀은 팔콘과 제이니에게 들은 얘기를 종합해 그런 결론을 내렸다. 그가 어떻게 해서 괴이한 악마의 힘을 얻었는지는 모르겠지만!

카셀은 일단 검은 기사가 멀어지기를 기다리며 그가 어디로 가는지 봐 두기만 했다.

그때 검은 기사가 가려는 길 쪽에서 같은 검은 갑옷을 입은 기사들이 천천히 다가오고 있었다. 그들 역시 노르만트로 향하고 있었다.

양쪽이 서로를 향해 다가가는 꼴이었다.

폭로

'큰일이야. 만나겠어.'

카셀은 경고해 줄 마음에, 검은 사자 기사단이 오는 길목으로 말을 달렸다.

"거기 멈추시오!"

카셀을 발견한 기사들은 일사분란하게 말을 돌려 마차 주변을 보호했다. 다른 병사들은 활을 꺼내 시위를 당겼다.

"나는 하얀 늑대들의 캡틴이오. 그대들을 공격할 의사가 없소. 하지만 이 길을 지나가선 안 되오. 피하시오."

카셀은 자신의 정체를 밝히고 경고했다.

그때 기사들의 호위를 받던 마차에서 뤼미에르 백작이 걸어 나왔다. 마차에 그가 타고 있던 것도 놀랐지만, 이어지는 그의 말은 더욱 놀라웠다.

"뒷길로 몰래 왔는데도 용케 내가 오는 방향을 알고 있었군, 캡틴 울프. 이제 나까지 암살하러 온 거냐?"

카셀은 검은 기사가 다가오고 있다는 다급함에 소리를 질렀다.

"이럴 시간 없소, 백작. 뒤에서 검은 기사가 오고 있소! 이곳을 벗어나야 하오."

"검은 기사? 그게 무슨 뜻인가? 이건 그저 노르만트를 구하기 위해 찾아온 나를 막고 있는 걸로 밖에 보이지 않는군. 붉은 장미 백작의 딸을 구해 가고 캡틴 바딩을 살해하더니 이제 아예 바르다 쟌스테인과 손을 잡은 건가?"

카셀은 크게 손을 내저었다.

"무슨 엉뚱한 소릴 하는 거요? 난 쟌스테인 백작의 딸은 파티장에서 만난 이후로 한 번도…….”

그 말을 하는 사이 카셀의 등 뒤로 검은 기사가 나타났다. 마차를 모는 말과 기사들이 타고 있는 말, 그리고 카셀의 말이 먼저 반응해 일제히 놀라 앞발을 들었다.

내내 비틀거리며 말을 몰던 검은 기사의 말이 날개를 활짝 폈다. 카셀은 검은 기사가 자신을 공격한다고 생각하고 말 등에 납작 엎드렸다. 꼼짝없이 죽었다고 생각한 순간, 검은 기사는 카셀을 지나쳐 뤼미에르 백작을 향해 달려들었다.

다음 순간 한꺼번에 많은 일이 벌어졌다. 놀란 백작이 다급히 명령을 내렸고 겁에 질린 병사들이 화살을 날렸다. 빗나간 화살이 카셀의 귀 옆으로 쉭 지나가기도 했다.

수많은 화살이 검은 기사의 몸과 머리를 맞추고 투구 안에 꽂혔다. 그러나 검은 기사는 기어이 뤼미에르 백작 앞까지 돌진해 그의 어깻죽지에 칼을 찔러 넣었다. 백작을 지키는 기사들의 창이 무수히 검은 기사의 몸에 박혔다.

뤼미에르 백작은 비명을 질렀다.

검은 기사가 뭐라고 소리를 질렀지만 알아들을 수 없는 언어였다. 백작의 호위 기사들은 몇 번이나 검은 기사를 찔러댔으나 소용없었다. 검은 기사는 끝까지 뤼미에르 백작의 어깨에서 칼을 뽑지 않았다.

잠시 후 검은 기사의 투구 안에서 검은 연기가 뿜어져 나왔다. 처음에는 어깨에 칼이 꽂힌 고통 때문에 비명을 지르던 검은 사자 백작은 이내 검은 연기가 자신을 에워싸는 걸 보고 공포에 질려 비명을 질렀다. 그 연기는 사람의 형상을 하고 있었다.

그 순간 검은 기사의 갑옷이 폭발했다. 창을 찌르고 있던 기사들이 폭발에 휘말려 말에서 떨어졌고 백작이 타고 있던 마차의 천장이 부서졌다. 마차를 끌던 말 네 마리가 마치 잠에 빠져드는 것처럼 픽 쓰러졌다.

검은 연기가 사라지고, 안개처럼 뿌옇게 시야를 가리던 흙먼지가 가라앉았다. 그 중심에 멀쩡히 서 있는 사람은 뤼미에르 백작뿐이었다.

뤼미에르 백작은 영문을 몰라 자기 몸을 더듬었다. 다른 상처는 없었다. 어깨를 깊숙이 찌르고 있는 칼만 남아 있었다. 말에서 떨어진 기사들이 다시 칼과 방패를 들고 적을 찾았지만 갑옷이 부서진 후 남은 건 아무것도 없었다. 빈 갑옷이었던 것이다.

"이게 대체…… 무슨…… 일이냐?"

백작은 어깨를 찌른 칼을 손으로 잡았다. 그러자 칼날은 재로 만들어진 것처럼 바스러지더니, 바람에 날려 사라져 버렸다. 백작은 피가 배어 나오는 어깨를 짚으며 잠시 숨을 헐떡거렸다. 그는 마치 정신이 나가 버린 것처럼 공허한 시선으로 카셀을 바라보았다.

"저, 저 녀석을 잡아라!"

잠시 모든 표정이 사라진 것처럼 보이던 백작의 얼굴에 제일 먼저 떠오른 감정은 분노였다.

"무슨 오해가 있는 줄로 아오. 내 말을 들으시오, 백작. 나는…….."

카셀은 변명하려 했으나 소용없었다.

"여기 있는 모두가 증인이다. 그래, 내 아들을 둘이나 죽이고 쟌스테인의 딸을 암살하려 했던 검은 기사란 게 울프 기사단의 캡틴과 한 편이란 말이지?"

말에서 떨어지지 않으려고 버티는 게 고작인 카셀은 백작의 말에 반박할 힘도 없었다. 다가오는 기사들의 칼을 상대로 손만 든 채 저항도 하지 못했다. 아란티아의 보검을 빼앗기고 말에서 끌어내려져 두 손을 묶이기까지는 채 1분도 걸리지 않았다.

그 뒤로 카셀은 임시 감옥에 갇혔고, 뤼미에르 백작의 옷자락도 구경하지 못했다.

카셀은 백작에게 묻고 싶었다. 그 검은 기사 공격, 이상하지 않았냐고. 죽일 생각이었다면 왜 어깨를 찔렀겠는가? 기사들의 저항을 거의 무시하다시피 오직 뤼미에르만 노렸는데…… 여차하면 그를 여섯 동강쯤 낼 수도 있었는데, 고작 어깨만 찌르는 데 그쳤다.

갑옷이 부서진 후의 모습도 이해가 가지 않았다. 카셀은 갑옷 안에서 쟌스테인 백작이 나타날 줄 알았다. 그가 마침내 지루한 과정을 건너뛰고 직접 뤼미에르를 죽여 전쟁을 끝내려는 건가 싶었다! 그러나 빈 갑옷이었다. 심지어 부서진 갑옷 조각은 증발해 버려, 증거로 남아 있지도 않았다.

그 역시 이상한 일이었다. 게랄드가 팔을 잘랐을 때는 몇 날 며칠이고 냉기를 뿜어내며 온전한 형태를 유지했는데…….

찬바람에 몸을 떨며 웅크린 카셀의 어깨 위로 누군가 모포를 덮어주었다. 카셀은 누가 그것을 주었을까 궁금했지만 입을 뗄 힘도 없어 그저 모포를 끌어당겨 몸을 감싸기만 했다. 가늘게 뜬 눈으로 올려다보니 검은 사자의 기사였다. 어디선가 본 듯한 얼굴이었지만 잘 기억나지 않았다. 그 기사는 아주 작게 속삭이는 목소리로 말했다.

"할 얘기가 있소. 하지만 당신 상태가 몹시 안 좋아 보이니 내일 다시 오겠소."

"누, 누굽니까?"

카셀은 겨우 눈을 깜빡여 상대의 얼굴을 확인하려 했지만 투구를 쓰고 있어 알아볼 수 없었다. 그리고 본인도 정체를 숨기고 있는 듯 주위를 살피며 속삭이는 목소리로 말했다.

"바딩의 부하 비앙이오."

바딩의 부하라면 여기 있는 경호 기사 누구보다 위치가 높을 텐데, 그는 굳이 경비가 비어 있을 때 몰래 찾아와 짧게 말하곤 이내 가 버렸다.

카셀은 모포를 끌어안은 자세로 대체 바딩의 부하가 무슨 얘기를 하고 싶었던 걸까 궁금해하며 기절하듯 잠이 들었다.

다시 깨어나 보니 나무 창살 대신 쇠창살로 가로막혀 있었다. 카셀은 직감적으로 이곳이 왕실 옆에 있는 지하 감옥임을 알았다.

'이제 게랄드가 와도 창살을 걷어차는 것만으로는 날 구할 수 없겠군.'

장소는 알아냈지만 창문이 없어 시간을 계산할 수가 없었다. 아까는 아침이었으나 지금은 언제일까? 저녁? 밤? 아니면 하루 지난 아침?

"이런 빌어먹을, 여기 갇힌 사람이 누구인지 알고나 있는 거냐? 이 딴 음식을 누구 먹으라고 내놓는 거야?"

날카로운 목소리의 여자가 간수의 멱살을 잡으며 소리 질렀다.

'아즈윈이다!'

카셀은 목소리만 듣고도 너무 반가워 춤이라도 추고 싶었다. 하지만 여전히 몸이 움직이지 않았다.

간수가 들고 있던 나무 식판이 와장창 소리를 내며 바닥에 떨어졌다.

"하, 하지만 이게 정식 메뉴라……."

"메뉴란 건 사람 먹는 음식을 메뉴라고 부르는 거야. 어때? 너라면 저거 먹을 수 있어? 어디 뒤지게 맞고 이빨 몽땅 뽑혀나간 다음에 바닥에 엎드려 혓바닥으로 핥아서 잇몸으로 씹어 먹어볼래?"

쉐이든의 목소리가 말렸다.

"시키는 대로만 하는 사람이 무슨 죄가 있겠냐? 이봐, 가서 이불과 따뜻한 먹을 걸 가져와."

"제일 고급으로! 검사해서 여기 기사단이 먹을 정도의 식사가 아니면 목구멍으로 네 창자를 꺼내버릴 거야."

간수는 뚱뚱한 엉덩이를 흔들며 달아났고, 두 사람의 발소리가 다가왔다.

"며, 면회 허가가 안 난 죄수라……."

경비병이 두 사람을 막아섰다.

아즈윈의 목소리에는 이제 살기마저 곁들여졌다.

"현실적으로 계산해 볼까, 경비병들? 내가 마음만 먹으면 맨손으로 너희 세 놈 죽이고 증거 하나 없이 사라지는 데에 몇 초나 걸릴 것 같아?"

"하지만 저희가 받은 명령은……."

갑자기 칼을 뽑는 소리가 들렸고, 병사들이 우루루 뒤로 물러나는 소리도 들렸다. 카셀은 겨우 몸을 추스르고 일어나 말했다.

"아즈윈. 그만 해요."

아즈윈은 칼을 집어넣고 감옥 창살을 손으로 잡았다.

"와아, 깨어났구나. 괜찮아? 너 벌써 죽은 것 같아!"

"그렇게 안 좋아 보여요?"

카셀은 힘없이 웃으며 물었다.

"그래. 여기 자식들이 혹시 너한테 못 해준 거 있어? 말해. 다 박살 내줄게. 아아, 꼴사나운 모습 보여서 미안. 하지만 네가 그 꼴로 차가운 바닥에 누워 있는 거 보고 너무 화가 났어."

"전 괜찮아요. 하지만 이불은 하나 더 있는 게 좋을 것 같군요."

"조금만 참아. 곧 꺼내줄게. 아란티아의 여왕님을 제외하고는 세상 누구도 하얀 늑대를 건드릴 수는 없어."

'하지만 난 진짜 하얀 늑대가 아니잖아요. 여왕님을 본 적도 없고요.'

병사들이 듣는 앞에서는 차마 할 수 없는 말이라, 카셀은 그냥 고개만 끄덕였다. 쉐이든이 창살 옆에 쭈그리고 앉아 나직이 말했다.

"카셀, 내가 보이나?"

카셀은 그의 얼굴을 보자 눈물이 쏟아질 것 같았다. 이 꼴로 돌아온 것을 가장 보이기 싫은 사람이 쉐이든이었다. 그를 볼 면목이 없어 카셀은 다시 바닥에 누워 모포를 끌어안았다. 쉐이든은 한참이나 침묵을 지키다가 입을 열었다.

"미안하다. 내가 네게 못할 말을 했구나."

카셀은 대꾸하지 않았다. 계속 대답을 기다렸다가 둘은 다시 그의 이름을 불렀다.

"카셀."

"저, 좀…… 생각 중이에요. 나중에 다시 오시겠어요? 그러니까……."

카셀은 둘의 얼굴을 보지 않고 말을 이었다.

"아직 보상에 대해 제대로 생각 못 했거든요."

"보상이라니?"

아즈윈이 무슨 소리냐는 듯 물었다.

"이번 일 끝나면 저한테 보상 주시기로 했잖아요. 일 끝났으니까 받아야죠. 돈을 얼마나 요구해야 할지 잘 모르겠으니까 나중에 오세요. 많이 요구할 거예요."

카셀은 돌아올 대답이 무서워 모포를 머리 위로 끌어당겼다.

둘은 말없이 서 있다가 나갔고, 카셀은 모포로 얼굴을 가린 채 어금니를 악물었다. 그렇게라도 하지 않으면 또 울음이 나올 것 같았다.

'울지 마. 임시라도 아직 안 끝났어. 그때까지는 캡틴이야. 캡틴 울프는 울면 안 돼. 끝까지 하얀 늑대의 명성을 더럽히면 안 돼!'

'카셀? 카셀이라니?'

루치는 하얀 늑대 두 명과 캡틴 울프라는 작자가 하는 대화를 듣고 있다가 깜짝 놀라 몸을 벌떡 일으켰다.

"으윽!"

갑자기 몸을 움직이는 바람에 잘려나간 팔을 꿰맨 부분이 터졌다. 팔꿈치의 아랫부분이 달려있지도 않은데 손목과 손가락에 아픔이 느껴지는 이상한 현상이 한참이나 이어졌다. 그 소름 끼치는 아픔을 참아내는 데는 거의 10분쯤 걸렸다. 겨우 참을 만해지자 그는 창살까지 무릎으로 걸어갔다.

사실 루치는 자신이 언제 처형될까 걱정되어 잠도 못 이루던 차였다. 붉은 장미 백작의 총사령관이었던 신분을 속이고 병졸인 것처럼 옷을 바꿔 입는 것으로 겨우 목숨을 부지하긴 했지만, 아직 살 수 있다는 보장은 없었다. 그런데 방금 기적처럼 기회가 찾아온 것이었다.

'난 기회라면 절대 놓치지 않지.'

루치는 얼른 주변을 살폈다. '여자 하얀 늑대'가 하도 난리를 쳐 준 덕에 경비병들은 잠시 다른 곳에 신경을 쓰고 있었다. 죄수들의 처우 개선 어쩌고 하는 얘기가 이어졌는데, 금방 끝날 것 같지는 않았다. 루치는 근처에 아무도 없는 것을 확인한 후 말을 걸었다.

"어이, 카셀. 너 루우룬 마을의 카셀 노이냐? 어이!"

모포를 뒤집어쓴 탓에 못 듣는 것 같았으나, 사실 확인할 것도 없었다. 뒷모습만 봐도 알 수 있었다.

녀석은 분명 어렸을 때부터 자기가 괴롭혀 온 그 약골 카셀이었다. 어느 순간부터 제 아버지를 닮아가기 시작하더니, 스무 살이 넘어서는 건드릴 수 없게 됐지만 약골인 건 여전했다. 지금도 모포를 뒤집어쓴 채 벌벌 떨고만 있었다.

잠시 후 간수들 중 한 명이 처우 개선에 대한 1차 방안으로 모포 두

장을 가지고 돌아왔다. 그는 모포를 카셀이 갇힌 감옥 창살 틈으로 던져 주었다. 마치 우리에 갇힌 맹수를 대하는 꼴이었다. 하지만 하얀 늑대의 캡틴은 벌써 잠들어 버렸는지 모포를 줘도 덮지 않았다. 루치가 경비병에게 물었다.

"이봐요. 방금 모포 갖다 준 저 사람의 정체가 뭡니까?"

"네깟 놈이 알아서 뭐 하게? 너도 모포 달라고 하려고?"

"아니, 필요 없어요. 그보다 누구예요? 막 하얀 늑대들이 찾아와서 말 거니까 신기해서 그래요. 그러지 말고 좀 가르쳐 줘요."

루치는 비굴한 미소를 흘렸다. 그러자 간수가 툭 내뱉듯이 대답했다.

"아까 못 들었냐? 아란티아 울프 기사단의 캡틴이다."

"예에? 언제부터 저자가 캡틴이었어요?"

루치가 묻자, 간수는 황당하다는 표정이었다.

"미친놈, 그걸 내가 어떻게 알아?"

"아아, 그렇긴 하겠네. 아니, 잠깐, 잠깐!"

루치는 돌아서는 간수를 한 번 더 불러 세웠다.

"하나만 더요! 혹시 저자가 무슨 죄를 짓고 잡힌 건지는 아세요?"

"패잔병 놈이 뭐 그렇게 알고 싶은 게 많아? 검은 사자 백작을 암살하려다 실패했다더라."

먹을 게 너무 많으면 뭘 먼저 먹어야 할지 모르는 것처럼, 루치는 자기 앞에 놓인 기회가 너무 좋아 뭐부터 활용해야 할지 계산이 잘 서지 않았다.

"저기, 검은 사자 백작님께 제 말 좀 전해주시겠어요?"

"어라, 이놈 진짜 골 때리는 놈일세. 나 같은 말단이 그런 높은 사람을 어떻게 만나?"

간수는 돌아서서 가려고 했다.

"이봐요. 난 같은 정보를 조금 이따 나타날 검은 사자 기사단에게 똑같이 제안할 거예요. 그리고 그들은 제 정보를 들으면 당장 절 여기서 풀어줄 겁니다. 그리고 엄청난 공을 세우겠죠. 왜냐면 이건 정말 끝내주는 정보니까. 그런 기회를 놓칠 겁니까?"

간수는 눈살을 찌푸리며 뒤를 돌아보았다.

"그게 뭔데?"

"전해주시는 거죠?"

"그게 뭔지 들어보고."

"당신한테는 지금 붉은 장미군의 지휘관들이 달아나기로 예정되어 있는 비밀 집결지를 가르쳐 드리죠. 엄청난 정보죠? 당신이 몰래 알아낸 걸로 해도 좋아요. 난 상관없으니까."

간수는 턱을 쓰다듬으며 말했다.

"대단한 정보긴 하지만, 지금 검은 사자 백작을 만나려면 고작 그런 걸로는……."

"아니, 아니죠! 전 지금 지휘관들의 비밀 집결 장소를 넘겨주는 대가로 백작님께 이 말만 전해달라는 뜻이에요. 이 말만 전하면 백작은 분명 절 만나고 싶어 할 거예요."

루치는 그에게 손짓하며 조금 더 다가오라고 한 다음 소근거리는 목소리로 말했다.

"이렇게 전하세요. 여기 캡틴 울프의 진짜 정체를 알고 있는 사람이 있다고."

❈

　뤼미에르 백작의 요청으로 모든 대신과 국왕은 긴급 국정 회의를 시작했다.

　그는 당당하게 자신을 왕실의 수호 가문으로 인정해 달라고 요구했고, 국왕은 신중히 고려해보기 위해 보름의 기간을 달라고 했다. 샤이필드 공작의 경우에는 한 달의 기간을 두고 천천히 진행시켰으니 이번에는 굉장히 서두르는 셈이었다.

　회의를 지켜보며, 두나단은 검은 사자 백작을 끌어들이자고 주장한 자신을 저주하고 있었다. 마지막 순간까지 왕실의 힘만으로 위기를 극복했어야 했다. 물론 그의 군대가 없었다면 오늘 또 다른 전쟁을 준비하고 있어야 했겠지만, 알아서 맹수를 집 안으로 불러들인 것보다는 나았겠다는 생각이 들었다. 오천의 붉은 장미군 대신 오천의 검은 사자군이 노르만트를 점령하고 있는 것뿐, 다를 게 없었다.

　이제 두나단은 뤼미에르를 수호 가문으로 임명하자는 의견에 토 하나 달지 못했다. 하지만 뤼미에르의 입에서 캡틴 울프를 처벌하자는 말이 나오는 순간 그는 벌떡 일어나며 반대했다.

　"어찌 아란티아의 기사를 카모르트의 법으로 처벌할 수 있다는 거요?"

　그 부분만큼은 검은 사자 백작의 입궁을 열렬히 환영하는 대신들조차 반대했다.

폭로

"그렇습니다. 그는 이 나라의 영웅이 될 사람이지, 죄수가 될 수는 없습니다."

"노르만트에서는 벌써 캡틴 울프는 찬양하는 노래가 흘러나올 지경입니다."

뤼미에르 백작은 국왕보다 계단 한 칸 내려가 있는 의자에 거만하게 앉아 손을 살짝 내저었다. 대신들은 모두 입을 다물었다.

"정확히 해 두시오. 내가 들은 정보로는 마지막 순간 붉은 장미군에 맞서 싸운 이 중에 캡틴 울프는 없는 줄 아오. 그리고 설사 그렇다 하더라도 그는 붉은 장미 백작의 편에 서서 이 나라를 위협했소. 또한!"

뤼미에르는 말하는 내내 부상 중인 어깨를 만지작거리는 동작 외에는 표정 하나 바뀌지 않았다.

"나의 수호 기사 바딩과 내 아들 쟈크를 살해하였으며, 최근 노르만트까지 침략하여 폐하의 신변을 위협한 검은 기사라는 놈들과도 한패였던 것 같소. 그건 내 이 두 눈으로 똑똑히 보았소."

"카모르트의 법에 따르면 그런 죄를 지은 자는 사형입니다. 그러나 뤼미에르 백작, 설사 그 모든 의혹이 사실이라 한들 정말 그를 처형할 수 있다고 생각하십니까?"

두나단은 흥분하지 않으려고 애쓰며 말했다. 상대는 이제 맘만 먹으면 국왕을 내쫓고 자신이 직접 왕좌에 앉을 수 있는 힘을 가진 자였다. 두나단은 목을 내놓을 각오를 하고 있었다.

다행히 백작은 경솔하게 두나단의 의견을 묵살하지 않았다.

"사형은 힘들지도 모르겠군. 허나 그냥 놓아주면 카모르트의 위신이 서질 않소."

두나단은 백작이 한 걸음 물러나는 틈을 놓치지 않고 변호를 이어갔다.

"캡틴 울프는 아란티아의 상징이자 자존심과도 같은 존재입니다. 잘 못 건드렸다 자칫 아란티아와 전쟁이라도 벌어지면 어쩌실 겁니까? 그를 감금하는 것조차 신중을 기했어야 할 일입니다."

대신들은 작은 목소리로 의견을 나누었고, 백작은 잠시 부상당한 어깨만 꾹꾹 눌러볼 따름이었다.

'듣기로 칼에 깊숙이 찔렸다는데 그렇다면 지금쯤 앉아 있기도 힘들 정도로 아파야 하지 않나? 그런 상처를 저렇게 방치하면 위험할 텐데⋯⋯?'

두나단은 그런 생각을 하며 샤를 국왕의 판단을 기다렸다. 국왕은 너무 깊이 생각하느라 아무 결정도 내리지 못하고 있었다. 하지만 두나단은 그의 판단을 재촉하지 않았다. 이 경우에는 아무 결정도 내리지 않는 편이 나았다. 백작의 독단으로 캡틴 울프를 처벌할 수는 없으니까.

그때 회의실로 경비병 하나가 조용히 들어와 백작에게 쪽지를 전달했다. 백작은 쪽지를 살펴보더니 옷 속에 넣어 버리고는 자리에서 일어났다.

"회의가 길어지는군. 폐하, 잠시 자리를 떠도 되겠습니까?"

국왕은 차라리 반가워하는 얼굴로 말했다.

"잠시 쉬도록 하지. 저녁에 다시 한 번 회의를 갖도록 하겠다."

백작은 호위 기사들을 데리고 회의실을 나가 버렸다. 남은 대신들은 백작의 처분을 두고 이런저런 의견을 주고받느라 웅성거렸다.

두나단은 국왕에게 다가가 말했다.

"폐하, 흔들리시면 안 됩니다. 캡틴 울프가 노르만트를 위해, 폐하를 위해 얼마나 큰일을 했는지 아시지 않습니까?"

"알고 있네, 두나단."

왕은 애써 힘을 주는 미소를 보이며 말을 이었다.

"단지 어떻게 백작을 포기시킬지 그걸 고민하고 있었던 것뿐이네. 여차하면 아란티아 여왕과의 친분을 내세워 내가 억지라도 부려 보지. 카셀이 울프 기사단의 캡틴인 이상 뤼미에르가 건드릴 수는 없어."

뤼미에르는 느린 걸음으로 왕실 복도를 걷고 있었다. 이제 이곳에서 그의 눈길에 걸릴 사람은 하나도 없었다.

'없진 않군. 하얀 늑대들.'

그들은 자기 캡틴을 가뒀다는 이유로 아직도 복도에 서서 노려보고 있었다. 뤼미에르는 그쪽에 눈길조차 주지 않았다. 그들은 외부인이고 곧 떠나야 할 손님이었다. 제아무리 최강의 검술을 가졌다 한들 위협이 되진 않았다. 그리고 최악의 경우 카셀을 풀어주는 조건으로 아란티아로 보내버리면 그 또한 적절한 거래가 된다.

'아니야. 카셀은 그냥 풀어주면 안 돼. 죽여야 해.'

처음에는 복수심 때문이라고 생각했다. 그러나 아니었다. 이상할 정도로 카셀에 대한 살의가 멈추지 않고 끓어올랐다. 솔직히 회의 시간 내내 당장 감옥으로 내려가 감기에 골골대는 놈의 목을 졸라 죽여 버리고 싶은 충동이 몇 번이나 일었다. 그럴 때면 뤼미에르는 칼에 찔린 어깨의 상처를 눌러 보았다. 아픔이 충동을 가시게 해주는 것 같아서였다. 지금도 그는 충동을 억제하려고 상처를 눌렀다.

그러나, 아프지 않았다.

"음?"

뤼미에르는 지하 감옥으로 내려가기 전에 붕대를 풀어 보았다. 붕대를 푼 자리가 말끔했다. 상처가 곪거나 피가 흐르기는커녕, 오히려 찔리기 전보다 더 깨끗하게 돌아와 있었다.

그가 놀라 상처를 몇 번 만져볼 때 간수가 마중을 나왔다.

"아, 백작님! 제가 그 쪽지를 올린 간수입니다. 밑으로 내려가 보시겠습니까?"

뤼미에르는 옷을 여미며 말했다.

"저 더러운 곳으로 나를 보낼 참이냐? 정보를 준다는 녀석을 올려 보내라."

간수는 금방 루치라는 이름의 적군 포로를 끌고 왔다. 지저분한 놈의 얼굴에는 기분 나쁜 미소가 떠올라 있었다. 만약 놈의 입에서 나올 첫 번째 단어가 쓸데없는 정보라면, 그대로 입을 꿰매 패잔병들을 처형하는 줄 제일 앞으로 보내 버리고 싶었다.

"카셀이란 놈의 정체를 알고 있습니다."

루치의 말은 뜻밖에도 뤼미에르의 호기심을 자극했다.

"아란티아에서 온 위대한 기사라는 말을 하려는 건 아니겠지?"

"그게 뭐 그리 재미있는 농담이라고 백작님을 뵈러 이곳까지 왔겠습니까?"

루치는 옆에 따라온 간수를 힐끗 돌아보았다. 뤼미에르가 손짓하자,

간수는 굽실거리는 자세 그대로 돌아갔다.

루치는 옆에 있는 다른 경비병들에게도 잘 들리지 않는 작은 목소리로 말했다.

"놈은 캡틴 울프가 아닙니다."

"재미있는 얘기 잘 들었네. 그래서 나더러 어쩌라는 건가?"

뤼미에르는 별거 아닌 정보를 들은 사람처럼 시큰둥한 얼굴로 물었다. 하지만 루치는 속마음을 숨겨도 소용없다는 듯 미소 지으며, 하나밖에 남지 않은 손을 앞으로 내밀었다.

"저는 욕심이 많은 녀석이 아닙니다, 백작님. 절 풀어주시고, 작은 땅 한 덩이만 주십시오. 그럼 두 달 전까지만 해도 루우룬 마을에서 농사나 짓고 있던 어떤 농부의 얘기를 들려드리겠습니다."

뤼미에르는 살짝 고개를 끄덕였다.

"그게 사실이며 입증할 수 있다면 이미 네 소원은 이루어졌다고 생각해도 좋다, 루치. 말하라."

"여부가 있겠습니까?"

루치는 꽤 긴 얘기를 조리 있게 정리해서 말했다. 침착하게 늘어뜨리고 있던 뤼미에르의 두 손이 부들부들 떨렸다. 마음 한구석에 있는 시커먼 덩어리가 형상을 갖추며 일어서서 명령을 내리는 기분이었다. 죽여, 죽여. 놈을 죽여!

'모든 것은 너의 뜻대로 되리라!'

그는 루치가 제시하는 증거까지 확인한 다음 고개를 끄덕였다.

"잠시 물러나 있거라, 루치."

루치는 고분고분하게 물러났다. 윗사람을 많이 모셔본 동작이었다.

뤼미에르는 경비병들을 불러 즉시 명령했다.

"당장 죄수 한 놈의 처형을 준비하라."

경비병들이 몰려오더니 의아해하며 물었다.

"네, 알겠습니다. 그런데 누굴……?"

"밑에 카셀이란 놈이 있을 것이다."

경비병은 경악하며 물었다.

"예에? 그 사람을요? 하, 하지만 아직 판결이 안 떨어진 걸로 아는데요?"

뤼미에르는 호통쳤다.

"검은 사자 백작이 농사꾼 출신의 죄인 하나 처형하는 데에 재판 절차 따위는 필요 없다."

✦

로일은 돌계단에 앉아 빵을 씹어 먹고 있었다. 씻지도 않은 지저분한 남자가 칼을 옆에 끼고 앉아 있으니 시녀들은 무서워서 지나가지도 못했다. 적군의 장군을 단칼에 베어 버린 로일에 대해 아는 병사들도 경외심을 담아 인사하긴 했으나, 가까이 다가가진 못했다. 결국 수많은 사람들이 돌계단을 이용하지 못하게 되고 말았다.

"또 메말라 버렸구나, 로일. 너 지금 네가 얼마나 무서운 얼굴을 하고 있는지 모르고 있지?"

로일은 긴 머리의 중년 남자가 옆에 앉는 걸 쳐다보지도 않고 말했다.

"아즈원에게 들었습니다. 언제부터 와 계셨습니까, 메이루밀?"

"어제."

"아즈원이랑 게랄드가 고맙다는 말을 하고 싶어서 엄청 찾아다니던 데요?"

"아, 그거 고맙다는 말 하려고 찾은 거였어? 난 눈빛이 하도 고약하길래 복수하려고 찾는 줄 알았지. 무섭더라. 그래서 도망쳤어."

"무서울 만하죠. 그 둘이라면."

"그나저나 오랜만이다, 로일. 가넬로크에서 보고 5년 만인가?"

"좀 더 될 겁니다."

로일은 무뚝뚝하게 대답했다. 루밀은 턱에 손을 대고 물었다.

"무슨 일이 있었느냐?"

로일은 한참이나 먹던 빵만 우물거렸고 대답은 하지 않았다. 거의 한 시간 동안을 그러고 있었건만 루밀은 재촉하지도, 지루해하지도 않고 기다렸다.

"라틸다라는 여자가 있었습니다."

로일은 발단도 없이 갑자기 라틸다를 만난 얘기에서 시작해 덴모주에서 벌어진 일, 레앙에서 있었던 일까지 말했다. 루밀은 추임새 한 번 넣지 않고 묵묵히 얘기를 다 듣고 난 뒤에야 물었다.

"그래서, 노르만트로 왔는데 막상 할 일이 없어서 이렇게 주변 사람들 겁주면서 앉아 있는 거냐?"

"그건 제가 의도한 일은 아니었습니다."

"진짜 고민이나 말해봐라."

"제가 가진 하얀 늑대의 이빨이 뭔지 모르겠습니다. 아직도요."

"그거야 본인밖에 모르지."

"저는 라틸다를 지키지 못했습니다. 그건 아마도 제게 아직 이빨이 없기 때문일 겁니다."

"후회가 되나 보구나."

"네."

"그때 더 강했다면, 하얀 늑대의 이빨을 보여 누구도 막지 못할 엄청 난 기술로 라틸다를 구할 수 있지 않았을까, 그런 후회지?"

"네."

루밀은 희미하게 웃었다.

"많이 성장했구나, 로일."

"제가요?"

"그래. '사람'도 모르던 네가 드디어 '사랑'을 하게 되지 않았느냐?"

"농담하고 싶은 기분이 아닙니다."

루밀은 로일의 머리를 헝클어뜨렸다.

"농담 아니야. 더 고민해라. 더 아파해도 된다. 해답은 누군가 내려 주는 게 아니라 네 안에 이미 있는 거야."

루밀이 바지춤에 손을 찌르고 걸어가려 할 때 로일이 물었다.

"스승님."

"응? 그 호칭은 날 부르는 거냐?"

"전 루밀 외에는 아무도 스승님이라고 생각해 본 적이 없어요."

"나야 고맙지만, 퀘이언이 들으면 실망하겠다."

"하나만 여쭤볼게요."

"해라."

"전…… 최선을 다해도 되는 건가요?"

로일은 날아올 대답을 걱정하며 물었다. 루밀은 시원하게 웃음을 터뜨렸다.

"누가 들으면 오만하기 짝이 없다고 하겠지만 널 이 자리에서 서게 한 이 위대하고도 오만한 스승이 한 마디 조언해 주자면, 해도 된다."

"정말입니까? 전…… 솔직히 아직도 두렵습니다."

"네가 뭘 두려워하는지 잘 알고 있다. 가까스로 찾은 보금자리를 또 떠나게 될 것이 두려운 거지? 이미 울프 기사단 내에서조차 정점에 서 버렸는데 여기서 더 강해지면 친구들이 널 무서워하게 될 것이 두려운 거지?"

"사람의 마음이 이렇게 나약할 수 있다는 것에 놀랐습니다. 물론 그럴 필요가 없다는 건 압니다. 그런데도 친구들을 의심하게 됩니다. 제가 최선을 다하면 떠나버릴 모습이 자꾸만 그려져서 저도 모르게 그만……."

"친구들이 그러더냐? 더 세지면 널 감당 못 하겠다고."

"원로대신들이 그러더군요. 로일 때문에 캡틴이 생기지 않는 거라고. 저 때문에 충분히 캡틴감인 울프들이 전부 그 자리를 거부하게 되는 거라고. 그래서 제게 온 직책을 거절하지 못했습니다. 제가 캡틴이 되어야만 울프 기사단에 남아 있을 수 있다면, 받아들여야겠다고 생각했죠. 하지만 전 그런 직책을 맡을 그릇이 안 됩니다. 그런 주제에 저보다 약한 사람의 명령을 듣는 것도 싫습니다. 그럼 제가 약해지는 방법밖에 없지 않습니까? 전…… 최선을 다하면 안 돼요."

"네가 그렇게 남의 말에 신경 쓰는 녀석이었냐?"

"죄송합니다."

"마음이 약하다고? 그건 당연해. 누구나 그러니까. 힘을 아끼게 된다고? 그건 그냥 버릇이야. 수년 동안의 버릇을 아직도 못 버린 것뿐이지. 둘 다 네 마음대로 안 되는 거 안다."

루밀은 이해한다는 듯 고개를 크게 끄덕였다.

"그럼 이런 얘기를 해주면 어떨까? 로일. 난 어제 네 친구 두 명이 검은 기사 열둘을 상대로 싸우는 모습을 보았다. 넌 이미 따라잡혔어."

"어렸을 때의 제 검술만 가지고 평가하는 거라면 사양하겠습니다."

로일은 계단에서 벌떡 일어났다. 여차하면 칼이라도 뽑아 자신의 실력을 보여줄 기세였다.

"초조해하지 마라. 이번 일은 네가 약해서 일어난 일이 아니다. 최선을 다하지 못했다는 자책감이 널 괴롭히는 것뿐이지, 정말 최선을 다하지 못한 것도 아닐 게야."

루밀은 그의 어깨를 도닥거렸다.

"이럴 때 내가 해줄 수 있는 말은 그것뿐이다. 초조해 하지 마라. 넌 네가 있을 곳을 찾았고, 네가 아무리 강해져도 네 친구들이 널 따라잡을 거라고 믿고 있을 거야. 아마도 지금의 너에게 필요한 건 하얀 늑대의 이빨이 될 검술이 아니라 그 검을 다스려 줄 리더겠지. 네가 억지로 자존심을 굽힐 필요도 없고, 네게 열등감을 가지지도 않는 그런 사람이 나타나 줄 거다."

'언제요? 제가 죽은 다음에요?'

로일은 정원 쪽으로 사라지는 루밀에게 그 말을 하지 못했다. 로일은 도로 계단에 주저앉았다. 이번엔 살벌한 얼굴이 아니라 멍청히 생각

없는 얼굴로.

"하얀 늑대의 기사분 아니십니까?"

한 병사가 달려와 말을 걸었다.

"맞습니다."

로일은 잠깐 딴생각을 하다가 대꾸했다.

"중요한 소식이 있습니다."

"아, 중요한 소식이라면 제가 아니라 다른 친구를……."

"다른 분들은 찾아도 안 보이는군요."

"아, 참. 친구들은 다들 캡틴을 만나러 갔을 겁니다."

"그 캡틴 문제입니다. 지금 소식을 듣고 왔는데, 캡틴 울프가 처형된다고 합니다."

로일은 고개를 갸웃했다.

"처형이라니요?"

"참수형이라는군요. 카모르트에서는 오직 역적만 참수형에 처합니다."

로일의 눈썹이 살짝 꺾여 올라갔다.

"언제죠, 그게?"

병사는 조심스럽게 대답했다.

"내일 정오입니다."

눈앞에 보이는 것과 머릿속에 들어 있는 생각들이 엉켜 카셀은 현실과 꿈을 구별하기도 힘들었다. 창살이 때로 비가 내리는 창문으로 보이기도 했고, 꿈틀거리는 뱀처럼 보이기도 했다. 흙더미가 몸을 덮어 깔리는 꿈에서 깨어 보면 자신을 짓누르고 있는 건 흙이 아니라 모포였다.

카셀은 이 정도로 심하게 아파 본 적이 한 번도 없었다. 어렸을 때 팔이 부러졌을 때도 한순간의 고통으로 끝났고 열병으로 앓았을 때도 아팠다기보다 몽롱해서 기억이 잘 안 나는 쪽이었다.

한참 어둠 속을 노려보고 있으려니까 환각까지 보였다. 머리에 뿔 달린 곰이 어슬렁어슬렁 창살 앞을 왔다 갔다 했고, 술 마시는 오리가 곰과 체스를 두기도 했다. 꿈에서 깨어나 보니 그건 간수와 경비를 서는 기사였는데, 다시 보니 오리가 맞는 것도 같았다.

나중에는 소가 하품하며 팔굽혀펴기를 하기도 했다. 깨어나서 봤으면 죽어라 웃었겠지만, 카셀은 그 모습이 이상할 정도로 무서웠다.

"체크메이트. 어이, 얼간이. 어디 피해 보시지."

하품하는 소가 뜬금없이 카셀에게 말했다. 하지만 카셀은 눈을 감고 무시했다. 한참 있으니 누군가의 웃음소리가 들렸다. 곧 감옥 안은 조용해졌다.

"알아듣지 못하는군요."

후드를 깊이 눌러 쓴 남자 세 명이 카셀을 내려다보고 있었다. 목소리는 울렸고, 얼굴은 후드의 그림자에 가려 보이지 않았다.

카셀은 목이 아파 그들에게 대꾸도 할 수 없었다. 그들은 카셀의 상태를 보고 간수에게 약을 갖다 달라느니 옷을 갖다 달라느니 하는 말을 주고받았다.

"캡틴 울프. 당신을 돕고자 여기 왔소. 날 알아보시겠소?"

한 명이 말하자, 다른 한 명이 고개를 저었다.

"어제도 나를 알아보지 못했소."

"큰일이군, 피오렌디노. 캡틴 울프가 이 꼴이면 비앙이 가져다준 자료도 아무 쓸모가 없게 되오."

"재판은 내일입니다. 이대로 뤼미에르가 왕실의 수호 가문이 되고, 캡틴 울프가 처형되면 모든 게 끝장입니다. 대체 처형을 결정짓는다는 판결을 내린 게 누구요? 설마 폐하께서?"

"들자니 폐하께서는 충격 때문에 아무 말도 못 했다고 하오. 그러니까 여기 있는 캡틴이 사실은 가짜라는 증거가 나왔다고……."

세 명의 남자는 카셀이 아예 듣지 못한다고 생각했는지 자기들끼리 대화하다가 가버렸다. 실제로 카셀은 중간에 잠이 들어버려 그들이 얼마나 더 말하다 갔는지 기억이 나지 않았다. 그러다 겨우 잠들만 하니 누군가 또 그를 깨워 말을 걸었다.

"카셀, 말만 해라. 너 하나 구출하는 건 일도 아니야."

산처럼 덩치 큰 남자였다. 누군지 얼굴은 알아볼 수 없었지만 목소리는 게랄드의 것이었다. 그의 옆에 있는 것은 놀랍게도 제이니였다. 팔콘은 어디 두고 여기에 있는 거지?

"너 처형된대. 그것도 카모르트 법률에 따라 국왕이 보는 앞에서! 그게 말이 돼?"

자세히 보니 제이니가 아니라 아즈윈이었다. 당장 얼굴이 생각나는 여자라고는 아즈윈과 제이니 뿐이었는데 둘의 얼굴이 이상하게 닮았다는 생각이 들었다. 따로 놓고 봤으면 하나도 안 닮았을 텐데, 성격이 비슷해서일까?

"카셀 노이. 미안하다. 하지만 거짓말을 해도 정도껏 해야지. 울프 기사단의 캡틴이란 건 너무 하지 않았냐?"

헛것이 보이다 못해 이제 루치까지 보였다. 이제 쟈넷도 어디선가 나타날 것 같았다. 지금도 루치의 품을 그리워하려나? 이제 그런 건 아무래도 상관없지만.

루치는 깔깔대고 웃으며 간수의 안내를 받아 감옥 밖으로 나갔다.

눈을 떠 보니 카셀의 앞에는 다 식은 죽과 빵이 있었다. 별로 먹고 싶지 않았다. 하지만 기운을 차려보려고 억지로 빵을 입에 넣었다. 종이를 씹는 느낌이었다. 빵을 먹다 지쳐 엎드려 있으니, 이번엔 로일이 보였다.

파티에서 딱 한 번 본 얼굴인데 이렇게 확실히 기억해내는 걸 보니 이번만큼은 환상이 아닌 게 틀림없었다. 하지만 로일은 아즈윈이 항상 말한 그런 어수룩함과는 달리 무서운 말을 했다.

"친구들이 인정했다고는 하지만, 내가 생각한 것과 다르군. 자기를 캡틴이라고 생각하지도 않는 녀석이 무슨 캡틴이냐?"

'알아요. 난 원래부터 캡틴이 아니었어요. 당신들이 시킨 거지, 내가 진짜로 원한 건 아니었어요.'

카셀은 그렇게 말하려고 했지만 입술이 떨어지지 않았다. 대신 짧게 물을 수 있는 것만 물었다.

"라, 라틸다는요?"

"죽었다. 그리고 검은 기사가 데려가 버렸다."

카셀은 놀랄 기운도 없어 힘없이 물었다.

"당신이 지키고…… 있지 않았나요?"

카셀은 로일처럼 되고 싶었다. 하얀 늑대들 네 명이 최고라고 일컫는 그런 엄청난 기사가 되고 싶었다. 그러나 정작 그 엄청난 기사는 창살에 기대어 앉아 카셀에게 눈물을 보이고 있었다.

"내 힘으로는 무리였다. 마법을 상대로 내 검술은 아무 의미도 없더군……."

"마, 마법이에요."

카셀이 힘겹게 말했다.

"마법이라니? 뭐가?"

"나, 나 같은 녀석 눈에는…… 당신의 검술이, 마법이나 다름없어요. 그러니까…… 다시 싸우면…… 이길 거예요."

"보지도 않고 어떻게 확신해?"

로일은 창살이 없었다면 카셀의 멱살이라도 잡을 것처럼 물었다.

"확신하는 거 아니에요. 그냥……."

카셀은 희미하게 웃으며 말했다.

"그런 게…… 보고 싶은 거예요. 왜냐면 전…… 하얀 늑대들이 좋으니까……."

너무 오래 고개를 들고 말한 탓에 현기증이 났다. 카셀은 눈을 감고 말했다. 목소리가 거의 나오지 않았다.

"그런 게 보고 싶어요…… 언젠가 꼭……."

다시 눈을 뜨니 로일은 가버린 후였다.

'마지막 말은 안 들린 것 같아. 다행이다. 너무 어린애 같은 말이었어.'

눈을 감았다 뜨니 이번엔 쉐이든이 있었다. 그는 아무 말도 하지 않고 카셀을 내려다보고만 있었다. 카셀은 아버지에게 잘못을 저지른 아이처럼 주눅이 든 채 입을 열었다.

"보, 보검을…… 빼앗겨…… 버렸어요. 죄송해요."

"그런 건 네가 걱정할 일이 아니다. 그건 스스로 주인을 찾아가는 물건이니까."

쉐이든은 다정함이라고는 하나도 없는 목소리로 말했다. 하지만 카셀은 그게 왠지 미안해하는 목소리로 들렸다.

'이제 착각하다 못해 상대의 의도마저 왜곡하고 있는 거야. 쉐이든이 내게 미안해할 리가 없잖아. 화를 내고 있는 거지.'

카셀은 고개를 끄덕이며 말했다.

"그럼 제가 칼을 잃어버린 것은 칼이 떠날 때가 되었기 때문이군요."

"또 그러는구나. 내가 암브루에서 했던 말은 다 잊어버린 건가?"

대답해준 것은 쉐이든이 아니라 루밀이었다.

카셀은 무척 혼란스러웠다. 방금 있던 쉐이든은 어디 가고? 두 사람이 같이 나타났는데 따로 보이는 걸까, 아니면 애초에 쉐이든이 아니라 루밀이었던 걸까?

혼란을 극대화시킨 것은 뒤이어 나타난 아버지였다.

"생각해 보니 너랑 함께 술을 마셔본 적이 없구나."

카셀은 몇 번이나 제정신을 차리려고 애썼지만 어느새 아버지 대신 루밀이 앉아서 묻고 있었다.

"듣자니 네가 임시를 맡은 대가로 뭔가 보상을 요구할 거라고 하던데? 내가 대신 물어도 될까? 아무래도 친구로 지낸 애들한테 돈 얘기를 꺼내기는 좀 그렇잖아."

카셀은 서둘러 보상을 말해야겠다고 생각했다. 내일 처형당할 테니 미리 약속을 받아둬야 했다. 어느 정도 금액이 좋을까? 루우룬 마을의 에밀 노이에게 전달하라고 부탁할까? 그게 좋겠다.

카셀은 결심하고 입을 열었지만 전혀 엉뚱한 말이 튀어나왔다.

"보상은 필요 없어요."

거짓말을 해야 되는데 그럴 기력도 없었다. 터무니없을 정도로 쉽게 진심이 튀어나와 버렸다.

"이미 받았어요. 한순간이나마 하얀 늑대들이 모두 내 친구였다는 추억이 보상이에요. 그것도 제게 너무 과분했어요."

창피했지만, 전부 말하고 나니 후련했다.

"모두에게 고마웠다고 전해주세요."

루밀이 사라지고 그 자리에 쉐이든이 있었다. 쉐이든이 웃는 것 같았다. 하지만 정신을 차려보니 아무도 없었다.

로일도, 루밀도, 체스를 두던 오리와 소도, 그리고 아버지도…… 어디까지가 꿈이고 어디까지가 현실인지 구분이 되지 않았다. 카셀은 땀에 흠뻑 젖은 머리를 쓸어 올리며 거칠게 숨을 토해냈다.

그때 누군가 문을 열고 안으로 들어오면서 차가운 바람이 같이 불어 들어왔다. 카셀은 몸을 부르르 떨며 모포를 감싸 쥐려고 애썼다.

문을 열고 들어온 사람이 누구인지는 눈물에 가려 보이지 않았다. 그는 짧게 뭐라고 말하는 것 같았으나 소리가 들리지 않았다. 그런데도 카셀은 그가 하는 말을 다 알아들을 수 있었다. 그가 말을 하지 않고 수화를 썼기 때문이었다.

'카셀, 우리들을 암살하려 했던 자가 누구인지 알았다.'

카셀은 대답 대신 고개만 끄덕였다. 그는 암살을 사주한 사람의 이름을 바닥에 썼다.

검은 사자 백작.

'더 알아낸 건?'

카셀은 입모양으로 물었다. 소리를 내지 않고도 대화가 가능하다는 것이 이렇게 좋을 수 없었다.

그는 카셀에게 검은 기사가 쟌스테인 백작이라는 걸 알려 주었다. 이미 알고 있는 얘기였지만 카셀은 고개만 끄덕였다. 그다음 뒤따르는 수화는 카셀도 모르는 얘기였다.

그는 얘기를 끝낸 다음 또 수화로 물었다.

'어찌할지 말해라. 원한다면 이대로 너를 탈출시킬 수도 있다. 얼마든지.'

카셀은 수화로 대답했다.

'여기 있겠다. 단, 해줄 일이 있다.'

그는 카셀의 부탁을 듣고 물러났다. 이번에도 환상이었나 싶을 정도로 그는 기척 없이 사라졌다.

카셀은 모포를 끌어안은 채 생각에 잠겼다. 머릿속을 메우고 있던 온갖 망상과 공포, 환각이 조금씩 사라지고 어느 순간 아버지의 모습만 남았다. 처음에도 그랬고 지금도 그렇지만 극한에 다다르면 가장 많이 들어온, 가장 많이 연습한 것들만 버릇처럼 튀어나오게 되어 있었다.

'하얀 늑대들 역시 실전이라고 특별한 검술을 내보이는 일은 없다고 했어. 훈련 때 백만 번도 더 연습했던 기술을 무의식중에 쓴다고 했지.'

카셀도 그렇게 되고 있는 자신을 깨달았다.

'서로 죽고 죽이는 싸움판 중심에는 서지 마라. 너도 죽고 죽이게 될 거다.'

지금 카셀은 싸움판의 중심에 서 있었다. 그리고 내일 정오가 되면 카셀은 싸움판 정도가 아니라 처형장의 중심에 서게 된다. 모두가 그렇게 생각할 것이고 그렇게 진행될 것이다.

카셀은 힘이 들어가지 않는 손을 여러 번 쥐었다 폈다. 다행히 사지는 움직였다. 하지만 너무 오래 목을 못 쓰다 보니, 이러다 내일도 목소리가 안 나올까 걱정됐다.

카셀은 먼저 물을 마셨다. 따끔거리는 목구멍에 물이 닿자 잘 먹히지 않고 몇 번이나 기침했다. 그래도 그는 끝까지 한 잔을 다 마셨다.

그다음에는 식은 죽을 떠먹기 시작했다. 뜨거운 걸 달라고 얼마든지 요구할 수도 있었지만 지금은 찬 걸 빨리 먹는 게 더 나았다. 옆으로 치워 놓은 빵도 억지로 씹어 삼켰다. 맛은 조금도 느끼지 못했지만, 카셀은 계속 먹었다.

"내일 난 싸움판의 중심에 설 거야."

카셀은 악에 받친 눈으로 창살을 노려보며 중얼거렸다.

"하지만 당신도 서야 할 거다, 뤼미에르 백작!"

✦ Chapter 41 ✦
캡틴 울프

"이건 뭐 법정이 아니라 공개 처형장 같군."

아즈윈은 원형 극장과도 같은 처형장의 제일 앞에 놓인 좌석에, 다른 하얀 늑대들과 함께 앉아 있었다. 특별히 오라고 부탁하지도 않은 루밀이 당연하다는 듯이 옆에 앉아 있었다. 하도 당당하게 있으니 자리를 배정하는 병사들이 와서 뭐라 따지지도 못했다.

"던멜은 아직 안 왔어?"

로일이 초조하게 물었다.

"덴모주에서 무슨 일이 벌어진 게 분명하군. 덴모주에서 레앙을 들렀다 온 너보다 늦어진다는 건 분명……."

아즈윈도 불안해하다가 쉐이든에게 물었다.

"넌 카셀을 탈옥시키자는 내 의견에 반대했지? 왜인지 지금이라도 말해줄래?"

"공식적으로 탈옥수가 되니까. 무엇보다 저들은 카셀을 처형시킬 수 없지 않나? 원군을 보내준 아란티아와의 관계를 생각해서라도 국왕은 우리의 편을 들어줄 거다. 굳이 이런 재판을 여는 것도 아마 이번에 수호 가문이 될 뤼미에르 백작의 체면을 세워주기 위해서겠지."

"소문에는 안 그렇던데. 카셀이 가짜라는 증거를 제시하겠대."

"하라지."

드물게도 쉐이든은 짜증내는 투로 내뱉었다.

재판정에는 삼백여 명 정도의 사람들이 모여 있었다. 왕실의 기사들과 검은 사자의 기사들, 여러 귀족들과 대신들, 노르만트의 부유 상인들은 원형 좌석의 앞쪽에 자리를 잡았고, 증인이라고 나선 사람들과 단순히 구경하러 온 사람들은 제일 가장자리에 앉았다. 그리고 죄인을 세우는 동그랗고 넓은 석판 맞은편에는 뤼미에르 백작과 국왕이 나란히 앉아 있었다.

검은 사자 백작은 팔에 붕대를 감은 것 빼고는 예나 지금이나 자세 하나는 당당했다.

"검은 기사를 손수 해치우다 다쳤다는데, 사실일까?"

아즈윈이 혼잣말처럼 물었다. 게랄드가 아는 척 말했다.

"거짓말이야. 다친 척하는 거지. 저 나이의 남자가 칼에 찔렸다면 좌우 균형이 흐트러져야 하는데, 아까 걷는 걸 보니까 눈곱만큼도 그런 기색이 없더라."

"혈색도 무지 좋네. 못 잡아먹어 안달인 카셀을 드디어 잡았다고 밤에 신나게 잘 잤나 보지?"

아즈윈도 괜한 시비를 걸었다.

사람들이 웅성거리는 소리가 들렸다. 카셀이 팔을 묶인 채로 법정에 들어서고 있었다. 얼굴에 두건을 뒤집어쓴 두 명의 사형집행관이 부축 해주기는 했지만 중간에 몇 번이나 비틀거렸다. 가까스로 원형 법정의 의자에 앉았지만, 눈에 띌 정도로 힘들어했다.

"젠장, 힘도 없는 애를 저렇게 묶어 놓다니!"

아즈윈이 당장 따지려 하자, 쉐이든이 말렸다.

"카셀은 하얀 늑대들의 캡틴이야. 아무도 힘없는 아이라고 생각하지 않아."

아즈윈은 카셀이 앉아있는 돌바닥에 눌어붙은 검은 핏자국을 발견했 다. 재판이 끝나면 수백 명이 보는 자리에서 죄인의 목을 친다는 게 그렇 게 잔인하게 느껴질 수가 없었다. 아즈윈은 참고 또 참았지만 입에서 짐 승이 으르렁거리는 듯한 소리가 쉴 새 없이 새어 나왔다. 덕분에 그들 주위 에 앉아 있던 대신이나 기사들이 멀찌감치 피해, 주변이 한산해졌다.

카셀을 부축하고 들어온 집행관들이 커다란 도끼를 들고 의자 뒤에 서면서 재판 준비가 마무리되었다.

곧 루오르 대신이 나와 좌중을 조용히 시키고 국왕과 뤼미에르 백작 을 소개했다. 백작에 대해서는 노르만트를 구한 영웅이라는 수식어가 따라붙었다. 아즈윈은 어이가 없었으나 사람들은 환호했다. 뒤이어 루 오르 대신은 카셀을 소개했다.

"오늘 우리는 울프 기사단의 캡틴이라고 주장하는 사람의 재판을 열 기 위해 모두 모였습니다. 하늘이 내려다보는 가운데 죽어 마땅한 그의 죄를 오늘 이 자리에서 공정하게 심판할 것입니다."

루오르는 나름대로 천장 없는 법정의 유래를 설명하려는 의도였던 것 같았으나, 그 첫마디에서부터 당장 아즈윈이 벌떡 일어났다.

"뭐야, 저 늙은이가? 방금 뭐라고 했어? 죽어 마땅? 재판 시작하기 전에 이미 판결 냈다는 소리냐?"

아즈윈을 향해 법정의 주위를 에워싸고 있는 검은 사자의 기사들이 나섰다. 아즈윈도 칼을 뽑을 태세라 재판 개시가 선언되기도 전에 재판정은 사람들의 소란으로 난장판이 되었다. 겨우 쉐이든이 아즈윈을 말리자, 다시 루오르 대신이 말을 꺼냈다.

"특별히 오늘 이 자리에 참석해주신 하얀 늑대들께는 노르만트를 지킨 영웅에 대한 예우로 무기 지참을 허용했소. 하지만 재판을 방해할 용도로 쓰라고 내준 것이 아니요."

아즈윈이 또 뭐라 반박하려고 했지만 이번에는 루밀이 말렸다.

"일단 듣거라. 나도 대체 저들이 뭘 근거로 저렇게 자신 있어 하는지 알고 싶군."

"나한테 이래라저래라 명령하지 마, 이 아저씨야!"

아즈윈이 투덜대며 도로 앉았다.

루오르의 설명이 이어졌다.

"우선 캡틴 울프, 즉 죄인 카셀의 죄를 고하겠소. 증거가 불충분하다 여겨지면 여기 있는 모든 사람이 반박할 자격이 있으며 반박한 사람들은 그에 대한 책임을 져야 하오. 오늘 국정 재판에 처음 참가하는 이들은 이 점을 상기하시기 바라오. 진행은 나 루오르가 하나, 판결은 국왕 폐하께서 내리시며 누구도 이 결정을 거부할 수 없소. 그럼 재판을 시작하겠소."

루오르는 헛기침을 몇 번 하고 긴 두루마리를 읽어 내려갔다.

"카셀의 죄목은 다음과 같소. 역적인 쟌스테인 백작의 편에 서서 국왕 폐하를 해하려 했다는 죄. 이의를 제기할 기회는 따로 드리겠소, 기사 아즈윈."

루오르가 선수를 쳐 말하고 죄목을 읊어 내려갔다.

"얼마 전 뤼미에르 백작의 영지 레앙에 나타나 쟈크 덴 뤼미에르 남작을 암살하고 쟌스테인 백작의 딸을 납치해 간 죄. 그 과정에서 캡틴 바딩을 살해한 죄. 레앙에 불을 질렀다는 정황 증거가 많긴 하지만 밤이었고, 주요 목격자인 캡틴 바딩이 증언할 수 없게 됐으니 그 죄는 빼겠소."

로일은 나직이 쉐이든에게 말했다.

"쟈크를 죽인 자는 검은 기사고, 캡틴 바딩을 죽인 사람은 나야."

"레앙에서?"

"정당한 대결이었어. 바딩의 부하 기사가 여기 어디 있다면 증명해 줄 거야."

로일은 굳은 목소리로 말했다. 게랄드가 팔짱을 낀 채 말했다.

"듣자니 다 별거 아니네. 내가 법은 잘 모르지만 저딴 걸로는 사형 못 시킬 걸."

루오르는 카모르트의 위대한 기사 바딩에 대한 짧은 추모를 한 후, 두루마리를 계속 읽었다.

"노르만트를 침략하여 국왕 폐하를 위협했고 리제니 덴 뤼미에르 남작의 살해 혐의가 있으며, 또한 수많은 죄 없는 사람을 죽인 '검은 기사'들과 공모했다는 죄. 노르만트를 구하러 달려오던 뤼미에르 백작을 검은 기사와 함께 암살하려 한 죄. 미수로 그쳐 참으로 다행이 아닐 수 없소."

목록을 읊는 동안 카셀은 침묵했다. 그냥 힘이 없어 늘어져 있을 뿐, 뭔가 생각하는 것처럼 보이지는 않았다.

다른 하얀 늑대들도 침묵했다. 아즈윈은 답답한 마음을 억누르지 못하고 속삭이는 목소리로 쉐이든에게 물었다.

"붉은 장미 백작과 검은 기사가 동일 인물이라는 걸 어떻게 설명하지?"

"변명으로밖에 안 들릴 거다. 로일, 뭐 증거 같은 거 없냐?"

쉐이든이 물었다.

"미안해. 없다. 보고 들은 건 많지만, 그런 게 증거가 될 수 있을지도 모르겠어."

방법을 찾지 못한 넷은 자연스럽게 시선을 루밀 쪽으로 향했다. 그는 마치 불 난 집 구경하듯 팔짱만 끼고 있다가 자기를 향한 시선을 뒤늦게 발견하고 말했다.

"나라고 뾰족한 수가 있겠니?"

루밀은 경고를 덧붙였다.

"너희들 마음 다 아는데, 부디 신중해라. 지금 너희들이 함부로 나서면 카모르트와 아란티아 간에 외교적 마찰이 벌어질 수도 있으니까."

"아니까 가만히 있는 겁니다."

쉐이든이 말했다.

"그건 그렇고 지금 저 정도 정황 증거로 타국의 기사단 캡틴을 자기네 법으로 처형하겠다는 게 조금 우습구나. 검은 사자 백작이라는 자가 좀 모자란 자더냐? 소문에는 무지 영악하다고 그러던데."

루밀이 묻자 쉐이든은 불안하게 턱을 만지작거리며 대답했다.

"제가 아는 한 그는 확신이 서기 전에는 행동하지 않는 자입니다. 아무래도 제가 제일 걱정했던 일이 진짜로 일어날 모양이군요."

루오르는 마지막 죄목을 이야기했다. 처음 말했던 목록은 마지막을 위한 준비 단계에 불과했다.

"마지막 죄목은…… 이 부분에 대해서는 뤼미에르 백작께서 직접 지명한 증인에게 말을 듣는 편이 나을 거요. 루우룬이라는 작은 시골 마을 출신이며 이번 전쟁에서 쟌스테인 백작의 편에 서서 용병으로 활동하다가 어제 지휘관으로 나섰던 기사요."

그 말을 모두 듣는 순간 쉐이든은 나직이 신음했고 아즈윈은 숨을 크게 들이마셨다.

"이름은 루치 뱅상. 그가 말하길 바로 두어 달 전까지만 해도 카셀이라는 자는 자기 마을의 농부였다고 하오."

처형장 안은 큰 소란에 휩싸였다. 어제 회의에서 그 얘기를 미리 들은 대신들만 침묵했다. 카셀에게 한없이 호의적이었던 두나단도, 카셀에게 무한한 신뢰를 주던 국왕도 굳은 얼굴로 아무 말 하지 않았다.

힘없이 늘어져 있던 카셀은 고개를 들어 증인인 루치를 보았다. 루치는 하나밖에 남지 않는 팔을 흔들며 법정에 나섰다. 그는 뤼미에르 백작과 국왕에게 큰 동작으로 인사를 한 후 카셀에게 사과했다.

"미안하다, 카셀. 하지만 진실 앞에서 고개를 돌릴 수가 없군."

그는 헛기침을 하고, 재판정에 모여 있는 사람들을 향해 말했다.

"제 이름은 루치입니다. 이틀 전 전투에서 노르만트를 침략했던 바로 그 장수입니다. 여러분들의 증오가 얼마나 심할지 알고 있습니다.

사실 저 사기꾼 대신 제가 저 자리에 앉아 심판받고 있어도 할 말 없지요. 그저 변명의 기회를 조금 주신다면, 저는 오직 쟌스테인 백작이 나라를 위한다는 명목에 속아 노르만트 침공을 명령했으며 거기에 제 뜻은 조금도 섞여 있지 않았다고 말씀드리고 싶습니다."

루치는 굽실거리며 말을 이었다.

"저는 앞으로 그 일에 대해 어떤 벌이라도 달게 받겠습니다. 그러나 제가 사랑하는 카모르트라는 나라가 한 명의 사기꾼에게 농락당하는 꼴을 볼 수는 없었습니다. 그래서 나섰습니다."

"말 똑바로 해라! 사기꾼이라니? 너, 네가 하는 말에 책임질 자신 있어?"

게랄드가 화를 참지 못하고 소리쳤다. 루오르가 말리려 했으나 루치는 느긋하게 손을 내밀고서 직접 대꾸했다.

"있소. 여기 앉아 있는 이 말 많은 사기꾼은 루우룬이라는 마을에서 나와 같이 자란 친구이자 밀농사를 짓던 농부의 자식이며, 불과 두어 달 전에는 쟌스테인 백작 군대의 용병이었소. 내가 그쪽으로 소개장을 써 주어 잘 알고 있소. 증거? 당시 부대의 문서 기록에도 남아 있소. 부대를 지휘하던 지휘관을 불러도 좋고 녀석과 같은 부대에 있던 용병들을 불러도 좋소. 허나 죄인에게 직접 물어보는 길이 더 빠를 거요. 어디 뭐라고 대답하나 봅시다."

천하의 캡틴 울프가 기운이 빠져 앉아 있는 것만으로 충격을 받았던 군중 앞에서, 루치는 과격하게 카셀의 턱을 붙잡아 세웠다.

"카셀, 말해봐라. 넌 어느 마을 출신이냐?"

아즈윈이 고개를 저었다.

"카셀, 그냥 아무 말 하지 말고 있어."

그러나 카셀은 힘없는 미소로 대꾸해 버렸다.

"루치, 나를 괴롭히는 데서 즐거움을 얻는 건 예나 지금이나 똑같구나."

루치는 결정적인 증거를 잡아내기라도 한 것처럼 자랑스럽게 뤼미에르 백작에게 손을 펼쳤다. 자신의 임무를 다 끝내고 평가를 바라는 모습 같았다.

백작은 콧방귀를 뀌더니, 힘차게 자리에서 일어났다. 전처럼 무릎부터 천천히 펴면서 일어나는 동작도 없었고, 느린 걸음걸이도 아니었다. 그는 파티장을 휘젓고 나타난 쟌스테인 백작처럼 큰 걸음으로 카셀에게 다가갔다. 그의 목소리는 전보다 훨씬 더 또랑또랑하게 처형장에 울려 퍼졌다.

"몇 가지 죄에 대해서 증거를 따로 제시해야 한다면 그리 하지. 아무래도 다른 나라의 고위 관직자를 카모르트의 국법으로 처벌할 수는 없는 노릇이니까. 하지만 카모르트 국민을 카모르트의 국왕께서 직접 처벌하시는 데에는 이의가 없을 것이다."

뤼미에르는 고개 숙인 카셀을 내려다보았다. 그의 입가에 승리의 미소가 깃들었다.

"캡틴 울프, 아니 카셀 노이! 네가 성 밖에서 나를 내쫓을 때 언제고 네 녀석이 나를 올려보게 될 거라고 말했지?"

카셀은 그저 뜨거운 숨을 몰아쉬기만 했다.

"고작 농부 주제에 왕실의 수많은 귀족들과 국왕 폐하를 농락한 그 죄만으로 충분히 죽어 마땅하다. 카셀 노이, 그에게 사형을 선고하겠다."

뤼미에르는 카셀이 아닌 재판정에 모인 사람들에게 말하고, 국왕의 마지막 판결을 기다렸다. 하지만 왕이 한동안 대꾸가 없자, 뤼미에르는 대답을 재촉했다.

"폐하?"

국왕은 힘겹게 입을 열었다.

"어제…… 밤새 고민했으나 아무래도 이번 판결은 쉽게 결정을 내릴 사항이 아닌 듯하다."

뤼미에르는 당장 격한 목소리로 소리쳤다.

"이 법정은 판결에 긴 고민을 두는 곳이 아닙니다. 고작 농부에 불과한 자가 폐하께 조언했고, 폐하의 결정을 움직였으며, 노르만트의 운명을 가지고 뒤흔들었습니다. 그런 자의 처분에 무슨 고민이 필요하며 어떤 아량을 베풀려 하십니까?"

카모르트의 국왕은 고민하고 또 고민하더니 손을 들어 말했다.

"아무리 명백한 증거가 있다고는 하나 상대측 변호도 들어야 마땅하지 않은가? 죄인을 변호할 사람이 있는가?"

그때 쉐이든이 자리에서 일어났다.

"제가 하겠습니다."

뤼미에르는 찌푸린 얼굴로 쉐이든을 노려보았지만 루오르 대신은 국왕의 결정대로 진행했다.

"변호하시오, 기사 쉐이든."

"우선 캡틴 바딩은 카셀이 죽인 게 아니오. 레앙에 있었던 사람은 여기 있는 로일이고, 로일은 그와 정식으로 결투를 펼쳤소."

뤼미에르는 로일을 물끄러미 내려다보았다.

"그럼 캡틴 바딩을 살해한 대가는 당신이 받아야겠군, 로일 울프. 카모르트 최고의 기사를 어둠 속에 잠입하여 몰래 죽였다는 건 심각한 문제다."

"그가 먼저 대결을 요청했고, 나는 요청을 받아들였소."

로일이 강한 어조로 말했으나, 마치 어른에게 말대답하는 어린애처럼 들렸다. 뤼미에르는 비웃었다.

"그 자리에 남은 건 바딩의 시체뿐이었고, 그 말을 증명할 사람은 없다."

로일은 조금 더듬거리며 덧붙였다.

"당신 부하 기사가 셋인가, 어, 음, 둘인가 있었소. 그들이 그 싸움이 정당했음을 증명할 것이오."

"그들이 살인자라고 지목한 사람이 바로 캡틴 울프였다. 자네가 울프 기사단의 캡틴인가?"

"그건 아니오. 아니지만……."

로일은 입은 뗐지만 뒷말을 잇지 못했다. 뤼미에르는 뭔가 생각났다는 듯 손가락을 하나 세웠다.

"아, 그리고 내가 캡틴 바딩에게 선물했던 말도 도난당했더군. 그런데 그 말이 지금 왕실 마구간에 있던데, 그럼 바딩과 시합했다고 주장하는 자네가 끌고 온 건가?"

"그건…… 선물 받은 거요!"

로일이 더듬거리며 반박했다. 뤼미에르는 웃음을 터트리며 청중에 대고 말했다.

"이 자리에 있는 모두는 들으시오. 이 자는 자기가 죽인 자가 자기에게 카모르트 최고의 명마를 선물했다고 말하는군. 아니면 선물을 받은 직후 살해한 것인가? 어느 쪽인가, 로일 울프? 아란티아의 울프 기사단은 검술 외에는 어떤 조건도 보지 않는다더니, 살인자와 도적들만 뽑았는가?"

뤼미에르는 분노로 얼굴을 붉히고 있는 로일을 감정 없이 바라보며 말을 이었다.

"좋다. 진짜로 그랬는지도 모르지. 폐하, 바딩을 살해한 죄에 대해서는 증인 확보를 더 해야 할 것 같습니다. 일단 카셀에게 '그 죄'는 없는 걸로 하지요."

뤼미에르는 루오르에게 시선을 돌렸다.

"절차상 그래도 되는 건가, 루오르?"

"됩니다."

루오르는 법관 두 명과 상의를 하더니 아직 자리에 서 있는 쉐이든에게 물었다.

"그럼 카셀이 검은 기사와 쟌스테인 백작의 편을 들었다는 죄목에 대해서는 어떻게 설명하시겠소?"

쉐이든은 몇 번이나 입을 열고 닫기를 반복하다가 거의 포기하는 목소리로 말했다.

"당신들이 검은 기사라 부르는 존재는 쟌스테인 백작과 동일 인물이었소. 뤼미에르 백작 앞에 카셀이 검은 기사와 동시에 나타난 건 우연의 일치였을 거요."

"기사 쉐이든 울프. 지금 그걸 변호라고 하는 건가?"

뤼미에르는 조금 지겹다는 얼굴로 쉐이든을 내려다보았다. 쉐이든은 이글거리는 눈동자로 노려보았지만 뤼미에르는 전혀 개의치 않았다.

"듣자니 노르만트에 검은 기사들이 쳐들어왔을 때 그 무서운 괴물들은 카셀이 나서는 순간 싸우지도 않고 물러났다고 하더군. 이것도 우연의 일치인가? 또한 그때 나타난 게 쟌스테인이라면 그자는 왜 아군을 베고 다녔지? 또 그런 엄청난 힘을 쟌스테인이 가지고 있었다면 레앙을 먼저 함락시키지 않은 이유가 뭔가? 안타깝게도 나의 레앙에는 그런 괴물을 막을 위대한 기사가 다섯 명이나 있지는 않았는데 말이지."

아즈윈이 벌떡 일어났다.

"그럼 카셀이 댁을 공격했다는 걸 목격한 증인 또한 없잖아. 당신 부하 기사들밖에! 서로 짜고 거짓말하지 않는 거라고 어떻게 믿어?"

"아무리 내가 내주는 봉급을 받는다고는 하나 검은 사자 기사단은 카모르트에서 가장 신뢰받는 기사단이다. 아즈윈 울프, 함부로 카모르트의 기사도를 낮춰보지 마라."

뤼미에르는 경멸하는 어조로 말했다. 아즈윈은 이를 악물었지만, 마땅히 대꾸할 말을 꺼내지 못했다.

이미 뤼미에르의 다음 공격이 이어졌다.

"다른 모든 것을 떠나, 캡틴 카셀이 가짜였다는 건 어떻게 설명하겠나? 어찌 보면 그건 그대들이 카모르트 국왕을 속였다는 건데 그 죄를 같이 물을 수도 있다. 아란티아와 카모르트 외교에 심각한 영향을 끼칠 수도 있으니 아까처럼 대답을 함부로 하지 않길 빌지."

쉐이든은 숨을 크게 몰아쉬고 백작의 말에 대답했다. 그의 말에 놀란 것은 오히려 그 자리에 있는 하얀 늑대들이었다.

"그 부분에 대해서만은 확실히 해두고 싶소, 뤼미에르 백작. 카셀은 울프 기사단의 캡틴이 맞소."

뤼미에르는 한참 쉐이든과 눈싸움을 벌였다. 둘 다 눈빛을 피하지 않고 맞섰다.

"설마 사기꾼 하나 살리려고 울프 기사단의 명예를 더럽히는 건 아니겠지?"

뤼미에르의 말에 아즈윈이 소리쳤다.

"거짓말이 아니야. 우린 카셀에게 정식으로 캡틴에 대한 맹세를 하고, 권한을 부여했어!"

"언제?"

"한 달 전! 코홀룬에서!"

그 말에 앉아있는 사람들이 웅성거렸다. 아즈윈은 너무 솔직하게 말해버린 것을 조금 후회했다.

증인석 옆에 앉아있는 루치가 한쪽 밖에 안 남은 손을 휘두르며 말했다.

"이보시오, 여자 기사 양반. 부디 여자답게 처신하시오. 아니면 아란티아의 여자들은 모두 다 댁처럼 나서길 좋아하는 거요? 내 경험을 살릴 것도 없이 당신들의 말은 모두 거짓말이오. 손바닥만 한 영지의 귀족이라도 기사직을 수여할 때는 많은 절차가 필요한 법이오. 그런데 한 달 전에 코홀룬에서? 건배는 벌꿀 맥주로 했소?"

"남은 한 팔이나마 간수하고 싶다면 그 주둥이 닥쳐라."

로일이 말하자, 루치는 흠칫 놀라며 물러섰다.

겁을 주는 데엔 성공했지만 안 그래도 안 좋게 흘러가던 분위기가 더욱 뒤숭숭해졌다. 하지만 아즈윈은 로일에게 말 한번 잘했다는 듯 눈짓을 주더니, 카셀의 등 뒤에서 도끼를 세우고 있는 두 사형집행관을 지목하며 말했다.

"너희 둘 다 도끼를 조금이라도 움직이면 대륙 끝까지 쫓아가서라도 죽일 줄 알아. 가만히 있어."

한 명은 옷이 맞지 않을 정도로 뚱뚱했고 한 명은 균형 있게 말랐는데, 뚱뚱한 쪽이 아즈윈의 경고를 듣고 흠칫 놀랐다. 두건을 쓰고 있어 표정은 보이지 않지만 방금 말에 겁을 잔뜩 집어먹은 게 분명했다.

"사람들을 협박해서 설득하는 방식이 아란티아의 기사도인가?"

뤼미에르는 여유 있게 청중의 시선을 즐기며 둥근 법정 위를 거닐었다.

"길거리에 지나다니는 아무나 붙잡고 캡틴을 시킬 수 있는 게 울프 기사단의 캡틴 자격 심사라는 건가? 그거 아주 재미있군. 하지만 내가 보기에는 고작해야 사기꾼 하나를 감싸기 위한 억지로밖에 보이지 않는데, 이제 그만하는 게 어떤가?"

뤼미에르는 느릿느릿 고개를 저어 보였다.

"그대들의 나라로 돌아가라, 울프의 기사들. 카모르트는 이번 그대들의 원정과 도움에 크게 감사할 것이며, 왕실의 수호 가문인 나 뤼미에르는 앞으로 두 나라 간의 관계 증진을 위해 최선을 다할 것이다."

뤼미에르는 허리에 차고 있던 아란티아의 보검을 뽑아 멀리 떨어져 있는 쉐이든에게 내밀고서 말했다.

"아란티아의 여왕 폐하께 그렇게 전해 주게."

그것은 뤼미에르 백작이 보일 수 있는 가장 그럴듯한 모욕이었다. 그걸 아는 쉐이든은 보검을 받지 않았다.

"하얀 늑대들은 결코 캡틴을 버리고 가지 않을 것이오."

"끝까지 거짓말을 이어갈 생각인가?"

뤼미에르 백작과 쉐이든 사이에 치열하게 벌어지는 기싸움에 메이 루밀이 끼어들었다.

"카셀이 울프 기사단의 캡틴이 아니라는 문제에 대해서만 한마디 하겠소, 누벨 덴 뤼미에르 백작."

백작의 눈썹이 치켜 올라갔다.

"그대는 누군가?"

루오르가 재빨리 일어나 루밀에게 요구했다.

"증언을 하려면 우선 자신의 신분부터 밝혀주시오."

"내가 누구인지보다 거기 있는 죄 많은 청년이 누구인지부터 신경 써 주시오. 아까부터 증거, 증거 그러면서 캡틴이 아니라 하시는데……."

"이름과 소속을 밝히시오!"

루오르가 또 요구했지만 루밀은 개의치 않고 계속 말했다.

"……다른 죄에 대해서는 증거가 서로 맞지 않아 잘 모르겠지만, 카셀이 캡틴 울프가 아니라서 국왕께 모욕이 되었다는 점은 참으로 이상하지 않을 수 없군. 그건 하얀 늑대들의 맹세를 무시한다는 뜻이오? 늑대의 이름이 이토록 가벼이 여겨지는 걸 알면 여왕님께서 무척 슬퍼하시겠군."

루오르는 더 따지기도 지쳐 포기했다.

"자격과 실력이 된다면, 울프 기사단은 국적도, 성별도, 나이도 따지지 않소. 또한 하얀 늑대들 전원의 동의가 있다면 그게 누구든 울프 기사단의 캡틴 자격을 갖게 되오. 그게 적국의 기사였든, 이름 없는 용병이었든, 농부였든 상관하지 않소. 고작해야 울프 기사단의 마스터가 허락해주는 사소한 절차가 필요할 뿐, 캡틴의 임명에는 여왕님조차 개입하지 않소."

메이루밀은 재판을 즐기기라도 하듯 아예 의자 위에 올라가 기운차게 말을 이었다.

"너무 파격적이라 이해가 안 갈 테지만 사실이오, 뤼미에르 백작. 당신이 말한 대로요. 우린 조건만 된다면 지나가는 아무나 붙잡아 캡틴 울프를 지명할 수 있소. 그게 아란티아의 늑대들이오."

쉐이든은 창을 들고 일어나 크게 소리쳤다.

"원한다면 이 자리에서 다시 한 번 맹세의 무거움을 가르쳐 주겠소."

"카셀 노이는 하얀 늑대들의 캡틴이며, 나는 그에게 나의 모든 권한을 주었다. 캡틴의 목숨을 지키기 위해서라면 나는 어떤 희생도 각오할 것이다."

아즈윈도 칼을 치켜들며 말했다.

"그 대가가 전쟁이라면 감수하겠다. 물론 그 전쟁의 선두에는 내가 있을 것이다."

게랄드가 도끼를 세웠다.

마지막으로 로일이 덧붙였다.

"나의 검은 모두와 함께할 것이다."

메이루밀은 빙그레 웃으며 쉐이든의 어깨에 손을 둘렀다.

"그리고 나 메이루밀 울프가 과거 하얀 늑대들 중 한 명이 갖는 마스터의 권한으로서 이 맹세를 증거하리라. 카셀 노이를 울프 기사단의 캡틴으로 임명한다."

루밀의 마무리에 청중들은 크게 술렁거렸다. 뤼미에르 백작은 물론이고 하얀 늑대들마저도 놀란 눈을 했다.

"뭐야? 아저씨, 옛날에 하얀 늑대였어?"

아즈윈이 따지듯 속삭였고 메이루밀도 속삭였다.

"대충 눈치채고 있는 거 아니었냐?"

"은퇴한 울프 기사단 중 한 명이라고 생각했지, 하얀 늑대라고는 생각도 못 했어! 그래도 그렇지 이런 순간에 밝히다니, 어머나, 이 아저씨 극적인 거 참 좋아하시네."

"너한테 마법의 가루 쓴 게 조금 아까워지기 시작했는데 아저씨라고 안 부르면 안 될까, 아즈윈?"

아즈윈은 빙그레 웃으며 의자에 앉아 있는 카셀의 얼굴을 보았다. 힘없이 고개를 든 그의 초췌한 얼굴에 작은 미소가 떠올랐다.

재판정은 혼란에 빠졌고, 루오르 대신도 당황하며 뤼미에르의 눈치를 보았다. 백작은 분노로 떨리는 입술을 꾹 다물고 왕을 돌아보았다.

갑자기 샤를 국왕이 일어났다.

"카셀, 말하라. 그대는 날 속였느냐, 속이지 않았느냐? 다른 누구의 말도 듣지 않겠다. 네 말을 직접 듣고 싶다. 말하라!"

법정 안이 갑자기 조용해졌다.

카셀은 힘없이 입을 열었다.

"그럼 폐하께만 말씀드리고 싶습니다."

왕은 위험하다는 대신들의 만류는 듣지도 않고 카셀에게 다가갔다. 그리고 카셀의 입 쪽으로 귀를 기울였다. 카셀은 뭔가 말했고 왕은 깜짝 놀라며 뒤로 물러났다. 왕은 거의 비틀거리는 걸음으로 돌아와 자리에 앉았다.

뤼미에르는 눈살을 찌푸리며 왕과 카셀을 번갈아 보았다.

"폐하?"

루오르가 물었다.

샤를 국왕은 손을 내밀고 조용히 말했다.

"잠시 휴정하겠다……."

왕의 결정에 재판정에 있는 모든 사람들은 생각했다. 방금 카셀이 엄청난 증거를 국왕에게 내밀었을 거라고. 아니면 거부할 수 없는 거래를 제시했거나, 협박을 했을 거라고.

"저, 그럼 잠시……."

루오르가 말을 하려는데 뤼미에르 백작이 소리쳤다.

"하얀 늑대들의 맹세?"

순간적으로 재판의 양상이 뒤집히는 상황이라, 하얀 늑대들 전원이 방심하던 차였다. 뤼미에르 백작은 보검을 휘저으며 계속 고함을 질렀다.

"그럼 전원이어야지! 하얀 늑대들은 다섯 명이 아닌가? 한 명이 없군! 그쪽 논리에 따르면 결국 카셀은 그대들의 캡틴으로 인정된 게 아니겠지? 설사 다섯 명이 있어도 지금 인정을 한 거라면, 폐하를 농락하던 이전에는 아직 정식 캡틴도 아니지 않았는가?"

백작은 빠르게 명령을 내렸다.

"그럼 아직 카모르트의 백성이며 나의 판결은 유효하다. 죄인의 목을 쳐라."

미리 얘기된 바가 있었던 게 분명했다. 두 명의 사형집행관 중 뚱뚱한 쪽은 백작의 명령을 듣자마자 도끼를 치켜세웠다. 네 명의 하얀 늑대들이 일제히 무기를 들었으나 카셀을 구하기에는 거리가 너무 멀었다.

집행관이 휘두르는 도끼는 정확히 카셀의 목으로 뚝 떨어졌다.

"집행을 멈춰라!"

샤를 국왕이 벌떡 일어나며 외쳤다.

그보다 약간 더 빠르게 아즈윈이 칼을 집어 던졌다. 그래 봤자 휘두르는 도끼를 막기에는 늦었다. 그러나 모든 하얀 늑대들을 대신하여 옆에 있는 마른 사형집행관이 뚱뚱한 사형집행관의 손을 막았다. 도끼는 카셀의 목 바로 위에서 멈췄고, 날아간 아즈윈의 검이 뒤늦게 뚱뚱한 집행관의 손목에 박혔다.

"우욱."

뚱뚱한 집행관은 비명을 지르며 도끼를 떨어뜨리고 물러났다.

마른 사형집행관은 그의 손목에 박힌 아즈윈의 검을 쓱 빼더니 뚱뚱한 집행관의 가슴을 걷어찼다. 몸무게만큼이나 요란한 소리를 내며 뚱뚱한 남자가 계단에서 굴러떨어졌다.

마른 집행관은 아즈윈의 검으로 카셀의 밧줄을 끊어주더니, 도로 아즈윈에게 칼을 던져주었다. 칼을 돌려받았으면서도 아즈윈은 이해할 수 없다는 눈으로 마른 사형집행관을 쳐다보았다. 그는 아즈윈의 시선을 의식하고 두건을 벗었다.

네 명의 하얀 늑대들은 일제히 외마디를 내질렀다.

모든 상황이 너무나도 빨리 진행되는 와중에 오직 카셀만은 느긋했다. 그는 손목을 주물럭거리며 자리에서 일어났다. 그리고 아란티아의 보검을 쥐고 이 어처구니없는 상황을 주시하는 뤼미에르 백작을 힐끗 쳐다보며 두건을 벗은 사형집행관에게 수화로 명령했다.

'던멜, 내 칼, 도로 뺏어와.'

던멜이 카셀에게 알려준 사실은 두 가지였다.

첫 번째는 검은 기사가 붉은 장미 백작이라는 것. 그는 카모르트가 아니라 그 이상을 지배하려고 했으나, 어떤 이유로 스스로 생명을 포기했다는 것이다. 대신 그가 포기한 검은 기사의 힘은 아직 어딘가에 존재할 거라는 무서운 얘기도 덧붙였다.

두 번째는 하얀 늑대를 암살하라고 사주한 사람의 정체였다. 확실한 증거만 없을 뿐, 카셀도 어느 정도 짐작했던 사람이었다. 그런데 거기에 생각지도 못한 사실이 하나 더 붙었다. 샤이필드 공작 암살을 의뢰한 사람이 동일 인물이라는 것이었다.

검은 사자 백작!

던멜은 카셀이 막 재판정에 입장할 때 사형 집행관 복장을 하고 옆에 나타났다. 카셀은 사형 집행관이 수화를 보이기 전까지 그가 던멜이라는 것도 알아보지 못했다.

'어제 내가 했던 말을 증명할 사람이 청중 안에 섞여 있다.'

던멜은 수화로 그 사람의 이름까지 보여주었다. 하지만 카셀은 아직 이름을 표시하는 수화는 익숙하지 않아 알아보지 못했다. 하지만 도울 사람이 있다는 사실만으로 충분했다.

재판 내내 카셀은 오한을 참으려고 온몸에 힘을 꽉 주고 있었다. 목이 아프고, 머리가 지끈거려 루오르 대신이 한 마디 한 마디 할 때마다 귀가 울렸다. 참으려고 노력했지만 루치가 증인으로 불려나와 자신의 정체를 밝혔을 때는 그야말로 가슴이 철렁 내려앉는 기분이었다. 하지만 끝까지 참고 기회가 올 때를 기다렸다.

기회는 한 차례 있었다. 그러나 카셀은 나서지 못했다. 아직도 자신이 없었다.

'내가 해도 되는 걸까? 저질러버려도 되는 걸까?'

그때 하얀 늑대들은 카셀을 기꺼이 캡틴으로 인정했다. 비관적인 생각만으로 가득 찬 카셀의 머리로는 대체 저 친구들이 왜 저러나 싶었다. 내가 뭘 했다고 날 믿어주는 걸까?

……뭘 하긴?

……같이 놀았지.

……그리고 더 놀고 싶은 거야.

……그럼 난 한 가지 대답밖에 할 수 없어.

……나도!

국왕이 다가와, 다른 누구의 말도 아닌 자신의 말을 직접 듣고 싶다고 한 것은 하나의 계기가 되어주었다. 속였는가, 속이지 않았는가.

카셀은 자신에게 다가온 국왕에게 조용히 말했다.

"방금 처음으로 다른 사람의 말을 듣지 않겠다고 하셨습니다, 폐하."

샤를 국왕은 몹시 당황하더니 자리로 돌아갔다. 그리고 왕은 휴정을 선언했고 백작은 처형을 명령했다. 그 뒤 많은 일이 동시에 벌어졌지만 던멜이 뒤에 있는 걸 알고 있는 카셀은 침착하게 기다렸다. 그리고 멍청한 생각 같은 건 다 털어버리고 자리에서 일어났다.

카셀은 밧줄이 풀린 손목을 주물럭거리며 놀란 눈을 한 네 명의 하얀 늑대들을 보고 생각했다.

'생각해 보니 보상이 부족한 것 같아. 한 달 추억으로는 안 돼. 더 받아 내야겠어!'

던멜은 꽃 파는 소녀에게 금화 하나로 꽃 한 송이 받아 오는 것보다 더 쉽게 뤼미에르의 손에서 보검을 빼앗았다. 뒤늦은 분노가 백작의 얼굴에 드리워질 때 카셀은 이미 던멜에게 보검을 넘겨받고 있었다.

"뤼미에르 백작."

소란스러웠던 처형장에 천천히 정적이 내려앉았다. 갑자기 죄인이 풀려났으니 재판을 중지시키려고 루오르가 다가왔다. 그러자 국왕이 루오르를 저지했다.

"얘기하게 두라."

카셀은 미소로 왕에게 답하고 하던 말을 계속했다.

"캡틴 바딩의 명예를 더럽히지 마시오."

모두의 시선이 전부 뤼미에르를 향했다. 카셀은 속으로 외쳤다.

'안전한 선 밖에서 돌 던지지 말고 당장 이 앞으로 나와라, 검은 사자 백작! 나랑 같이 싸움판 한가운데 서자!'

뤼미에르가 노려보든 말든, 검은 사자의 기사들이 무기를 들고 처형장 주위를 에워싸든 말든, 카셀은 주눅 들지 않고 소리쳤다.

"바딩과 로일은 서로 목숨을 건 대결을 펼쳤소. 그걸 살해했다고 말하다니 대체 그게 무슨 짓이오?"

"네 죄를 벗어나려고 별소리를 다 하는구나. 더 들을 것 없다. 뭣들하느냐? 당장 죄인을 다시 포박하라."

뤼미에르 백작은 위엄을 잃지 않고 굵은 목소리로 소리쳤다.

그러나 카셀은 기죽기는커녕 타오르는 눈빛으로 뤼미에르를 질책하듯 말했다.

"이 자리에서 판결을 내릴 수 있는 분은 오직 국왕 폐하뿐이오! 당신이 이 땅의 주인이 된 것처럼 나서지 마시오, 뤼미에르 백작."

카셀은 휙 몸을 돌리더니 청중을 향해 소리쳤다.

"자리에 있다면 증언하라. 자신이 모시던 캡틴의 명예를 회복할 순간이다. 뤼미에르 백작이 주장한 바딩을 처참히 살해한 사악한 살인자라는 게 누구냐?"

갑작스러운 카셀의 말에 다들 어리둥절해 할 때, 검은 사자의 기사 중 한 명이 투구를 벗어 얼굴을 내보이며 말했다.

"캡틴 바딩을 바로 옆에서 모셨던 기사 비앙이라 합니다."

그는 굳이 발언권을 얻을 필요도 없이 모두의 시선을 받으며 말을 이었다.

"살인자는 없습니다. 캡틴 바딩의 죽음을 바로 옆에서 지켜본 기사들 중 한 명으로서 그 싸움에 대해 말씀드립니다. 캡틴 바딩은 서로의 목숨을 걸고 로일 울프와 결투를 했으며, 그 싸움은 지금까지 이 대륙에 있어 본 적이 없는 위대한 승부였습니다. 바딩은 죽기 직전, 자신에게 멋진 시합을 안겨준 로일에게 자신의 말을 선물했습니다."

검은 사자 백작이 당장 손가락으로 비앙을 가리키며 뭐라 말하려 하기 전에 카셀이 더 크게 말했다. 그동안 앓아 왔던 터라 목소리는 다 쉬었지만 카셀은 멈추지 않았다. 말싸움은 목소리가 아니라 기백이니까.

"무엇보다 로일에게 사과하시오, 뤼미에르 백작. 두 명의 기사가 목숨을 걸고 시합을 했다면 한쪽은 다른 한쪽을 벨 수밖에 없고, 그렇게 해서 이긴 사람은 죽은 사람의 명예를 짊어져야만 하오. 그걸 살해라고? 당신이 얼마나 모욕적인 발언을 했는지 알고는 있는 거요?"

그 말을 듣던 로일이 저도 모르게 주먹을 꽉 쥐었다.

카셀은 백작 쪽으로 다가가며 말했다.

"그리고 하나 더. 어째서 하얀 늑대들을 암살하려 했소, 뤼미에르?"

카셀의 목소리는 점점 작아지며 거의 들리지 않았다. 루오르 대신이 요청했다.

"즈, 증언을 더 큰 목소리로 해주시오, 카셀."

하지만 카셀은 그 말에 반발이라도 하듯 더욱 작은 목소리로 말했다.

"내가 맞춰볼까? 당신은 국왕을 보호하고 있는 방패를 하나씩 제거하며 오래전부터 이 나라를 지배할 준비를 해 왔을 거야. 노르만트 주변의 귀족들을 회유하여 자기 밑에 두고, 자신을 방해할 에노아 후작을 고립시켰지."

카셀은 거의 들리지도 않는 목소리로 뤼미에르의 얼굴 가까이 대고 말했다.

"쟝스테인 백작이 의외의 변수였는데, 당신은 오히려 그걸 좋은 기회 삼아 전쟁을 벌였지. 계획대로 지금 쟝스테인 백작으로부터 왕실을 지키겠다는 명목으로 노르만트를 차지해 버렸으니까."

"큰 소리로 말씀하시오, 카셀. 이 법정에서는 속삭여 말할 수 없소."

루오르가 꾸짖는 목소리로 외쳤다. 하지만 카셀은 듣지 않았다.

"날 헷갈리게 한 건 검은 기사였지. 하지만 검은 기사의 정체가 쟝스테인 백작이란 걸 알아낸 순간 의문점은 다 풀렸다. 왜냐면 쟝스테인 백작도 당신과 같은 계산을 하고 있었거든. 그래서 똑같은 짓을 한 거지. 검은 기사를 활용하느냐, 블랙풋을 활용하느냐의 차이가 있었을 뿐. 그렇지 않나, 뤼미에르?"

"거짓말로 왕실을 흔들었던 네 말을 믿어 줄 사람은 여기 아무도 없다."

백작은 입술도 거의 떼지 않고 말했다.

카셀은 주먹을 꽉 쥐었다. 처음으로 백작은 카셀이 준비한 싸움터 중심에 섰다. 그리고 카셀도 중심에서 내려서지 않았다.

'내려가지 않겠어. 이건 내 싸움이니까.'

방금 백작에게만 말했던 것을, 루오르의 말대로 큰소리로 공표해 버렸다면 뤼미에르는 대응했을 것이다.

카셀은 상대가 자기보다 몇 배는 더 경험 많은 웅변가라는 걸 잘 알고 있었다. 이 자리에는 뤼미에르의 편에 선 귀족이 3분의 2가 넘었다. 나머지 중에서도 곧 수호 가문이 될 귀족 대신 가짜 캡틴 울프의 편을 들어줄 사람이 나오길 기대할 수는 없었다. 증거가 확실한 사실을 바탕으로 싸워도, 자칫 이길 수 없는 싸움이 될 수도 있었다. 그렇기에 카셀이 내세운 무기는 뤼미에르 백작의 불안감이었다.

이 사실이 알려져 버릴지도 모른다는 불안감.

그래서 카셀은 일부러 뤼미에르에게만 들리게 말했다. 그가 카셀의 입을 다물게 만들 어떤 짓을 하게 만들려고.

"물러나라, 이놈! 이 자리가 아니라도 카셀 널 죽일 순간은 얼마든지 있다. 네놈에게서 하얀 늑대라는 이름이 사라지는 순간 노르만트 한가운데 네 목을 걸어버릴 것이다."

뤼미에르는 형체가 있는 것을 두려워할 사람이 아니었다. 그러나 불안감에는 형체가 없었다. 카셀은 더욱 상대의 불안감에 불을 붙였다.

"샤이필드 공작의 암살을 지시한 사람이 당신이라고 밝혀지면, 목이 매달릴 사람은 내가 아니라 당신일걸?"

뤼미에르는 부릅뜬 눈으로 카셀을 노려보았다. 이 역시 모두에게 공표했다면 그는 눈썹 하나 깜짝하지 않고 카셀의 말을 거짓말이라고 했을 것이다. 하지만 단둘이, 카셀만 알고 있는 사실처럼 말을 하고 있으니 오히려 그는 감정을 숨기지 못했다.

"네놈이 이제 죽으려고 발악을 하는구나. 이 자리에서는 아무도……."

"내가 증언하지 않아. 바딩의 수하 기사인 비앙이 가지고 온 증거를 바탕으로 코흘룬에서 온 고디머 백작이 증언할 것이다. 그쯤 되면 반발이 좀 있지 않을까?"

뤼미에르는 거의 반사적으로 청중 쪽으로 시선을 돌렸다. 카셀은 백작의 눈만 바라보며 고개를 저었다.

"그쪽 말고. 오른쪽."

뤼미에르의 눈동자가 오른쪽으로 기어갔다.

"더, 더. 좌석 제일 끝. 로브를 뒤집어쓴 사람."

카셀은 아까 이미 그 위치를 봐두었다.

"발견했군. 그렇지? 그랬을 거야."

카셀은 아즈윈의 말투를 흉내 냈다. 이럴 때 그녀의 말투가 얼마나 사악하면서도 무섭게 들리는지 카셀은 경험으로 알고 있었다.

"어디 노숙자 하나 들여다 놓고 사기를 치려고?"

백작의 목소리는 더 이상 당당하지 않았다. 카셀은 눈을 가늘게 뜨고 배시시 웃었다. 그리고 갑자기 돌아서더니 소리쳤다.

"고디머 백작! 당신의 충성심을 폐하께 보일 때가 왔소. 목숨을 걸고 증언을 할 생각이 드셨소?"

로브를 뒤집어쓴 남자가 자리에서 일어나더니 후드를 벗었다.

"코홀룬에서 온 고디머라 하오. 폐하, 신분을 속이고 들어와 있어 죄송합니다. 늦게나마 인사드리겠습니다."

상황이 어떻게 돌아가는지 알 턱이 없는 루오르 대신은 잠시 얼떨떨해하더니 말했다.

"허면 고디머 백작, 무슨 증언을……."

"질문을 해야 증언을 하지요."

고디머가 되받아치며 카셀에게 시선을 돌렸다. 루오르는 조금 당황하며 물었다.

"으음, 그럼 카셀, 어떤 질문을 할 게 있소?"

카셀은 루오르나 고디머가 아닌, 뤼미에르를 돌아보았다. 백작의 눈은 분노와 두려움으로 크게 흔들리고 있었다. 갑자기 손톱만 깨물고 있던 두나단 대신이 벌떡 일어나 말했다.

"재판 중지를 요청합니다! 이미 재판 내용이 시작할 때와 달라져 있습니다. 이 처형장에서 중간에 죄인이 바뀐 적은 단 한 번도 없었습니다. 선례를 남길 수 없으니 휴정을 요청합니다."

처음부터 재판을 멈추려 했던 국왕은 허락했다.

"그리 하라."

두나단 대신은 뒤이어 말했다.

"그리고 폐하, 다음 재판을 위해 뤼미에르 백작의 신병 확보를 요청합니다."

뤼미에르는 깜짝 놀랐으나 의외로 국왕은 쉽게 판결을 내렸다.

"그렇게 하라. 뤼미에르 백작은 이 시간 이후로 노르만트를 벗어날 수 없으며 경호 역시 왕실의 기사로 한정하겠다."

백작은 핏대 선 눈으로 고디머 백작을 노려보며 말했다.

"고디머, 이런 식으로 내게 반기를 들고도 코흘룬이 무사할 것 같은가?"

"반기라니요, 뤼미에르 백작. 난 그냥 일어나기만 하고 아무 말도 안 했소만?"

고디머는 미소를 잃지 않고 말을 이었다.

"하지만 일단 증언을 하게 된다면 난 오직 진실만을 말할 거요. 그리고 내게는 당신의 수호 기사 캡틴 바딩이 남겨 준 일기장 같은 문서가 하나 있소. 바딩의 필체라는 건 아마 백작께서 증언하셔야 할 거요."

뤼미에르는 붕대를 감은 어깨를 움켜쥔 채로 잠시 깊은 생각에 잠겼다.

"내 안에서 어째 계속 모두를 죽이라는 말이 들리나 했더니, 이런 걸 예견했나 보군. 재미있는 일이야."

그는 마치 모든 것을 포기한 사람처럼 고분고분한 목소리로 국왕에게 말했다.

"폐하, 선택하십시오. 모두를 죽이든가, 모두와 함께 죽든가."

샤를 국왕은 놀란 나머지 자리에서 벌떡 일어났다.

"그게 무슨 망발인가, 뤼미에르 백작!"

"선택하셔야 할 겁니다."

"어느 쪽도 선택하지 않겠다. 여봐라, 뤼미에르를 당장 포박하라!"

국왕의 명령대로 왕실의 기사들이 일제히 창을 들었다. 그러자 검은 사자의 기사들도 창을 들었다. 하지만 왕실의 기사들과 진짜로 싸워야 하는 건지 몰라 자기들 군주의 눈치를 봤다.

뤼미에르는 허탈한 웃음을 터트렸다. 그리고 칼을 뽑았다. 카셀은 그게 자신을 겨냥하는 거라고 생각하고 흠칫 놀랐지만 백작이 겨냥한 건 국왕이었다. 두나단이 당장 달려들어 막으려 했지만 백작이 뻗은 칼에 가슴을 베여 나가떨어졌다.

"샤를 국왕 폐하, 당신은 고분고분 시키는 대로 할 때가 훨씬 귀여웠어."

뤼미에르는 왕을 향해 칼을 치켜들었다.

그때 아주 멀리 떨어진 곳에서 날아온 화살 한 자루가 백작의 팔을 꿰뚫었다. 백작이 움찔하며 칼을 떨어뜨리는 짧은 사이, 오십여 명의 궁수들이 일제히 화살로 검은 사자의 기사들을 겨누었다. 왕실의 경비들은 그 활이 자기를 향하고 있지 않음에도 놀라서 무기를 떨어뜨렸다.

백작의 팔을 정확히 꿰뚫은 궁수가 멀리서 걸어오며 말했다.

"오해 마시오, 뤼미에르. 이건 날 왕실 기사단 캡틴 자리에서 쫓아낸 것에 대한 치졸한 보복에 불과하니까."

법정까지 걸어온 후에야 사람들은 그의 정체를 알아보았다.

"캡틴 데이릭!"

루오르 대신이 제일 먼저 그를 알아보았고, 백작의 칼에서 벗어난 국왕이 벌떡 일어나 그에게 달려갔다.

"데이릭, 자네가 와줄 줄이야."

"에노아 후작의 뜻이었습니다."

그는 곧장 카셀에게 말했다.

"캡틴 울프! 에노아 후작의 전언이다. 약속했던 원군 대신 새로운 원군을 보냈으니 유용하게 써주길 바란다."

카셀은 그에게 고개를 살짝 끄덕여 인사했다. 이제 모두의 시선은 뤼미에르 백작을 향하게 되었다. 최고의 권력자의 자리에서 떨어지는 처참한 순간이라 그런지 그의 모습은 작고 초라해 보였다. 그런데도 뤼미에르는 웃고 있었다.

"잠깐이지만 많은 생각이 나게 하는군."

그는 화살이 박혀 피가 흐르는 팔을 쥐고 샤를 국왕을 힐끗 보았다. 그 다음 비어있는 왕좌를 다시 돌아보았다.

"한 발만 내디뎠으면 끝날 일이었는데, 누가 이렇게 방해하는가? 캡틴 바딩? 멋진 복수로군. 하지만 녀석이 아니야. 쟌스테인? 놈이야 날 도와준 거지. 고디머? 저놈이 뭔 소릴 하건 내 계획에는 지장 없었어."

캡틴 울프

443

백작은 어깨에 감고 있던 붕대를 풀면서 말했다. 카셀은 갑자기 불안한 마음이 들어 뒤로 한 걸음 물러섰다. 얼음처럼 차가운 미소가 카셀을 주시했다.

"어쩐지 내게 힘을 준 '그것'이 계속 너를 죽이라고 하더니 그게 이런 것 때문이었어. 맞아. 카셀, 너만 없었다면……."

눈이 침침해진 탓인지 주위가 어두워지는 느낌이 들었다. 카셀은 눈물이 나와 몇 번 눈을 깜빡여 보았으나 오히려 주변의 어둠이 진해질 뿐이었다. 그 어둠은 뤼미에르가 서 있는 자리에서부터 시작되고 있었다.

"검은 기사?"

카셀은 외마디처럼 말했다.

뤼미에르가 자리에 털썩 쓰러졌다. 화살이 겨냥하고 있어 움직이지 못하는 검은 사자의 기사들은 백작을 도우러 가지 못했다. 달려가 그를 부축한 건, 이번 재판이 끝난 후 관직 한 자리를 약속받은 루치였다. 루치는 이런 좋은 기회를 놓치지 않았다.

"검은 사자 백작이시여, 괜찮으십니까?"

"괜찮지 않구나. 좀 도와주겠느냐?"

"물론입니다! 제게 기대십시오! 제가 힘이 되어 드리겠습니다."

루치는 큰 소리로 대답했다. 그 순간 뤼미에르는 루치의 목을 움켜잡았다. 루치는 그의 팔을 한 손으로 잡고 버둥거렸으나, 벗어나지 못했다. 백작은 루치를 깃털처럼 가볍게 움켜쥔 채로 자리에서 일어났다.

"왠지 이렇게 되고 나니 기분은 좋구나."

뤼미에르의 손 안에서 루치의 몸은 산산조각 났다.

루치의 피를 뒤집어쓴 그가 말했다.

"모든 것이 나의 뜻대로 되리라."

━━ ◈ ━━

뤼미에르 백작의 몸 주위로 검은 연기가 폭발했다. 뭔가 벌어질 거라고 직감한 카셀은 얼른 뒷걸음질 치긴 했지만 폭발 반경이 생각보다 훨씬 넓었다.

카셀은 폭발에 휘말려 공중에 몇 미터나 떠올라 바닥으로 거꾸로 떨어졌다. 이대로 바닥에 머리를 부딪쳐 죽겠구나 생각한 순간, 누군가 그를 안아 안전하게 바닥에 내려놓았다.

겨우 바닥에 엉덩이를 대고 앉아 올려다보니, 쉐이든이었다.

검은 연기가 폭발한 자리에 서 있는 것은 뤼미에르 혼자뿐이었다. 그의 몸과 옷은 색깔이 빠져 버린 것처럼 흑백으로만 이루어져 있었다. 그의 목소리가 처형장을 쩌렁쩌렁 울렸다.

"이곳에서 죽은 자들이여, 일어나라."

어디선가 비명 소리가 터져 나왔다. 그것은 단순히 검은 연기에 놀란 목소리가 아니었다. 거의 동시에 반대쪽에서 또 여러 명이 비명을 질렀고, 곧이어 사방에서 일어난 혼란이 삼백여 명의 청중 모두를 덮쳤다.

"나의 의지에 따라 다시 죽지 않는 몸이 되리라."

오래전 이곳에서 처형당해 뼈마디마저 전부 썩어버린 시체들이 바닥에 흐르는 검은 연기를 뒤집어쓰고 일어났다. 그것들은 괴이한 목소리를 터트리고는 흙을 털어내며 우뚝 섰다. 뼈만 남은 육체에 살점이 붙기 시작했다.

당황한 왕실의 기사들이나 경비병들은 자기 앞에 나타난 시체를 내리쳤다. 그것들은 칼에 목이 찔리고 어깻죽지가 통째로 부서졌지만 쓰러지지 않았다. 애초에 아무 의미 없는 짓이었다. 이미 한 번 죽은 것들을 또 죽일 순 없었다.

"나를 지킬 열두 사제들이여, 다시 내 곁으로 오라."

뤼미에르는 손을 천천히 펼쳤다. 그 순간 멀리 왕성 쪽에서 기분 나쁜 뿔 나팔 소리가 들렸다.

게랄드가 깜짝 놀라 소리 질렀다.

"링케!"

얼마 전 노르만트 전체를 공포에 떨게 했던 그 뿔 나팔 소리가 결정타가 되었다. 처형장뿐 아니라 노르만트 사람들 전부가 공포에 빠져들었다.

소름 끼치는 괴물 말의 울음소리가 꽤 가까운 곳에서 들렸다. 아즈윈은 설명이라도 바라는 눈으로 게랄드에게 말했다.

"그 녀석들 다 부서져서 증발한 거 아니었어?"

게랄드는 어금니를 꽉 깨문 목소리로 말했다.

"그런 줄 알았는데 이제 다시 합쳐지고 있겠군. 그리고 이번에는 죽어도 계속 살아날 수 있을 거야. 저놈이 있는 한."

뤼미에르는 거의 형체도 남지 않은 루치의 몸을 옆으로 휙 던졌다. 그리고 팔에 박힌 팔콘의 화살을 내려다보자 화살이 먼지처럼 사라져 버렸다. 그의 시선이 자신의 두 손을 향하자, 두 손에 검은 연기가 휘감기더니 검은 철갑으로 변했다. 시선이 어깨로 향하자, 철갑이 어깨를 감쌌다. 입과 코에서 뿜어져 나온 검은 연기가 전신을 감싸며 검은 갑옷의 형상을 만드는 데에는 그리 긴 시간이 걸리지 않았다.

마침내 커다란 검은 투구 안에서 거친 숨소리가 터져 나왔다.

암흑이 하늘을 가리고 어둠이 재판정에 내려앉았으며, 공포가 모든 것을 지배했다. 온갖 훈련을 받은 기사들이라 해도 시체를 상대로 싸우는 법은 알지 못했고, 언제나 질서 있게 움직이는 팔콘의 부하들도 그저 당황하기만 했다. 어차피 시체를 향해 화살을 쏘아 봐야 무의미한 짓이었다.

처음에는 느릿느릿 움직이던 시체들은 이제 원숭이처럼 몸을 낮췄다가 달아나는 사람을 향해 뛰어들었다.

혼란에 빠진 사람들은 자기 발에 걸려 넘어지고, 그 넘어진 사람에 다른 사람이 걸려 넘어졌다. 병사들은 아무렇게나 칼을 휘두르다 동료를 찌르기도 했다. 겨우 용기를 내어 시체를 공격할 수 있었던 병사들도 부서진 시체들이 다시 합쳐져 그의 발목을 잡으면 용기가 촛불처럼 꺼져버렸다.

또 한 번 뿔 나팔 소리가 울렸다. 더 가까운 곳이었다.

하얀 늑대들은 카셀을 중심으로 모여 있었다. 그들은 땅 밑에서 올라와 발목을 잡는 시체들을 발로 걷어차고 목을 날려 버렸다. 게랄드는 자기한테 다 덤비라고 소리 지르며 살아 움직이는 시체들을 닥치는 대로 베어 넘겼다.

"물러나라. 죽여 봤자 또 일어나는 놈들을 상대로 체력 낭비야."

쉐이든이 외쳤다.

"그럼 어쩌라고? 좀 이따 이놈들 다 합친 것보다 더 엄청난 게 열두 놈이나 뛰어올 거란 말이야."

게랄드는 소리치며 옆으로 기어오는 시체를 도끼로 날려 버렸다.

국왕도 이미 처형장 밑에서 뼈와 썩은 살점으로 이루어진 시체가 일어나자, 체면을 버리고 비명을 지를 수밖에 없었다. 팔콘이 칼을 휘둘러 그 목을 치며 왕을 보호했으나 떨어진 목이 다시 합쳐지는 데야 도리가 없었다.

카셀은 한때 뤼미에르였던 검은 기사를 흐릿한 시선으로 바라보았다. 이제 완전히 예전의 모습을 되찾은 검은 기사는 등을 쭉 펴고, 심연과도 같은 투구 안쪽의 시커먼 시선으로 카셀을 응시했다.

카셀은 검은 기사 쪽으로 한 걸음 다가갔다. 시체들과 싸우느라 정신이 없는 하얀 늑대들은 그저 카셀이 걷는 걸음만큼 따라 걸으면서 그를 보호하기만 했다.

"내 힘을 알아보느냐, 카셀?"

사람의 목소리라고는 할 수 없는 괴이한 음성으로 검은 기사가 말했다.

"알아본다, 뤼미에르. 그리고 예전의 당신이라면 그런 힘을 가졌다고 이런 자리에서 내보이지는 않았겠지. 더 큰 일을 위해 숨겨 뒀을 것이다. 내가 그 정도로 당신을 구석으로 밀어붙인 건가?"

"그럴지도."

검은 기사는 소름 끼치는 소리로 웃으며 말을 이었다.

"허나 그 역시 나의 의지다. 이 힘을 얻는 순간 참을성이라고는 없어지더군. 쟌스테인의 심정을 알 것 같아."

"쟌스테인 백작은 적어도 시체를 일으키지는 않았다."

카셀은 검은 기사와 다섯 걸음을 남기고 멈췄다. 어둠의 힘이 주변에 소용돌이치는 와중에 두 사람 사이의 공간만 텅 비어 있었다.

아즈윈과 던멜이 카셀의 왼쪽에 붙었고 쉐이든과 게랄드가 등 뒤를 지켰다. 로일은 오른쪽에 섰고 루밀은 약간 더 떨어져 국왕을 지키는 팔콘을 거들었다.

"그 힘을 거두어라, 뤼미에르. 싸움은 아까 끝났어. 추악한 저항일 뿐이다."

카셀은 보검을 검은 기사에게 내밀었다. 검은 기사는 쩌렁쩌렁 울리는 목소리로 외쳤다.

"끝나다니? 이제부터 시작이거늘! 죽지 않는 자들이여, 모든 살아 있는 것들을 쓸어버려라."

가까스로 살점만 붙어 있던 시체들의 몸은 이제 근육이 붙을 정도로 커졌다. 왕성 쪽에서 달려오던 검은 말은 벽을 뛰어넘어 단숨에 재판정을 포위했다. 죽지 않는 열두 기사가 기다란 창을 앞으로 내밀었다.

급기야 무기를 내던지는 병사들까지 있었다. 게랄드와 아즈윈조차 저 끔찍한 놈들과 또 싸우게 될 것에 질린 나머지 이를 악물었다.

"난 네가 무섭지 않아. 무서운 건 다 지나갔어."

카셀은 혼잣말처럼 중얼거리더니 보검을 높이 치켜들고 소리쳤다.

"들으라, 노르만트의 병사들이여. 눈앞의 현상에 현혹되지 말라. 두려워말고 잘 보라. 죽지 않는 적이 아니라, 안식을 누리고 있어야 할 불쌍한 영혼들이 억지로 움직이는 것이다. 그대들의 실력으로 못 이길 적이 아니다. 베어 일어나면 또 벨 수 있는 적이다."

카셀의 목소리는 이상할 정도로 쩌렁쩌렁 울리고 있었다. 아즈윈은 순간 카셀을 비롯한 자기들의 주위에 검은 기운이 사라진 것을 발견했다. 계속 어두워지기만 하던 주변이 다시금 밝아지고 있었다.

"죽은 자는 산 자를 죽일 수 없다. 그대들을 죽음으로 내모는 것은 오직 스스로의 공포뿐이다. 포기하지 마라. 지금이 카모르트 영광의 순간이 될 것이다. 이 자리에 있는 모든 병사들의 이름이 죽음까지도 이겨낸 영웅들로 남을 것이다. 모든 나라가, 모든 기사단이 그대들을 기억할 것이다. 물러서지 마라!"

이미 병사들은 하얀 늑대들이 있는 원형 법정을 중심으로 대열을 갖추고 있었다. 달아나던 병사들도 등을 돌려 맞서 싸웠고, 왕실 기사단과 검은 사자 기사단이 뒤섞여 힘을 합쳤다.

"하얀 늑대들이 함께 할 것이다."

카셀은 마지막으로 외치고 다시 검은 기사를 향해 보검을 돌렸다.

어둠이 물러나며 다시 싸움이 시작되었다. 애초에 시체들의 힘으로는 기사들이 입고 있는 갑옷을 뚫을 수 없었다. 그리고 잘 벼린 칼과 창은 힘없는 시체들을 부술 수 있었다.

"가소롭구나, 카셀. 어디 병사들을 조종해 실컷 저항해 보거라."

뤼미에르는 인간의 말이 아닌 언어가 섞여 알아듣기 힘든 목소리로 조소했다.

"다 부질없을 것이다. 내 힘 앞에 너의 웅변은 쓰레기가 될 것이다. 내가 손가락 하나만 까딱하면 저기 대기하고 있는 열두 기사가 달려와 너와 네가 존경해 마지않는 울프 기사단을 동강 내겠지. 한 번에 되지 않으면 열 번이고 스무 번이고 공격할 것이다. 원한다면 영원히 싸워 줄 수도 있다."

검은 기사가 된 뤼미에르가 손을 앞으로 내밀었다.

"나는 죽지 않는 자들을 지배하는 힘을 얻었다. 내 힘 앞에 너는 자신의 나약함을 깨닫고 한없이 비참해질 것이다."

로일은 검은 기사의 손동작이 뭘 의미하는지 알기에 황급히 앞으로 나가 카셀의 옆에 섰다. 하지만 카셀은 물러서지 않고 오히려 검은 기사의 손동작에 맞춰 똑같이 보검을 앞으로 내밀었다.

"당신이 아무리 죽음을 되살리는 마법을 쓴다 해도, 영원히 되살아나는 시체들을 조종한다 해도……."

두려움 없는 카셀의 눈빛과 검은 연기를 흘리는 뤼미에르의 눈빛이 서로 부딪쳤다. 카셀은 뿌득 하고 이가 갈리는 소리가 날 정도로 세게 입을 다물었다가 떼며 말했다.

"……하얀 늑대들의 이빨을 보고 살아남을 수 있는 건 하얀 늑대뿐이다, 뤼미에르."

검은 기사는 카셀의 말에 웃음을 터트렸다.

"아직도 허세에 거짓말뿐이구나, 카셀 노이. 루우룬의 농부에 불과한 네놈이 무슨 하얀 늑대의 이빨이냐? 네 모든 게 가짜다!"

"한땐 농부였고, 한땐 가짜였지만 더는 아니다. 한땐 거짓말로 날 가렸지만 더 이상 그럴 필요도 없다."

카셀의 목소리는 검은 기사의 음산한 목소리를 집어삼켰다.

"나는 하얀 늑대들의 캡틴, 카셀 울프다!"

카셀이 쥐고 있는 보검에서 하얀 빛이 터져 나와 사방으로 뻗어 나갔다. 순식간에 주변의 어둠이 밀려 나갔다. 강한 빛이었으나 눈이 부시지는 않았고, 소리를 내진 않았으나 주변의 모든 소음을 사라지게 했다. 빛을 낸 건 칼날이었으나 마치 카셀에게서 빛이 나는 것처럼 보였다.

재판정에 있는 모든 사람들이 놀랐고, 하얀 늑대들이 특히 놀랐지만, 그중에서 메이루밀이 제일 놀랐다.

"이 빛을 또 보게 될 줄이야."

빛에 놀란 건 검은 기사도 마찬가지였다. 그러나 그는 잠깐 머뭇거리더니 다시 손바닥을 앞으로 내밀고 말했다.

"한낱 칼의 마법이 날 꺾을 수는 없다!"

검은 기사의 손바닥에서 검은 기운이 실처럼 뻗어 나왔다. 대기하고 있던 검은 기사 열둘이 일제히 말을 몰아 원형 법정 중심으로 달려들었다. 카셀은 비스듬히 서서 하얀 늑대들에게 명령했다.

"친구들, 전원 캡틴을 보호하라."

하얀 늑대들은 카셀을 중심으로 둥글게 섰다.

카셀은 우선 국왕의 위치를 확인했다. 다행히도 루밀과 팔콘이 옆에 있어 주었다.

카셀은 오른쪽에 선 로일에게 자신이 들고 있던 보검을 휙 던져 주었다. 로일은 엉겁결에 보검을 받았다. 빛은 로일에게 옮겨갔으나 아직 남은 빛이 카셀을 감싸고 있었다.

"로일, 내가 했던 말 기억나?"

카셀이 물었다. 로일이 순간 무슨 뜻인지 몰라 머뭇거리자, 카셀이 웃으며 말했다.

"나한테 마법을 보여줘."

열두 검은 기사들은 대열을 짠 병사들을 말로 뛰어넘어 하얀 늑대들을 덮쳤고 검은 기사들의 군주는 손가락을 내밀어 검은 기운을 뿜어냈다.

쉐이든과 게랄드가 열두 기사들의 선두 둘을 막아 넘어뜨렸고, 아즈원과 던멜이 뒤이어 달려들어 단숨에 넷을 쓰러뜨렸다. 그리고 뤼미에르였던 검은 기사의 손에서 뿜어져 나온 검은 실 같은 기운은 보검의 빛에 얽혀 막혀 있었다.

로일은 검은 기운을 향해 보검을 세게 휘둘러 보았다. 하얀 늑대들을 감싸는 어둠의 실이 끊어지자 검은 기사는 뒤로 휘청거리며 물러섰다.

"이 칼로는…… 베어지는군."

뤼미에르였던 검은 기사가 손을 휘두르자, 검은 기운이 부채꼴로 뿜어져 나갔다. 바닥의 석판이 지진이라도 일어난 것처럼 쩌억 갈라졌고, 부서진 돌이 허공을 날았다. 하지만 선두에 선 로일이 보검으로 허공을 긋는 것만으로도 검은 기운이 쪼개졌다. 검은 기사의 힘은 카셀이 있는 곳까지 닿지도 않았다.

자신이 내는 어둠이 먹히지 않자 검은 기사는 포효하며 두 손을 치켜들었다. 역류하는 온천수처럼 어둠의 힘이 바닥에서 뿜어져 올라왔고, 다시 한 번 주변이 밤처럼 어두워졌다. 단숨에 부서져 버린 여덟 기의 기사들이 금방 재생하여 다시 열둘이 되었다. 하지만 네 명의 하얀 늑대들은 멈추지 않고 공격했다.

로일은 카셀을 돌아보며 말했다.

"잘 보고 있어, 카셀."

로일은 검은 기사의 모습을 한 뤼미에르를 향해 뛰어들었다. 어둠을 뚫고 들어가는 그의 모습은 거의 보이지도 않았다. 검은 기사는 팔을 휘둘렀으나 이미 로일은 그의 품 안으로 뛰어든 후였다. 칼날이 어둠을 베고, 그 너머에 감춰진 검은 기사의 갑옷을 베었다.

갑옷을 벤 자리에서 하얀 빛이 터져 나왔다.

빛의 덩어리가 로일의 몸을 감싸듯 부서졌고, 검은 기사의 몸은 두 동강이 났다. 파문처럼 퍼져 나간 하얀 빛이 아직도 끝없이 되살아나는 열두 명의 검은 기사들을 밀어냈고 뒤이어 왕실의 병사들이 막아내던 시체들도 쓰러뜨렸다.

부서진 검은 갑옷은 마치 불판 위에 올려놓은 고깃덩어리처럼 바닥에서 계속 꿈틀거리며 하얗게 타들어 갔다. 투구에서 괴이한 검은 형상이 허공으로 올라가다가 하얗게 타 형체를 잃었다. 열두 기의 검은 기사들도 똑같은 모양새로 타 없어졌다.

뤼미에르였던 검은 기사가 서 있던 자리에 로일만 보검을 늘어뜨리고 서 있었다. 보검은 천천히 빛을 잃더니 곧 평소처럼 검은색 칼날로 돌아갔다.

어둠은 사라졌다. 무거운 공기도 사라지고 다시 파란 하늘이 보였다.

"방금 그 빛은 뭐였지?"

아즈윈이 의아해하며 물었다. 국왕의 옆을 지키던 루밀이 다시 모두에게 돌아오며 말했다.

"아란티아 보검의 빛이다. 알고 있나? 진정한 영웅이 쥐었을 때……."

"빛이 난다? 그거 거짓말인 줄 알았는데……?"

아즈윈이 웃으며 말하다가 카셀을 돌아보며 말을 이었다.

"……아닐지도 모르지."

"다들 괜찮나? 뭐, 괜찮아 보이는군."

쉐이든이 묵직한 창을 어깨에 걸치며 말했다.

"어이, 카셀. 마지막에 정말 잘 했다. 그거 연습한 말이었냐?"

게랄드도 도끼를 어깨에 걸치고 웃으며 말했다.

"그럴 리가 있겠어? 그냥 어쩌다 보니……."

긴장이 풀린 카셀은 휘청거렸고 던멜이 부축했다. 자연스럽게 모든 하얀 늑대들이 카셀 주위로 몰려들었다. 게랄드는 카셀의 머리를 헝클이며 말했다.

"다들 아까 봤냐? 카셀이 명령하는 거! 날 지켜라, 이 굼뜬 놈들아!"

카셀은 게랄드의 손길에 저항하며 말했다.

"그렇게는 말 안 했어!"

"하하, 아무튼 당당하게 명령을 받으니까 내가 다 속이 시원해지더라. 앞으로도 쭉 그렇게 하십쇼, 나리."

다들 웃음으로 게랄드의 말에 동의했다. 하지만 로일만 웃지 않고 말했다.

"나타나 줄 거라더니 카셀을 말하는 거였습니까, 루밀?"

심각하게 묻는 로일의 말에 다들 웃음을 멈췄다. 루밀은 잠깐 기억을 더듬어 보더니 손바닥을 쳤다.

"아아, 그거. 아니? 난 한 5년 안에 나타날 거라고 생각하고 한 말이었어. 설마 그 긴 기간 안에 그만한 인물 하나 안 나오겠나 하고."

"다행입니다. 5년, 안 기다려도 되겠어요."

루밀이 뭐라 말하기도 전에 로일은 카셀이 자기에게 보검을 넘겼을 때처럼 도로 카셀에게 휙 던져 주었다. 카셀은 깜짝 놀라 칼을 잡았다.

로일은 자신의 검을 뽑아 들더니 뒤로 한 걸음 물러섰다. 다들 그의 엉뚱한 행동을 말없이 지켜보았다. 로일은 두 손으로 칼을 거꾸로 쥐고 칼끝을 바닥에 대면서 무릎을 꿇었다.

"아직 나만 하지 못한 맹세를 하고 싶다."

카셀이 당황해 손을 내저었다.

"아? 어, 어째서 지금 무릎을……?"

로일은 막무가내로 하려던 말을 마저 했다.

"이 결정은 전원의 동의에 상관없이 오직 내 개인의 의견이며, 나는 어떤 반대에도 고집을 부리겠다. 나 로일 울프는 카셀을 캡틴으로 모시겠다."

카셀은 너무 당황하고 놀란 나머지 얼른 일어나라고, 그게 무슨 짓이냐고 말하지도 못했다. 아즈윈은 까르르 웃음을 터트리더니 로일의 옆에 서서 무슨 엄청난 연설을 할 것처럼 헛기침을 했다.

"으흠, 딱히 재밌어 보여서 따라 하는 건 아니야."

아즈윈도 로일처럼 칼날의 끝을 바닥에 댄 채 한쪽 무릎을 꿇었다.

"이제부터 카셀을 나의 캡틴으로 임명한다. 임기는 카셀이 스스로 물러난다고 할 때까지 영원히 계속될 것이다. 나의 캡틴, 카셀!"

던멜도 한쪽 무릎을 꿇고 고개를 숙였고, 쉐이든은 창을 바닥에 찍은 채 말했다.

"이것이 임시 캡틴을 지낸 후 우리가 네게 주는 보상이다. 캡틴 카셀."

쉐이든은 천천히 한쪽 무릎을 꿇고 고개를 숙였다. 게랄드도 유쾌한 목소리로 외치며 거대한 도끼와 함께 바닥에 한쪽 무릎을 댔다.

"거절하면 죽여 버릴 거다, 캡틴 카셀!"

아즈윈이 버럭 화를 질렀다.

"넌 꼭 마지막에 분위기 깰래? 이러면 다시 해야 되잖아."

"어, 그래? 난 꽤 그럴듯한 맹세의 마무리 같았는데!"

"하나도 안 그럴듯했어!"

아즈윈이 강하게 부정했다. 쉐이든도 불쾌해하며 팔짱을 끼었다.

"이 민망한 짓을 또 하라고? 난 안 한다. 카셀만 인정해주면 그만이야. 그렇지? 으응?"

카셀은 보검을 든 채로 두 손으로 얼굴을 감싸고 있었다. 그리고 뒤로 비틀거리며 물러섰다.

아즈윈은 카셀을 흐뭇하게 지켜보았고 쉐이든은 소리 없이 웃었다. 던멜과 로일은 대충 못 본 척해주었다. 하지만 역시나 게랄드가 분위기를 깨며 한마디 했다.

"쟤, 우냐?"

아즈윈이 게랄드의 정강이를 걷어찼다.

루밀이 다가가 카셀의 어깨를 살짝 두들겼다.

"늑대의 이름을 얻은 걸 축하한다, 캡틴 카셀."

카셀은 그 말에 끝내 주저앉고 말았다. 눈물이 멈추지 않았다. 참고 싶었지만, 참지 않았다.

'이제 울어도 돼. 캡틴이어도 울 수 있는 거야.'

카셀은 모두의 앞에서 울었다.

이것은 그가 바라던 보상이 아니었다. 그 이상이었다.

상황은 끝났지만, 실제로 사태가 정리되기 시작한 건 에노아 후작이 도착한 후부터였다.

후작은 팔콘, 즉 휴스펠 데이릭에게 왕실 기사단의 캡틴을 제안했고, 대부분의 대신들은 찬성했다. 팔콘은 거절했으나 샤를 국왕이 직접 손을 붙잡고 간곡히 부탁하니 거절하기 곤란해졌다. 카셀은 팔콘에게 메오릭스의 이름을 왕실 기사단으로 복직시켜 명예를 되찾아 달라는 조건으로 그 자리를 받아들이라고 조언했다.

"제이니가 좋아하겠군. 네 조언이었다고 꼭 전해주지."

카셀은 팔콘과 악수하며 말했다.

"제이니가 제게 준 커다란 친절을 생각하면 오히려 민망하니, 제가 했다고 하지 마세요."

"뭐, 거야 내 맘이고."

팔콘은 그 말로 작별 인사를 대신했다.

왕실의 수호 가문을 정하는 일에 카셀은 끼지 않았다. 고디머 백작과 에노아 후작이 물망에 올랐고 둘 다 거절하는 와중에 대신들끼리만 격론을 주고받았다. 거기다 두 백작의 세력에서 벗어난 귀족들까지 개입하면 수호 가문 선정은 올해 안에 끝날 것 같지 않았다.

카셀은 캡틴 바딩의 문제 때문에 고디머 백작을 찾았다.

"이게 캡틴 바딩이 남긴 증거 자료요."

고디머 백작은 국왕과 극히 일부 대신들의 손만 거친 노트를 탁자에 내려놓았다.

그것은 자료라기보다 일기장에 가까웠다. 기사 비앙이 바딩의 유언대로 '현재 가장 뤼미에르 백작과 적대 관계에 있으면서 가장 힘이 강한 귀족'에게 전달하기로 되어 있었다. 때문에 처음 비앙은 카셀에게 전달하려고 했지만, 공교롭게도 그때 카셀은 갇혀 있었다.

그러던 중 때마침 에노아 후작의 지시를 받은 고디머 백작이 노르만트에 입성했다. 그가 평소 어느 백작의 편도 들지 않고 중립을 지키고 있다는 사실을 알고 있는 비앙은 망설이지 않고 그에게 노트를 안겨 줄 수 있었다.

일기장에서 카셀은 샤이필드 공작에 대한 바딩의 충성심을 읽을 수 있었다. 샤이필드 공작과 바딩은 단순한 영주와 기사 관계가 아니라, 나이와 지위를 떠나 진실한 우정을 나누는 친구였다. 공작이 암살당하자 바딩은 복수심에 휩싸여 범인을 찾아다녔다.

바딩은 그가 가진 모든 정보력을 활용해 범행에 쓰인 특이한 독을 알아내고 범인인 요리사를 잡아냈으며 요리사가 블랙풋에게 고용된 암살자라는 사실까지 순식간에 알아냈다. 물론 바딩은 블랙풋을 상대로 복수할 생각은 전혀 없었다. 그들은 그저 의뢰받은 대로 움직이는 암살 집단에 불과했으니까.

그는 블랙풋이 의뢰인에 대해 말하지 않는다는 사실을 알고 스스로 뤼미에르 백작의 밑으로 들어갔다. 이미 그 시점에서 바딩은 뤼미에르가 암살을 사주한 범인이라는 걸 짐작한 모양이었다.

바딩은 단숨에 뤼미에르 백작의 신뢰를 얻어 모든 사무 처리를 할 수 있는 위치에 오른 다음 백작의 인장이 박힌 편지를 블랙풋에 보냈다.

'지난번에 쓰였던 독약을 다시 구하고 싶다.'

그러자 독약이 뤼미에르 앞으로 조용히 전달되었다. 그것은 공작을 죽인 독약과 똑같은 것이었다.

이후 계획에 대해서는 일기장에 자세히 언급되어 있지 않았다. 하지만 독약을 바딩이 계속 보관하고 있었다는 점, 요리사를 자기편으로 끌어들였다는 점을 보면 아마도 바딩은 공작을 죽였던 것과 똑같은 수법으로 뤼미에르를 암살할 계획을 가지고 있었던 모양이었다. 그것도 뤼미에르가 최고의 자리 오르는 결정적인 순간에!

카셀은 이 일기장의 내용을 공표하지 않기를 바랐다. 물론 고디머도 위대한 기사가 복수심 때문에 적의 밑으로 들어간 내용이 외부로 새는 건 좋지 않다고 동의했다. 비앙은 두 사람의 결정에 감사해 하며 조용히 물러났다.

고디머 백작은 바딩의 얘기를 끝내고 카셀에게 물었다.

"아란티아로 돌아가시오?"

"돌아가는 게 아니죠. 저는 원래 그곳에서 온 게 아니니."

고디머 백작은 어깨를 으쓱해 보였다.

"아, 그러고 보니 본명이 카셀 노이라고 했소? 당신이 루우룬 마을 출신이라고 해서 떠오른 건데, 우리 집에 쓰이는 밀이 거기에서 재배된 거라고 내가 말한 거 기억하시오?"

"네. 그게 왜요?"

"그 밀을 대주는 농부 이름이 노이였거든. 절대 밀값을 깎을 수 없는 농부라고 집사가 불평하는 소리를 해서 알고 있소."

카셀은 그저 웃기만 했다.

그날 정오에 카모르트의 국왕까지 직접 배웅하는 성대한 환송을 받으며 하얀 늑대들은 노르만트를 떠났다. 그리고 성문을 나서는 순간 그들은 약속이라도 한 듯 일제히 말을 내달렸다. 여유 있게 떠나는 척했지만 사실 그들은, 특히 로일은 마음이 급했다.

처형장에서의 싸움이 끝난 날, 던멜은 덴모주에서 벌어진 일에 대해 자세히 얘기했다.

'라틸다가 살아있다!'

그 길로 당장 떠나려는 로일을 붙잡고 있는 것도 엄청난 중노동이었다. 덩치 차이가 크게 나는데도 로일은 게랄드만큼이나 힘이 셌다.

그렇게 서두른 덕에 덴모주까지는 금방 도착했다. 그들을 태운 여섯 마리의 말은 인간의 언어를 할 줄 안다면 은퇴하겠다고 선언할 정도로 지쳤다.

성은 던멜이 떠났을 때와 마찬가지로 무너져 폐허가 되어 있었다. 더 이상 마을 사람들이 수리하러 오지 않았고, 뿔뿔이 흩어진 붉은 장미의 군대도 귀환하지 않았다.

라틸다는 무너진 성의 틈에 있었다. 그녀는 팔을 걷어붙이고 성의 뒤뜰을 삽으로 파는 중이었다. 던멜의 이야기 속에서 묘사된 음산한 분위기를 떠올릴 수 없는 밝은 모습이었다.

라틸다는 로일을 보고도 놀라지 않고 미소로 반겼다. 카셀은 파티장에서 붉은 드레스를 입고 화사하게 치장하고 있을 때보다 흙 묻은 앞치마를 입고 머리를 아무렇게나 묶은 지금이 더 아름답다고 생각했다.

"친구들과 같이 왔군요."

라틸다가 땀을 닦으며 다가와 말했다.

"살아있었군요."

로일은 거의 뛰어들듯이 라틸다를 껴안았다. 라틸다는 웃으며 로일의 등을 두들겨주다가, 영원히 떨어지지 않을 것 같은 그를 억지로 밀어냈다.

"친구들을 소개시켜줘야죠? 이분들이 하얀 늑대들의 기사들인 거죠? 다들 안면이 있네요. 그럼 파티장에서는 다들 감쪽같이 절 속인 셈이죠? 옆에 로일이 있는데도 모른 척하고 말이죠!"

라틸다는 아무렇지도 않게 모두를 혼냈다. 다들 변명도 못 했다.

"농담이에요. 들어와요. 차라도 한잔하게."

라틸다는 성이 부서진 와중에 겨우 비를 가릴 수 있는 정도만 천장이 남아있는 방에서 살고 있었다. 안에는 성 이곳저곳에서 모아 온 가구들로 꾸려져 있었다. 멀리서 또 다른 방을 치우는 하녀가 두 명 정도 보였다. 하지만 차 대접은 라틸다가 직접 했다.

"해고했는데도 남겠다고 한 애들이에요. 이제 봉급 줄 돈도 없는데, 자기들도 갈 곳이 없다고 남아 있죠. 그보다 노르만트에서 있었던 일 좀 얘기해 주세요. 검은 기사가 또 나타났죠?"

라틸다는 차를 마시며 불쑥 물었다. 로일이 깜짝 놀라 되물었다.

"어떻게 알았어요?"

"느꼈어요."

라틸다는 찻잔을 입에 댄 채로 허공을 주시했다.

"먼저 그 얘기를 해주세요. 그다음 제 얘기를 해드리죠. 어쩌면 여러분들은 여기 있는 절 죽여야 할지도 모르니까요."

로일은 당황해 어찌할 바를 몰랐다.

얘기는 카셀이 했다. 노르만트의 전투, 처형장에서의 싸움, 검은 사자 백작의 죽음.

그 얘기가 끝난 후 라틸다도 얘기했다. 거의 대부분 로일과 던멜에게 이미 들었던 내용이었다. 하지만 본인 입으로 고백하는 자신의 무시무시한 과거 얘기는 조금 슬프게 들렸다.

"결국 쟌스테인 백작은 자신의 생명을 포기해 당신을 살린 거군요?"

카셀이 물었다.

"그런 셈이죠. 하지만 이상한 일이에요. 전 아버지나 뤼미에르 백작이 마지막에 보였다는 그런 이상한 마법은 쓸 줄 모르거든요. 분명 둘 다 배우지도 않고 쓴 것 같은데요."

라틸다는 자신의 손바닥을 앞뒤로 살폈다.

"뭐가 어떻게 된 건지 사실 전 잘 모르겠는데 말요……."

갑자기 게랄드가 입을 열었다. 다들 또 그가 분위기 흐리는 농담이나 할 줄 알고 인상부터 찌푸렸다. 하지만 그는 의외로 정확한 분석을 내놓았다.

"얘길 맞춰보면 나랑 아즈윈이 12쏜즈와 싸운 시점에서 이미 쟌스테인 백작은 죽고 당신은 살아 있었거든?"

라틸다는 고개를 끄덕였다.

"아마 그렇겠지요?"

누구보다 객관적으로 상황을 봤던 던멜이 정확하다고 동의했다.

"그때 링케는 검은 기사로 변한 다음에도 내 도끼에 죽었소. 영원히 죽지 않고 부활하는 그 무서운 힘을 쓰지 못하고 그냥 픽! 그렇게 사라져버린 거요. 그리고 뤼미에르 백작이 다시 불러냈을 때 나타났던 그 검은 기사들, 그건 12쏜즈가 아니었소. 그냥 갑옷을 불러낸 게요. 그것들은 우리가 때려 부셨는데도 또 금방 살아났소. 그런데 뤼미에르 백작이 로일의 칼에 쓰러지는 순간 다시는 합쳐지지 못하고 사라져 버렸다 이 말이오."

게랄드의 설명에, 아즈윈이 보탰다.

"그건 맞아! 처형장에 나타난 검은 기사가 열두 명이지만 그건 12쏜즈는 아니었어. 진짜 12쏜즈는 우리 손에 처음 죽은 이후로 다시는 부활하지 못한 거지!"

"그 말인즉, 당신은 검은 기사들 쪽이 아니라 이거요. 그러니까 당신은 검은 기사를 불러낼 수도 없고, 당신이 살아 있다고 불쑥 일어나는 악령도 없다 이거요."

게랄드가 이 정도 분석을 내놓은 것이 얼마나 대단한 건지 알 턱이 없는 라틸다는 그저 고개만 끄덕이며 심드렁하게 대꾸했다.

"모를 일이죠. 제가 단순히 쓰지 못할 뿐인 걸지도."

라틸다는 자신의 손을 펼쳐 보였다. 손톱은 깨지고 흙물이 들었으며 여기저기 상처투성이였다. 카셀은 그게 농사를 처음 하는 사람이 입는 상처라는 걸 금방 알아보았다.

"그렇지만 일리는 있네요. 아버지나 쏜즈의 기사들은 상처가 나면 금방 나아버렸지요. 하지만 전 이렇게 계속 상처를 입는데, 그냥 낫지 않고 흉터가 남는군요. 꼭 평범한 사람 같아요."

로일이 라틸다의 손을 부드럽게 잡았다.

"당신은 평범한 사람 같은 게 아니라, 평범한 사람이에요."

던멜이 수화로 말했고, 쉐이든이 라틸다에게 통역해 주었다.

"당신의 아버지는 당신을 살리기 직전에 뭔가를 포기한다고 했습니다. 그건 아마도 자신의 생명, 그리고 어떤 약속 아닐까 생각합니다. 쟌스테인 백작은 자신의 욕망을 위해서 그런 암흑의 힘을 사용한 게 아닐 겁니다."

라틸다는 마치 수화를 알아보기라도 한 듯 통역을 하는 쉐이든이 아니라, 던멜의 눈에 초점을 맞추었다.

"마지막 순간에 있었던 동굴 속의 대화를 제가 제대로 기억한다면 그건 분명 당신을 살리기 위해서였을 겁니다. 라틸다 당신이 악몽 속에서 봤던 당신의 죽음, 그 모습을 쟌스테인 백작도 본 게 분명합니다. 그리고 그걸 막기 위해 모든 희생을 했던 거지요. 하지만 당신의 죽음을 막지 못했으니 마지막 순간 자신의 모든 것을 포기해서라도 당신을 살린 겁니다."

"그럼 전 검은 사자 백작 같은 힘을 얻은 게 아니라, 링케 같은 육체가 되어버린 건 아닐까요?"

라틸다가 물었고 카셀이 즉시 부정했다.

"위로하려고 하는 말은 아닙니다만, 뤼미에르 백작이나 쟌스테인 백작이나 죽은 자를 살리는 데에는 아무 희생도 치르지 않았습니다. 아주 쉽게, 손 한 번 휘두르는 걸로 해냈지요. 그건 죽은 자를 산 자처럼 걸어 다니게 하는 마법이지 죽은 자를 정말로 살릴 수는 없는 마법이었습니다. 맞아요. 당신은 더 이상 보통 사람이 아닐 겁니다. 하지만 결코 시체가 걸어 다니는 것처럼 그저 죽지 않는 몸이 된 것도 아닐 거예요."

라틸다는 잠깐 생각해보더니 로일에게 말했다.

"당신 친구들은 정말 위로의 말을 잘 하는군요."

라틸다는 싱긋 웃으며 모두를 둘러보며 말했다. 두 손을 맞잡고 여유 있게 바라보는 모습이 마치 전쟁을 준비하는 쟌스테인 백작의 모습을 보는 것처럼 당당했다.

"검은 기사가 되어버린 뤼미에르 백작까지 해치우셨다니, 부탁 하나 하죠. 로일, 만약 내가 그런 괴물이 되어버린다면 제일 먼저 날 죽이러 와 주겠어요?"

로일은 덴모주에 남고 싶어 했지만 라틸다가 거절했다. 로일은 그녀의 단호함을 상대로 고집을 부리지 못하고 물러날 수밖에 없었다. 먼저 나온 다섯은 마지막 작별 인사를 나누는 로일을 기다리며 덴모주 입구에 서 있었다.

쉐이든이 팔짱을 낀 채 말했다.

"메이루밀에게 들었는데, 검은 기사의 문제는 카모르트에서만 일어난 게 아니라고 하더군. 즉, 이 일은 더 큰일의 일부분일지도 모른다는 거야."

아즈윈은 입맛을 다시며 물었다.

"그럼 아란티아에도 이런 일이?"

"가능성이 없지는 않겠지."

"야아, 우리 돌아갔더니 이미 아란티아에 그런 일 벌어져 있는 거 아니야? 끔찍한걸."

아즈윈은 웃음을 터트리며 말했지만 카셀은 정말로 그렇게 될까봐 불안했다.

작별 인사를 하고 돌아오는 로일의 쓸쓸한 얼굴을 보며 게랄드가 속삭이듯 말했다.

"라틸다라는 여자, 아까 좀 무섭지 않았어?"

"그건 모르겠지만, 난 진짜로 저 여자 죽이러 여기 오게 될 것 같아 그게 더 무섭더라."

아즈윈도 인정했다. 카셀도 그런 생각으로 조금 무서웠지만, 쉐이든은 고개를 저었다.

"라틸다는 그 말을 하면서 자기 자신에게 다짐을 한 거다. 절대로 아버지나 뤼미에르 백작처럼 되지 않겠다는…… 설사 그 힘을 가진다 해도 사악한 일에 쓰지 않겠다는 다짐을 저런 식으로 한 거야. 모든 것은 여군주의 뜻대로 되게 하라…… 그 말이 가진 의미를 생각해 봐. 라틸다가 원하지 않는다면 라틸다가 생각하는 무서운 일이 벌어지지 않는다는 말과도 같잖아."

카셀은 감동 받은 표정으로 고개를 끄덕였지만 아즈윈은 떨떠름하게 인상을 일그러뜨렸다.

"애, 또 잘난 척하네."

로일이 말에 오르고 나머지도 말에 올랐다. 먼발치에서 라틸다는 손을 들어 배웅했고 로일도 손을 흔들었다.

카셀은 모두를 따라가기 전에 마지막으로 뒤를 돌아보았다. 불어오는 바람에 붉은 머리카락을 흩날리는 라틸다가 부서진 성으로 돌아가고 있었다. 저녁노을이 그녀의 붉은 머리카락을 더욱 돋보이게 했다. 흙이 묻고 땀에 젖은 라틸다의 모습은 검과 갑옷으로 무장한 쟌스테인 백작보다 강해 보였다.

카셀은, 자신이 다시 아란티아에서 돌아올 때쯤이면 카모르트에 라틸다의 이름이 널리 알려져 있을 거라고 생각했다. 암흑의 여군주가 아니라 붉은 장미의 여백작이라는 이름으로.

"그런데 정말로 내가 아란티아로 가도 되는지 모르겠어……."

카셀이 중얼거렸다.

"우리 캡틴이 또 옛날로 돌아간 것 같지 않아?"

아즈윈이 놀리듯 말했다.

"아니, 진심이야. 마스터 퀘이언을 진짜로 만나면 난 얼어버릴 지도…… 하물며 여왕님이라면……."

"걱정 마. 뤼미에르를 상대했던 기백이면 마스터 정도야!"

아즈윈은 기세 좋게 말했다가 걱정스레 덧붙였다.

"……여왕님은 모르겠다."

"모르겠다니?"

카셀이 놀라 물었다.

"그래. 여왕님은 솔직히 어떻게 될지 모르지."

게랄드의 말에, 쉐이든조차 동의했다.

"모를 일이지."

던멜은 수화를 거부했고, 로일이 낮은 어조로 덧붙였다.

"걱정하지 마라, 카셀. 다들 그냥 놀리는 거다. 여왕님을 만나
도…… 괜찮을 거다."

"뭐, 뭐가 괜찮다는 거야?"

카셀은 로일의 말이 제일 신경 쓰였다. 그리고 아란티아에 도착하는
순간까지도 불안감에서 벗어날 수가 없었다.

에밀 노이

　루우룬 마을에는 매년 그랬듯 올해도 추수를 앞두고 장마가 시작되었다. 마을 사람들이 비를 핑계 삼아 휴식을 취하느라 마을은 무척 한산했다. 그런 조용한 마을에 시커먼 후드를 뒤집어쓴 말 탄 남자가 나타났다. 작은 소동이 벌어졌다.

　마을을 공포에 떨게 만든 기사는 조용히 밀 농사꾼 에밀 노이의 집 앞에서 말을 멈췄다. 창문 밖으로 은은한 촛불 빛이 흘러나오고 있었다.

　기사는 말에서 내려 나무문을 두들겼다. 잠시 후 문이 벌컥 열리며 안에서 피 묻은 식칼을 한 손에 든 남자가 불쑥 나타났다.

　"응? 촌장 아니네?"

　에밀은 마을을 공포에 떨게 한 기사는 아랑곳하지 않고 머리를 밖으로 내밀어 주변을 살피며 정말로 촌장이 없나 확인했다. 그러고 나서야 그는 기사를 올려다보며 물었다.

"댁은 뉘신가?"

비에 흠뻑 젖은 남자는 후드를 벗으며 웃어 보였다. 하지만 식칼을 들고 나온 상대의 모습에 무척 당황한 모습이 역력했다.

"에밀 노이 씨 되시죠?"

"그렇소만?"

"저는 카셀의 부탁으로 편지를 들고 온 쉐이든이라고 합니다."

에밀은 당장 눈살을 찌푸리며 뒤로 한 걸음 물러섰다.

"설마 카셀의 유언장 같은 건 아니겠지? 부고장이라던가?"

"아닙니다. 카셀은 잘 살아 있습니다. 오히려 무척 잘 나가고 있다고 말씀드려야겠군요."

"잘 나가면 자기가 돌아와야지 왜 심부름을 시키고 있어? 설마 잘 나가서 애비 한 번 찾아올 시간도 없어진 건 아니겠지?"

"그럴 리가요."

"뭐, 일단 들어오시게. 비가 많이 오는군. 다행이야. 촌장이 안 쳐들어와서."

쉐이든은 로브를 벗고 에밀의 안내에 따라 거실로 들어갔다. 막 저녁 식사를 차리고 있었는지 식탁 위에 놓인 음식에서 모락모락 김이 피어오르고 있었다. 에밀은 수건을 내주며 말했다.

"잘 됐군. 번거롭게 식사를 2인분이나 준비했다가 버릴 뻔했어."

쉐이든은 흠뻑 젖은 머리를 문지르며 대꾸했다.

"아닙니다. 친구들은 지금쯤 헛간에서 배를 곯고 있을 텐데 저만 먹어서야."

"어엉? 자네는 카셀 편지 나른다고 여기까지 비 맞고 왔잖아."

"그야 제가 자진해서……."

"그럼 먹어도 돼. 고생했으니까."

"흐음, 거부할 수 없는 논리군요."

"그리고 거부할 수 없는 식사지. 들게. 혼자 먹기 적적하던 차에 잘 됐지 뭐야."

에밀도 막 구운 돼지고기를 접시에 담아 내려놓았다.

"여기, 카셀의 편지입니다."

쉐이든은 비에 맞지 않게 몇 겹이나 싼 편지를 내려놓았다.

"나중에 보지. 어차피 '죄송합니다아버지좀더놀다올게요' 대충 이런 내용일 테니."

에밀은 포크와 스푼을 내주고 와인병과 와인 잔을 내려놓았다.

"어떻게 아십니까?"

"걸음걸이나 자세를 보아하니 자네 정식 기사지? 억양을 보니 이 나라 사람도 아니고. 그럼 뭔가 대단한 일이 벌어졌을 테고 그런 주제에 직접 안 오고 심부름을 보낸다? 그것도 농부의 자식 주제에 기사를 시켜서? 대단한 일을 해냈다면 허둥지둥 달려와서 잘난 척이나 해댈 녀석이 그렇게 나온다면 이유는 간단하지. 여기 일단 오면 내가 안 보내줄까 봐, 아니면 일단 와 버리면 도로 나가기 귀찮아질까 봐. 둘 중 하나겠지."

쉐이든은 편지를 그냥 식탁에 내려놓으며 말했다.

"집에 돌아가면 도로 나올 자신이 없다고 하더군요. 하지만 아버님 말씀을 들어보니 두 번째 이유 같군요. 이 와인 마셔도 될까요?"

"잔을 두 개 꺼냈는데 그럼 내가 혼자 마시려고 했을까?"

쉐이든은 능숙하게 와인을 따르며 말했다.

"좋은 잔이네요."

"코홀룬의 어떤 순진한 귀족이 좋은 밀 감사하다며 선물로 네 개 보내 줬지. 그런데 두어 달 전에 빌어먹을 촌장이 취해서 두 개를 깨 먹는 바람에 지금은 두 개밖에 안 남아 있어."

"그거 잘 됐군요. 그 귀족에게 '노이'라는 이름을 한 번 들이대고 잔 좀 보내 달라고 하십시오. 지금이라면 아마 두 세트 정도 보내줄 겁니다. 최고급 와인을 곁들여서."

에밀은 와인을 한 모금 하면서 인상을 찌푸렸다.

"내 아들내미가 거기서 사기라도 쳤나?"

"거하게 한 번 쳤죠."

"재미있었겠군."

쉐이든은 먹느라 바빠 대충 대답했다.

"재미있었지요."

"그런데 자네 굶었나?"

"제대로 먹을 시간이 없어서요."

"많이 들게. 배 좀 차면 재미있는 얘기 좀 해 주고."

"얘기에는 소질 없습니다. 나중에 카셀이 직접 와서 해 줄 때를 대비해 아껴두시죠?"

"내가 그렇게 느긋한 성격으로 보이나?"

"아니오."

에밀 노이

473

"그럼 해."

쉐이든은 그간 있었던 얘기를 천천히 풀어냈다. 와인이 두 병째가 되고 밤이 깊어서야 얘기가 끝났다.

"그래서, 카셀은 캡틴 울프의 자격이 충분한가?"

쉐이든은 에밀의 짧은 질문 안에 자기가 하고 싶은 얘기의 요점이 들어 있다는 생각이 불쑥 들었다.

"이렇게 얘기 드리면 어떨까요? 로일은 우리 중에서 카셀을 가장 늦게 알았으면서 누구보다 먼저 카셀을 캡틴으로 인정했습니다. 제가 왜냐고 단둘이 있을 때 물었더니 그러더군요. 자기가 최선을 다하는 모습을 보고 싶어 하는 사람은 처음이었다고."

"고작 그런 이유로?"

"저도 같은 질문을 했습니다. 고작 그런 이유로? 그러자 로일이 웃으면서 되묻더군요. 그런 게 '고작'이라면 왜 자기 옆에는 그렇게 말해 주는 사람이 한 번도 없었냐고."

"좀 슬픈 말이군."

"동시에 찔리는 말이기도 하고요. 우리 울프들은 로일을 이기려고만 했지, 로일이 어떤 마음으로 검을 휘두르는지는 신경 쓰지 않았거든요."

에밀은 턱에 손을 올리고 잔잔한 미소로 물었다.

"로일 생각은 그렇고, 자네 생각은 어떤가?"

쉐이든은 고개를 저었다.

"지금까지의 얘기 안에 제 생각이 섞여 나왔을 줄로 압니다. 늦었군요. 이제 가야겠습니다."

쉐이든이 마지막 한 모금을 비우고 아직 마르지 않은 망토를 들었다.

"자고 가면 좋을 텐데."

"아닙니다. 제가 빨리 가야 아드님이 하루라도 빨리 좋은 침대에서 자니까요."

"갠 원래 아무 데서나 잘 자."

"그런 것 같더군요. 식사 즐거웠습니다."

"나도 즐거웠네."

쉐이든은 일어나려다 말고 물었다.

"그런데 에밀, 당신은 정말 평범한 농부가 맞습니까?"

"왜? 카셀이 내가 신분을 숨기고 사는 어느 귀족의 숨겨 둔 막내아들쯤 된다고 하든?"

"그건 아닙니다만. 평범한 농부는 아닌 게 분명합니다. 솔직히 제가 이 정도 얘기를 하면, 보통 농부라면 지금쯤 의자에서 굴러떨어졌어야 하지 않습니까? 그런데 에밀은 그저 재미있는 옛날얘기처럼 편하게 듣고 있군요."

"평범한 농부 맞아. 젊었을 때 한 3년 정도 외지로 여행을 다녀왔다는 게 다른 농부와 다르다면 다른 점이겠지만 그 정도 여행 안 해본 사람이 어디 있어? 그리고 난 그 시간 동안 아주 많은 것을 경험했고, 아주 많은 것을 얻었다고 생각했지만 그건 모두 내가 세상에서 가장 소중한 사람을 만나기 위한 준비 과정에 불과했지."

쉐이든이 심각하고도 호기심 가득한 어조로 물었다.

"카셀의 어머니 얘기인가요? 낭만적으로 들리는군요."

에밀은 무시하고 말을 계속했다.

"사실 아내 덕분에 하늘 산맥도 넘어 보지 못하고 돌아와야 했지. 내 모험의 끝이 결혼이었고…… 계속 말했다가는 또 낭만적이라고 놀리겠군, 자네?"

"그럼 제가 이어 드리지요. 내 모험의 끝이 결혼이었고, 결혼은 새로운 모험의 시작이었다."

"자네 성격 좀 대단하군."

"그런가요?"

"어쨌든 괜히 하는 소리가 아니라 진짜로 아크랜드를 떠돌았던 3년보다 결혼 후 3년이 내겐 더 모험이었어. 그리고 3년으로 끝나버린 슬픈 여정이기도 했고. 아내는 나와 평생 같이 모험을 할 정도로 건강한 편이 아니었거든."

쉐이든은 괜히 숙연해지는 분위기에 입을 다물었다. 하지만 다시 로브를 쓰고 나가기 전 기어이 입을 열어 버렸다.

"한 가지 확인하고 싶습니다, 에밀. 저도 기록상으로밖에 보지 못했습니다만, 이십몇 년 전인가 최초로 가넬로크 출신도, 귀족도 아닌 자가 드래곤 기사단의 캡틴을 맡을 뻔한 사건이 있었는데 제 기억이 정확하다면 그 사람의 이름이……."

"지금 드래곤 기사단의 캡틴이 누군가?"

쉐이든의 말을 끊고 에밀이 물었다.

"데라돌 마치입니다."

"멋진 친구지! 거봐. 캡틴은 그런 사람이 되는 거야. 캡틴이 될 뻔한 사건 따위 뭐가 중요하다고?"

"그건 그렇지요."

쉐이든은 문을 열고 나섰다. 비는 아직도 신나게 쏟아지고 있었다. 막 나가려는데 갑자기 에밀이 그의 손을 잡았다.

"저, 내가 이 말 했다는 거 카셀에게는 절대 비밀인데 말이야."

"네?"

"아까 자네 얘기를 듣고 나니까 사실 불안해 죽을 지경이야. 내가 제대로 이해했다면 그거 엄청 위험한 데다가 계속 진행 중인 사건 같거든."

"저희도 그렇게 생각합니다."

에밀은 붙잡은 쉐이든의 손을 꽉 쥐고 말했다.

"카셀을 잘 부탁하네."

돌아오면 아들의 엉덩이를 걷어찰 것처럼 얘기하던 그가 지금은 이슬 맺힌 눈으로 말하고 있었다. 쉐이든은 힘 있게 고개를 끄덕였다.

"걱정 마십시오. 하얀 늑대의 이름을 걸고 카셀은 제가 지키겠습니다."

"고맙군. 그럼 이제 나디움으로 가나?"

"네."

"잘 가게. 아 참, 여왕님께 안부 전해주고."

"네."

쉐이든은 말에 오르며 마지막으로 손을 흔들었다. 하지만 에밀은 벌써 집 안으로 들어가고 없었다. 촛불 켜진 창문 안쪽으로 에밀이 식탁에 놔둔 편지를 뜯는 모습이 보였다. 쉐이든은 흐뭇하게 웃으며 마을을 벗어나다가 흠칫 놀라며 뒤를 돌아보았다.

"음? 안부를 전해달라니?"

쉐이든은 짧게 웃음을 터트렸다. 다시 에밀에게 되돌아가서 묻고 싶은 얘기가 또 한 보따리 생겼다. 하지만 그는 이미 아들이 보낸 편지를 몇 번이나 읽느라 바쁠 테니 방해하고 싶지 않았다.

쉐이든은 다시 친구들이 있는 곳을 향해 달려갔다.

「2부: 아란티아의 여왕」으로 이어집니다